Carlos Gerbase
As Willis
Sexo, morte e escaravelhos

Edições BesouroBox

1ª edição / Porto Alegre-RS / 2024

Universidade Nacional da Austrália
Faculdade de Ciências
Escola de Pesquisas em Biologia

AS WILLIS
SEXO, MORTE E ESCARAVELHOS

Relatório para obtenção do certificado de Doutorado pela Divisão de Ecologia e Evolução da Escola de Pesquisas em Biologia da Universidade Nacional da Austrália – Camberra

Autora:
Dra. Irina Chaves
Graduada em Biologia pela UFRGS – Porto Alegre – 1966
Doutora em Entomologia pela Universidade da Califórnia – Berkeley – 1978
Mestrado em Coleopterologia pela Universidade do Cairo – Gizé – 1986

Orientador:
Prof. Dr. Peter Cooper – PHD
Líder de Grupo de Pesquisas em Fisiologia de Insetos

Camberra

5 de março de 2023

AGRADECIMENTO

Aos poucos humanos simpáticos, meu muito obrigado; aos inumeráveis filhos da puta, vão tomar no olho do cu.

(Só) Para Mirtha

RESUMO

Descrever, com o maior grau de detalhe possível, a trajetória de Giselle Boaventura como uma Willi, revelando sua relação com os poderes extraordinários do *Scarabaeus sacer* (popularmente chamado de escaravelho sagrado e, mais popularmente ainda, de rola-bosta), é o suposto objetivo deste relatório. Essa espécie de coleóptero é nativa das dunas costeiras e das áreas pantanosas no entorno do mar Mediterrâneo, sendo encontrado no norte da África, na Europa e no Oriente Médio. Graças à aparência de sua cabeça, que lembra um arco com raios projetados, e à maneira como se reproduz, colocando seus ovos no interior de bolotas de estrume ou dejetos orgânicos em decomposição, que servem de alimento para as larvas quando estas nascem, o *Scarabaeus sacer* faz parte da mitologia egípcia e é relacionado ao deus Khepri, que comanda o nascer e o pôr do sol. Além disso, tem participação central nos rituais que celebram a reencarnação. A história de Giselle está diretamente relacionada à das demais Willis, um grupo de cinco mulheres – Mirtha, Irina (eu), Maria, Madalena e Margot – cuja existência desafia as leis da natureza. Outras personagens surgem, mas estas estão submetidas às condições biológicas comuns da humanidade. De minha parte, desafio as malditas leis acadêmicas e encerro esse resumo por aqui. Quem disse que eu tenho que fazer o esforço de explicar tudo nesse espaço minúsculo só pra que nenhum acadêmico preguiçoso perca seu precioso tempo?

Palavras-chave: não; vou; limitar; essa história; a palavras-chave.

SUMÁRIO

INTRODUÇÃO 15

1. A NOVATA 19
    1.1. Os noivos 21
    1.2. Imagens de Mirtha 24
    1.3. As várias maneiras de puxar a guia 26
    1.4. Encontro no velório 30
    1.5. A primeira ceia 32
    1.6. Nasce uma Willi 34
    1.7. A árvore dos escaravelhos 40
    1.8. As utilidades de uma coleira 44
    1.9. O sopro do diabo 49
    1.10. As três leis 51
    1.11. O inspetor Otávio 55
    1.12. Sexo, drogas e rockabilly 56
    1.13. Planos e contraplanos 61
    1.14. Um grande herói em repouso 64
    1.15. Fome 68
    1.16. A Igreja da Fé Redentora 72
    1.17. Minimercado Santo Expedito 74
    1.18. Vinho ou vinagre 77
    1.19. Onde está, ó morte, a tua vitória? 82
    1.20. Bailarinas 87
    1.21. O corpete 90

2. EROS E TANATOS 95
    2.1. Quer voltar pra casinha? 97
    2.2. Na descendente 101
    2.3. De Canoas a Moscou: a história de Margot 104
    2.4. Uma pequena ajuda de um amigo 110
    2.5. Esnucada 113
    2.6. Um velho enxuto 116
    2.7. Fé 120
    2.8. O fantasma ladrão 122
    2.9. O mal da volúpia 126
    2.10. Vitamina especial 130
    2.11. Na orla 134
    2.12. Alma penada 138
    2.13. Esconde-esconde 139
    2.14. Aposentadoria 143
    2.15. Como se eu fosse Martin Scorcese 147

3. MEU NOME É GRETA 155
    3.1. Essa coisa que não se chama amor 157
    3.2. Matar Deus 160
    3.3. Divina contabilidade 161
    3.4. Um sítio em São Borja 163
    3.5. Certa noite no Bom Fim:
    a história de Maria e Madalena 166
    3.6. Amores e paixões 176
    3.7. Imagens roubadas 177
    3.8. O quarto do teu pai 180
    3.9. Mulher-Gato 182
    3.10. Sem explicação 187
    3.11. Como se eu fosse Nelson Rodrigues 192

3.12. Quatro túmulos e nenhum casamento 194
3.13. Dois ex 196
3.14. Manhãs seguintes 199
3.15. O diabo saiu, mas quer voltar................................. 201
3.16. Desarquivando.. 204
3.17. Atrás do Cristo 210
3.18. Tem um lugarzinho pra mim no teu mundo? 211

4. COLEIRAS... 215
   4.1. Um gaúcho apaixonado 217
   4.2. Um rato apaixonado 218
   4.3. Uma esposa desapaixonada 220
   4.4. Regresso e fuga 223
   4.5. Repondo as energias.. 229
   4.6. Separação 231
   4.7. Kate, Greta, Giselle 232
   4.8. Ataque massivo 237
   4.9. Coleta matinal 241
   4.10. O Malbec 244
   4.11. Bem que podia ser uma caipirinha 247
   4.12. Agora temos capuccino!.. 251
   4.13. A gosma de besouros 254
   4.14. Meu gineceu queria aquele androceu:
   a minha história 256
   4.15. Ela sabia tudo sobre a vida. Tudo! 261
   4.16. Por que ela sabia tudo sobre a vida? 262
   4.17. A queda 265

5. ÊXTASE... 269
   5.1. Mutter. Mutter. Mutter 271

5.2. A pastora Natália 274
5.3. Sequestro etílico 276
5.4. Convite 277
5.5. Mãos dadas 279
5.6. O baú de Marcelina 280
5.7. A gente vive pra se quebrar mesmo 285
5.8. Mudança de planos 287
5.9. Uma pizza horrorosa e um visitante pior ainda 291
5.10. Meio certo, meio errado 293
5.11. Heitor chega ao campo de batalha 295
5.12. Não tem Deus nenhum 297
5.13. Onde estão as fadas? 299
5.14. Um precisa do outro 302
5.15. Romântica demais 303
5.16. A vida é sonho 306
5.17. A lanterna mágica 308
5.18. Informações muito valiosas 311
5.19. Dois sonhos 312
5.20. Exumação 314
5.21. Anchorage 317
5.22. A tentação de Baco 319
5.23. O início da noite 320
5.24. A noite se move 323
5.25. Uma pequena ajuda de Salomão 327

CONSIDERAÇÕES FINAIS 331

AGRADECIMENTOS 333

REFERÊNCIAS BIBLIOGRÁFICAS 334

INTRODUÇÃO

Antes de qualquer coisa: fodam-se as normas técnicas de redação científica de todos os países do mundo. Escrevo neste formato de dissertação porque foi o que fiz a vida inteira, apesar da enorme perda de tempo para adequar — com evidentes prejuízos epistemológicos — o que descobri em minhas pesquisas às incontáveis convenções acadêmicas que causam orgasmos múltiplos aos meus pares de todos os continentes, mas servem apenas para manter o que está escrito longe dos olhos do cidadão comum, um ser supostamente descerebrado que não sabe a diferença entre uma citação e uma paráfrase. Portanto, este texto é, além de uma confissão, uma vingança. Evitarei ao máximo citações e cortarei meus pulsos (metaforicamente, que é minha única opção) se perceber que cometi uma paráfrase. Dizem que vingança é um prato que se come frio. O meu está no congelador há tanto tempo que, se não o retirasse agora, viraria um fóssil.

Fodam-se também as leitoras e os leitores que julgarem este relatório sob um ponto de vista moral. Já vivi o suficiente para saber que a moral e os bons costumes são tão arbitrários quanto as normas técnicas de redação. E mais perigosos, pois seus defensores costumam guardar espingardas no sótão. Meu pai, respeitabilíssimo desembargador do Juizado Criminal de Porto Alegre, tinha um rifle Springfield M1903, que limpava todo domingo, depois da missa, sobre a mesa da sala de jantar. De qualquer maneira, como ficará evidente nas próximas páginas, tenho boas razões para não temer pela minha integridade física nem pela morte da minha credibilidade. A absoluta honestidade com que descreverei os fatos aqui narrados nada tem a ver com preceitos éticos, e sim com minha vontade de abandonar os eufemismos que fui acumulando ao longo das décadas, em parte devido à extrema hipocrisia da vida acadêmica, para revelar o que realmente interessa: a fome da carne, a dor da privação do desejo, as tragédias e as glórias do sexo.

Começo explicando que meu nome de batismo é mesmo Irina Chaves. Ele está no meu diploma de graduação da Universidade Federal do Rio Grande do Sul (de 1966) e no de doutoramento em Berkeley (1978). No certificado de doutorado da Universidade do Cairo (de 1984), está escrito Carla Wertmüller, enquanto minha atual carreira aqui na Universidade da Austrália é vivida por uma certa Iolanda Cavani. Esses nomes (exceto o meu mesmo, Irina, escolhido pela minha mãe, talvez no único ato criativo de sua existência) foram obra de Mirtha Bohrer, que também providenciou a falsificação de todos os documentos, a criação de biografias ficcionais nas redes (inclusive as acadêmicas) e orientou as transformações cosméticas que me permitiram enganar as autoridades universitárias até hoje sem maiores contratempos. O mesmo acontece, com variações decorrentes do tempo de vida de cada uma, em relação às trajetórias da própria Mirtha e das outras Willis. As razões dessas trocas de identidade ficarão bem evidentes ao longo do texto. Porém, cabe uma advertência inicial: quando as Willis estão reunidas e conversam entre si, usam sempre seus nomes originais, e será assim que eu as chamarei, salvo em ocasiões que exijam o contrário.

Também foi Mirtha que batizou nosso grupo como Willis, no ano de 1967, cerca de três semanas após nosso primeiro encontro num cemitério de Porto Alegre. Estávamos em seu estúdio, como costumávamos fazer nos finais de tarde. Subitamente, Mirtha levantou-se do divã e me apontou um trecho de *Florentinische Nächte*, ou Noites Florentinas[1], do escritor alemão Heinrich Heine, de quem lia as obras completas no original. Em duas ou três frases, ali estava a descrição de jovens noivas que, tendo morrido ainda virgens, à meia-noite saem de suas tumbas e atraem, com coreografias voluptuosas, homens para danças intermináveis que os levam à completa exaustão. Mirtha decidiu que, a partir daquele momento, nós duas seríamos Willis, e essa denominação foi estendida às mulheres que posteriormente integraram nosso clã.

Vou contar o que aconteceu no período de educação de Giselle Boaventura, a Willi mais recente, entre os anos de 2018 e 2019, na cidade de Porto Alegre, capital do estado do Rio Grande do Sul, no extremo sul do Brasil. O recorte temporal limitou bastante, espero que de forma positiva, a sucessão dos eventos narrados, de modo a impedir que esse negócio vire uma autobiografia, ou, pior ainda, uma tentativa de abraçar toda a história das Willis.

Apesar de muitas hipóteses serem lançadas aqui sobre a natureza do nosso tipo de existência, isto é mais um exercício de memória, em que também especulo bastante sobre fatos que não presenciei, mas de que tive notícia por fontes absolutamente confiáveis. Usei a imaginação para criar cenas e diálogos, é claro,

---

[1] A edição brasileira, da Mercado Aberto, é de 1998 e tem tradução de Marcelo Backes.

pois finalmente tenho a liberdade de escrever sem o rigor científico que sempre usei para tratar da extensa e prodigiosa família dos *Scarabaeidae*[2]. Se quiserem chamar de ficção, fico lisonjeada, pois sou fã de Allen Ginsberg, Charles Bukowski, Joyce Johnson e Hettie Jones[3] desde um certo verão em São Francisco. Mas fodam-se as influências também! Agora quero ser Irina, integralmente Irina, em vez de me esconder sob outros nomes.

O texto está dividido em cinco capítulos, de modo a organizar a narrativa no tempo. As considerações finais, na verdade, não são considerações, e sim um pequeno relato do que aconteceu após a educação de Giselle ter terminado. Peço perdão se, vez por outra, trechos deste relatório resvalarem para o estilo acadêmico. Abandonar vícios de linguagem pode ser mais difícil que abandonar a heroína. As notas numeradas talvez sirvam para acrescentar alguma coisa ao texto sem interromper o fluxo da leitura. Ou talvez não sirvam pra nada. Foda-se. Fiz tudo do jeito que quis.

---

2 Família que reúne várias espécies de insetos coleópteros comumente chamados de escaravelhos.

3 Ginsberg e Bukowski são escritores homens do movimento Beat, bem conhecidos e traduzidos no mundo todo, inclusive no Brasil. Johnson e Jones são escritoras mulheres do mesmo movimento. Adivinha se são igualmente lidas e traduzidas...

Capítulo 1
A Novata

"Dançamos sobre um vulcão, mas dançamos. Aquilo que fermenta, cozinha e fervilha no vulcão não interessa. Só interessa a maneira como dançamos."
Heinrich Heine

1.1. Os noivos

Alberto nunca teve muito dinheiro. Para comprar o terno escuro risca de giz elegantemente complementado por uma gravata azul talvez italiana e reluzentes sapatos de couro preto, traje mais caro que vestira em seus vinte e cinco anos de vida, fez um empréstimo com o bispo Geraldo, seu patrão, a ser descontado do salário em suaves parcelas nos doze meses seguintes ao casamento. Geraldo disse que não cobraria nada pelo uso do templo nem pelo ofício do matrimônio, celebrado com a maior alegria do mundo, pois aquele casal era uma prova concreta de que Deus olha por seus fiéis e os recompensa por suas boas ações. Em especial, como era o caso, pela ausência de más ações, já que Alberto era virgem. Absolutamente virgem. De pé, à beira do altar, sozinho e um pouco nervoso, ansiava por ver sua noiva surgir no final do corredor. Tinha quase certeza de que ela estava uns cinco minutos atrasada. Evitava, porém, observar o relógio de pulso, um Casio simples, com a pulseira em péssimo estado, que arriscava sua imagem de noivo impecável.

Giselle, a noiva, estava a caminho. Também absolutamente virgem, trabalhava como auxiliar de crediário numa loja de departamentos e sua função era verificar se os possíveis clientes tinham problemas de inadimplência consultando o SPC e o Serasa. Serviço tão útil quanto mal remunerado. Descobrira que o aluguel de um vestido de noiva baixava à medida que mais noivas o tivessem usado. Conseguiu um por mil e oitocentos reais, com véu e tudo, que fora levado ao altar quatro vezes (o veterano de sete vezes estava encardido), enquanto as luvas até o cotovelo, de apenas dois usos, vieram de brinde. Uma amiga da loja de departamentos emprestara os escarpins brancos e convencera o marido, motorista de Uber, a dirigir o belo sedan preto que a conduzia agora para o templo. Giselle desconfiava que seu atraso era de uns cinco minutos, bastante adequado para um casamento elegante.

Alberto colocou rapidamente a mão no bolso interno do paletó, junto ao coração, para sentir a presença do papel com a declaração a ser feita antes da troca de alianças. Sabia de cor o texto, mas sentia-se mais seguro com a cola à disposição. Era assim: "Como pode o jovem manter pura a sua conduta? Fugindo dos desejos malignos da juventude e seguindo a fé, o amor e a paz, ao lado daqueles que têm o coração puro." Tinha lido esse trecho da exortação de São Paulo a Timóteo no dia em que conheceu Giselle no grupo de estudos da Bíblia, comandado pelo bispo Geraldo, quase cinco anos antes. Giselle também levava sua cola, enrolada num canudinho enfiado na luva do braço esquerdo. Era assim: "O casamento deve ser honrado por todos; o leito conjugal, conservado puro; pois Deus julgará os imorais e os adúlteros." Ambos Alberto e Giselle fugiram dos desejos malignos e mantiveram-se imaculados seguindo o conselho de Hebreus 13:4. Tudo para que o casamento fosse abençoado por Deus.

É claro que, cada um à sua maneira, secretamente já tinham imaginado o que aconteceria depois da cerimônia, e essas imagens, mesmo que pecaminosas e indesejadas, vez por outra tomavam de assalto as mentes de Alberto e Giselle. Ele pensava num quarto de hotel de paredes claras, decorado com flores brancas, onde Giselle ficava de pé junto à cama de casal, ainda com seu vestido de noiva e um véu sobre o rosto, olhando para ele com uma expressão mais amorosa que sensual. E aí ela tirava aos poucos o véu e o vestido, até ficar apenas de calcinha, sutiã e meias, tudo branco. Giselle, mais pudica, sonhava com a decoração do templo e com seu figurino de noiva (que teria uma longa cauda de filme romântico, ao contrário do modelo mais moderno que alugara). Quanto à noite de núpcias, nada de tirar o vestido lentamente. Ela se livraria o mais rápido possível daquela tralha e se enfiaria embaixo dos lençóis, já nua. Alberto a acolheria com um abraço forte, quase sufocante, graças aos rijos músculos de seu peito. A seguir, fariam tudo a que tinham direito como noivos tementes a Deus e obedientes aos preceitos da Bíblia. Sexo lícito, enfim!

Como sei tudo isso: os detalhes das roupas dos noivos, as declarações que leriam no altar, o que pensavam e desejavam? Vou achar engraçado se alguém me perguntar essas coisas. Vou rir. E não vou responder. Nem fodendo! Durante décadas, tudo que escrevi em minhas publicações acadêmicas foi justificado com números, apoiado por citações, corroborado por pesquisadores anteriores a mim com artigos editados em revistas científicas conceituadas. Cansei. Quem lê tem duas opções: ou acreditar que os fatos narrados têm base no que vivi e nas conversas que tive com os personagens dessa história, ou largar logo essa porra de relatório e fazer alguma coisa mais instigante, como assistir a uma série sobre animais selvagens no canal da *National Geographic*. Decida-se. Nessas séries têm bastante sexo e muitas mortes, que é basicamente o cardápio que será servido aqui.

Volto ao templo, acompanhada por quem escolheu a primeira opção.

O atraso de poucos minutos de Giselle transformou-se em um quarto de hora. Alberto suava, apesar do sorriso tranquilizador do bispo Geraldo, que esperava numa porta lateral a chegada da noiva. Alguma coisa parecia estar fugindo aos planos. Não aos planos divinos – afinal, para Alberto, Seus desígnios eram sempre perfeitos – e sim, aos frágeis projetos humanos. Então viu Dionísio, seu melhor amigo, irmão de Geraldo, sentado na segunda fila, pegar seu celular e levantar-se. Ele caminhou até o fundo do templo e atendeu à chamada. Colocou o celular no bolso e foi lentamente até o altar, olhando para os próprios pés, sem encarar Alberto. Quando ele subiu os dois degraus, Alberto sentiu o chão tremer. O altar baixo era feito de madeira compensada de pequena espessura, obra de um marceneiro em troca de sessão de descarrego especial para sua sobrinha endemoniada. Dionísio inclinou-se e murmurou palavras trágicas no ouvido de Alberto.

1.2. Imagens de Mirtha

Numa primeira impressão, todas as pessoas que veem Mirtha pensam que ali está uma pessoa sóbria, confiável e elegante. Seu rosto é fino, talvez até demais, mas tem lábios grossos, nariz um pouco arrebitado, olhos azuis-escuros e sobrancelhas marcantes. Seu cabelo castanho claro, brilhante e volumoso costuma ficar preso num coque antiquado na nuca ou sobre a cabeça. O adjetivo antiquado, aliás, também pode ser aplicado ao modo como usa vestidos longos, caindo até o chão, com a gola bem alta escondendo o pescoço. Mesmo nos dias mais quentes do verão porto-alegrense, é difícil ver seus braços nus. Tem muitas blusas de manga comprida e tecidos levíssimos, que podem até ser semitransparentes em ocasiões mais formais, ou quando trabalha em seu estúdio fotográfico. Eu já a vi em trajes muito diferentes (muito diferentes mesmo!), mas sou uma espectadora especial, única e privilegiada. Nem as outras Willis viram as versões de Mirtha que eu conheço. Conto com mais detalhes depois. Com tanta roupa, é difícil avaliar seu corpo. Mas eu posso dizer que, para cinquenta e cinco anos, Mirtha tem uma silhueta maravilhosa. Seu nome atual é Gerutha. Assim é conhecida pelos clientes, pelos modelos que posam para ela e pelos vizinhos que, eventualmente, puxam conversa, mesmo sabendo que receberão respostas vagas e imprecisas. Conforme expliquei na Introdução, continuarei a chamá-la de Mirtha.

No dia do casamento frustrado de Giselle e Alberto, Mirtha estava no estúdio de sua casa, à noitinha, fotografando um garoto e uma garota para o catálogo de uma etiqueta sofisticada de Belo Horizonte. Era o tipo de trabalho de que gostava. Mirtha não se dá bem com clientes caretas, representantes de grandes redes varejistas ou confecções de baixo custo, que querem apenas centenas de imagens similares a outras milhões de imagens já feitas. Mirtha diz que, num mundo ideal, duas fotos não podem ser nem parecidas. Se são quase iguais, uma tem que ser eliminada. É uma maneira de ver o mundo da moda que dá muito trabalho para ser concretizada. Em compensação, contribuiu para fazer a fama de Mirtha como uma artista singular, capaz de representar um produto de forma surpreendente. Assim, ela não tem agenda cheia, mas cobra cachês bem altos quando faz publicidade e pode dedicar seu tempo ao que realmente gosta de fazer: retratos.

É uma retratista à moda antiga: só produz imagens em preto-e-branco. Aceita encomendas, desde que não lhe peçam uma simples reprodução do rosto, feita às pressas e sem arte. Mirtha diz que os verbos reproduzir e representar são tão diferentes quanto gelo e fogo. Um retrato deve representar uma pessoa graças ao calor da sua humanidade captada pela lente. Jamais deve reproduzi-la friamente. As sessões são demoradas, muitas vezes exigem trocas de figurinos, ajustes na maquilagem, experiências com vários tipos de iluminação. Algumas clientes perdem a paciência, outras amam esse cuidado tão pouco usual. E nada de equipamentos digitais. É tudo na base do filme, do sal de prata, da revelação no laboratório, do retoque no negativo, da ampliação única a ser colocada numa moldura com um *passe-partout* adequado.

Naquela noite, no entanto, Mirtha já estava cansada. Quando não estou em Porto Alegre para ajudá-la (ou seja, quase sempre) faz tudo sozinha. Não gosta de assistentes. Contrata profissionais para fazer a maquilagem quando há mais de três modelos, mas os dispensa depois que fica satisfeita com o *make-up*. Ela mesma é uma maquiadora muito habilidosa e tem todas as ferramentas necessárias. Assim, evita a presença de gente incômoda a lhe dizer que "esse ângulo aqui é bem bonito" ou sugerir uma pose "bem contemporânea". Mirtha observa as roupas e os produtos e depois tenta fazer algo que o cara do marketing não estava esperando. Que nem sonhava receber. Que nada tenha a ver com o tal gosto contemporâneo. Mirtha, por ser um ente do passado vivendo no presente, consegue prever a estética do futuro.

Segurando a câmera reflex de duas objetivas, Mirtha girava no fundo infinito do estúdio em torno da garota com um biquíni de peças bem largas e do garoto que quase não cabia na pequena sunga de natação. O contraste era proposital. O efeito era estranho. "Não existe arte se não houver estranhamento" é um dos lemas de Mirtha. Os jovens estavam se divertindo. Já conheciam Mirtha de outros trabalhos e curtiam suas excentricidades. Mirtha afastou o olho do vidro despolido da câmera e disse para a garota:

"Agora, por favor, coloca os braços pra trás, como se fosse tirar a parte de cima do biquíni."

A modelo obedeceu. Mirtha preparava-se para dar uma nova ordem quando sentiu algo muito desagradável. Levou a mão direita ao pescoço e encostou a ponta dos dedos no camafeu de ágata branca, com o delicado relevo de um escaravelho, sustentado pela fita preta de sua gargantilha. A modelo percebeu que algo tinha acontecido.

"Que foi, Gerutha?"

Mirtha tentou disfarçar, mas seu desconforto era evidente.

"Nada", respirou fundo. "Vamos continuar".

Voltou a fotografar. Contudo, menos de dez minutos depois, disse que continuariam a sessão noutro dia. Assim que a garota e o garoto saíram, Mirtha entrou em seu quarto, sentou-se na pequena escrivaninha *art déco*, tirou um notebook de uma gaveta e o ligou. Um site local de notícias exibia em sua capa a seguinte chamada: "TRAGÉDIA A CAMINHO DO CASAMENTO". Clicou no link e, numa nova página, viu uma foto de Giselle. O título da matéria era: "ACIDENTE PROVOCA MORTE DE JOVEM NOIVA". A fatalidade acontecera às onze da manhã.

1.3. As várias maneiras de puxar a guia

Mirtha leu a matéria atentamente e soube que a jovem vítima era de Porto Alegre, assim como seu infeliz noivo. A partir dessa informação, foi fácil confirmar, com um telefonema, que Giselle seria velada e enterrada no Cemitério da Santa Casa[1]. Por isso sentira a pressão em sua gargantilha: o corpo já chegara à capela, e os escaravelhos agitavam-se sob a terra.

Nesses momentos, Mirtha não tem escolha. Aproximou-se de um armário de madeira escura, alto e pesado. Tirou uma chave do

---

1 O mais antigo da cidade, planejado em 1846 e inaugurado em 1850. Até essa data, os sepultamentos aconteciam em áreas mais próximas ao centro histórico, que, em meados do século 19, já estavam lotadas.

bolso de seu casaco e abriu as duas portas, revelando, na parte superior do móvel, seu altar doméstico, com prateleiras de pouca profundidade que exibiam figuras icônicas cristãs: um crucifixo de madeira e duas pequenas estátuas de gesso, uma de Jesus Cristo com os braços abertos e uma da Virgem Maria ajoelhada, rezando. Mirtha observou as imagens por um momento e depois estendeu o braço até tocar com a mão numa fenda na madeira, escondida no fundo do altar, atrás do Cristo.

Basta usar essa fenda para puxar o altar inteiro, que se abre como se fosse uma segunda porta, bem larga, apoiada por dobradiças robustas. Atrás dessa segunda porta há um espaço secreto, com uma porção de ganchos que sustentam coleiras.[2] Três são de couro; uma, de seda rosa. Um gancho maior sustenta uma guia, também de couro, com um metro de comprimento, semelhante às utilizadas para conduzir cães. Mirtha a retirou.

Nesse exato momento, eu estava no meu laboratório em Camberra, uma sala pequena e sem janelas, com um ar-condicionado barulhento demais, examinando alguns besouros vivos (e bem grandes) colhidos há poucos dias no monte Ainslie. Tenho um assistente que faz iniciação científica comigo. Ele estava comentando que aqueles espécimes eram os maiores que já tinha visto. Pedi que ele pegasse um dos besouros com a pinça, pra gente dar uma olhada na lupa. Então senti o primeiro puxão. Uso duas fitas finas de couro entrelaçadas em volta do pescoço, em que penduro pequenos objetos ou pedras semipreciosas, trocados de acordo com meu horóscopo. Sou uma velha hippie que ainda escuta *The Mamas & the Papas* e cantarola *California Dreamin'* quando estou feliz.

O puxão de Mirtha não foi forte, talvez até tenha sido suave, mas, como eu estava me inclinando pra frente, na direção da lupa, meu pescoço subitamente foi pra trás e não pude evitar um grito de dor. Levei as mãos na direção das fitas de couro e, no gesto brusco e instintivo, bati na haste dos meus óculos, que caíram no chão e quebraram. Logo aqueles óculos, grandes e redondos, que eu tinha comprado em

---

2 Também podem ser chamadas de gargantilhas; essa é uma questão semântica bem subjetiva, pois depende tanto da largura quanto da constituição física da peça.

Haight-Ashbury e eram iguais aos de Janis Joplin na capa do LP *Joplin In Concert*! Que merda, pensei, vou cobrar da Mirtha. Sem raiva. Sabia o que estava acontecendo.

Nesse mesmo momento, Mirtha segurava a guia de couro, presa numa das gargantilhas penduradas no fundo do armário, idêntica à que estava no meu pescoço. Deu mais três puxões, em sequência rápida, que significam "vem pra cá, preciso de ti." O recado estava dado. Em seguida, desengatou a guia das fitas de couro e colocou-a numa coleira preta, larga, cheia de tachinhas.

Maria estava fazendo a passagem de som com sua banda no pequeno palco de um bar em Nova Iorque, onde em breve faria um show. Suas tatuagens são um bom resumo do gosto musical de seus eternos 18 anos de idade. Tem um logo dos *Ramones* no ombro direito e um dos *Dead Kennedys* no esquerdo. O rosto de Iggy Pop ocupa boa parte da barriga. Numa das coxas, as bananas desenhadas pelo Warhol para o primeiro disco do *Velvet Underground*. Numa aparente concessão aos velhos e bons anos 1960, o torso e o rosto de Jimi Hendrix fazem o espetáculo nas suas costas. Essas são as tatuagens que lembro. Há mais.[3]

Maria colocou o cabo do baixo no amplificador e disse para a baterista de Newark e a guitarrista de Chicago, suas companheiras no trio *Pussys not for you*:

"Let's make this fucking soundcheck. One, two, one-two-three-four…"

No "four", sentiu o primeiro puxão. Nada suave. Nada gentil. Ser suave e gentil com Maria não funciona. Em vez de atacar as cordas do baixo, gritou, segurando a coleira com toda a força para aliviar a tensão provocada por Mirtha.

"Fuck! Fuck! Fuck!", em seguida, ergueu o dedo indicador para o alto e berrou, ainda mais alto, "Go straight to hell, Mirtha!". A baterista e a guitarrista não entenderam nada.

Mirtha ainda deu mais dois puxões fortes. Depois soltou a guia da coleira idêntica à de Maria, no fundo do armário, e a colocou numa gargantilha elegante, também de couro, mas bem mais fina.

---
[3] Nada contra o punk rock de Maria, mas tachinhas e tatuagens não fazem meu estilo.

Em, Budapeste, Madalena, irmã mais jovem de Maria, vestindo um traje futurista que deixava um dos seus seios à mostra, desfilava por uma passarela. O público era pequeno, mas sofisticado, representante daquela burguesia ultracapitalista e hiperconsumidora que ascendeu ao poder com o fim do comunismo soviético. Alta, magra, com maquiagem e cabelos num arranjo desconstruído, Madalena caminhava com absoluta confiança, apesar das sandálias de salto 15, enquanto um grande colar de plástico verde, emitindo uma luz fantasmagórica, escondia sua gargantilha de couro no pescoço.

O puxão de Mirtha, dessa vez, foi quase carinhoso, quase maternal. Porém, o ângulo da puxada levou Madalena para a esquerda, rumo à borda da passarela. Ela tentou segurar a gargantilha para voltar ao trilho central, de onde nunca deveria ter saído, mas o colar dificultava o acesso aos dedos de suas mãos. Temendo cair, o que parecia iminente, Madalena parou de caminhar, tirou as sandálias, desceu da passarela num pulinho elegante, deu meia-volta e andou rapidamente até os camarins. O público aplaudiu, talvez pensando que Madalena inventara uma performance de protesto contra saltos altos demais.

Enquanto isso, Margot, com sua impecável malha branca de professora de balé clássico, orientava duas bailarinas iniciantes em exercícios na barra, em frente ao grande espelho do estúdio de dança em que trabalhava no Rio de Janeiro. No pescoço, como sempre, havia uma faixa de seda rosa, com alguns detalhes bordados em branco. Não foi fácil fazer a seda funcionar, mas consegui. Tudo pela doce Margot!

Demonstrando um movimento, Margot estendeu bem o braço e inclinou-se para a frente. As duas alunas começaram a imitá-la, mas Margot interrompeu a descida e voltou a ficar ereta. Segurou a faixa de seda, muito surpresa, e sentiu três rápidos puxões. Lembrou das aulas de Mirtha e olhou para as crianças, assustada.

Mirtha retirou a guia da faixa de seda no fundo do armário, fechou os dois compartimentos do armário-altar e trancou o conjunto à chave. Respirou fundo e colocou a mão em sua própria gargantilha, como se quisesse afrouxá-la um pouco. Com passos largos, naquela cadência germânica, quase militar, que usa quando está agitada, abandonou o quarto. Saiu pela porta da frente da sua grande casa, que serve de moradia e estúdio e fica num terreno elevado. Do jardim, ao lado de suas roseiras, olhou para baixo, na direção do cemitério.

1.4. Encontro no velório

Giselle estava deitada, morta e muito bela, num caixão simples, ladeado por uma coroa de flores de tamanho médio, na capela 3 do Cemitério da Santa Casa. Alberto chegou a pensar em enterrá-la com o vestido de noiva alugado, mas era caro demais. Não havia um pingo de sangue sobre o tecido. Nem amarrotado ficara. Foi então devolvido, assim como as luvas e os escarpins. Giselle não atraíra muita gente para sua despedida. A mãe, uma senhora miúda, separada há dez anos do pai de Giselle (que não fora localizado), recebia as poucas condolências sem levantar a cabeça, mantendo as mãos crispadas em torno do terço de contas escuras. Mirtha aproximou-se discretamente do caixão e admirou o rosto sereno da defunta. Caso alguém estranhasse sua presença, planejava dizer que trabalhara com Giselle brevemente. Contudo, ninguém perguntou nada, e Mirtha pôde observar com calma todas as outras pessoas na capela.

Alberto, com os olhos muito vermelhos de tanto chorar, era consolado por dois homens e uma mulher. Seu patrão, Geraldo, vestia um terno cinza escuro razoavelmente elegante e segurava uma Bíblia na mão direita. A gravata, contudo, num vermelho chamativo demais, denunciava claramente (pelo menos para Mirtha, especialista em religiões e picaretagens afins) o caráter dúbio do bispo. Gabriela, esposa de Geraldo, era uma mulher um pouco mais alta que o marido, com um rosto de proporções clássicas e generosos cabelos pretos e crespos. Dionísio, irmão mais moço de Geraldo, ator pouco conhecido e grande amigo de Alberto, fazia jus ao nome: era quase um deus grego, pronto para despedaçar corações desavisados.

Ao perceber que Alberto dava um passo na direção do caixão, Mirtha afastou-se até ficar no fundo da capela. Alberto colocou a mão sobre o rosto de Giselle e recomeçou a chorar. Foi logo abraçado por Geraldo e Gabriela, enquanto Dionísio tentava disfarçar uma lágrima no canto do olho. Geraldo sussurrou alguma coisa no ouvido de Alberto, fez o sinal da cruz e falou, num tom firme e profissional:

"Irmãos, nossa fé é nosso maior consolo. Vamos rezar o Pai Nosso. Pai nosso, que estais no céu…"

Enquanto os presentes juntavam-se à ladainha, Mirtha fez o sinal da cruz e caminhou para a saída da capela. Mal tinha alcançado o corredor externo quando esbarrou em Maria, que estava de coturnos, minissaia e camiseta rasgada dos *Stiff Little Fingers*, decorada com dúzias de alfinetes de segurança. Mirtha segurou o braço de Maria e tentou afastá-la da capela, mas Maria, além de não ceder, esticou o pescoço na direção do velório.

"O que tu tá fazendo aqui?", disse Mirtha, em tom ríspido.

Maria sorriu com sua linda boca de batom preto. Não é só a boca. Toda ela é linda. Pena que se esforça ao máximo para ser insuportável.

"Tá louca?", disse Maria. "Tu que me chamou."

"Vamos pra casa. Agora!"

"Tu devia ficar contente. Peguei o primeiro avião. Aliás, gastei tudo que tinha na passagem. Preciso dessa grana de volta."

"Depois te dou."

Maria desvencilhou-se do braço de Mirtha e foi até a porta da capela, onde ainda rezavam o Pai Nosso. Ficou um tempo observando a cena e depois voltou para onde estava Mirtha.

"A defunta é bonitinha", disse Maria. "O serviço vai ser fácil. E quem é o gatinho caído do Olimpo?"

"Amigo do noivo."

"O noivo é aquele com os olhos vermelhos?"

"É."

"Ele também não é de jogar fora. Mas deve ser careta demais… deixou a noivinha morrer virgem."

Mirtha segurou outra vez o braço de Maria e, dessa vez, obteve sucesso em arrastá-la para longe da capela.

"Se tu quer acabar logo com isso, não faz bobagem."

Maria fez um movimento brusco e livrou seu braço da mão de Mirtha.

"Cadê as outras?", perguntou.

"Estão chegando."

"Ótimo. Eu tô com saudade da mana. Mas não tô com saudade daquele quarto horrível na tua casa."

"É o que posso oferecer. Da próxima vez, vem com muito dinheiro e fica num hotel cinco estrelas. Tu não é uma rock star?"

Mirtha afastou-se, irritada. Maria, feliz por ter aborrecido Mirtha, caminhou atrás dela.

1.5. A primeira ceia

Na sala de jantar do pequeno sobrado em que moravam Geraldo e Gabriela, decorada sem muita imaginação, todos falavam em voz baixa, apesar da garrafa de vinho sobre a mesa já estar quase no fim. Alberto mal conseguia levantar os olhos do prato, que abrigava um galeto de tele-entrega intocado, prestes a ficar frio e intragável. Seu amigo Dionísio comera tudo, mas parecia insatisfeito e só conseguia responder com resmungos às tentativas de diálogo propostas por seu irmão. Gabriela tentava controlar o consumo do vinho do marido reprovando-o com sinais discretos. De vez em quando apertava carinhosamente a mão de Alberto, sem que este esboçasse qualquer reação. Geraldo fez mais uma tentativa de envolver o jovem viúvo na conversa:

"A mãe da Giselle me falou que quer colocar uma foto no túmulo. Eu disse que não se usa mais, mas ela insistiu. Tu tem uma foto boa dela?"

"Vou procurar", disse Alberto, finalmente levantando a cabeça.

"Eu posso ajudar a escolher", propôs Gabriela.

"Obrigado", disse Alberto. "E temos que ver como ficam as despesas do enterro."

"Não te preocupa com isso. A Giselle era como se fosse nossa filha", disse Gabriela.

"Eu preciso saber quanto custou o caixão, a coroa de flores, a capela do velório."

"Depois a gente faz as contas", disse Geraldo. "Eu tenho amigos na funerária e no cemitério. Todos são homens tementes a Deus. A gente acerta tudo no devido tempo."

"Aquele túmulo é caro. Não deve ser de uso perpétuo. Por quanto tempo…"

Geraldo ergueu a mão.

"Já acertei a questão do túmulo com a mãe da Giselle. Confia em mim, tá bem?"

Alberto parou de mastigar e abaixou a cabeça outra vez. Não queria mostrar que estava chorando.

"Com licença", disse. E saiu da mesa. Gabriela tentou detê-lo estendendo a mão, sem sucesso.

"Deixa", disse Geraldo. "É uma questão de tempo. Vamos esperar."

"De novo?" Dionísio riu. "Que tesão vocês têm na espera. Já fizeram eles esperar anos de mãozinhas dadas."

"O que tu quer dizer?", disse Geraldo, ríspido.

"Que vocês enfiaram um monte de merda na cabeça dos dois."

"Tu tá na minha casa", disse Geraldo, sussurrando com força. "Me respeita!"

"Respeito não se pede. Se merece."

Dionísio levantou-se rápido, empurrando a cadeira para trás, fazendo barulho e provocando o irmão. Depois saiu teatralmente. Geraldo sacudiu a cabeça e serviu mais vinho no copo de Gabriela.

"Gostou?", disse ele. "É presente do seu Zeno, o carpinteiro que fez o altar. Eu disse pra ele parar de me dar vinho vagabundo. É só poupar direitinho, não gastar em bobagem…"

"Só tu, Geraldo, pra pensar em vinho numa hora dessas", disse Gabriela. E também abandonou a mesa. Geraldo tomou mais um gole e fez uma careta.

"Continua escolhendo merda!"

Gabriela procurou Alberto e Dionísio pela casa, mas os dois já tinham saído e caminhavam juntos pela rua mal iluminada.

"E agora? Vai te mudar pro apartamento?", perguntou Dionísio.

"Não sei. É estranho. Os móveis já estão todos lá, mas vou ter que devolver a geladeira e o fogão pra mãe da Giselle. E eu não tenho condições de pagar o aluguel sozinho."

"Se quiser, fica uns dias lá em casa. O sofá da sala é bem razoável."

"Obrigado. Talvez seja uma boa."

"Vai continuar trabalhando pro Geraldo no templo?"

"Eu tenho uma semana de férias. Ou tinha. Era pra lua de mel."

"Não tô falando da lua de mel. Tô falando da tua vida. O Geraldo tá te explorando há anos."

"O teu irmão já me ajudou muito."

"Sei. Te salvou do inferno das drogas... mas o teu salário ainda é o mesmo?"

Alberto não respondeu. Continuaram andando por algum tempo.

"Não tem mais sentido esse papo de virgindade, entendeu?", disse Dionísio. "Te livra dessa merda."

"Tu acha que eu tô preocupado com isso agora?"

"Agora, não. Mas em breve precisa ficar."

"Por que?"

"Porque não é saudável. Tu ficou anos esperando pra transar com a Giselle, e toda essa espera foi inútil. Tu poderia ter muito mais memórias boas dela."

"Minhas memórias são ótimas."

"Porra! Tenta viver o presente! Tu tava sempre pensando no futuro, e agora vai ficar preso no que já passou? Vai em frente, caralho!"

Alberto não respondeu. Dionísio percebeu que os olhos de seu amigo estavam cheios de lágrimas. Sem interromper a caminhada, abraçou-o. Seguiram em silêncio.

1.6. Nasce uma Willi

Meu interminável voo de 24 horas de duração, a partir de Auckland, passou por Santiago do Chile e pousou no Rio de Janeiro.

Madalena, vinda de Budapeste, chegara ali três horas antes. Margot estava nos esperando no Galeão e nós três embarcamos juntas para Porto Alegre. Eu estava cansada do jeito que uma Willi fica cansada: energia em nível bem longe do ideal, mas aceitável. Durante voos longos em classe econômica, sempre dá pra tirar uma casquinha de quem está sentado ao lado, já que encostar o cotovelo é quase inevitável. Basta a pessoa achar o contato agradável, o que geralmente acontece, especialmente quando a pessoa ao lado é um cara. E aí, depois de meia-hora de suave transferência de energia, até facilita o sono do doador. Madalena estava com o tanque quase cheio. Na noite anterior, em Budapeste, depois do abandono da passarela, fora consolada por uma linda modelo ucraniana, que acordou no dia seguinte terrivelmente cansada, mas viva. Sorte a dela.

Pegamos um táxi no Salgado Filho e fomos direto para a casa de Mirtha, na fronteira dos bairros Azenha e Medianeira, um pouco acima da zona dos cemitérios. Fomos recebidas junto às roseiras do pequeno jardim. Madalena e Maria, que não se viam há muito tempo, pularam, abraçaram-se e beijaram-se. Eu e Mirtha somos mais contidas, é o nosso jeito, mas sempre que nos reencontramos é bem bom. Além de amigas, somos confidentes, somos parceiras, somos quase mãe e filha. Seria bem prático se fôssemos amantes, mas nossa heteronormatividade careta sobreviveu às nossas mortes, pelo menos até agora. Margot, tão magrinha e tímida, parecia meio perdida, observando as rosas e a paisagem em volta. Era seu primeiro chamado desde que partira para o Rio de Janeiro. Sua fragilidade, resultado de uma vida trágica, emocionava a mim e a Mirtha. Éramos condescendentes e maternais com ela, enquanto as duas irmãs tentavam tratá-la de igual para igual. Maria foi logo contando as novidades pra Madalena:

"A defunta é bem gostosa. O viúvo (que loucura!) que também é virgem, tem um amigo que é uma refeição completa. E no velório tinha uma coroa bem interessante pra ti. Tava com um vestido preto, bem justo. Tu vai gostar, tenho certeza."

"Tu é rápida, maninha."

"Essa é a ideia! Fazer tudo bem rápido e cair fora. Mas enquanto isso podemos aproveitar…"

Maria colocou a mão sobre o ombro de Madalena e empurrou-a na direção da casa, mas Mirtha falou:

"Meninas, temos uma tarefa. De todas nós. Juntas." Apontou para o cemitério, lá embaixo. "Larguem as coisas nos quartos e vamos começar de uma vez."

O cemitério estava deserto. Os últimos raios de sol iluminavam os jazigos. Caminhamos até o túmulo de Giselle. Eu me abaixei, tirei minha caixinha do bolso do casaco, abri a tampa e coloquei um dos meus escaravelhos sagrados sobre a pedra[4]. O escaravelho começou a caminhar pelo granito.

"Vamos lá."

Mirtha estendeu as mãos para mim e Margot. Maria e Madalena completaram o círculo em volta do jazigo. Fechamos os olhos por alguns minutos. Não é preciso pensar nada, nem dizer qualquer coisa. Não há mágica. Basta estarmos lá, presentes, e deixar que nossos corpos astrais se manifestem, juntando suas energias às dos besouros. Quando abrimos os olhos, havia dezenas deles, vindos das profundezas, cobrindo a sepultura e na terra em volta.

Pouco a pouco, a imagem de Giselle, totalmente nua, foi se formando sobre a tampa do túmulo. A princípio era uma figura diáfana, quase um espectro, mas foi ganhando mais materialidade com o passar dos segundos. Giselle, confusa, viu as cinco Willis à sua espera.

"Bem-vinda, querida", disse Mirtha. A seguir, aproximou-se de Giselle e retirou da bolsa um tecido muito leve e transparente. Um véu. Colocou-o sobre o corpo de Giselle, cobrindo-o da cabeça aos pés. Maria respirou fundo, entediada, deu um passo à frente, encarou Giselle e disse:

"Eu vou te contar de uma vez: tu morreu virgem, como todas nós. Tava a fim de transar, mas não conseguiu. Foi enterrada ontem, mas o teu desejo continuava muito forte. Tão forte que agora tu voltou."

"Maria, eu acho melhor...", tentou interromper Mirtha. Mas Maria fez um sinal com a mão e continuou falando:

---

4 O processo será descrito em detalhes mais tarde. Adianto apenas que este escaravelho, da minha coleção particular, descendente direto dos espécimes trazidos por Mirtha do Egito, funciona como uma espécie de agente catalítico, acelerando a reação dos demais besouros.

"Já vou terminar. Essa é a tua tumba, e esse véu horroroso é a única coisa que tu consegue usar por enquanto. Depois a gente te consegue um troço melhor. Meu nome é Maria", foi apontando para as outras Willis, "essa é a Madalena, minha irmã. Ali estão a Irina e a Margot. São nossos nomes de batismo, depois a gente foi trocando, o que é uma merda. E aquela ali é a Mirtha, que, como sempre, tá braba comigo porque eu expliquei tudo depressa demais."

"Nós somos as Willis", disse Mirtha.

"Willis?", disse Giselle, cada vez mais confusa. Examinou seu próprio corpo nu. Segurou o véu. Tocou no rosto. Estendeu a mão e sentiu o véu sobre seu braço.

"É tão fino…", murmurou Giselle. "Mas eu não sinto frio."

"Essa é uma das vantagens de ser uma Willi", disse Madalena. Depois, quando tu ficar mais sólida, até vai sentir um pouco de frio, mas nunca vai se importar com a umidade, nem ficar gripada."

"Quem sabe a gente leva logo ela pra casa?", disse Maria, impaciente.

Então percebi que alguém estava se aproximando e avisei:

"Vem gente aí."

Enquanto Mirtha retirava o véu de Giselle, Maria e Madalena afastaram-se e começaram a fazer de conta que estavam arrumando as flores nos jazigos próximos. Eu, Mirtha e Margot permanecemos ao lado de Giselle, que continuava de pé, novamente nua. O coveiro, um homem de meia-idade, com uniforme cinza, boné virado pra trás, barba malfeita e andar cansado, aproximou-se do túmulo. Como esperado, não viu Giselle.[5]

"Vamos fechar. Acabou o horário de visitas", disse ele, com certa grosseria.

"Claro, já vamos sair", respondeu Mirtha. Acenou para Maria e Madalena e gritou: "Meninas! Vamos!"

---

5 Por que nós podíamos ver Giselle, uma Willi recém-chegada, com seu corpo astral não plenamente materializado, e o coveiro, não? Esse fenômeno muito me intrigou, em especial quando acompanhamos a chegada de Maria e Madalena. A melhor explicação está no conceito de sobreposição quântica: o corpo pode ou não ser visível, dependendo do ponto de observação e de quem observa. Willis e humanos são observadores diferentes e reagem de maneira distinta a um corpo que é, ao mesmo tempo, matéria e energia.

Elas aproximaram-se, alegres, rebolantes, um espetáculo que o coveiro nunca imaginara encontrar no final de seu expediente.

"Se vocês quiserem, podem ficar um pouquinho mais", disse.

"Que amor! Obrigada", disse Madalena. "A gente não consegue achar o túmulo da nossa vovó. Ficava ali no fundo, perto do mato. Será que o senhor nos ajuda?"

"Claro!"

O coveiro seguiu as irmãs na direção do mato que cerca o cemitério, o que deixou Mirtha nervosa. De repente, Madalena retardou-se um pouco, virou-se rapidamente para nós e apontou para Alberto, que vinha caminhando na direção do túmulo com um buquê de flores na mão. Mirtha fez sinal de positivo para Madalena e falou com Giselle:

"Uma pessoa de quem tu gosta muito está chegando. Mas ele não vai te ver, nem te ouvir, pelo menos por enquanto. Tá bem? Fica tranquila."

Alberto chegou no túmulo, colocou as flores sobre a laje de granito e examinou, surpreso, aquelas três mulheres desconhecidas. Giselle não se conteve e falou:

"Alberto!"

Alberto não reagiu.

Giselle insistiu, agora gritando:

"Alberto!"

Mirtha aproximou-se de Alberto e disse:

"Boa noite."

Eu completei:

"Acho que ainda é boa tarde."

"Boa tarde", disse Alberto.

"Aí depende do ponto de vista", disse Mirtha. "É o dia que termina, ou é a noite que começa?"

Alberto ficou confuso. Conferiu o relógio de pulso.

"O zelador disse que dá pra ficar até as sete. São seis e meia."

"É verdade", confirmei. "Mas já tá escuro…"

"É a hora mágica", disse Mirtha. "Ainda tem um restinho de luz, então não é noite…"

"… mas não tem luz suficiente pra dizer que ainda é dia", completei.

Alberto não sabia o que dizer. Parecia particularmente curioso em relação a Margot, que continuava calada. Mirtha apontou para mim.

"A minha amiga estuda os animais que vivem por aqui", disse ela. "Eu sou fotógrafa e às vezes ajudo ela nas pesquisas."

Eu aproveitei a deixa:

"O nome oficial da pesquisa é *Necrófagos em Campo Santo: a cadeia alimentar dos besouros Coprophanaeus em cemitério urbano*. Meio grande demais, não acha?"

Alberto estava totalmente perdido.

"Necrófagos…", balbuciou.

"São os bichos que se alimentam dos cadáveres. Eles não parecem muito simpáticos, mas na verdade são muito úteis, porque reciclam a matéria orgânica, que depois é aproveitada pelos outros seres vivos. E os besouros às vezes são muito bonitos."

Mirtha sorriu.

"Tu falou como um verbete de enciclopédia."

Eu sorri de volta e me virei para Alberto.

"Não viu algum besouro por aí?"

Alberto fechou a cara antes de responder:

"Não. E acho um absurdo vocês fazerem essa pesquisa num lugar sagrado. Até os cientistas precisam respeitar os mortos."

Tirei o sorriso do rosto, apontei para os limites do cemitério e disse:

"Desculpe. A gente nunca mexe nos túmulos. Ali fora têm uma árvore fantástica, que nessa hora geralmente tá cheia de escaravelhos. Quer dar uma espiada?"

Alberto não respondeu. Nos aproximamos dele e, uma de cada lado, pegamos seus braços, sabendo que isso o faria relaxar.

"Vamos. Tu vai gostar", disse Mirtha.

Carregamos o atônito Alberto na direção oposta à tomada por Maria e Madalena quando levaram o coveiro. Giselle acompanhara toda a conversa. Parecia triste e fraca. Margot estendeu a mão para ela e fez com que descesse do túmulo.

"Um ano atrás, eu estava com esse mesmo véu. E tão confusa quanto tu", disse Margot. Apontou para o lado. "O meu túmulo é logo ali. Elas prometeram que eu ia me acostumar, e até me acostumei um pouco, mas não é fácil. Vamos pra casa?"

Conduzida por Margot, Giselle fez sua primeira caminhada como Willi e saiu do cemitério.

1.7. A árvore dos escaravelhos

Qualquer pessoa tocada por uma Willi, ou simplesmente sendo observada por uma Willi, está sujeita a um grande poder de sedução, e a resistência costuma ser difícil. Isso não significa que ela está enfeitiçada, ou que perdeu seu livre-arbítrio. Um ser humano que não sente desejo sexual algum, por razões orgânicas ou psicológicas (se é que essa diferença existe) teoricamente não está sujeito ao nosso poder erótico. Até hoje não encontrei alguém assim. Pelo menos entre os seres humanos vivos. Há, contudo, um momento em que o instinto de autopreservação pode entrar em conflito com as emoções sensuais, e o desejo de continuar vivendo torna-se tão forte quanto Eros. A partir daí, é uma questão de escolha. Resumindo: se quiser, a pessoa seduzida pode dizer não à sedutora. Uma Willi não age contra a vontade de ninguém. Sempre perguntamos se ela quer seguir em frente. Porém, nós oferecemos algo tão precioso, tão inebriante, tão belo, que só pode ser confrontado por uma força igualmente poderosa.

Imagine uma pessoa diabética, apaixonada por doces, e com restrições severas ao consumo de açúcar. A proibição, é claro, torna o açúcar ainda mais sedutor. Essa pessoa está sozinha em casa e recebe, por engano, uma caixa que era destinada ao apartamento ao lado. Ao abrir a caixa e constatar que ela está cheia de bombons de chocolate, sabe que o melhor é imediatamente levá-la para o vizinho. Porém, é difícil resistir aos bombons. Decide ao menos provar um deles. Apenas um. Nada mais. O vizinho nem vai notar. Ao colocar o bombom na boca, sente um prazer imenso. A vontade é de continuar comendo.

Eles estão ali, à disposição. A pessoa sabe que, se comer mais alguns bombons, ou a caixa toda, seu nível de glicose ficará descontrolado, resultando num quadro conhecido como hiperglicemia, que pode levar ao coma e à morte. Então ela escolhe: o prazer de continuar comendo, ou a possibilidade de despedir-se da vida. Isso ainda é livre-arbítrio, pelo menos para mim.

Toda essa explicação chata é só pra deixar bem claro que o Alberto desejou fazer aquela pequena excursão conosco. Talvez resistisse se o convite tivesse partido de duas mulheres "normais". Digamos que parecíamos dois bombons, e ele decidiu provar só um pouquinho, em vez de devolver o pacote e ficar com cara de bunda (e com fome) ao lado do túmulo de sua noiva. Quem pode condená-lo? Claro, a sua igreja e as sagradas escrituras podem. No entanto, ele estava um pouco cansado das restrições ao açúcar das cartas aos apóstolos.

Por uma abertura estreita no muro do cemitério, levamos Alberto para um matagal, que às vezes mais parece um jardim abandonado há tempos. Ali, em vez do odor meio nauseabundo das flores mortas e apodrecidas que enfeitam os túmulos, prevalece o cheiro vigoroso do mato, principalmente quando o vento balança os galhos de um solitário eucalipto.[6] Estava ficando bem escuro. Abri a bolsa que levava a tiracolo e peguei um pequeno refletor de led alimentado a bateria, que eu sempre levo ao cemitério nos finais de tarde ou à noite. Quando o liguei, Alberto levou um susto.

"Desculpa. Quer que eu desligue?"

"Não."

"A nossa árvore fica por ali", apontou Mirtha.

Conduzimos Alberto para a grande figueira, que tem raízes espalhadas por uma ampla circunferência à sua volta.

"Aquela raiz maior", indicou Mirtha.

---

6 As Willis têm olfato, paladar e todos os demais sentidos. Guardamos também memórias sensoriais de nossas vidas anteriores. Continuo detestando brócolis. Também podemos sentir dor (e prazer), pois os terminais nervosos funcionam como antes. A diferença fundamental é que uma agressão ao corpo físico de uma Willi, mesmo que provoque muita dor e uma alteração significativa nos tecidos, é "absorvida" e depois neutralizada pelo corpo astral. O mesmo misterioso poder que nos impede de envelhecer também impede que uma doença se desenvolva, ou que uma ferida seja mortal. Como isso acontece? Sei lá. Talvez um dia eu descubra.

Alberto aproximou-se da raiz e agachou-se. Iluminei a raiz com o refletor. Alberto encontrou vários besouros caminhando. Parecia fascinado.

"Eles comem coisas mortas?", perguntou.

"Comem outras coisas também", respondeu Mirtha. "Mas preferem as mortas. Quanto mais podres, melhor."

"Por quê?"

Eu me meti na conversa:

"Porque elas têm cheiro bom."

Alberto levantou-se. O refletor de led iluminava Mirtha por trás, dando ao seu corpo um aspecto espectral. Mirtha aproximou-se de Alberto, pegou um cartão de visita no bolso e estendeu-o para ele.

"Eu conhecia tua noiva. A Giselle queria fazer um retrato e posou pra mim um tempo atrás. As fotos ficaram bem bonitas."

Alberto pegou o cartão, surpreso.

"Ela nunca me falou."

"Decerto ela queria te fazer uma surpresa."

Mirtha decidiu encerrar a conversa. Já conseguira o que queria: aproximar-se de um personagem que, inevitavelmente, teria um papel importante no drama que se apresentaria num futuro próximo.

"Se a gente não sair agora, o nosso amigo coveiro vai ficar brabo", comentou, sabendo que estava mentindo.

Conduzimos Alberto de volta ao cemitério e, depois de uma despedida formal, nos separamos. Ainda consegui ver que ele se aproximava do túmulo de Giselle. Ficou por ali mais algum tempo. Não foi interrompido pelo coveiro, àquela altura preocupado com coisas bem mais importantes que o horário de fechamento do cemitério. Quando a escuridão mal permitia que Alberto visse o granito do túmulo, ele pensou em contar a respeito da visita à árvore dos escaravelhos para Dionísio; porém, sabia que o amigo faria perguntas demais sobre as mulheres que encontrara e suporia alguma atmosfera erótica naquela conversa de escaravelhos. E, justamente por temer que isso fosse verdade, decidiu procurar conforto espiritual com Geraldo.

★★★

Gabriela preparou um chá de camomila duplo assim que ele chegou. Tomaram o chá na sala de estar, enquanto Geraldo terminava uma longa discussão por telefone com um encanador que tentava resolver alguns problemas hidráulicos no banheiro do templo. Quando desligou e sentou-se à frente de Alberto, estava mal-humorado. Alberto estendeu o cartãozinho que ganhara de Mirtha e perguntou se o bispo já tinha ouvido falar daquela empresa de fotografia. Geraldo pegou o papel e examinou-o rapidamente.

"*Altes Bild*. Nunca ouvi falar. Quem te deu esse cartão?"

"Uma mulher bem estranha que tava no cemitério hoje de tarde."

"Acho que agora chega de ir pro cemitério", disse Gabriela, carinhosa. "Vamos sair os três juntos no final de semana? Quem sabe ir ao cinema. É ruim pra ti ficar sozinho."

"O Dionísio me convidou pra ficar uns dias na casa dele", disse Alberto. "Tô pensando em ir pra lá."

"Ótimo!", disse Gabriela.

"Eu não acho ótimo", disse Geraldo. "Tu pode ficar aqui."

Alberto ficou calado. Gabriela percebeu seu constrangimento e pegou a bandeja onde estava o bule de chá.

"Vou trazer mais."

Gabriela saiu. Geraldo colocou a mão no ombro de Alberto e disse:

"Agora é o momento de confiar em Deus. Ele vai te dar forças pra superar essa situação e..."

"Dionísio disse que é um absurdo eu continuar virgem com a minha idade", cortou Alberto, num rompante inesperado até para ele próprio.

Geraldo demorou alguns segundos para entender o que Alberto falara. Quando compreendeu, estendeu os braços, apertou com as mãos os dois ombros de Alberto e usou todo seu poder de pregador:

"Não escuta o demônio. Continua escutando a voz de Deus. Essa é a voz que interessa." Fez uma pausa antes de continuar, ainda mais dramático: "A Bíblia diz em Tessalonicenses: é a vontade de Deus que cada um de vós saiba possuir o seu corpo em santidade e honra, não na paixão da concupiscência, como os gentios que não conhecem a Deus."

Alberto fez menção de responder, mas Geraldo apertou ainda mais seus ombros e acrescentou:

"Fujam da imoralidade sexual. Todos os outros pecados que alguém comete, fora do corpo os comete; mas quem peca sexualmente, peca contra o seu próprio corpo. Acaso não sabem que o corpo é o santuário do Espírito Santo que habita em vocês, que lhes foi dado por Deus, e que vocês não são de vocês mesmos? Vocês foram comprados por alto preço. Portanto, glorifiquem a Deus com o seu próprio corpo."

Respirou fundo antes de concluir.

"Coríntios, capítulo seis, versículos dezoito a vinte."

Geraldo finalmente largou os ombros de Alberto. Gabriela chegou com o chá. Alberto tomou mais uma xícara, disse boa noite e saiu.

1.8. As utilidades de uma coleira

O escritório de Mirtha é grande. Tem pesadas cortinas de veludo nas janelas eternamente fechadas. É bem sombrio. A decoração, de meados do século 19, inclui poltronas antigas, mas confortáveis, um grande relógio de pêndulo, uma câmera fotográfica com fole sobre um tripé de madeira e uma cristaleira dourada. As paredes estão tomadas por fotografias românticas do século 19, com destaque para obras de Julia Margaret Cameron[7], Clarence White[8] e Puyo[9]. O único objeto contemporâneo é o MAC sobre a escrivaninha em que Mirtha trabalha.

Mirtha sentou-se à escrivaninha, enquanto eu, Margot, Maria, Madalena ocupamos as poltronas. As irmãs haviam trocado de roupa e vestiam-se de acordo com seus estilos pessoais: Maria, toda de preto e com

---
7 Julia Margaret Cameron (1815-1879) foi uma fotógrafa britânica especializada em retratos.
8 Clarence Hudson White (1871-1925) foi um fotógrafo americano conhecido por suas imagens oníricas.
9 Constant Puyo (1857-1933) foi um fotógrafo francês ligado ao movimento pictórico.

coturnos nos pés; Madalena, com roupa demasiado ousada e sensual para uma reunião como aquela. Giselle, de pé, apenas com o véu sobre o corpo, observava as fotos nas paredes. Estava assustada com as imagens de Puyo, bastante fantasmagóricas. Mirtha começou a conversa:

"O teu noivo parece ser uma boa pessoa."

Giselle virou-se para ela e perguntou:

"Por que vocês levaram ele embora?"

"Não te preocupa. Tu vai ver ele de novo", explicou Mirtha.

Maria provocou, com acento nitidamente sensual:

"E não só ver..."

Gisele não entendeu. Ou fingiu não entender. Naquele momento, ainda não sabíamos direito o grau de sua inocência, o que eu tentava desvendar enquanto ela conversava conosco. Ela perguntou:

"Por que vocês estão vestidas, e eu estou assim? Eu me sinto... Ridícula."

"Todas nós já usamos véus", disse Mirtha. "E não é porque achávamos bonito. Se tu quiser, pode vestir outra coisa."

"Eu quero."

"Tudo bem."

Mirtha abriu uma gaveta em sua escrivaninha e pegou uma coleira de couro preta, simples e sem adornos. Levantou-se e aproximou-se de Giselle com a coleira na mão.

"O que é isso?", disse Giselle.

"Tua primeira peça de roupa, querida", disse Maria, irônica. Apontou para a coleira em seu próprio pescoço. "Vai te acostumando."

"Não tinha alguma coisa com mais estilo?", disse Madalena. "Essa coleira é tão pobrezinha..."

Decidi entrar na conversa e expliquei para Giselle:

"Querida, essa coleira vai permitir que tu use todas as outras coisas materiais. Inclusive teu corpo. Essa aqui é temporária. Depois nós vamos achar alguma que combine mais contigo."

Mirtha segurava a coleira perto do pescoço da novata.

"Todas nós usamos", disse Mirtha. "Elas podem ser diferentes no desenho e no material, mas fazem a mesma coisa."

"Fazem o quê?", perguntou Giselle.

"Permitem que teu corpo astral receba energia do mundo material e a transforme em substância", disse Mirtha.

"E te mantém obediente a quem segura a guia", completou Maria.

Mirtha lançou um olhar mortífero para Maria, que fingiu não perceber.

"Não assusta ela, mana", disse Madalena. E, para Giselle: "Digamos assim: quem segura a guia estabelece os limites do teu passeio".

"Eu não sou cachorro pra usar coleira", disse Giselle.

"Que rebelde!", comentou Maria, cada vez mais sarcástica.

"Fica quieta, Maria!", pedi.

"Tu pode escolher", disse Mirtha. "Ficar sem a coleira, continuar com esse véu e ser uma fantasma idiota, que ninguém ouve nem vê. Voltar pro cemitério. Caminhar feito uma abobada no meio dos túmulos. Eu te garanto, é uma experiência péssima. Ou tu pode aprender a ser uma Willi. A porta tá aberta. Se quiser, pode ir."

Giselle olhou em volta. Primeiro para a porta, depois para cada uma das Willis. Voltou a encarar Mirtha. "Não posso andar na rua só com esse véu ridículo", disse Giselle.

"Pode andar sem ele", garantiu Mirtha. "Ninguém vai te ver. Lembra do que aconteceu quando tu tentou falar com teu noivo? Pode sair, querida. É seguro."

Giselle baixou a cabeça.

"Mas, eu... Não me sinto bem. E eu tô cansada."

Aproximei-me de Giselle e coloquei a mão com a maior delicadeza possível sobre a sua cabeça. Como esperado, nem senti seus cabelos. Minha sensação foi de que tocava uma espécie de esponja diáfana. Havia alguma coisa ali, mas não era exatamente material. Tentei convencê-la:

"Sem a coleira, tu vai ficar cada vez mais fraca. Vai ficar vagando por aí, sem conseguir fazer nada."

Maria se meteu:

"É um saco! Sabe aquela expressão 'alma penada'? Pois é: essa porra existe."

E Madalena completou:

"Ninguém aguenta! Bota logo esse negócio, que depois eu te consigo uma roupa bem bacana. Tu tem um corpo bonito." E, maliciosa: "Vai ser fácil…"

"O que vai ser fácil?", perguntou Giselle.

Mirtha lançou mais um olhar irritado para Madalena, que suspirou fundo e examinou as longas unhas cor de vinho tinto. Eu insisti:

"Giselle, se tu botar a coleira agora, vai te sentir muito melhor, mas ainda não vai ser uma Willi de verdade. É um processo. Vai levar tempo."

"Bota logo essa porra!", disse Maria, quase gritando. "Eu tenho um show marcado em Chicago na semana que vem."

Madalena também se levantou, ficou ao meu lado e examinou o corpo de Giselle.

"Quanto tu tem de cintura?"

Giselle ficou calada. Eu garanti:

"A coleira não vai te fazer mal."

"A gente está reunida aqui por tua causa", disse Mirtha. "E quer te ajudar."

"Ninguém merece morar nessa casa horrível", queixou-se Maria. "Dá uma força pra gente e começa logo a entender as coisas. Eu quero ir embora."

"Vocês têm que ver o hotel que eu tava em Budapeste", disse Madalena. "Um sonho…"

Mirtha perdeu a paciência:

"Se não gostam daqui, vão dormir nas tumbas! Sempre tem lugar pra vocês por lá. Já sabem o caminho."

"Nem fodendo!", disse Maria. "Tu vai nos aguentar".

Madalena, que normalmente não participa das brigas da irmã com Mirtha, dessa vez resolveu ao menos marcar posição:

"Pra Irina, tu sempre tem um cantinho bacana. Quartinho bem arrumado, lençóis novos…"

"Ela trabalha comigo."

"O nosso quarto tem cheiro de mofo, Mirtha!"

Giselle levantou a mão e disse:

"Vocês estão aqui por minha causa?"

"Sim", disse Mirtha". "Nós fizemos um círculo de energia pra te despertar mais rapidamente, e vamos ficar contigo até que tu aprenda a ser uma Willi. Essas são as regras."

"Regras idiotas!", disse Maria.

Mirtha abandonou a escrivaninha e ficou bem à frente de Maria. Apontou o dedo para o rosto dela e disse:

"Lembra o que aconteceu quando tu tentou quebrar as regras? Quer tentar de novo?"

Maria encarou Mirtha, desafiadora, por alguns segundos, mas não respondeu. Mirtha ergueu as sobrancelhas, vencedora, e afastou-se.

"E onde eu vou morar?", perguntou Giselle.

"Por enquanto, nessa casa", respondeu Mirtha.

Giselle apontou para Maria e Madalena.

"Junto com elas?"

Percebi que as irmãs ficaram furiosas e resolvi me manifestar:

"Não. A Mirtha preparou um quartinho pra ti e pra Margot. É por pouco tempo. Depois tu pode morar onde quiser, de preferência longe de Porto Alegre."

"E onde vocês moram?", disse Giselle.

"Atualmente, Camberra, na Austrália", respondi.

"Eu moro no Rio", sussurrou Margot, que até então permanecera tão calada que nem parecia estar presente.

"Eu andava pela Hungria", disse Madalena, "mas vou pra onde tiver uma cama bem grande e cheia de travesseiros."

"Nova Iorque", disse Maria. "Mas já tô cansada daquela porra."

Giselle levantou-se, caminhou até Mirtha e disse:

"Pode botar".

Mirtha deu a volta e ficou atrás de Giselle. Com gestos delicados, colocou a coleira no pescoço dela. Ela respirou fundo. Alguns segundos depois, já estava menos pálida.

1.9. O sopro do diabo

Dionísio havia deixado um lençol, uma coberta e um travesseiro na sala. Assim, quando Alberto decidiu que era hora de dormir, só teve o trabalho de arrumar as coisas sobre o sofá. Apagou a luz, ajoelhou-se, juntou as mãos e preparou-se para a oração noturna. Mal começara o Pai Nosso quando o celular tocou. Não reconheceu o número, mas atendeu mesmo assim. A voz era agradável e amistosa.

"Boa noite, aqui é o Sonílton."

"Como?"

"Sonílton, marido da Marcinha, que era colega da Giselle na loja."

"Claro. Desculpe."

"Eu tava dirigindo o carro que levava a Giselle pro casamento."

Alberto ficou quieto. Não sabia o que dizer. Nem conhecia Sonílton.

"Oi, tu ainda tá aí?", disse Sonílton.

"Tô."

"Hoje veio o orçamento do conserto do meu carro. Como vamos fazer?"

"Fazer o quê?"

A voz, de repente, não era mais agradável e amistosa.

"Tu tem que pagar o conserto. Pra começo de conversa! Depois eu vou calcular quanto eu deixei de ganhar nesse tempo que fiquei sem trabalhar no aplicativo."

"Tu não tinha seguro?"

"Seguro é coisa de rico. Não é o meu caso. E, mesmo que tivesse, tem a franquia."

"Certo, eu compreendo. Vou dar um jeito."

"Quando? Pra tirar o carro da oficina tenho que pagar o homem. Ele fez a lanternagem de barbada, mas tem que ser à vista. Amanhã?"

"Acho que sim. Me manda o valor do conserto."

A voz ficou amistosa outra vez.

"Ótimo. A Marcinha me garantiu que tu era um cara legal e que não iria fugir da responsabilidade." Sonílton fez uma pequena pausa e depois perguntou:

"Quer saber como foi?"

"Como foi o quê?"

"O acidente."

Alberto demorou para responder. Mas tomou coragem e disse:

"Já me contaram, sem muitos detalhes."

"Cara, foi uma coisa absurda. Peguei a Giselle na casa da mãe dela. Tava linda. O vestido era bárbaro. Assim que ela entrou no banco de trás, botou o cinto de segurança, disse 'bom dia' e começou a rezar baixinho. Dava pra ver a boca se mexendo. Decidi que ela não queria assunto e me concentrei em dirigir com todo cuidado. O tempo tava feio: céu escuro, cheio de nuvens. Mas não tinha vento. Vento nenhum. Nada. Lembro que achei estranho aquele ar parado, já que era óbvio que vinha chuva. De repente, ouvi um trovão muito forte. Sem raio antes. Só o trovão. No retrovisor, vi que a Giselle olhava pra cima, através da janela. Parecia meio assustada. Mas logo depois voltou a rezar. Já estávamos próximos do templo. Uns dois ou três quarteirões. Aí passamos por uma fileira de árvores na calçada (fiquei sabendo depois que eram cinamomos), e veio outro trovão, ainda mais forte que o primeiro, e uma rajada de vento absurda, que chegou a sacudir o carro. Ouvi um barulho. Era o galho de uma árvore, bem na nossa frente, que estava quebrando com a ventania. O troço voou na nossa direção, e eu travei, apavorado. Então ouvi o barulho do galho caindo em cima do carro, bem atrás de mim, bem onde a Giselle estava sentada. Me virei. A lataria do teto tinha cedido e atingido a nuca da Giselle, provavelmente porque ela abaixou a cabeça quando ouviu o barulho. Ela ainda tava com os olhos fechados. Presa pelo cinto, imóvel. Não havia sangue. Eu abri a minha porta e fui acudir. O resto tu deve saber. Foi morte instantânea. Ela nem sofreu, tenho certeza. Num momento, tava viva; um segundo depois, tinha morrido." Fez uma pequena pausa. "Eu sei que vocês eram crentes. Então agora ela deve estar no céu, não é?

"Sim", murmurou Alberto.

"Tu me perdoa, mas tenho que te dizer mais uma coisa."

"Pode dizer."

"Quando a ambulância chegou e estavam removendo o corpo, uma velha chegou do meu lado e comentou que era uma maldade muito grande acontecer aquilo com uma noiva a caminho do altar. Eu concordei, e ela falou: 'Sabe aquele vento? Era quente como o inferno. Foi o sopro do Diabo.' E foi embora." Sonílton fez nova pausa, como se esperasse um comentário de Alberto, que não aconteceu. Então prosseguiu: "Se tu acredita em Deus, acredita também no Diabo, não é?"

Alberto não conseguiu responder. Sem despedir-se, desligou o telefone. Alguns segundos depois, a tela do celular exibiu a conta do conserto. Terminou o Pai Nosso e tentou dormir, sem sucesso. Viu Dionísio chegar, o que só aconteceu depois das três da manhã, mas fingiu estar adormecido. Temeu ter um pesadelo com o sopro do Diabo, mas, em vez disso, ao amanhecer sonhou com o corpo nu de Giselle. Acordou com uma ereção completa, que nem três Pais Nossos e cinco Ave Marias conseguiram domar.

1.10. As três leis

Depois de algumas horas usando a coleira, o corpo de Giselle estava suficientemente materializado.[10] Ela poderia livrar-se do véu e escolher algumas roupas. A encarregada de vesti-la foi Madalena, de longe a Willi com a maior coleção de figurinos, alguns bastante sofisticados,

---

10 O corpo de uma Willi não é matéria OU energia. É sempre as duas coisas ao mesmo tempo, em sobreposição quântica. Em determinado momento, uma das possibilidades se destaca. É como no famoso experimento mental conhecido como "o gato de Schrödinger", que tenta explicar para os leigos as propriedades de material subatômico: um gato está dentro de uma caixa com partículas radioativas. Se elas circularem na caixa, ele morre; se não, está vivo. Na ótica da física quântica, o gato está vivo e morto ao mesmo tempo. As possibilidades de estado de uma partícula existem simultaneamente até que elas sejam medidas (ou observadas), quando então assumem um dos estados. No caso do gato, isso se daria quando a caixa fosse aberta. Até lá, as possibilidades – vivo ou morto – continuam existentes. No caso das Willis, as coleiras absorvem energia suficiente para que a possibilidade material se manifeste com maior intensidade. Não entendeu? Na verdade, eu também tenho certa dificuldade. Mas na prática funciona assim. E odeio gatos.

acumulados ao longo do tempo em caixas de papelão no quarto que dividia com a irmã. Enquanto eu, Margot e Mirtha esperávamos no escritório, Mirtha leu na internet que o corpo de um coveiro fora achado sem vida no cemitério da Santa Casa e comentou comigo:

"Elas tinham energia sobrando. Sempre passam do ponto sem necessidade."

"Eu já tava desconfiada", respondi. "Elas devem ter ido até o fim só pra te irritar."

As duas irmãs entraram neste exato momento, acompanhadas de Giselle.

"Morreu bem feliz", disse Maria. "Qual é o problema?"

"Quem morreu?", perguntou Giselle.

"Ninguém que tu conheça", disse Madalena. "Agora o importante é aprovar o primeiro traje. O que acham?"

Giselle estava vestida ao estilo de Madalena: sensual, provocante, com um vestido azul escuro, curto e bem justo. Decotes pronunciados valorizavam os seios e deixavam as costas descobertas. Giselle, com toda certeza, não estava à vontade. Madalena ainda passou mais batom nos lábios de Giselle e prendeu os seus cabelos de um jeito desarrumado (ou "desconstruído", pra usar uma palavra da moda).

"Tá linda", disse Maria.

Tentei tranquilizar a novata:

"Depois tu pode experimentar outras coisas. Eu tenho..."

"Um monte de coisas hippies que saíram de moda há cinquenta anos", cortou Maria.

"Depois tu compra o que quiser", disse Mirtha, enquanto pegava sua câmera. "Eu gostaria de registrar o momento. Tudo bem?"

"Tudo", disse Giselle, meio sem-graça.

"Mas antes eu tenho que mudar um pouquinho o teu figurino", disse Mirtha.

Apanhou num baú uma blusa folgada, com uma gola bem grande e aparência antiga, e a colocou por cima do vestido que Giselle vestia. Madalena faz uma careta de desgosto. Mirtha soltou os cabelos de Giselle, que ficou com um estilo mais romântico.

"Parabéns, Mirtha", disse Madalena. "De uma linda mulher para uma freira horrorosa em dez segundos."

Mirtha já levava Giselle pela mão na direção do estúdio. Fomos atrás delas. Mirtha posicionou-a e pediu:

"Fica bem de lado e olha pra câmera. Isso. Por cima do ombro."

Ela obedeceu. Mirtha ligou alguns refletores do estúdio e examinou o efeito da luz sobre o rosto de Giselle.

"Levanta mais a cabeça. Assim."

Mesmo com os decotes escondidos e a gola da blusa levantada, cobrindo totalmente a coleira, Giselle ficava constrangida de encarar a objetiva e seguir a orientação de Mirtha.

"Tudo bem, querida", disse a fotógrafa. "Olha para onde quiser: pro chão, pro teto, pra luz…"

O olhar de Gisele percorreu todo o estúdio, e Mirtha apertou o botão do obturador três vezes.

"Obrigada", disse ela. "Acho que essa última ficou ótima."

Então pediu para mim:

"Traz as Leis, por favor".

Fui até a escrivaninha, peguei a velha pasta de couro, voltei para o estúdio e a entreguei para Mirtha, que logo a transferiu para as mãos de Giselle.

"Abre", disse ela.

Giselle abriu a pasta, que continha apenas uma folha de papel com algumas linhas escritas a mão na caligrafia rebuscada de Mirtha, herança de sua alfabetização germânica.

"São as Três Leis", explicou Mirtha. "Nós devemos segui-las. Irina, por favor, lê pra nós."

Peguei a folha e comecei:

"Primeira Lei. Uma Willi não pode absorver energia de um ser vivo, a não ser que este deseje e permita que sua energia seja absorvida."

Maria e Madalena faziam cara de grande enfado. Eu continuei:

"Segunda Lei. Uma Willi deve obedecer às ordens dadas por quem detém a sua guia, exceto nos casos em que tais ordens entrem em conflito com a Primeira Lei."

Maria me interrompeu:

"Adivinha quem tem todas as guias?"

"Fica quieta!", ordenou Mirtha. Eu segui:

"Terceira Lei. Uma Willi deve proteger sua existência e absorver energia, desde que tais ações não entrem em conflito com a Primeira ou a Segunda Leis."

Giselle parecia confusa.

"Não entendi nada."

"Mas vai entender. Na teoria parece difícil, mas eu escrevi as leis a partir de realidades bem concretas."

"Escreveu?", disse Maria. "Tu roubou do Asimov."

"Eu adaptei."

"Quem é Asimov?", perguntou Giselle.

"Depois te empresto o livro que ela roubou, quer dizer, adaptou...", disse Madalena. "É de ficção científica. Sobre robôs. Bem bacana.[11]"

Margot, que até aquele momento se limitara a observar o que acontecia, disse:

"Tu pode ler o que quiser, mas só vai aprender como funciona na prática."

"Eu concordo cem por cento", disse Maria. "Não te preocupa, Giselle. Daqui a pouco tu vai ver como funciona. O Asimov nunca escreveu nada parecido." Olhou para Mirtha. "Agora que ela começou a se comportar, tu tem que passar pra ela alguma grana." Para Giselle: "A Mirtha às vezes esquece que uma garota bonita gosta de comprar coisas bonitas."

---

11 As Três Leis da Robótica abrem o livro de contos "Eu, Robô", de Isaac Asimov (1920-1992), editado em 1950. As leis, criadas em uma obra clássica de ficção científica, acabaram gerando muitos debates entre pesquisadores reais da cibernética e da robótica, porque antecipam alguns dos dilemas éticos dessas áreas. Quando recebi os primeiros ensinamentos de Mirtha, no final da década de 1960, sobre a nossa natureza e sobre como eu deveria me comportar, logo lembrei da obra de Asimov, que eu lera em inglês nos tempos da faculdade. Comprei o livro para ela, que imediatamente adaptou as leis para o contexto existencial das Willis. Embora a intensão de Mirtha seja didática, isto é, simplificar ao máximo o entendimento das questões morais para uma Willi recém-chegada, há muitos pontos obscuros quando as leis são aplicadas à vida real. O que significa desejar e permitir a absorção de energia? E como o ser vivo deve manifestar seu desejo e sua permissão? Maria, por exemplo, parece ter sua própria interpretação de vários aspectos das Três Leis.

1.11. O inspetor Otávio

Aos 50 anos, o inspetor Otávio não tinha mais ambições profissionais. Mesmo formado em Direito, nunca seria delegado, por conta de uma carreira errática, recheada de desentendimentos com seus superiores em todas as DPs por onde andou. O alcoolismo era companheiro fidelíssimo. A fama de andar com prostitutas, de quem era mais amigo que cliente (e nunca repressor), também não ajudava. Chegou a ser acusado de lenocínio pela corregedoria quando estava alocado na Terceira Delegacia de Polícia de Sapucaia do Sul, cidade da região metropolitana de Porto Alegre, sob as ordens de um certo delegado Xavier, mas não houve processo.

Quando Xavier foi transferido para a Primeira de Homicídios, na capital, deu um jeito de levar Otávio com ele. Não que gostasse do inspetor. Pelo contrário: detestava-o quase todo o tempo. Contudo, precisava de um investigador obcecado para manter os gráficos de resolução de crimes com curvas satisfatórias. Sabia muito bem que os métodos de Otávio não eram os mais ortodoxos, mas quem liga para heterodoxia investigatória quando os vagabundos estão matando, estuprando e roubando sem parar?

Mirtha pesquisara a vida pregressa de Otávio ao perceber que ele seria personagem importante nesta história. Havia poucos registros confiáveis. Morava sozinho numa casa pequena do bairro Chácara das Pedras. Não tinha redes sociais, nem parentes próximos, nem colegas policiais capazes de dizer alguma coisa além do óbvio: vestia-se mal, comia demais, bebia demais e brigava constantemente com Xavier, sem que isso o impedisse de ir atrás dos bandidos e pegá-los. Detalhes importantes da vida privada de Otávio só foram descobertos mais tarde, quando ele chegou perto de nós. Esse ponto será desenvolvido em detalhes nos capítulos 4 e 5 deste relatório. Sigo uma ordem cronológica, conforme está anunciado na Introdução. Estou cagando para questões metodológicas e epistemológicas, mas vou cumprir o que prometi. Então vamos aos fatos imediatos.

O corpo do coveiro foi descoberto no final da tarde do dia seguinte ao "renascimento" de Giselle. Portanto, umas 24 horas depois.

A gerente, uma velhinha simpática, foi avisada por um auxiliar de limpeza de que havia "alguém dormindo escondido" no espaço estreito entre dois túmulos num canto pouco frequentado do cemitério. Chegando lá, ela logo percebeu que o sono seria eterno e chamou a polícia. O coveiro era um funcionário antipático e um pouco grosseiro no modo de falar, mas tinha boa saúde e músculos rijos. Quase nunca faltava ao serviço e não reclamava das tarefas pesadas. Quando a Homicídios recebeu a incumbência de verificar se poderia ter sido um ato criminoso, Xavier imediatamente mandou Otávio ao cemitério para fazer um relatório completo, enquanto ele ia jogar pôquer com alguns rapazes da delegacia que estavam de folga.

Otávio iluminou com uma lanterna o rosto do coveiro. Ele estava com os olhos semicerrados e sua boca, inequivocamente, esboçava um sorriso de satisfação. Otávio nunca vira um cadáver tão feliz. No corpo, não havia sangue nem ferimentos visíveis. Usando uma caneta, Otávio mexeu na camisa do coveiro, tentando descobrir traços de contusões. Nada. Foi baixando a caneta rumo à cintura, e, quando a ultrapassou, viu algo que o surpreendeu.

1.12. Sexo, drogas e rockabilly

A ideia inicial era tomar um banho frio para espantar a imagem da nudez de Giselle, que não saíra da cabeça de Alberto desde o sonho daquela madrugada. Contudo, no final da tarde, ao entrar no box, abriu a água quente. Logo estava se masturbando. Era pecado, sabia muito bem. Mas precisava se aliviar de alguma maneira. Dionísio entrou no banheiro quando o infeliz noivo estava prestes a atingir o orgasmo. Alberto se virou de costas rapidamente.

"Desculpa", disse Dionísio, "mas eu tenho que sair e preciso combinar uma coisa contigo."

"Tudo bem", disse Alberto.

Dionísio ficou se examinando no espelho. Ajeitou o cabelo e observou os próprios dentes.

"Hoje tu vai conhecer a melhor banda de rock da cidade", disse Dionísio. "E encontrar as duas roqueiras mais lindas que eu já vi. Sem compromisso, claro. Tu pode ficar só sacando elas. Vamos? Nove da noite, no bar Ocidente."

Alberto, ainda atrapalhado, quis livrar-se logo de Dionísio e prometeu:

"Tá bem."

"Certo! A gente se encontra lá. Não te atrasa."

Dionísio saiu. Alberto supôs que Deus enviara o amigo para evitar o pecado da luxúria. A excitação tinha diminuído. Antes que ela tivesse chance de voltar, Alberto abriu a torneira de água fria. Em paz com Deus, vestiu-se e foi para a cozinha preparar um chá de camomila. Seu plano para a noite era ver um pouco de TV, rezar e dormir.

Vinte minutos depois do horário combinado, numa mesa do mezanino com boa visão do palco, Dionísio assistia ao início da apresentação da banda *Damn Laser Vampires*, um trio que usava figurinos góticos e detonava um bom rockabilly. Logo a pista de dança ficou movimentada. Sentadas à sua frente, duas lindas jovens que conhecera pelo Tinder naquela tarde sorriam para ele. Uma punk atrevida com um piercing no nariz, que lembrava a personagem de quadrinhos Tank Girl, e uma graciosa deusa pós-moderna, levemente andrógina e sedutoramente blasé. Eram Maria e Madalena, é claro, embora tivessem se apresentado com outros nomes. Dionísio pensou que nem São Francisco de Assis resistiria àquelas duas e mandou uma mensagem para Alberto, dizendo que ficaria MUITO chateado se o amigo descumprisse a promessa.

"Vamos dançar?", convidou Maria,

"Eu tô tentando ver o que aconteceu com o meu amigo", respondeu Dionísio.

"Se ele não vier, por acaso tu não tem uma amiga pra chamar?", perguntou Madalena.

"Não", respondeu Dionísio, apesar de não ter qualquer preconceito quanto a orientações sexuais. A noite estava apenas começando, e aquela garota parecia ter uma sexualidade deliciosamente líquida, o que o fez sentir raiva de Alberto: ele poderia ao menos dar uma desculpa qualquer, em vez de ignorar as mensagens. "O meu amigo não responde."

"Deixa pra lá", disse Maria. Pegou Dionísio pela mão e levou-o para a pista. Dançaram por alguns minutos e logo se beijaram. Madalena, que os observava do mezanino, lançou o olhar para uma garota tatuada, numa mesa próxima. A garota olhou de volta, interessada. O flerte foi logo interrompido por um homem imenso, com o dobro de tatuagens, que levou a garota para a pista. Dionísio e Maria voltaram suados. Madalena estava braba.

"O que foi?", disse Maria.

"A heteronormatividade explícita me dá dor de cabeça. Vamos embora?"

"Ainda é cedo", disse Dionísio.

"Vamos pra tua casa", disse Maria.

Dionísio concordou. Dali a quinze minutos, os três entraram na sala onde Alberto dormia. Dionísio acendeu a luz, acordando o amigo, que se sentou no sofá, assustado.

"Que sacanagem, cara", disse Dionísio. "Ficamos te esperando lá no bar, e tu dormindo…"

"Desculpa. Não consegui."

"Sentem, garotas", disse Dionísio. "Vou pegar um vinho."

Enquanto Dionísio ia para a cozinha, Alberto dobrou rapidamente o lençol e colocou-o na mesa de centro. Além do sofá, havia apenas mais duas poltronas pequenas, em cantos opostos da sala, que foram prontamente ocupadas pelas irmãs. Dionísio voltou com uma garrafa de vinho e quatro cálices. Serviu as garotas, mas Alberto fez um sinal negativo com a cabeça, irritando Dionísio, que se sentou no sofá com cara de poucos amigos.

"Vê se te anima um pouco, pelo amor de Deus!"

"Estragamos tua bela noite de sono. Desculpa", disse Madalena, amistosa.

"Não tem problema. Eu que peço desculpas. Tava com muita dor de cabeça."

Maria abriu a bolsa e pegou uma pequena cápsula branca. Levantou-se e levou o comprimido para Alberto.

"O que é isso?", disse ele.

"Tipo um analgésico dos deuses. Muito eficiente, muito rápido, tu vai ver."

"Alberto, já basta tu ter furado comigo", disse Dionísio. "Toma logo esse troço."

Maria pegou seu copo de vinho e entregou-o para Alberto, que tomou o comprimido com um gole pequeno. Maria sorriu e voltou para seu lugar.

"Tu não gosta de dançar?", perguntou Madalena.

"Não muito."

"A tua noiva também não gostava?"

Alberto ficou surpreso com a pergunta. Madalena tomou um gole largo de sua bebida.

"Desculpa, não quero ser intrometida."

"Não tem problema", disse Alberto, seco, quase rude. "A Giselle gostava de balé. O nome dela veio de um espetáculo de dança. Mas é música erudita. E ela não dançava, só assistia."

O tom de voz de Alberto claramente anunciava que ele não conseguiria falar de Giselle sem cair no choro.

"Se tu quiser, a gente vai embora", disse Madalena.

"Ninguém vai embora! Nem fodendo!", exclamou Dionísio. Encarou Alberto e continuou: "Se tu quiser, meu amigo, pode ir pro meu quarto. Ou vai lá pra casa do Geraldo, rezar a noite toda. Mas não enche o saco dos outros."

Alberto baixou a cabeça e respirou fundo. Então falou:

"Eu até gosto de rock. Mas dançar... Aí fica difícil."

"A banda que tocava no bar era bacana", disse Maria. "Vampiros alguma coisa. Tu conhece?"

"Não." Algumas gotas de suor surgiram na testa de Alberto. "Tô com muita sede."

Dionísio ergueu seu cálice na direção de Alberto. Ele negou.

"Eu quero água."

"Eu pego", disse Maria. A seguir, levantou-se e caminhou na direção da cozinha. Dionísio foi atrás dela. Madalena sentou-se no sofá, ao lado de Alberto.

"Não tá te sentindo bem?", disse ela.

"Nunca senti tanto calor na vida", contou Alberto.

"O tecido da tua camiseta é muito grosso. Quem sabe tu tira?"

"Não tem nada a ver com a roupa."

Maria voltou com um copo de água com gelo. Alberto pegou o copo e tomou quase tudo de uma vez. Dionísio reapareceu na sala com a boca manchada pelo batom escuro de Maria.

"Pô, que sede!", disse Dionísio. "Não te preocupa. Isso é normal pra quem toma essa balinha que tu tomou."

Alberto olhou para Dionísio, tentando entender a frase do amigo. De repente, compreendeu.

"É coisa boa", disse Dionísio. E apontou para Maria. "A Maria garante."

Dionísio desligou a luz principal da sala e acendeu um pequeno abajur, deixando o ambiente na penumbra.

"Não acredito que vocês fizeram isso comigo", disse Alberto.

"E um dia tu vai nos agradecer", disse Dionísio.

"Relaxa, querido. Esse calor logo passa", garantiu Maria. "MDMA é uma droga do bem."

Alberto levantou-se.

"Eu vou embora."

"Melhor não", disse Dionísio. "Se tu for pra rua suando desse jeito pode ter um choque térmico. Não é legal. Ninguém vai te obrigar a fazer mais nada. Fica tranquilo."

Madalena pegou a mão de Alberto com delicadeza e puxou-o de volta ao sofá. Ele sentia seu corpo cada vez mais quente. Madalena cruzou as pernas e continuou tomando vinho. Maria, de repente, estava no colo de Dionísio, numa nas poltronas. Começam a se beijar, primeiro com suavidade, depois de modo mais apaixonado. Alberto desviou o rosto.

"Tu nunca usa drogas?", perguntou Madalena.

"Quando eu era adolescente, usei até demais, por muito tempo. Agora não. Tô limpo."

"Eu também não curto muito." Ergueu o copo com vinho na direção de Alberto. "Prefiro um bom vinho, com bom espírito. Esse aqui, por exemplo, tá com um espírito ótimo."

Dionísio e Maria, aparentemente alheios à presença de Alberto e Madalena, começaram a tirar suas roupas.

"Passou um pouco o calor?", perguntou Madalena.

"Um pouco."

Madalena colocou mais vinho no seu cálice e o estendeu para Alberto.

"Então experimenta."

Alberto pegou o cálice e tomou um gole. Madalena observou Maria e Dionísio com um ar desaprovador.

"Ela não tem o menor pudor. E o teu amigo, parece, também não."

Alberto tomou mais vinho e, pela primeira vez, olhou nos olhos de Madalena. Ficaram se encarando por algum tempo. Alberto não resistiu e observou a transa de Dionísio e Maria. Madalena entreabriu os lábios. Alberto parecia prestes a capitular.

1.13. Planos e contraplanos

Mirtha hesitou antes de aceitar o plano de Maria e Madalena. A morte do coveiro, contudo, gerou a necessidade de acelerar ao máximo a educação de Giselle. Deixar as impetuosas irmãs por muito tempo em Porto Alegre poderia arriscar o segredo da existência das Willis. Temos nossos poderes e nossas glórias, mas também fragilidades e medos. Durante mais de cinquenta anos, desde 1917, Mirtha viveu na cidade como uma Willi bem solitária. Discreta, mudava de identidade e de endereço de tempos em tempos, sem afastar-se mais do que alguns quilômetros do cemitério onde estavam seus preciosos besouros. Sempre escolhia vítimas cuidadosamente e conseguia ficar longos períodos sem causar mortes. Uma vida triste, mas segura.

A situação só se alterou quando eu cheguei, em 1969. O forte vínculo emocional que criamos realçou sua solidão. Como, depois de voltar à vida e conhecer Mirtha, tive que partir ao exterior rapidamente, ela decidiu comprar um imóvel que pudesse chamar de casa. Guardando o dinheiro que ganhava como retratista, comprou um velho sobrado e o decorou com móveis, objetos e obras de arte (em especial fotografias) que a consolassem e fizessem companhia. Ampliou a garagem nos fundos do terreno e transformou-a em estúdio. Foi nessa casa que, em várias visitas que fiz ao Brasil na década de 1970, desvendamos, graças à intuição quase milagrosa de Mirtha e à minha disciplina metodológica, a maioria dos segredos de nossos corpos astrais e criamos algumas ferramentas fundamentais, como as coleiras e a guia.[12]

A ideia de Maria e Madalena era bastante óbvia: como Giselle e Alberto permaneceram virgens por tantos anos devido às crenças religiosas, e o casamento, capaz de libertá-los sexualmente, era o grande objetivo de ambos, o mais fácil seria aproximar os dois e deixar que consumassem seu mútuo desejo reprimido. Assim, Giselle receberia uma dose generosa de energia vital para materializar seu corpo, ao mesmo tempo que viveria o principal dilema de uma Willi, importantíssimo para sua educação: até onde se pode ir no sexo sem que as consequências sejam funestas para o parceiro. Com um pouco de sorte, a lição poderia ser inteiramente desenvolvida apenas com seu amado noivo. O destino de Alberto, no final das contas, dependeria apenas dele mesmo. Como sempre. As irmãs apostavam que ele teria uma rápida e linda morte já no primeiro encontro. Eu e Mirtha não acreditávamos muito nisso, mas concordávamos que reaproximar o casal seria um passo primordial em nossa missão.

A principal dificuldade era reverter, em poucos dias, o sentimento de luto que os envolvia. Além disso, Alberto teria que acreditar que Giselle, a sua Giselle, estava de volta, tinha um corpo que ansiava por sexo e o desejava. E que ela não era um fantasma. Maria e Madalena riam de nossas ponderações. "Eles se faziam de santos, mas queriam trepar o tempo todo", disse Maria. "A gente só tem que dar um empurrãozinho."

---

12 Essas ferramentas serão descritas com certo grau de minúcia no capítulo 4. Então esperem até lá e não me encham o saco.

Madalena pesquisou as redes sociais de Alberto e Giselle, que mais pareciam propaganda religiosa de péssima qualidade e pouco ajudaram. Também acessou o site da igreja do bispo Geraldo, onde, segundo ela, as fotos de Gabriela, esposa de Geraldo, eram um irresistível convite ao pecado. "Quem sabe mais tarde...", suspirou. Ao chegar ao Instagram de Dionísio, percebeu que o amigo de Alberto, nada reprimido, seria um bom atalho. O encontro a quatro combinado pelo Tinder para o show no Ocidente não foi difícil de armar. Mais complicado foi explicar para Giselle o que ela deveria fazer naquela noite. Eu fui escalada para acompanhá-la e, se necessário, dar um apoio no momento decisivo.

Chegamos bem cedo no bar e ficamos no balcão, atentas à porta de entrada. Pedi uma cerveja, e Giselle, uma água mineral. As Willis não precisam beber nem comer, mas bebemos e comemos quando temos vontade, ou quando queremos parecer "normais". Não é fácil descrever a fisiologia dos nossos corpos, já que eles funcionam de maneiras diferentes dependendo do nível geral de energia circulante no organismo. Por ora, o importante é dizer que, depois de algumas horas usando a coleira e absorvendo pequenas doses de prana da atmosfera, Giselle era capaz de sustentar roupas sobre o corpo e ser vista pelos humanos.[13]

Dionísio chegou sozinho e subiu para o mezanino do bar. Giselle nem conseguiu vê-lo. Eu só avisei que Alberto provavelmente estaria ali em poucos minutos. Giselle, nervosa, mal levantava os olhos do seu copo d'água. Maria e Madalena apareceram e perguntaram pelos rapazes. Eu apontei para a escada, e elas subiram. Giselle disse que queria ir embora, mas a convenci a ficar pelo menos mais alguns minutos. Ela viu quando Dionísio dançou com Maria e se beijaram. Percebi que a cena a deixou um pouco excitada. No final das contas, ela não era feita de pedra. Foi o suficiente para dois garotos se aproximarem de nós, transbordando confiança e testosterona, e nos convidarem pra dançar. Eu disse que nossos namorados estavam chegando e era melhor eles caírem fora. Ver a profunda decepção no rosto de um homem

---

[13] Essa capacidade de absorver energia sem contato com seres vivos é grande na primeira vez em que a coleira é colocada, mas vai diminuindo depois. Mais explicações no capítulo 4.

desprezado por uma Willi é um espetáculo e tanto. Giselle chegou a sorrir um pouquinho. Então Dionísio e as irmãs desceram a escada, passaram direto por nós e saíram do bar.

Recebi uma mensagem de Madalena avisando que os planos tinham mudado: estavam indo para a casa de Dionísio. Ela mandou o endereço. Pagamos a conta e levamos alguns minutos para achar um táxi. Quando chegamos, já tinham entrado. Em nosso planejamento original, Alberto, enquanto dançava com Dionísio e as meninas no bar, veria Giselle ao longe, no balcão, com certeza sem acreditar que era ela, ainda mais com aquele figurino e aquela maquiagem. Depois, aos poucos, providenciaríamos uma aproximação, de preferência com Alberto meio bêbado. E depois... Depois sei lá. Geralmente quando uma Willi se aproxima de um alvo as coisas acontecem muito rápido. Eu imaginava que minha principal função, a partir dali, seria tirar as irmãs do bar para assegurar que Dionísio fosse dormir em segurança. Tudo deu errado.

Agora, na calçada em frente a uma casa desconhecida, numa rua bastante escura, ao lado de uma novata Willi cada vez mais nervosa, com certeza bater a campainha e entrar seria uma péssima ideia. Havia uma janela grande, protegida por uma cortina, mas que deixava passar a luz do interior por uma das extremidades. Levei Giselle até lá e conseguimos ter uma visão parcial da sala. O que aconteceu até este momento, já contei. Vamos em frente.

1.14. Um grande herói em repouso

As Willis não têm superpoderes. Pelo menos não os habituais, encontrados nas revistas em quadrinhos e nos filmes da Marvel. Mas há uma espécie de ligação energética entre nós, uma vibração que se acentua quando estamos perto umas das outras. Assim, quando Giselle aproximou-se da janela e visualizou Alberto e Madalena na iminência de um beijo, Madalena sentiu que estava sendo observada, mas não interrompeu suas ações. Segurou o rosto de Alberto suavemente;

contudo, não o puxou. Uma Willi faz nascer o desejo, e ele nunca é pequeno, mas cabe a quem deseja reagir como quiser (ou como conseguir, considerando suas próprias circunstâncias psicológicas).

Alberto hesitou. Resistiu. Reuniu todas suas forças para desfazer o encontro de olhares, afastar a mão de Madalena e levantar-se. No entanto, entre a intensão e o gesto há um universo de possibilidades quânticas. Giselle levou a mão à nuca. Eu percebi o movimento, pois estava bem ao lado dela, mas não imaginei o que ela faria a seguir. Sem ajuda, é dificílimo manipular o sistema de correias e fechos metálicos que mantém o colar ao redor do pescoço. Seria um trabalho de pelo menos alguns minutos. Em vez disso, com um movimento brusco e decidido, Giselle puxou o colar para trás. A força que usou deve ter sido extraordinária, pois o fecho principal se rompeu, e sua cabeça veio violentamente para a frente, atingindo o vidro da janela, quebrando-o e provocando um barulho que ecoou na sala.

Alberto virou o rosto na direção do ruído e, por um instante, vislumbrou Giselle. Imediatamente correu para a janela. Quando chegou, nada viu, pois o corpo de Giselle já se desvanecera, privado da energia do colar, que estava caído no chão, ao lado das roupas. Alberto, confuso, a procurou com os olhos por alguns instantes e logo disparou para a porta da casa, seguido por Madalena. Eu peguei o colar e as roupas e corri para me esconder atrás de uma árvore na calçada. Alberto saiu da casa. Giselle estava de pé, na frente dele, nua, cobrindo os seios e a pelve com as mãos. Invisível para Alberto. Giselle tentou tocá-lo, mas sua mão atravessou o corpo sem causar efeito. Então ela disse, quase num sussurro:

"Alberto."

Ele não escutou. Giselle ficou desesperada. Então Alberto gritou:

"Giselle!"

E ela respondeu:

"Eu tô aqui!"

Alberto não ouviu. Saiu correndo pela rua, olhando para os lados, até desaparecer. Madalena saiu da casa e aproximou-se de Giselle:

"Sem o colar, ele não vai te ouvir, nem te ver."

"Ele me viu na janela."

"Por um segundo. Depois teu corpo desapareceu pra ele."

"Eu quero falar com ele."

"Só tem um jeito, querida. Tu tá bem fraca. Precisa colocar o colar e ficar mais forte. Te alimentar..."

"Eu não sinto fome."

Madalena apontou com a cabeça para a rua, na direção em que Alberto correu.

"Sente, sim."

"Não. Eu... Eu só quero que ele me ouça."

"E que te veja."

"Sim."

"E o que mais? O que tu quer com o Alberto, querida?"

Giselle estava assustada.

"Eu não vou fazer mal pra ele. Nunca."

"Ninguém falou de fazer mal. O mal tá na tua cabeça." Madalena apontou para a porta da casa. "Se tu quer ficar mais forte, entra comigo. A Irina coloca o colar de volta."

"Não."

Giselle afastou-se. Nada mais a fazer. Eu abanei para Madalena e segui Giselle. Madalena, decepcionada, entrou na casa. Caminhou até o sofá, onde Dionísio e Maria continuavam transando, e assistiu aos momentos finais da relação. Dionísio, suado, afastou-se um pouco de Maria, sorriu para Madalena e disse:

"Tô morto."

"Não tá...", contestou Madalena.

"...ainda", completou Maria.

Madalena tirou a roupa e mostrou seu corpo para Dionísio.

"Meninas, de onde vocês saíram?", disse Dionísio. "Do paraíso?"

"Quase. Bem pertinho", disse Maria.

Maria e Madalena se abraçaram, sedutoras.

"Não sei se ainda tenho forças", disse Dionísio.

"Tu tem um nome divino", lembrou Madalena. "Usa teu poder com tuas bacantes."

"Eu adoro esse texto", disse Dionísio. "Fiz a peça no ano passado."

As duas estenderam os braços, e Dionísio recitou:

"Muitas são as formas do divino, e muitas as ações imprevistas das divindades. O que esperávamos não se realizou; para o inesperado, as deusas acharam caminho. Iô! Escutem a minha voz. Iô, Bacantes! Iô, Bacantes!"

A transa foi longa e intensa. Pouco a pouco, Dionísio perdeu sua energia vital, tragada com volúpia pelas irmãs. Porém, ele queria seguir em frente.

"Mais?", perguntou Maria. "Tem certeza?"

"Sim", disse ele, já com os olhos semicerrados. "Vem, serenidade dourada da morte. Mistério, doce antecipação! Percorri meu caminho depressa demais? Agora que meus pés estão cansados, teus olhos me atingem e percebo tua felicidade."

As duas irmãs estavam admiradas. A beleza de Dionísio era imensa, e ele continuou:

"Apenas ondas e brincadeiras ao meu redor. O que era cansaço agora é um esquecimento azul. Movimento e tempestade ficaram para trás, desejo e esperança se afogaram, e minha alma apenas flutua no mar calmo."

"O que é isso?", perguntou Maria, sussurrando no ouvido de Dionísio. Em vez de responder, ele seguiu:

"Sétima solidão, nunca senti tão perto tua doce certeza, nem tão quente a luz do sol. Mas há gelo por aqui, neste meu pequeno peixe prateado que resplandece agora, nesta minha pequena nave que desliza mundo afora."

Dionísio parou de falar e caiu no meio das duas mulheres, morto, com um sorriso nos lábios.

"Acho que é Safo", disse Madalena, admirada. "Esses versos são lindos!"

"É interessante como eles ficam inspirados nessa hora", observou Maria. "Por que será?"

Observaram por algum tempo o corpo nu de Dionísio, que parecia mais a estátua grega de um grande herói em repouso do que um cadáver humano.

1.15. Fome

Por mais de uma hora, Alberto procurou Giselle por ruas escuras e praças desertas. Depois que desistiu, exausto, não voltou à casa de Dionísio. Era quase meia-noite quando bateu na campainha de Geraldo. O bispo abriu a porta de cueca e camiseta. Estava bem desperto e não demonstrou surpresa ao ver seu jovem funcionário. Sem dar explicações, Alberto pediu para dormir lá naquela noite. Geraldo disse que a cama no quartinho estava arrumada, já que Deus sempre recompensa quem oferece abrigo para quem dele necessita. Alberto sentou-se na cama da pequena peça e falou em voz baixa:

"Eu vi a Giselle." Fez uma pausa para tomar coragem e continuou: "Ela me impediu de pecar."

"Descansa", disse Geraldo. "Amanhã nós vamos ao templo e fazemos uma oração pelo descanso da alma de Giselle."

"Era ela? Não tô ficando louco?"

"Os infiéis chamam de loucura o que nós chamamos de graça divina. Onde aconteceu a visão?"

"Na casa do Dionísio."

"Vai dormir. Pode ficar aqui quanto tempo quiser. O Dionísio não é uma boa companhia pra ti. Amanhã eu pego tuas coisas."

Alberto olhou por alguns instantes para Geraldo e depois levantou-se para abraçá-lo.

"Obrigado por tudo."

"Agradeça primeiro a Deus."

★★★

Alberto dormiu por doze horas seguidas. Não é algo incomum para os humanos depois de passar um tempo com uma Willi, mesmo sem maior contato físico. Giselle, ainda sem a coleira, também dormia profundamente quando foi acordada por mim e Margot perto das onze da manhã. Colocamos um véu sobre seu corpo nu e a conduzimos até o escritório de Mirtha. Maria e Madalena estavam lá. O clima era péssimo, pois as irmãs já tinham contado sobre a morte de Dionísio. Mirtha pediu que Giselle se sentasse perto dela.

"Quando me tornei uma Willi, tive que descobrir tudo sozinha. E a primeira coisa que aprendi, da pior maneira possível, é que ficar sem qualquer força vital é pior que a morte. É o que vai acontecer contigo sem a coleira. Ontem tu teve a oportunidade de absorver muita energia e desperdiçou. Eu compreendo. Era o teu noivo, e tu teve medo. Mas, se não for com ele, será com outra pessoa. A Maria, a Madalena e a Irina estavam lá para te apoiar. Sozinha vai ser mais difícil. Tu compreende que todas nós queremos te ajudar?"

Giselle permaneceu calada. Eu mostrei a coleira para ela e falei:

"Se tu colocar outra vez, vou te mostrar como funciona na prática. Mas não com uma pessoa. Não te preocupa. É um exercício. Que tal?"

"Se eu botar a coleira, posso me vestir outra vez?"

"É bem provável."

"Então tudo bem."

Fiz um sinal para Margot. Ela saiu do escritório e voltou um minuto depois, trazendo numa guia um grande cão dourado da raça retriever, que se sentou bem perto de Giselle, mas não deu atenção para ela. Parecia fascinado por Maria e Madalena.

"Esse é o Joker", disse Margot. "Peguei emprestado numa pet aqui perto. Na verdade, aluguei. O Joker trabalha em residenciais de pessoas idosas."

Giselle estendeu a mão para tocar no pelo do cachorro, que permaneceu atento às irmãs.

"Sem a coleira, não vai acontecer nada. Ele nem sabe que tu tá aqui", disse Mirtha.

Giselle observou a coleira na minha mão e assentiu com a cabeça. Assim que terminei de ajustar o fecho, Giselle abraçou o retriever. A absorção da energia do cachorro fez efeito imediato. Giselle estreitou o abraço. Depois de um minuto, o cachorro baixou a cabeça. E logo deitou-se. Giselle fez menção de deitar-se ao lado dele.

"Chega, Giselle", disse Mirtha. "Mais um minuto, e ele morre."

Giselle, assustada, afastou-se de Joker, que, pouco a pouco, recuperou-se e passou a encarar Giselle de um modo estranho.

"Não te ilude", disse Mirtha. "A energia de animais é absorvida de forma rápida porque normalmente eles não têm defesa alguma. Eles não podem negar, não têm livre-arbítrio, não têm julgamento moral.[14] Simplesmente entregam-se à sensação do momento. A energia jorra, o que pode fazer teu corpo ganhar certa materialidade, como agora, mas isso nunca será suficiente. Tu não pode matar um Joker por dia. Só a absorção de energia humana vai permitir a existência verdadeira como uma Willi."

O celular de Mirtha emitiu um sinal sonoro. Ela observou a tela, pediu licença e saiu da sala. Enquanto Margot levava Joker embora, Maria e Madalena conduziram Giselle para o quarto, onde a vestiram.

★★★

Otávio estava saindo da delegacia quando um colega comentou o caso de um jovem ator encontrado morto naquela manhã em sua própria casa. O perito, amigo do colega de Otávio, dissera que não tinha encontrado a causa da morte e que o defunto, além de aparentar excelente saúde, parecia estar sorrindo. Provavelmente a família pediria a liberação do corpo, mas nesses casos é recomendado fazer uma autópsia. O perito estava em dúvida sobre o que fazer. Otávio pediu uma viatura e logo estava na casa de Dionísio.

Ele circulou pela sala ao redor do cadáver. O perito e um outro policial também estavam por ali. Usando uma câmera digital simples, Otávio fez fotos do ambiente. Examinou manchas esbranquiçadas no sofá. Mexeu com uma caneta num lençol dobrado sobre uma mesa. Verificou uma pequena mala aberta no chão, com algumas peças de

---

14 Esse ponto é polêmico na etologia (estudo do comportamento dos animais). Sem dúvida muitos animais têm algum tipo de consciência, sentem dor e prazer, e são capazes de atitudes empáticas (perceber a dor e o prazer de outro animal). Têm memória e processam informações. Contudo, a maioria dos biólogos ainda acham que praticamente todo o comportamento dos animais é instintivo, isto é, eles não "pensam" antes de agir e não têm nada parecido com um código moral humano.

roupa em seu interior. Aproximou-se do corpo e fez uma foto do rosto de Dionísio, que exibia o mesmo ar de satisfação do coveiro. Otávio convenceu o perito de que uma autópsia era absolutamente necessária.

★★★

Alberto esperava Mirtha sentado numa mesa nos fundos do restaurante quase vazio. Pelas janelas amplas, observava a orla do lago Guaíba. Mirtha sentou-se à sua frente.

"Obrigado por vir tão rápido", disse Alberto.

"Vê se tu gosta", disse Mirtha.

Abriu a bolsa, tirou uma foto e entregou-a para Alberto.

Ele ficou claramente emocionado. Giselle, enquadrada da cintura para cima, exibe um ar sensual e melancólico. Seu corpo não está bem de frente para a câmera. Com o pescoço e o torso um pouco curvados, ela olha por cima do ombro esquerdo.

"É linda", disse Alberto. "Tem outras?"

"Tem, mas essa é a mais interessante."

"Posso ficar?"

"Claro. É tua."

"Nunca pensei que ela… Tivesse coragem de posar assim. Parece uma modelo."

"A gente tem coragem quando deseja muito uma coisa. Quanto maior o desejo, maior a coragem."

Alberto guardou a foto numa pasta de papelão e levantou-se.

"Muito obrigado. É uma lembrança…"

"Já vai?"

"Vou. Tenho trabalho a fazer."

Alberto estendeu a mão para Mirtha, que, depois de uma breve hesitação, também estendeu a sua. Ficaram de mãos dadas por mais tempo do que seria normal. Alberto sentou-se outra vez, com o semblante confuso.

"Fiquei com sede", disse ele. "Vou pedir uma água."

Fez um sinal para o garçom, que chegou rapidamente. Alberto consultou o cardápio.

"Uma vitamina de mamão", pediu. "E uma torrada." Um pouco constrangido, interrompeu a anotação do garçom com um gesto. "Não. Suspende a torrada. Vou querer um xis com ovo."

1.16. A Igreja da Fé Redentora

A viatura deixou o inspetor Otávio na frente da Igreja da Fé Redentora, uma casa grande e antiga do bairro Partenon. Uma reforma realizada há dois anos derrubara quase todas as paredes internas, abrindo espaço para abrigar, com certa folga, uma centena de pessoas. A decoração era pobre, e o altar, quase improvisado. Os bancos, contudo, tinham assentos estofados. Geraldo costumava comentar com Gabriela que o conforto da bunda do fiel era mais importante que quadros na parede. Otávio tentou abrir a porta da frente, mas estava trancada. Percebeu que havia uma porta lateral e foi até ela. Bateu. Pouco depois, Gabriela apareceu. Otávio mostrou sua identificação.

"Boa tarde. O senhor Geraldo Nogueira está?"

"Está. Aconteceu alguma coisa?"

"Eu preciso falar com ele."

Gabriela hesitou por alguns instantes antes de levar o inspetor até o escritório, única peça no prédio além do salão de culto e de dois banheiros pequenos. Gabriela apontou para Geraldo, sentado atrás de uma escrivaninha de madeira que dominava o ambiente.

"Meu marido, o bispo Geraldo."

"Prazer. Sou o inspetor Otávio. Trago más notícias do seu irmão, Dionísio Nogueira."

"O que aconteceu?"

"Infelizmente, ele faleceu. Segundo a perícia, por volta das duas da madrugada de hoje."

Gabriela levou as mãos à boca. Geraldo levantou-se.

"Como? Um acidente?"

"Não. Ele morreu na casa dele."

"Um assalto?"

"O corpo não tem ferimentos. Nem sinais de luta. Pode ter sido um enfarte, um AVC, já vi isso antes. Alguns chamam de morte súbita. A diarista apareceu de manhã, pra fazer a faxina, e encontrou o corpo."

"Deve ser a Gina, ela também trabalha aqui."

"O seu irmão estava deitado no sofá. A faxineira pensou que dormia. Fez bastante barulho, mas ele não acordou. Aí ficou nervosa e chamou a polícia. Em casos assim, sempre há uma autópsia. É o que tá acontecendo agora. O resultado demora um pouco. Meus sentimentos."

Geraldo sentou-se, abatido. Respirou fundo e disse:

"O meu irmão era saudável."

"Ele morava sozinho?"

"Morava."

"O Alberto...", disse Gabriela baixinho.

Geraldo olhou para ela, censurando-a. Otávio percebeu e perguntou.

"Quem é Alberto?"

"Um amigo do Dionísio. Talvez... Talvez ele fosse dormir lá. Só ontem."

"A senhora tem o celular desse Alberto?"

"Tenho."

"Eu agradeço se a senhora mandar uma mensagem, bem curta e simples, pedindo pra ele vir aqui. Agora."

Gabriela pegou o celular e, com as mãos tremendo, começou a digitar. Geraldo irritou-se e apontou o dedo para Otávio.

"Onde está o corpo do meu irmão?"

"Eu já disse: na autópsia. Quando for liberado, o senhor vai fazer a identificação."

"Se foi morte natural, pra que autópsia?"

"É o que a lei manda fazer em casos semelhantes."

"Eu quero ver o corpo. Agora!"

"Daqui a pouco o senhor vai até o IML e faz a identificação."

Um toque no celular de Gabriela interrompeu a discussão. Gabriela observou o visor.

"Ele respondeu. Já tá chegando."

"Ótimo", disse Otávio. "Vou esperar lá fora. Com licença."

Geraldo ficou agressivo.

"Eu preciso dar a notícia pessoalmente pro Alberto. Era um amigo muito próximo do meu irmão. Vai ser um choque."

Otávio esperou alguns segundos antes de continuar o diálogo.

"O senhor é bispo, certo?"

"Sou, com a graça de Deus."

"Então o senhor pode fazer o seu trabalho. Reza um pouco. Eu faço o meu. Com licença."

Otávio saiu, enquanto Gabriela soltava o choro e Geraldo pegava o celular.

1.17. Minimercado Santo Expedito

Otávio fumou um cigarro na calçada em frente ao templo. Pouco depois, um carro de aplicativo estacionou e Alberto desceu. Otávio logo foi até ele.

"Alberto?"

"Sou eu."

Otávio mostrou sua identificação.

"Tem um mercadinho ali na esquina. Vamos até lá? Vai ser mais tranquilo pra gente conversar."

Sentaram-se numa mesa pequena do Minimercado Santo Expedito, um estabelecimento simples, onde o odor das frutas, logo na entrada, se misturava com o dos pastéis sendo fritos na cozinha, bem ao fundo. No meio, havia um espaço para beber e fazer lanches.

"Quer um martelinho?", perguntou Otávio. "Eu recomendo. O senhor vai receber notícias ruins."

"Eu não bebo. Que notícias?"

"Nem uma cerveja?"

"Não."

Otávio fez um sinal para o atendente do minimercado.

"Pena. Já sabe o que aconteceu com seu amigo?"

"Que amigo?"

"O dono da casa onde o senhor dormiu ontem à noite."

"Eu dormi na casa do meu patrão."

"O bispo Geraldo, ali do templo?"

"É."

"Mas onde o senhor pretendia dormir?"

"Eu ia dormir na casa de um amigo, o Dionísio, mas… O que aconteceu?"

"O seu amigo faleceu, provavelmente pelas duas da manhã. Meus sentimentos."

Otávio observou a reação de Alberto, que abriu a boca e ficou imóvel, evidentemente em choque.

"Não pode ser."

"Infelizmente, isso acontece. O seu patrão e a esposa já estão sabendo."

O atendente colocou uma cerveja e dois copos sobre a mesa. Otávio serviu a bebida e afirmou:

"O senhor esqueceu uma mala com algumas roupas por lá."

"Eu saí… De repente, eu tive que sair."

"Por quê?"

Alberto não respondeu. Otávio tomou um longo gole do seu copo.

"Tudo bem. Eu tenho tempo. Pensa bem. Até que horas vocês ficaram juntos?"

"Não sei. Onze, onze e meia. Aí eu fui embora."

"Ele tava sozinho quando o senhor saiu?"

"Não. Ele estava com duas… moças."

"Sei. Moças. Vocês conheciam essas moças há tempo?"

"Não. Eu nunca tinha visto. E o Dionísio, pelo que me disse, conheceu ontem."

"Como era o nome dessas moças?"

"Não sei."

"Eram prostitutas?"

"Não sei. O Alberto encontrou as duas num bar."

"Que bar?"

"Na esquina da Oswaldo Aranha com a João Telles. Esqueci o nome. Nunca fui lá."

"O senhor teve relações sexuais com elas?"

"Não."

"E o seu amigo teve?"

"Acho que sim."

"Acha? O pessoal da perícia me garantiu que nunca viu tanta porra espalhada na vida. Em breve vamos saber se era só dele. O senhor tem certeza de que não participou da festinha?"

"Tenho. Eu fui embora. Não faço essas coisas. Nunca fiz."

Otávio terminou sua cerveja e encheu o copo.

"Ah... Nunca fez. Entendi."

"Elas mataram o Dionísio?"

"Essa é a grande questão. O corpo do seu amigo está ileso. Pelo menos por fora, é um dos sujeitos mais saudáveis que eu já vi na vida. Espero que a autópsia nos ajude. Nessa festinha, além de beberem vinho, o seu amigo e as moças usaram drogas?"

"Não. Acho que não. Eu saí quando... Quando não quis mais ficar lá."

"Sabe o que parece? Que o seu amigo morreu de exaustão. Já pensou? Transar até não aguentar mais, e aí descansar pra sempre. Morto, mas feliz. Até que não é mau negócio, não acha? Alguns têm tanto, outros não têm nada. É a vida."

Alberto não sabia que dizer.

"O problema é que o delegado não é um cara romântico como eu", continuou Otávio. Ele acha que ninguém morre de tanto trepar. Eu vou levar o pastor pra fazer o reconhecimento do corpo. Enquanto isso, eu quero que o senhor vá até a delegacia e faça uma descrição por escrito de tudo que aconteceu ontem à noite. E aí o senhor assina. Vai ser a tua versão oficial, entendeu?"

"Entendi."

"Também vou pedir tua ajuda pra fazer um retrato falado das moças."

Otávio colocou o que restava da cerveja no seu copo.

"Tudo que nós conversamos até aqui foi informal. Como uma conversa de bar. Então, se tu quer dizer alguma coisa só pra mim, só pra me ajudar a compreender o que aconteceu com o teu amigo, mas sem te comprometer, essa é a tua última chance."

Alberto pensou um pouco antes de responder:

"Elas eram muito bonitas."

"Bonitas como?"

"Uma beleza que eu nunca vi na minha vida."

"O senhor e o bispo Geraldo se dão bem?"

"Muito. Eu ajudo ele no templo."

"Ajuda em quê?"

"Em tudo. Ele é como um pai pra mim."

Otávio tomou o último gole do seu copo e estendeu a mão para pegar o copo intocado de Alberto.

1.18. Vinho ou vinagre

Não foi, nem de longe, um gesto de rebeldia. Gabriela pegou a primeira garrafa que viu na prateleira de vinhos da cozinha e, sem reparar no rótulo, levou-a para a sala, onde Alberto a esperava. Pegou o saca-rolhas e, com alguma dificuldade, abriu a garrafa. Encheu um cálice, com a mão tremendo um pouco, e ofereceu-o para Alberto.

"Não, obrigado. Aceito uma água."

Gabriela tomou um gole grande de vinho e ignorou o pedido de Alberto.

"O Geraldo tá em casa?", perguntou ele.

"Tá lá em cima, falando com um delegado pelo celular. Ele brigou com aquele inspetor que
veio aqui e decidiu falar com o chefe dele."
Gabriela estendeu o cálice outra vez para Alberto:
"Só um gole. Tu tem que relaxar um pouco."
Alberto pegou o cálice e deu um gole pequeno.
"Já descobriram o que aconteceu com o Dionísio?", perguntou.
"Ainda não. Tão esperando a autópsia."
Só nesse momento Gabriela percebeu qual era o vinho que estavam tomando.
"O Geraldo vai ficar furioso", previu ela.
"Por quê?"
"Ainda não chegou o tempo exato. Tá vendo aqui?"
Gabriela mostrou para Alberto um pequeno adesivo colado na garrafa de vinho, ao lado do rótulo.
"Viu? Falta um ano."
Mesmo assim, colocou mais vinho no cálice.
"Azar", disse ela. "Sabe o que aconteceu com uma garrafa de um vinho que já era bem antiga, que o Geraldo pagou uma fortuna e guardou durante seis anos, até chegar o momento exato? Nós abrimos, numa ocasião superespecial... e tava azedo. Parecia vinagre. Foi horrível."
Gabriela cheirou o vinho e bebeu mais.
"Esse aqui não virou vinagre."
Gabriela encheu outro cálice e passou-o para Alberto, que o aceitou e tomou mais um gole, bem maior que o primeiro.
"É muito bom. Nunca tomei um vinho... Tão bom."
"Não precisa exagerar."
"Não tô exagerando."
"Não mente pra mim, Alberto. Tu não é virgem mesmo, né?"
Alberto, pego de surpresa, não sabia o que dizer. Gabriela continuou:
"O Geraldo diz que sim, mas eu não acredito. Vocês combinaram essa lenda?"

"Que lenda?"

"A tua virgindade. Isso não existe. Tu ficou namorando a Giselle um monte de anos…"

Alberto colocou o cálice sobre a mesa, sério, e levantou-se. Estava incomodado.

"Eu vou indo."

Gabriela agarrou o braço de Alberto.

"Tu não vai me deixar sozinha."

Geraldo apareceu de repente na sala e viu os cálices com vinho sobre a mesa. Alberto ficou constrangido, mas Gabriela não se importou com o olhar de censura do marido, que caminhou devagar até a mesa e pegou a garrafa de vinho aberta. Verificou o rótulo. Ficou furioso.

"Eu não acredito. O meu irmão acaba de morrer, e vocês ficando bêbados!"

"Ninguém aqui tá bêbado", disse Gabriela. "Quer que eu te sirva?"

"Não! Porra, Gabriela, logo esse vinho!"

Geraldo pegou um cálice e serviu-se enquanto falava:

"Eu tava convencendo o delegado a liberar logo o corpo. Acho que vai dar. Ele já ouviu falar do templo. Parece um homem de bem."

"Que bom", disse Gabriela, ainda seca.

"Tá tudo resolvido", disse Geraldo. "O Dionísio teve um AVC. Ou coisa parecida. Uma vida desregrada, sem respeitar a Bíblia. Deu nisso."

Virou-se para Alberto.

"O delegado me garantiu que ninguém vai ficar sabendo das duas putas. Então, tu também fecha o bico."

"Que putas?", disse Gabriela, atônita.

"Esquece, Gabriela", disse Geraldo. "Caso encerrado. Ninguém mais vai encher o saco. Daqui a pouco eles liberam o corpo do Dionísio e nós temos que organizar um funeral."

Apontou para Alberto.

"Vamos, eu te levo pra casa."

"Que casa?"

"O teu apartamento. Entra lá, toma posse. Depois se discute com a família da Giselle."

Geraldo esvaziou seu cálice e olhou para Gabriela:

"Que desperdício. Tu não entende nada de vinho." Virou-se para Alberto. "E tu? Vai voltar pro alcoolismo? Se for o caso, vai pra cachaça, que é bem mais barata." E, para Gabriela: "Vou largar o Alberto e depois passar na porra da delegacia pra resolver a liberação do corpo. Não me espera. Vai dormir."

No trajeto para o apartamento de Alberto e Giselle, o bispo continuava irritado:

"Tu tem ideia do que essa história das putas pode fazer com a reputação da igreja?"

"Não sei se elas eram putas."

"Eram o quê? Anjos? Não fode Alberto." Sacodiu a cabeça. "E tu tava no meio da suruba."

"Não."

"Que história é essa de beber? Quer voltar pra vida de merda que tu tinha?"

"Não. Só bebi porque a Gabriela disse que eu precisava."

"Ela acha que sabe das coisas. É uma idiota! Outro dia disse que construiu tudo junto comigo."

"Construiu o quê?"

"Tudo. A organização do templo, a cobrança dos dízimos em débito automático, o sistema de agendamento de descarrego pela internet..."

"E tu fez tudo isso sozinho?"

"Praticamente." Pensou um pouco. "Praticamente..."

"Eu lembro que ela falava bastante da importância da internet."

"Mas eu executei! Eu fiz acontecer! Agora ela fica falando em conta conjunta, em comunhão de bens. Comunhão de bens é o caralho! Já mandei uma bolada boa pro exterior. Quer saber? Não vai atrás de mulher. Quer dizer: mulher pra casar. Tu fez certo ontem, só tem que ser discreto. Pega umas putas, te alivia, é a melhor coisa." Bateu no volante do carro com força. "É uma benção, irmão. Uma benção! Numa noite, uma bem novinha, na outra, uma mais experiente..."

"Tu não sabe o que tá falando, Geraldo."

Com uma freada brusca, Geraldo parou o carro na frente do edifício de Alberto, um prédio novo, de três andares, num condomínio de baixo custo.

"Sabe quanto custa aquela garrafa que vocês abriram? Dois paus e quinhentos. E a burra abriu antes do tempo, caralho!"

Alberto se manteve quieto.

"Ontem eu tive uma reunião com os outros bispos. Sabe quem foi o escolhido pra ser nosso candidato a federal nas eleições? Eu! Eu mesmo. Em Brasília vou poder comer quem eu quiser, sem dar explicação."

"Vou fazer de conta que nem ouvi. Boa noite."

Alberto desceu do carro. Geraldo gritou pela janela:

"Mas é pra ouvir, sim! Não pensa que eu não vi o que tu tava fazendo com a minha mulher. Quer saber? Pode comer ela! Pode comer!"

E começou a chorar. Alberto voltou para o carro e abraçou Geraldo, que murmurou, entre soluços:

"Ele era livre. Fazia o que queria. Nunca me ouviu. Eu tinha ódio dele. Eu tinha ódio da liberdade dele. E ele sabia. Devia me odiar também."

"Não. Ele te amava. Do jeito dele."

"Duvido."

Geraldo enxugou as lágrimas.

"Desculpe o que eu falei. Não leva a sério. Continua com Deus no coração."

"Pode deixar."

"Tu sabe que a Gabriela me ajudou em tudo. Mas tem que saber qual é o lugar que ocupa. Ou vai dar confusão."

Fez um carinho no ombro de Alberto e disse:

"Vai. Amanhã a gente se vê."

Alberto obedeceu.

1.19. Onde está, ó morte, a tua vitória?

O Père-Lachaise é provavelmente o cemitério mais famoso do mundo e virou atração turística em Paris. Entretanto, quando foi criado, no início do século 19, os parisienses não gostavam de ser enterrados ali. Era longe do centro, numa região de difícil acesso. Só ficou popular depois que algumas personalidades tiveram suas ossadas (ou o que sobrou delas) transferidas pra lá. Com o passar do tempo, todo mundo começou a considerar a ideia de descansar eternamente ao lado de Balzac, Sarah Bernhardt, Oscar Wilde, Colette, Cyrano de Bergerac, Maria Callas, La Fontaine, Édith Piaf, Proust, Isadora Duncan, Chopin e Jim Morrison. Quando os sujeitos ricos (mas muito menos famosos) começaram a ir pro Père-Lachaise, seus parentes fizeram questão de adornar seus jazigos com esculturas grandiosas, como se dissessem: "Tudo bem, não teve fama, mas vejam como teve grana!"

Em Porto Alegre, o cemitério com os túmulos mais bonitos (e também com alguns dos mais bregas) é o cemitério da Santa Casa de Misericórdia. Assim como o Père-Lachaise, é bem grande. Nem só cadáveres famosos e endinheirados estão ali, nas alas visitadas pelos apreciadores da arte funerária. Há recantos bem modestos, com sepulturas de decoração simples. Embora discreta e piedosamente muda, há luta de classes nos cemitérios. Os túmulos das Willis, por exemplo, são pequeno-burgueses: dignos e, quando possível, reveladores de um saldo razoável na caderneta de poupança. Nada além disso.

O bispo Geraldo, da Igreja da Fé Redentora, embora fosse evangélico, tinha plena consciência de preços e condições de pagamento de túmulos em Porto Alegre para defuntos de todas as religiões e sabia que podia tirar uma casquinha se falasse de promoções especiais no momento exato. Para a mãe de Giselle, senhora teimosamente católica, intermediou um bom lugar no cemitério da Santa Casa. Para seu irmão, contudo, a melhor oferta foi do Jardim da Paz, um cemitério ecumênico ao estilo norte-americano: gramados extensos, algumas árvores, covas discretas. Raspou a conta de Dionísio e assegurou uma excelente relação custo-benefício.

O enterro aconteceu no final da tarde. Geraldo não deixou Alberto convidar os amigos e colegas de Dionísio das peças e do curso de teatro da universidade. Disse que, considerando as circunstâncias da morte, era melhor manter discrição. Porém, como um site de notícias publicou uma nota pequena, sem maiores detalhes, sete atores e atrizes estavam lá. O pai de Geraldo e Dionísio, alto e curvado pela velhice, e quatro frequentadores do templo que sempre ajudavam Geraldo em suas atividades, cercavam o bispo. O grupo de artistas, Gabriela e Alberto ficaram um pouco mais longe. O caixão repousava ao lado de uma cova recém-aberta. Dois coveiros esperavam para baixá-lo. Geraldo, com uma Bíblia na mão, encomendou o corpo:

"Isaías nos lembra que mesmo homens piedosos são tirados de nosso convívio, mas é preciso entender que os justos são tirados para serem poupados do mal. Aqueles que andam retamente entrarão na paz e acharão descanso na morte."

Gabriela, com grandes óculos escuro, falou baixinho com Alberto:
"O Dionísio vai descansar, mas esse aí... Não sei não."
Alberto olhou para Gabriela, surpreso. Ela completou:
"Ontem ele voltou bêbado, nós discutimos, e ele me bateu."
Geraldo aumentou o volume da sua voz:
"Mesmo quando eu andar por um vale de trevas e morte, não temerei mal algum, pois Tu estás comigo."

Alberto abriu e fechou a boca algumas vezes, sem conseguir formular uma sílaba. Geraldo seguia:
"A tua vara e o teu cajado me protegem!"
"Só se for pra bater com o cajado na cabeça dele", sussurrou Gabriela.
"Onde está, ó morte, a tua vitória? Onde está, ó morte, o teu aguilhão? O aguilhão da morte é o pecado, mas quem obedece à Lei dos céus nunca será transpassado. Aleluia!" Geraldo olhou em volta. "Quando eu disser Aleluia, vocês devem repetir."
"Aleluia!", disse. Os atores ficaram calados, mas os frequentadores do templo repetiram com entusiasmo:
"Aleluia!"

"Deus nos dá a vitória sobre a morte por meio de nosso Senhor Jesus Cristo. Aleluia!"

"Aleluia!"

"E agora eu convido minha esposa para que façamos juntos a oração final, pois nada nos faz mais fortes diante de Deus que a fé compartilhada."

Gabriela caminhou até ficar ao lado de Geraldo. Ambos viraram as palmas das mãos para o céu. Geraldo começou:

"Para tudo há uma ocasião certa; há um tempo certo para cada propósito debaixo do céu."

Gabriela seguiu o jogral já bem conhecido:

"Tempo de nascer e tempo de morrer, tempo de plantar e tempo de colher."

"Tempo de matar e tempo de curar, tempo de derrubar e tempo de construir."

"Tempo de chorar e tempo de sorrir."

O inspetor Otávio apareceu de repente ao lado de Alberto e falou discretamente com ele, enquanto a ladainha continuava.

"Preciso falar contigo", disse.

"Tempo de abraçar e tempo de se conter."

"Agora?"

"Tempo de procurar e tempo de desistir."

"Quando isso aqui terminar."

"Tempo de guardar e tempo de jogar fora."

"Tempo de rasgar e tempo de costurar."

"Tudo bem."

"Tempo de calar e tempo de falar."

"Tempo de amar e tempo de odiar."

"Te espero ali na lanchonete", disse Otávio. E afastou-se.

"Tempo de lutar e tempo de viver em paz."

Geraldo encerrou:

"Que a paz de Deus esteja com nosso irmão Dionísio e com cada um de vocês. Aleluia!"

"Aleluia!"

★★★

Otávio pediu um pastel. Alberto apenas tomou água.

"Eu não sabia o que aconteceu com a tua noiva", disse o inspetor. "Eu vi a notícia do acidente, todo mundo viu, mas não liguei a tragédia contigo. Meus sentimentos."

"Obrigado", disse Alberto.

"Ela era muito jovem. Isso deixa a história ainda mais triste."

Alberto ficou emocionado:

"Tinha 23."

"Nas fotos do jornal ela parece mais menina."

"Eram fotos antigas."

Alberto passou a mão nos olhos.

"Desculpe. Não devia ter falado do assunto", disse o policial.

"Não tem problema. Já vai passar."

Alberto pegou uma sua pasta de papelão.

"Ela não era uma menina. Quer ver?"

Alberto apanhou a foto de Giselle tirada por Mirtha e mostrou-a para Otávio. O inspetor a examinou atentamente e, pouco a pouco, ficou espantado, como se estivesse vendo algo inacreditável. Alberto percebeu a reação e ficou intrigado.

"Essa foto é recente?", perguntou Otávio.

"Deve ser. Mas não sei a data. Ganhei de uma fotógrafa que encontrei no cemitério. Disse que a Giselle estava fazendo um retrato pra me dar. Um retrato diferente. E ela…"

Alberto não completou a frase. Engoliu um soluço e guardou a foto.

"E agora, teu amigo se foi também", disse Otávio. "Tempos difíceis."

"É."

"Ele era bem saudável. Coração, pulmões, tudo em ordem. Nenhuma droga apareceu na autópsia. Um pouco de álcool."

"Eu te disse."

"Eu preciso saber mais sobre as duas moças. O delegado mandou jogar fora os retratos falados que tu ajudou a fazer. Elas devem ter dito os nomes. Tu não lembra?"

"Não."

"Eu falei com o pessoal do bar. Os seguranças lembram quando elas entraram. Disseram que eram lindas. Mas ninguém sabe nada sobre elas."

"Nem eu."

"Elas tinham um sotaque diferente? Pareciam cariocas, ou catarinenses? Tem muitas putas interestaduais por aí."

"Não."

"Fica tranquilo. A causa da morte já tá definida: AVC. Ninguém vai ser acusado."

"Não sei nada, já disse."

Otávio engoliu o último pedaço do pastel.

"Meu amigo, tu já leu os livros do Sherlock Holmes?"

"Já. Mas faz muito tempo."

"O Sherlock é o rei do raciocínio. Era inteligentíssimo, deduzia as coisas mais incríveis a partir de coisas pequenas, que os outros não viam."

"Por isso que tu entrou pra polícia? Por que vê coisas que os outros não veem?"

"Não. Eu fiz teste de QI quando era criança. Sabe quanto deu? 51. Isso significa que tenho o raciocínio muito abaixo da média. Em compensação, sou bom em outras coisas. Minha intuição é nota cem."

Alberto apenas observou o policial, confuso com o rumo da conversa. Otávio continuou:

"Minha intuição diz que tu sabe mais alguma coisa sobre aquelas moças tão bonitas. Alguma coisa que elas fizeram de diferente. Talvez tu não esteja lembrando agora. Se tu lembrar mais tarde, liga pra delegacia."

Otávio levantou-se e falou:

"O pastel tava ótimo. Recomendo."

Alberto fez um gesto e deteve a saída de Otávio.

"Tem uma coisa... Não tem nada a ver com Dionísio. Uma das moças me deu um comprimido. Disse que era um analgésico, mas não era. Logo depois eu fiquei com muito calor. Muito mesmo."

Otávio voltou a sentar-se e perguntou:

"Como era esse comprimido?"

Antes de Alberto responder, Geraldo surgiu ao lado da mesa, furioso, com a Bíblia embaixo do braço. Apontou o dedo para Otávio e disse, em tom ameaçador:

"O delegado Xavier me disse que a investigação tá encerrada."

"Não tô investigando. Vim dar um abraço no Alberto e o convidei pra fazer um lanche."

Geraldo pegou o celular e começou uma ligação.

"Tu vai perder teu emprego."

"É mesmo?"

Otávio saiu da lancheria sem olhar para Geraldo, que abortou a ligação. O bispo encarou Alberto e ameaçou.

"Tu também quer perder o teu?"

1.20. Bailarinas

Qual é a idade das Willis? Se considerarmos os anos entre o nascimento e a morte física[15], Mirtha tem 55. Nasceu em 1863 e morreu em 1918. Contando o tempo desde que voltou à existência em seu corpo astral até o dia de hoje são 101 anos, pois estamos em 2019. Quer somar tudo? Então Mirtha tem 156. Mais de um século e meio. Não parece ter nem 45, diria qualquer observador atento e honesto. Pele macia, dentes perfeitos, cintura fininha. E eu? Morri com 30, em 1969. Mais os 50 como Willi, são 80. Sou uma velhinha. Somos duas velhinhas. Deveríamos ser muito parecidas: dois pequenos montes de ossos quebradiços em caixões podres debaixo da terra. Do pó ao pó. Acontece que não somos.

Pareço ser mais jovem que a Mirtha. Os traços de nossos rostos e as configurações de nossos corpos astrais estão separados por 25 anos.

---

[15] Falo da física clássica, que funciona nos limites estreitos das leis estabelecidas por Isaac Newton para o universo observável no seu tempo. Para as Willis, depois da morte, as leis são outras. Mais sutis, mais misteriosas, mais belas.

Contudo, emocionalmente, Mirtha e eu estamos no mesmo nível. Ela me remete a alguém não muito mais velha: talvez quatro ou cinco anos. Mesmo no período da minha iniciação, eu não via em Mirtha uma figura materna. Foi uma guia, uma mestra, uma confidente. Em pouco tempo de convivência, uma amiga. E quanto mais dividimos experiências, mais nos aproximamos.

Tudo é muito diferente em relação a Maria e Madalena. Elas morreram com poucas horas de diferença, em 1985, com 20 e 18 anos respectivamente. Embora já sejam veteranas como Willis – em 34 anos se aprende muita coisa – eu e Mirtha ainda as vemos como jovens mulheres à procura de uma identidade, transbordando uma irritante rebeldia adolescente que não se rende com o passar dos anos. Margot, com pouco mais de um ano como Willi, tem muito a aprender (e a sofrer, como veremos em breve). E Giselle? Neste momento da história que estou contando, era um projeto de Willi. Como todo projeto, precisava andar para a frente, encorpar, concretizar-se.

Isso não estava acontecendo com a velocidade brutal das iniciações de Maria e Madalena, nem com a suavidade exasperante da educação de Margot. A primeira tentativa de proporcionar a Giselle uma decisiva experiência energética não só falhara como provocara a morte de Dionísio, a segunda na conta das irmãs nos poucos dias que estavam na cidade. Havia ali um potencial desestabilizador. Não era o que estava combinado. Mirtha pregava mortes distantes de Porto Alegre, longe do cemitério que abriga nossos corpos e serve de moradia para nossos besouros. Diz que há um equilíbrio elegante, mas precário, entre o que já foi e o que ainda é, e que sob a terra dos sepulcros há mistérios que ainda não desvendamos. As irmãs debocham de Mirtha quando ela fala essas coisas. A briga costuma ser feia. É mais que um simples conflito geracional. É um conflito de Zeitgeists. Não sei se algum dia isso vai mudar.

★★★

Mirtha decidiu assumir o próximo passo e ordenou que Maria e Madalena ficassem distantes do estúdio durante a sessão de fotos com as três modelos, que foram vestidas com malhas simples de bailarinas e meias-calças, tudo na cor branca, cobrindo praticamente seus corpos por completo. O combinado era que apenas eu, Giselle (com o mesmo figurino das modelos) e Margot a ajudaríamos. Nosso objetivo era levar Giselle a uma experiência suave de absorção de energia humana. Um primeiro passo seguro, controlado, quase romântico, em vez da frustrada voragem erótica que as irmãs tinham arquitetado. O tema do ensaio surgiu naturalmente: Margot era professora de dança, e o nome Giselle remetia a uma personagem bem conhecida do balé clássico. Mirtha me confidenciou que estava preocupada com Margot, pois a achava apática demais. Ela também estava precisando de energia vital.

Assim que entramos no estúdio, Mirtha fez as apresentações. Uma a uma, as meninas trocaram beijos rápidos com Giselle. Cada vez que seu rosto era tocado, Giselle fechava os olhos, perturbada. Contudo, tentou agir como se nada tivesse sentido. A sessão de fotos transcorreu com calma e delicadeza. Havia uma certa sensualidade nas ações daquelas mulheres deslocando-se num ambiente banhado por luz difusa, ao som dos noturnos de Chopin. Duas modelos tinham alguma experiência como bailarinas e seguiam com facilidade as orientações de Mirtha para as poses e movimentos. A terceira, mais jovem, chamada Eunice, estava atrapalhada.

"Vamos fazer uma sequência com as três paradas na mesma posição", disse Mirtha.

"Que posição?", perguntou Margot.

"Com uma das pernas levantada e o braço pra cima. Ali perto da parede."

"Um adagio? Não é muito fácil. Mas vamos lá."

Margot aproximou-se das modelos, conversou com elas e mostrou a posição. As duas mais experientes logo levantaram pernas e braços por alguns instantes. A mais jovem tentou imitá-las, mas não conseguia equilibrar-se. Margot falou baixinho com ela, sem tocá-la, e depois afastou-se na direção das outras modelos. Mirtha olhou para mim, pedindo socorro. Eu disse para Giselle:

"Por favor, pode ajudar a Eunice?"

"Preciso que ela levante a perna só um pouquinho mais", completou Mirtha. "Vou fotografar de um ângulo que não aparece a ponta do pé. Por favor, ajuda ali."

"Eu não sei o que fazer", disse Giselle.

Peguei Giselle pelo braço, suavemente, e a conduzi até Eunice, que erguia a perna o mais alto que podia. Eu segurei o pé, sem forçar o alongamento, e sustentei-o no ar. Ela fez uma careta, expondo sua dificuldade. Disse para ela:

"Querida, pode colocar a outra mão na parede".

Com dois pontos de apoio, Eunice conseguiu manter a posição.

"Está ótimo", incentivou Mirtha. Eu falei para Giselle:

"Tenho que ajudar a Mirtha com a luz. Por favor, segura aqui no meu lugar."

Soltei o pé de Eunice. Desequilibrada, ela oscilou. Giselle, num rompante, segurou o pé, reestabelecendo o equilíbrio da aprendiz de bailarina. Afastei-me, mas fiquei prestando atenção em Giselle, que não conseguiu disfarçar o prazer pela absorção de energia. Eunice não demonstrou mais qualquer desconforto. Também estava gostando. Mirtha começou a clicar. Tudo corria bem. Por pouco tempo. Margot, que observava atentamente Giselle e Eunice, apoiou-se na parede e, lentamente, deslizou para o chão, inconsciente.

1.21. O corpete

Mirtha agiu rápido. Aceitou a ajuda das duas modelos mais experientes para erguer Margot do chão e levá-la até o escritório. No pequeno trajeto, graças ao contato de dois corpos jovens e cheios de energia vital, Margot recuperou a consciência. Foi acomodada numa poltrona, mas estava bem confusa. Giselle parecia assustada.

"Deve ter baixado a pressão", mentiu Mirtha.

"Tem sal na cozinha?", perguntou uma das modelos.

"Não precisa", disse Margot. "Eu tô bem."

A modelo aproximou-se e segurou a mão de Margot, que repousava sobre o braço da poltrona.

"Tem certeza?", disse a modelo. "Não é melhor chamar um médico?"

"Não. Ela só precisa descansar um pouco. Por favor, voltem pro estúdio. A Eunice tá lá sozinha. Daqui a pouco a gente recomeça a sessão."

As modelos saíram do escritório.

"Pressão baixa?", perguntou Giselle. "Mas eu achava que..."

"Quando a energia vital acaba", cortou Mirtha, "o corpo não resiste."

"Então nós podemos morrer?"

"Já estamos mortas", disse Mirtha, sem qualquer dramaticidade na voz. "Esquece a vida como ela era. Teu corpo funciona de outra maneira. Além de alguma comida, de substâncias orgânicas, precisa da energia de outros corpos". Virou-se para Margot e perguntou:

"Há quanto tempo tu não te alimenta de verdade?"

"Não sei. Tô cansada disso tudo. Aquelas modelos são quase crianças. Não quero me aproveitar delas."

"As três são maiores de idade", garantiu Mirtha. "São mulheres. São donas de seus corpos. Ninguém está roubando nada delas."

"Não parecem mulheres", contestou Giselle.

"Quando uma menina se torna uma mulher? Com que idade?"

"Não sei."

"Uma menina se torna mulher quando tem suficiente discernimento e coragem para ser uma mulher. Quando decide que vai usar seu corpo de mulher para ser feliz como mulher."

"Eu vejo meninas, e não mulheres", disse Margot.

"Vocês veem nelas o que querem ver, por conta do que não querem fazer. Uma hora vou ser obrigada a deixá-las lidarem com as verdadeiras consequências dessa teimosia adolescente", disse Mirtha, em tom severo.

Giselle, pálida e com os ombros caídos, parecia tão fraca quanto Margot. Mirtha insistiu:

"Nós vamos voltar lá e continuar fotografando. E vocês devem aproveitar e absorver energia tocando nelas. Elas vão gostar. Talvez queiram dar mais do que vocês precisam. E aí eu termino a sessão."

Resolvi ajudar Mirtha e disse para Giselle:

"O que tu sentiu quando tocou na Eunice?"

Giselle titubeou e levou um tempo para responder. Finalmente murmurou:

"Eu me senti... Bem. Mas foi tão rápido."

"Isso mesmo. Rápido demais. É preciso deixar a energia fluir por mais tempo."

"Elas ainda estão no estúdio?"

"Estão. Quer ir pra lá?"

"Não! Elas não são pra mim."

"E quem é pra ti?"

"Eu gosto do Alberto."

"Tu pode ter o Alberto. "

"O que nós... O que eu iria fazer com ele?"

"O que ele também quisesse fazer."

"Ele poderia morrer?"

"Todas as pessoas morrem. Tu vai ficar só torcendo que ele não se apaixone por outra mulher?"

"Não. Eu só quero... Me aproximar."

"Então precisa ficar mais forte. Uma Willi precisa de energia. Pra olhar, pra ser olhada, pra falar, pra caminhar."

"E se eu não quiser ser uma Willi?"

Mirtha respondeu:

"Isso não é uma coisa que se escolhe. Eu e a Irina não escolhemos. A Margot não escolheu. Tu não escolheu."

Margot levantou-se, triste, segurou o braço de Giselle e disse:

"Vamos. Elas têm razão. Tu não pode acabar como eu."

★★★

De volta ao estúdio, Mirtha orientou as três modelos:

"Vamos tentar uma coisa diferente. Vocês vão levantar ela do chão, segurando os ombros, a cintura e os joelhos". Para Giselle, disse: "E tu simplesmente estende bem o corpo e relaxa. Tá bem?"

Devagar, Giselle aproximou-se das modelos, que seguiram as orientações de Mirtha. Giselle foi erguida facilmente e abriu os braços. As modelos não podiam ver seu rosto, mas eu me estiquei um pouco e consegui ver que ela estava deixando a energia fluir para seu corpo. E demonstrava intensa satisfação. Mirtha começou a fotografar.

"Tá lindo, meninas", disse ela. "Vamos ver quanto tempo vocês aguentam nessa posição."

As modelos disseram que Giselle não pesava quase nada. Elas também queriam ficar o maior tempo possível em contato com um corpo tão docemente sensual. Depois de alguns minutos, porém, Mirtha baixou a câmera e disse:

"Foi ótimo. Já tenho o que eu precisava. Muito obrigado."

Giselle voltou para o chão e, antes de abandonar o estúdio, abraçou longamente as três modelos. Giselle estava um pouco mais perto de ser uma Willi.

★★★

A modelos receberam seus pagamentos e foram embora. Giselle permaneceu em seu quarto. Eu ajudei Mirtha a guardar os equipamentos. Quando terminamos, ela estava nitidamente esgotada. Mirtha disse:

"Agora é a minha vez."

Eu sabia exatamente o que aconteceria a seguir, pois o segredo de Mirtha era resultado de nosso trabalho conjunto. Ela me beijou na face, entrou em seu quarto e trancou a porta. Com calma e elegância, despiu-se das diversas camadas de roupa, que incluíam até anáguas, e ficou apenas de lingerie, que parecia ter saído dos subterrâneos eróticos e proibidos da era vitoriana. Destrancou e abriu as duas portas do armário-altar, revelando o compartimento das coleiras e da guia. Pegou uma peça de roupa no canto mais escuro do armário. Uma espécie de corpete vazado, feito com tiras de couro preto e argolas metálicas.

O corpete, depois de vestido, se conecta com um fecho prateado à sua coleira. A seguir, Mirtha retirou do armário as coleiras de Maria e Madalena e ligou-as às argolas da sua própria vestimenta, na altura dos seios. Respirou fundo e apanhou a guia no armário. Enrijeceu o corpo todo, inflou o peito, passou a guia por dentro das coleiras das irmãs e enrolou-se nela. Teve um esgar de prazer, enquanto o fluxo poderoso de energia vital invadia seu corpo.

"Honras a ti, ó tu que vieste de Khepri, o criador dos deuses. Tu te levantas, brilhas e iluminas o céu, coroado rei dos deuses."
O Livro dos Mortos do Antigo Egito[1]

"A vida é o dia sufocante. A morte é a frescura da noite."
Heinrich Heine

---

[1] O Livro dos Mortos é um dos textos mais importantes já traduzidos da mitologia egípcia. Em sua forma mais conhecida, surgiu durante o Novo Império (1539-1069 a.C.), mas as crenças que aparecem nele já vinham evoluindo há mais de dois mil anos. O deus Khepri está associado ao sol nascente, aos rituais de ressurreição e é representado por um escaravelho.

2.1. Quer voltar pra casinha?

A loja Sex, de Vivienne Westwood e Malcolm McLaren, na King's Road, era pequena e bem esculhambada. Durou pouco, de 1974 a 1976, mas a sua influência no movimento punk londrino (e mundial) foi imensa. Quando McLaren bolou o nome da banda Sex Pistols, de quem foi agente, pensava também em promover seu pequeno negócio de roupas e acessórios. Glen Matlock, o primeiro baixista dos Pistols, era assistente de vendas aos sábados, e os outros membros do grupo eram clientes (apesar de não terem um tostão furado). Assim ficava tudo em casa. Vivienne mostrou todo seu talento iconoclástico como designer de moda, criando figurinos com tecidos pretos velhos ou rasgados, cheios de zíperes, tachinhas e alfinetes, que remetiam ao imaginário sadomasoquista. Também ficaram famosas as camisetas com slogans anarquistas, ilustrações com textos pornográficos e vários tipos de corpos nus.

Quem me contou tudo isso (com muito mais detalhes) foi a Maria, que, nas longas e confusas noites da avenida Oswaldo Aranha, em Porto Alegre, por volta de 1985, absorveu tardiamente essa revolução estética. Eu, como hippie clássica de São Francisco, considerava o punk, musicalmente falando, uma degenerescência do rock'n'roll, uma espécie de filho rebelde que ataca seus pais por preguiça de achar alvo melhor. Porém, o punk como atitude, como arma de denúncia e combate ao sistema, me atraiu bastante, em especial anos depois, quando compreendi o funcionamento do mundo acadêmico, cujas engrenagens seguem caninamente as normas capitalistas. Aprendi com Maria a gostar do Clash e, mais tarde, de várias derivações do punk, embora continue fiel aos deuses da década de 60: Morrison, Joplin, Grateful Dead e, claro, Jimi Hendrix. E no amor em comum à música de Hendrix, que eu apresentei a ela em meus LPs, nós encontramos um ponto de contato, como se a guitarra em chamas em Monterey fosse uma ponte luminosa entre nossas almas (ou corpos astrais, pra usar um termo correlato mais preciso, embora igualmente misterioso).

Quando confeccionei a coleira de Maria, estava óbvio que tinha que ser uma gargantilha de couro muito Sex, muito Vivienne Westwood, muito Londres, muito 1976. E ficou assim: grossa, preta, canina, cheia de rebites, argolas e pontas ameaçadoras, além de um pequeno cadeado em homenagem a Sid Vicious. E agora ali estava Maria, num motel, com sua coleira punk e sua exuberante radicalidade *hardcore bondage*: toda de preto, com imensos coturnos, corpete com tachinhas e uma máscara que escondia parcialmente seu rosto. À sua frente, um homem alto e forte, vestindo apenas a cueca e uma camisa social branca aberta no peito, vendado, amordaçado e amarrado a uma cadeira. Ele respirava fundo e mal se movimentava. Maria cruzou pela sua frente e, usando uma varinha flexível, bateu com força no peito do homem, que levantou a cabeça, mas aguentou firme. Ela voltou e bateu de novo, com mais violência, e desta vez o homem gritou. Maria sentou-se em seu colo e quase encostou a boca no ouvido dele para falar:

"O que foi? Tá doendo?"

O homem balançou a cabeça, negando.

"Quer que eu pare?"

O homem negou novamente.

"Quer voltar pra casinha, pra mulherzinha, pros filhinhos? Eu te solto agora mesmo."

Ele conseguiu falar, mesmo através da mordaça:

"Não!"

"Então fica quieto, porra!", disse Maria.

Virou-se para trás, para a cama redonda onde eu, Mirtha e Giselle estávamos sentadas.

Maria apontou para Giselle e disse:

"Vem aqui."

Giselle não se mexeu. Mirtha disse:

"Ele não pode te ver. E está aqui porque quer. Porque gosta. Tu viu a troca de mensagens."

Maria voltou a falar com o homem:

"Eu tenho uma amiga. Ela é linda e quer tocar em ti. Nem vai te bater, como tu gostaria, só tocar. Mas tu tem que pedir."

O homem conseguiu sussurrar:

"Me toca. Por favor, me toca."

Maria aproximou-se de Giselle e estendeu a varinha. Relutante, Giselle dispensou o objeto, mas se levantou. As duas aproximaram-se do homem. Maria pegou a mão de Giselle e, bem devagar, a conduziu na direção do peito sob a camisa branca. Quando tocou a pele, Giselle ergueu o rosto e abriu a boca, sem conseguir esconder seu gozo. Maria pressionou a mão dela contra o sujeito, reforçando o contato.

"Quer que ela pare?", perguntou Maria.

"Não!", ele respondeu.

"Ele quer, Giselle. Ele quer muito."

Maria empurrou a mão de Giselle para baixo, na direção da cintura do homem. Giselle continuava quase em transe.

"E tu também quer. É assim que funciona."

A mão de Giselle, sempre conduzida por Maria, chegou na altura da virilha. Giselle, de repente, abriu os olhos e recuou, meio trôpega. Correu na direção do banheiro, entrou e fechou a porta. Maria, decepcionada, apontou o homem e perguntou para nós:

"Querem aproveitar?"

Respondemos que não.

Ele implorou, achando que fazia parte do jogo.

"Cala a boca", disse Maria. "Eu sempre tenho que fazer o serviço pesado."

Enquanto Maria sentava-se outra vez no colo dele, eu e Mirtha entramos no banheiro.

★★★

Giselle, sentada na privada, tinha as mãos sobre o rosto. Enquanto conversávamos, ouvíamos ao fundo alguns ruídos da performance de Maria.

"É como um teatro", disse Mirtha. "Eles representam. Mas o que tu sentiu quando a energia começou a fluir é de verdade"

"E é uma coisa que tu precisa", complementei.

"Com aquelas meninas já foi intenso", disse Giselle. "Mas com aquele homem..."

"Tu não tinha desejo pelo teu noivo?", insistiu Mirtha

"Tinha."

"E vocês não namoravam?"

Giselle assentiu com a cabeça.

"E não se tocavam?"

"Um pouco. Mas não desse jeito."

Eu tentei ajudar:

"Se fosse o Alberto sentado ali seria diferente?"

"Ali? Amarrado? Ele nunca faria uma coisa dessas. Seria um pecado horrível."

"Os pecados foram criados para os vivos", disse Mirtha. "Eles têm dez mandamentos, e nenhum funciona muito bem. Nós só temos três. É bem mais simples."

"Aquele homem... Tá ali porque quer?"

"Tu mesma viu. Quer muito. E tá gastando uma fortuna."

"Eu não entendo."

Mirtha fez um carinho no rosto de Giselle.

"Tudo bem, querida. Tu é uma Willi especial, e vai ter uma educação especial. Hoje demos um passo importante. Mas toma cuidado. As pessoas já podem te ver. Te reconhecer. Nós vamos ter que mexer um pouco no teu rosto. Eu vou te ensinar todos os truques."

Giselle fez cara de desconfiada. Quando saímos do banheiro, o homem estava desacordado.

"Não se preocupem", disse Maria. "Ele tá só dormindo. Cansou."

2.2. Na descendente

Intimidade beligerante. Essa expressão sintetizava bem a relação entre o inspetor Otávio e seu superior direto, o delegado Xavier. Alguns anos de convívio na Terceira Delegacia de Polícia de Sapucaia do Sul tinham criado uma certa cumplicidade no modo de interpretar a lei e na forma de tentar cumpri-la, quase sempre em condições precárias. Os dois sabiam suas qualidades e seus defeitos. Já tinham brigado tantas vezes que o estado beligerante se tornara cotidiano. Quando da transferência de ambos para a Homicídios, em Porto Alegre, nada mudara significativamente. Xavier continuava ambicionando algo mais em sua carreira, um cargo burocrático que o afastasse definitivamente da imundície das ruas. Otávio permanecia fiel à sua absoluta falta de perspectivas, tanto profissionais quanto pessoais. Solitário, quase misantropo, poucas pessoas sabiam de seus recentes problemas de saúde. Uma delas era Xavier, que arrancara os fatos depois de desconfiar do excesso de folgas vespertinas de Otávio, compensadas em plantões noturnos. O delegado preocupou-se, não gostaria de perder os préstimos do inspetor, que era um mala, mas seguia os rastros dos marginais com rara obsessão. Forçou Otávio a tirar uma licença de um mês.

Mal retornara, Otávio já estava dando trabalho, e Xavier convocou-o para uma reunião urgente. Otávio sempre entrava na sala sem pedir permissão, o que irritava Xavier. Simplesmente abriu a porta e entrou. A sala estava vazia. O inspetor sentou-se à frente da mesa do delegado e olhou em volta, entediado. Levantou-se, examinou um gráfico na parede e sentou-se outra vez. Esperou mais um pouco. Finalmente Xavier chegou, usando um blazer verde claro que tentava distingui-lo entre aquela massa de homens malvestidos e mal barbeados. Resultado: parecia uma mistura de cafetão com jogador de futebol aposentado. Mal acomodou-se na cadeira, apontou o dedo para o inspetor e disparou:

"O que eu te disse sobre a morte do irmão do bispo?"

"Caso encerrado", respondeu Otávio.

"E o que eu te disse sobre os retratos falados que tu mandou fazer sem a minha autorização?"

"Pra enfiar no meu cu."

Xavier colocou os pés sobre a mesa, mesmo sabendo que isso era um clichê cinematográfico (e literário). Xavier não tinha receio de críticos. Nem eu, por isso estou dizendo que Xavier colocou os pés sobre a mesa e depois falou:

"E tu enfiou?"

"Ainda não. Não tive tempo."

"Então enfia logo. Se tu te aproximar do bispo, ou de qualquer pessoa que ele conheça, tu vai te ferrar. Entendeu?"

"Entendi."

"Porra, Otávio, não faz nem um mês que tu voltou da licença e já tá fazendo merda. Tem trinta e dois casos de homicídio não resolvidos, e tu tá preocupado com uma morte natural."

Otávio não respondeu. Xavier abriu uma gaveta da mesa e pegou uma bala Sete Belo, que começou a separar da embalagem. Então perguntou:

"Como estão teus exames?"

"Bons."

Xavier colocou a bala na boca.

"Falei com o doutor Egídio. Tu tem muita sorte. Câncer de próstata é foda. Ele me disse que a cirurgia foi um sucesso e tu pode te considerar praticamente curado. Parabéns."

"Ainda tô fazendo radioterapia e tomando um monte de bagulhos."

"Claro. E tem que ficar de olho nos exames." Inclinou-se um pouco para a frente. "Otávio, tu é um dos melhores investigadores que eu já conheci, mas tá na hora de te acalmar, de andar pela sombra."

"Eu tô calmo."

Xavier levantou-se para mostrar o gráfico na parede. Duas linhas ascendentes, realçadas em verde limão, destacavam-se.

"Tá vendo isso aqui? Resolução de casos de feminicídio: aumentamos onze por cento. De latrocínio: melhoramos dezesseis por cento. Homicídios sem tipificação nem autoria: estamos na mesma. Essa estatística nós temos que melhorar."

"E os vinte e três casos que foram pra Oitava DP? Na verdade, essa última curva seria bem descendente."

Xavier fuzilou Otávio com os olhos.

"Descendente na casa do caralho! Otávio, enchi o saco. Definitivamente. Não fala pra mais ninguém sobre esses casos excluídos. Tu que tá na descendente e só vai lomba abaixo. Vou propor tua aposentadoria por invalidez."

Xavier chegou bem perto de Otávio.

"É o que tu é: um inválido. Não consegue nem trepar."

Otávio não reagiu. Xavier abriu a porta e gritou, pra toda delegacia ouvir:

"Sai!"

O inspetor obedeceu. Xavier bateu a porta com força.

✱✱✱

Otávio entrou em seu quarto com uma garrafa de cerveja e um copo nas mãos. A decoração é simplória, bem típica de quem não quer nada com a vida. Sobre uma mesa, na frente da cama de casal, há uma TV antiga e um aparelho de DVD. Otávio abriu uma gaveta da mesa e pegou um DVD da série "Brasileirinhas". Colocou pra rodar. Usando um travesseiro de suporte, sentou-se na cama, encostado no espaldar. Afrouxou as calças. Usou o controle remoto para navegar pelo menu. Escolheu a cena 4, que sempre lhe parecera a menos ruim.

Otávio tomou um longo gole de cerveja enquanto assistia aos primeiros gestos do casal. O inspetor, porém, apenas observava a imagem e ouvia os gemidos, sem demonstrar qualquer excitação. Pegou o controle remoto e adiantou o filme até a cena seguinte. O som mudou: agora havia uma música muito ruim misturada com os gemidos. Otávio continuou assistindo e bebendo, frio e distante. Terminou a cerveja. Desistiu da masturbação. O doutor Egídio avisara, era preciso ter paciência. Usou o controle remoto para desligar o DVD. A tela da TV ficou azul. Pensou em pegar mais uma cerveja, ou sair pra comprar um conhaque no Armazém Progresso, mas a preguiça o venceu. Porém, era cedo demais pra dormir.

Aparentemente sem uma razão específica, lembrou-se da conversa com Alberto na lancheria do cemitério e da foto de sua noiva. Otávio, naquele momento, já sentira que a imagem tinha alguma coisa esquisita. Era, na falta de uma palavra melhor, provocante. Provocava algo adormecido. Tinha sido bem rápido, e Otávio não ligou muito para o incidente. Agora, contudo, a imagem voltava à sua mente, vívida, brilhante, tão realista que os olhos da mulher retratada pareciam encará-lo diretamente. Observou sua virilha e a surpresa aumentou. Começou a masturbar-se, mexendo o braço de forma regular.

2.3. De Canoas a Moscou: a história de Margot

Quando Giselle entrou no quarto que dividia com Margot, esta lia *O Morro dos Ventos Uivantes* deitada na cama. Na mesinha de cabeceira, repousava um copo grande de vidro, ainda úmido e rosado. Giselle sentou-se em sua própria cama e perguntou:

"Tá melhor?"

"Um pouco", disse Margot, fechando o livro. "A Irina me fez uma vitamina."

"De quê?"

"Não sei. Tinha um gosto horrível, mas funcionou."

Giselle pegou o copo e o cheirou. Fez cara de nojo. Margot contou:

"Minha mãe também tentava que eu tomasse vitaminas e comesse coisas saudáveis. Mas eu quase sempre vomitava depois."

"A Mirtha me disse que tu é uma grande bailarina."

"Eu queria ser. Nunca fui."

"Aposto que é. A Mirtha me disse que tu estudou na escola do Bolshoi em Moscou."

"Estudei, me esforcei, mas não consegui. Acontece com muitas meninas."

"Mas... Não foi uma experiência incrível? Quantos anos tu tinha?"

"Cheguei na Rússia com dezessete. Mas é uma história bem longa até lá. Não sei se tu vai ter paciência pra ouvir."

"Claro que vou."

"Minha família é do bairro Mathias Velho, em Canoas. Meu pai trabalhava no Trensurb, minha mãe fazia salgados e doces pro meu irmão mais velho vender na estação do trem. A gente sempre viveu na pobreza, mas nunca passou fome e nossa casinha era pequena, mas era nossa mesmo, meus pais tinham comprado logo antes de casar. Quando eu tinha sete anos, isso era 1998, minha professora levou pra aula um DVD com um espetáculo do Bolshoi. Era *O Lago dos Cisnes*. Só mostrou dez minutos, porque ninguém gostou, acharam chato. Eu pedi pra levar o DVD pra casa, um vizinho me emprestou o aparelho pra tocar na nossa TV, e eu assisti umas quinze vezes. Aprendi a coreografia de cor e imitava várias passagens. Do meu jeito, claro, mas tentando fazer o mais igual possível, mesmo sem ficar na ponta do pé. Disse pra minha mãe que queria ser bailarina, ela não levou a sério, achou que era um capricho infantil. Na época eu era baixinha e gordinha, depois que espichei bastante.

"Tanto incomodei, tanto chorei, que um ano depois a mãe me inscreveu num curso de férias da prefeitura. Era grátis. E não era de balé, era de dança moderna e dança de rua. Eu disse pra Clélia, a professora, que queria entrar no Bolshoi e dançar *O Lago dos Cisnes*. Ela riu. Aí mostrei pra ela o que eu tinha treinado imitando o DVD. Ela parou de rir. Perguntou quem tinha me ensinado, e eu respondi que ninguém, era tudo copiado do vídeo. A professora foi falar com minha mãe e pediu permissão pra me levar no estúdio de dança de uma amiga dela, em Porto Alegre. Fomos de ônibus, e eu mostrei pra essa outra mulher, que se chamava Adriana e era bem mais velha, os mesmos passos que eu tinha mostrado pra Clélia. A Adriana pegou meu endereço e foi lá na nossa casa na Mathias Velho. Falou com o pai e a mãe. Disse que eu tinha um talento muito precoce e devia fazer balé. Ela pagaria tudo durante um ano: as aulas, os deslocamentos, as roupas e as sapatilhas. Depois a gente veria o que fazer. Se eu realmente gostasse da coisa, poderia ter uma carreira no futuro.

"Nos quatro anos seguintes, eu ia três vezes por semana pra Porto Alegre e ensaiava no estúdio da Adriana. Nas quartas, ainda fazia uma hora de inglês. Minha mãe e meu irmão me levavam, ficavam esperando e me traziam de volta. Às vezes espiavam os ensaios. Diziam que eu era a melhor. A Adriana não me elogiava, sempre achava defeitos, sempre exigia mais perfeição. Quando eu tava com 12 anos, a Adriana fez outra visita pros meus pais. Disse que tinha chegado a hora de fazer um teste pro Bolshoi no Brasil.[2] Se eu passasse, teria alojamento, alimentação e uma bolsa de estudos. Eu quase chorei de alegria. Mas aí a Adriana disse: 'Pra tu ter uma chance, tem que perder uns dois ou três quilos. Eles só selecionam meninas bem magrinhas.'

"Eu não era gorda, era normal, comia bem, mas gastava montes de calorias dançando. O aviso da Adriana mudou minha vida. Pro teste do Bolshoi perdi seis quilos. Minha mãe se assustou, disse que minhas costelas estavam saltadas e que ficava feio. Eu ri dela. A Adriana tinha me levado numa nutricionista e tava controlando tudo. Até foi comigo fazer o teste em Santa Catarina. Já era minha segunda mãe. Passei e ganhei a bolsa. O dia mais feliz da minha vida. De Joinville, todo mês mandava um dinheirinho pra mãe, a original. Ensaiava sem parar. E tentava não comer, porque todo mundo dizia que, a qualquer momento, uns professores do Bolshoi de Moscou viriam nos assistir. E que, cedo ou tarde, levariam alguém para a Rússia. Alguém que se destacasse, que fosse a melhor das melhores. Eu achava que pra ser a melhor das melhores eu também deveria ser a mais magra. Quando passava da conta no almoço e me sentia culpada, enfiava o dedo na garganta pra vomitar. Outras meninas também faziam isso, apesar do pessoal da escola sempre nos dizer que era muito perigoso pra saúde.

"Passaram quatro anos, eu já fazia espetáculos em outras cidades de Santa Catarina com a escola, e nada dos selecionadores russos.

---

2 A Escola do Teatro Bolshoi no Brasil funciona desde 15 de março de 2000, na cidade catarinense de Joinville. É a única filial do Teatro Bolshoi da Rússia. Uma seleção acontece todos os anos para o ingresso de novos bailarinos, que recebem bolsa de estudos.

Menstruei bem tarde, só com quinze. Algumas colegas já tinham até namorado e davam uns beijos. Eu não queria saber. Só pensava em ser a melhor. Mas não fui, pelo menos na opinião dos dois professores de Moscou que vieram assistir aos ensaios em 2006. Levaram um menino de 11 anos, que dançava bem, mas com certeza não era melhor que eu. Em 2007, me esforcei até o limite de minhas forças. Um dia desmaiei, me levaram pro hospital e fizeram exames. Anemia. Eu tinha que comer mais e tomar vitaminas. Tomei todos os comprimidos e comia melhor. Mas às vezes vomitava sem nem precisar enfiar o dedo na garganta. No começo de 2008, os professores russos voltaram. Pedi pra dançar dois solos do *Lago dos Cisnes* pra eles. Eles gostaram e me selecionaram. Um mês depois, cheguei em Moscou."

Margot parou de falar. Parecia cansada. Giselle então perguntou:
"E como era Moscou?"

"Era bonita. Mas eu tinha pouco tempo pra passear. Ensaiava muito, todos os dias. Às vezes até nos finais de semana."

"Devia ser maravilhoso."

"Mais ou menos. Eu não tava muito feliz. No primeiro ensaio, achei que todas as minhas colegas de turma eram mais jovens, mais elegantes e mais bonitas que eu. E dançavam melhor. Me senti velha. Me achei gorda."

"Que loucura".

"No balé clássico, tudo é muito rígido. Eu não conseguia me comunicar com as outras meninas. Muitas só falavam russo ou um inglês ruim. O primeiro inverno em Moscou foi terrível. O sol nunca batia no apartamento, e eu só tinha um radiador elétrico pequeno, que não dava conta. Frio demais, solidão quase absoluta e cada vez mais eu acreditava que eu não tinha chance alguma."

"E ninguém te ajudou? Ninguém viu que tu tava triste?"

"Um rapaz da Lituânia, bom bailarino, bastante tímido, tentou se aproximar, disse em inglês que eu era bonita, queria ir num bar. Eu respondi que não estava interessada. Na verdade, até estava, mas me achava gorda, feia, embora agora olhando fotos daquela época eu vejo que estava magérrima. Tu perde a noção do teu corpo. Perde a noção da normalidade. Perde a noção de quase tudo. Aprendi muito no

Bolshoi, ensaiava até ficar exausta, desenvolvi a minha técnica. Ainda tinha um fiapo de esperança de ser chamada para o corpo profissional do balé, viajar pelo mundo, ser aclamada nos grandes teatros. Nada disso aconteceu. Aí pensei em voltar pro Brasil. Mas voltaria como uma fracassada. Imagina, ter essa chance e desperdiçar."

"E a tua família aqui? Tu não falava com eles?"

"Falava, claro. Telefonava, mandava mensagens, dizia que tava bem. Mentia."

"E eles acreditavam..."

"Claro. Estavam muito orgulhosos. Toda a vizinhança no Mathias Velho sabia que eu estava dançando no Bolshoi. Até que em 2011, fui chamada na sala da diretoria. Duas velhas, que tentaram ser simpáticas, mas só conseguiram ser condescendentes, o que me deixou irritada antes de ficar triste, explicaram que eu tinha muito talento e que todos sabiam do meu esforço nos quatro anos estudando, mas eu não tinha mais idade para continuar como aluna e não seria chamada para o corpo profissional. Em compensação, se eu quisesse, elas sabiam de uma vaga de professora numa escola particular que estava abrindo. Poderiam me indicar. Uma das velhas já segurava um papelzinho na mão com um número de telefone rabiscado. Peguei o papelzinho, tentei sorrir, não consegui, tentei agradecer, mas não tive ânimo, então só dei as costas pra elas e fui embora.

"Fui uma boa professora. Juro que tentei fazer uma vida, me interessar por alguém, mas não rolou. A virgindade nem me preocupava. Nunca mais consegui me alimentar direito. Telefonava pra mãe e dizia que estava vivendo meu sonho. Eu era só pele e osso e mal tinha forças pra dar as aulas. Mas ainda conseguia disfarçar."

Giselle saiu de sua cama e sentou-se ao lado de Margot. Fez um carinho em seus cabelos.

"A escola era boa, tinha instalações bonitas e um salário razoável. Por isso, em vez de voltar logo pro Brasil, me aguentei em Moscou por sete anos. O Bolshoi de vez em quando me mandava ingressos de cortesia para alguns espetáculos. Fui assistir a uma montagem de Romeu e Julieta, e lá estava meu admirador da Lituânia, dançando maravilhosamente bem. Não era solista, mas impressionava mesmo assim. Ele me procurou no final do espetáculo. Tinha perdido a timidez. Me levou para jantar, o que foi uma péssima ideia, porque mal consegui comer, mas me deu bastante vinho e me beijou na frente do meu edifício.

"Nos dias seguintes, pela primeira vez na vida, tive desejos eróticos. Saímos outras vezes, e as mãos dele foram avançando no meu corpo. Eu pensava nele sem parar, não conseguia me concentrar nos ensaios e tremia só de pensar em transar com ele. Tremia mesmo. Finalmente decidi: mandei uma mensagem pra ele e disse que, se quisesse, podia vir no meu apartamento naquela noite. Ele chegou com uma garrafa de vodca. Bebemos bastante. Quando ele me beijou, fiquei tonta, depois senti muito frio. Mesmo assim, tentei seguir adiante. Comecei a tirar a roupa, e ele fez o mesmo. Me abraçou, desmaiei. Ainda tive tempo de pensar que era a vodca. Eu não estava acostumada com álcool. Acordei um tempo depois, na cama, com febre, delirando. Ele colocou um pano molhado na minha testa e me acariciou. Eu queria que ele transasse comigo. Acho que pedi pra ele, várias vezes, mas eu tava delirando em português e ele não entendeu. Pena. Ele ligou para alguém. Deve ter contado o que estava acontecendo. Chegaram dois enfermeiros. Eu protestei, disse que não queria ir pro hospital, mas finalmente me levaram. Era tarde demais. Infecção pulmonar. Morri no dia seguinte, com o rapaz segurando minha mão e dizendo que me amava."

Giselle fez mais um carinho no rosto de Margot.

"Fiquei sabendo depois, pela Mirtha, que, como meus pais não tinham recursos para fazer o translado do corpo, quase fui enterrada como indigente, em vala comum, lá na Rússia. Minha mãe ligou chorando para a Adriana, que assumiu todos os gastos pra trazer meu corpo pro Brasil. Minha família também não tinha condições de pagar uma cremação, ou de comprar um túmulo, nem em Canoas, nem em lugar algum. Adriana ofereceu o jazigo da família dela, em Porto Alegre. Mais tarde, meus pais poderiam levar meu corpo para outro cemitério. Eles aceitaram. E por isso fui enterrada perto de vocês."

"Quando isso aconteceu?"

"Faz um ano e meio. Depois que voltei como Willi, Mirtha e as meninas cuidaram de mim, e eu dei um jeito de fazer o que elas queriam: transei com um cara. Não vou te contar essa parte. A Maria me ajudou. Se não transasse, elas não podiam ir embora. É a regra. Mas não gosto de absorver energia com o sexo. Me dá ânsia de vômito. Fui pro Rio porque tinha medo de cruzar com alguém da minha família. Meu irmão trabalha em Porto Alegre. Eu dou aula de balé pra crianças numa escola pequena em Copacabana. Vou levando. E absorvendo doses mínimas das meninas. Algumas têm energia até demais. Não faz mal pra elas. Só não me peçam pra transar com alguém. Tenho repulsa do meu corpo e de quem se aproxima dele."

2.4. Uma pequena ajuda de um amigo

Quando Alberto saiu do templo com uma sacola no ombro, Otávio estava pronto para segui-lo na calçada oposta. Alberto colocava panfletos em caixas de correio dos edifícios e das casas. Assim que dobrou a esquina, o inspetor apressou o passo, atravessou a rua e aproximou-se dele.

"É propaganda da igreja?"

Alberto parou de caminhar.

"O bispo Geraldo disse que o caso está encerrado."

"Encerradíssimo. Foi morte natural."

"E que eu não devo falar com o senhor."

Alberto recomeçou a andar bem rápido, e Otávio o seguiu, um pouco ofegante.

"O que eu vou falar não tem nada a ver com a morte do seu amigo. Nada mesmo."

Alberto voltou a colocar panfletos nas caixas de correio. Otávio insistiu:

"É que eu gostei da foto da sua noiva, achei diferente, achei artística. E eu tenho uma sobrinha de 15 anos que vai debutar. Eu vi as fotos que ela tirou pro book. São horríveis. Parece que ela tem 30 e fez uma plástica ruim. Quero dar um presente pra ela. Uma coisa que ela possa lembrar depois. Só isso."

"Só isso?"

Otávio assentiu. Alberto pegou o cartão de Mirtha na carteira.

"Só tenho esse e-mail. Pode ficar com ele."

Otávio pegou o cartão estendido por Alberto.

"Vou usar aquela foto da Giselle no túmulo. O senhor acha que vai ficar bom?"

"Acho. É uma das fotos mais bonitas que já vi na vida."

★★★

Na geladeira, muitas cervejas em lata e uma fatia grande de pizza. Mais nada. Otávio pegou a pizza e deu uma fiscalizada. Estava seca e com manchas verdes nas bordas. Otávio abriu uma cerveja, cortou as bordas verdes da pizza, deu uma mordida e saiu da cozinha. Terminava de comer quando a campainha tocou. Ao abrir a porta, viu Xavier, com uma cara simpática.

"Otávio, meu bruxo!"

Otávio afastou-se para Xavier passar. O delegado tinha intimidade com o ambiente. Desapareceu pela porta da cozinha e logo voltou com uma cerveja na mão.

"Vou contar pro doutor Egídio que a tua dieta continua ótima."

Xavier abriu a latinha e sentou-se no sofá. De repente, ficou sério. Abriu os braços e levantou as palmas das mãos, num gesto teatral.

"Desculpa", disse. "Eu tava muito irritado. A Josi tinha acabado de me ligar pra dizer que comprou um lustre pra sala e que a loja tinha recusado o cartão. Eu tive que resolver. Um saco." Xavier apontou para o lustre acima deles, que era apenas uma bola de plástico branco, cheia de insetos mortos. "Tu que é feliz. Pra que lustre? Falando sério, tu me perdoa? Falei coisas que tu não merece ouvir."

"Tá tudo bem, chefe."

"Não vou pedir tua aposentadoria. Tu tem muita estrada pela frente e precisa me ajudar naquela delegacia de merda, que só tem idiotas e vagabundos."

"Pode contar comigo."

"Ótimo!"

Xavier pegou o celular e mandou uma mensagem de texto. Guardou o celular no bolso.

"Quer que eu peça uma comida?", perguntou Otávio. "Eu tava comendo pizza, mas acabou."

"Não, meu amigo. Eu já jantei. Mas a noite é uma criança, pelo menos pra ti."

"Não entendi."

"Deixei uma amiga esperando ali fora. Bom, não é bem uma amiga. É uma profissional competentíssima, que vai saber cuidar de ti."

Batidas na porta.

"Taí ela."

Xavier levantou-se e abriu a porta. Uma mulher de uns 40 anos, dona de uma beleza acima da média e um figurino de razoável bom gosto, entrou e estendeu a mão para Otávio.

"Prazer, Agnes."

"Prazer", disse Otávio, sem se levantar.

"Eu já vou indo", disse Xavier. Depois bateu no ombro de Otávio.

"Lembra daquela música, *With a little help from my friends*? Aproveita, meu amigo. Tá tudo pago." Apontou para Agnes. "Até o táxi pra volta, não é, querida?"

"Com certeza."

Xavier saiu. Agnes tirou o casaco e disse:

"Onde é o quarto?"

★★★

Otávio deitou-se na cama, encostado no travesseiro, vestindo cuecas e camiseta, sem mostrar qualquer entusiasmo. Agnes tirou da bolsa um pequeno alto-falante bluetooth e, usando seu celular, colocou pra rodar *Je T'aime Moi Non Plus*, na versão clássica de Jane Birkin e Serge Gainsbourg. Começou a dançar e tirar a roupa. Otávio apenas a observava. Agnes ficou só de calcinha e foi para a cama. Inclinou-se sobre Otávio e percebeu que sua performance não estava funcionando. Porém, não desistiu.

"Relaxa, querido."

"Eu pareço tenso?"

"Não gostou de mim?"

Pegou o celular da mesinha de cabeceira, interrompeu a música e deitou-se ao lado de Otávio.

"O Xavier me falou que tu tá fazendo um tratamento complicado."

"É."

"Já vi outros caras com esse problema. Tem um lado físico e um lado psicológico. Eu sou boa na parte psicológica, pode apostar."

"Tenho certeza que é."

"E não tenho nenhuma pressa. Posso até dormir aqui e de manhã cedo, com as energias renovadas, a gente tenta de novo."

"Dormir aqui?"

"Claro, qual é o problema?"

Otávio levantou-se e colocou as calças.

"Não vai rolar. Desculpe. Vou dizer pro Xavier que foi fantástico, que eu renasci pro sexo e pra vida."

"Não precisa mentir por mim, querido."

"Não é por ti. É por mim, querida."

2.5. Esnucada

O bar tinha uma dúzia de mesas de sinuca ocupadas por homens e mulheres, a maioria jovens, uma parte de meia-idade. Numa das mesas, eu e Mirtha jogávamos em dupla contra Maria e Madalena. Nós estávamos encaçapando as bolas menores, de 1 a 7; elas, as maiores, de 9 a 15. Giselle apenas observava a partida. Passara por sua primeira transformação: cabelo estava mais curto, com uma tonalidade mais clara, e usava lentes que mudavam a cor dos seus olhos, normalmente castanhos, para azuis esverdeados. Eu queria ganhar das irmãs de qualquer jeito, apesar da Mirtha ser péssima com o taco. O jogo estava no fim. Já tínhamos eliminado todas as nossas bolas e faltava apenas a 8. O problema é que ela estava cercada pelas duas últimas bolas das adversárias, a 9 e a 14, o que dificultava muito a minha jogada. Fiz a volta na mesa, estudando o que fazer. Maria, com uma cerveja na mão, riu, desdenhosa e disse:

"Tá esnucada, Irina. Sem chance."

Ela colocou a mão sobre a bola 14, como se fosse eliminá-la do jogo.

"Posso?"

"Não!"

Inclinei-me sobre a mesa e tive que tirar um dos pés do chão, numa posição bem difícil, mas a única possível para tacar como eu queria a bola branca. Quase um malabarismo. Se eu estivesse de saia seria no mínimo muito revelador. Fiz pequenos movimentos com o taco sem realizar nenhuma jogada e anunciei:

"Caçapa do fundo."

Dei a tacada, que não foi muito forte, mas foi certeira. A branca fez uma tabela no lado da mesa, conseguindo assim o ângulo correto para mover-se na direção da 8, escapando por milímetros das bolas adversárias, e empurrou a 8 para a caçapa. Jogo encerrado. Eu gritei, Mirtha me abraçou.

"Sorte", disse Madalena. Eu mandei um beijinho pra ela:

"E ainda dizem que a vida acadêmica não serve pra nada!", disse, lembrando das longas noites de sinuca em Berkeley.

"Quero revanche", disse Maria.

"Vamos lá!"

Coloquei uma ficha para liberar a gaveta e recolocar as bolas sobre a mesa. Então Richard e Bruno surgiram. Eram jovens, bonitos e tinham dentes muito brancos.

"Podemos jogar com vocês?", perguntou Richard.

"Não deu pra perceber que não precisamos de mais ninguém?", respondeu Madalena.

Bruno apontou para Giselle:

"Mas ela não tá participando."

Giselle se encolheu um pouco.

"Eu não sei jogar."

"Mas pode aprender", disse Richard. "Tem uma mesa vazia lá no fundo."

"Cai fora, playboy!", disse Maria.

Mirtha aproximou-se de Richard.

"Desculpe, elas tão furiosas porque sempre perdem pra nós."

"Uma ova!", disse Madalena.

Mirtha voltou-se para Maria e Madalena.

"Quem sabe vocês conseguem uma recuperação contra esses dois rapazes tão simpáticos?"

"Quem perder paga cerveja até o bar fechar", desafiou Maria, depois de um segundo de hesitação.

"E, se perder e não pagar, morre", adicionou Madalena.

Os meninos riram e concordaram. Maria arrumou as bolas no triângulo.

★★★

Encostadas no balcão, segurando drinques coloridos, eu, Giselle e Mirtha tínhamos uma boa visão da mesa em que acontecia o jogo. O desafio estava bem animado, mas os rapazes olhavam mais para as adversárias que para as bolas.

"Será que eles acham que têm alguma chance?", questionou Mirtha.

"Eles jogam bem", garanti, depois de ver as primeiras tacadas de Richard e Bruno.

"Eles acertam quase todas. Vão ganhar fácil", vaticinou Giselle.

"Não, Giselle", disse Mirtha. "Eles vão perder."

"Não entendo nada desse jogo, mas eles são melhores", insistiu Giselle. "Há pouco a Madalena jogou a bola pra fora da mesa. E a Maria se irrita tanto quando erra que parece que vai bater nos rapazes com o taco. Elas estão péssimas."

Mirtha apontou para a mesa.

"Elas são ótimas. Tu vai ver."

Madalena aproximou-se de Bruno e cochichou alguma coisa no ouvido dele. Maria também fez uma graça para Richard e tomou-lhe a cerveja da mão. Madalena discretamente colocou a mão nas costas de Bruno enquanto ele pensava sua próxima jogada. Bruno ficou um longo tempo se preparando.

"Sedução é mais simples que sinuca", disse Mirtha.

Giselle percebeu que Madalena sugava energia de Bruno e ele retardava sua jogada porque estava adorando.

"Mas é preciso saber jogar", continuou Mirtha.

Madalena tirou a mão das costas de Bruno, que finalmente deu a tacada, muito fraca e sem direção. Bruno sacudiu a cabeça. Mirtha comentou:

"E não pode querer tudo de uma vez. Tem que ir devagar."

Maria, ao devolver a cerveja para Richard, segurou sua mão por alguns instantes. Richard reagiu com um sorriso. Depois abriu a boca e respirou fundo. Maria jogou. Na vez de Richard, Maria ficou bem perto dele. Tão perto que Richard não resistiu e encostou-se levemente no corpo da linda punk.

"É assim que se começa, Giselle", disse Mirtha. "Aos poucos. Um toque, um abraço, um beijo, e tu vai sentir todo o teu corpo reagindo e ficando mais forte."

"Então... Não preciso transar?", perguntou Giselle.

"Tu só vai transar quando quiser. Quando os dois quiserem."

Maria e Madalena seguiram cansando os rapazes, que passaram a errar seguidamente. Maria deu a tacada decisiva e encaçapou a bola oito. As irmãs bateram as palmas das mãos, vitoriosas. Os meninos não ligaram. Estavam derrotados, mas felizes, e não paravam de admirar as adversárias. Maria e Madalena ergueram os braços na nossa direção e comemoraram. Nós acenamos de volta. Giselle tomou um gole largo do seu drinque.

2.6. Um velho enxuto

Sempre que venho a Porto Alegre caio na tentação de ir numa loja de discos na subida da rua Garibaldi. Gosto dali. A coleção de discos em vinil, CDs e DVDs é bem grande. Tem novos e usados. Conheci o dono, Roger, muito simpático, quando a loja abriu, em 1989. Até o fim da década de 1990, sempre comprava com ele, ficamos amigos. Porém, como sempre, há um prazo para uma Willi conhecer alguém sem que esse alguém perceba que o tempo não passa para nós. Claro, eu posso deixar o cabelo grisalho, e a Mirtha é boa para simular algumas rugas, mas quando comprei vários CDs de jazz em 2001, tive certeza que o Roger pareceu desconfiado.

A partir daquele dia, só entrei na loja quando tinha certeza que ele não estava lá. Não é difícil. Telefono e peço pra falar com ele. Às vezes, um funcionário explica que o patrão foi visitar alguém numa cidade do interior que está vendendo sua coleção de vinis. Foi o que aconteceu na tarde seguinte à nossa sessão de bilhar e drinques coloridos. Mirtha pediu que eu levasse Giselle junto comigo. Ela, que dificilmente saía de casa sozinha, gostou da ideia. Além de nós duas, havia apenas o atendente e dois garotos com camisetas pretas do AC/DC nos corredores abarrotados de discos. Tentamos não chamar a atenção. Estávamos vestidas do modo mais discreto possível. Logo me apaixonei por uma edição especial em vinil do festival de Monterey, em LPs de 180 gramas. Mostrei a capa para Giselle e falei em voz baixa, quase sussurrando:

"Eu tava lá! Junho de 1967. Tinha acabado de chegar na Califórnia."

"Nunca ouvi falar. Que tipo de música era?"

"Em que mundo tu vive?"

Achei o álbum duplo de Woodstock e mostrei a capa para Giselle. Falei bem baixinho:

"Esse aqui tu conhece, né? Woodstock foi em 69, eu já era uma Willi e tentei ir de carona até a costa leste com uns colegas de Berkeley. Mas não chegamos nem no meio do caminho."

"Não conheço."

"Já ouviu falar de Jimi Hendrix?"

"Acho que sim."

"Que instrumento ele tocava?"

"Não sei."

Eu já estava meio irritada.

"Tu não gosta de música?"

"Gosto. Até tentei cantar no coro do templo. Mas o maestro se desentendeu com o bispo, e o coro acabou."

"E rock?"

"Não conheço quase nada."

Peguei o disco do festival de Monterey.

"Vou levar esse e te dar algumas lições. Antes tarde do que nunca."

A porta da loja abriu e Heitor entrou. Eu não o reconheci imediatamente, mas logo a ficha caiu. Eu com medo de encontrar o Roger, e me aparece alguém muito mais perigoso... Parecia ter uns 60 anos (na verdade, tinha 70). Estava em boa forma. Cabelos grisalhos, mas abundantes. Vestia uma camiseta do David Bowie. Um velho enxuto. Ele acenou para o atendente e foi examinar os discos bem perto de onde estávamos. De repente, seus olhos cruzaram com os meus. Percebi logo que ele me reconhecera e estava muito espantado. Baixei a cabeça e caminhei na direção do fundo da loja, mas era tarde demais.

"Irina!"

Ignorei-o quanto pude. Tentei fazer uma cara que misturasse surpresa com "não é comigo". Não sei o que saiu.

"Meu nome é Iolanda. Desculpe."

"Nós nos conhecemos…" Hesitou um pouco. "Há alguns anos."

"O senhor está me confundindo com outra pessoa."

"A semelhança é incrível."

"Às vezes a memória nos engana."

Segurei o braço de Giselle e dei um passo na direção da porta de saída. Heitor nos seguiu.

"Minha memória é ótima, nunca me enganei assim. Pena que não tenho aqui uma foto da Irina pra mostrar."

Continuamos andando pelo corredor apertado. E ele atrás da gente. Falei sem me virar:

"Nós estamos com um pouco de pressa. Com licença."

"Claro. Desculpe. É que eu conheci essa garota quando estava estudando em Berkeley, no final dos anos sessenta. Era brasileira. A gente teve um caso rápido, mas muito intenso."

"Eu nunca viajei para os Estados Unidos."

"Foi tão intenso que eu pensei que ia morrer. Morrer de amor."

Chegamos na porta e saímos. Ele ainda falou:

"É possível, sabe?"

Tive medo que nos seguisse, mas permaneceu dentro da loja. Descemos a Garibaldi rapidamente.

"Ele parece ser um cara legal", disse Giselle.

"Tu tinha que ver ele com vinte e poucos anos. Era um gato. Uma coisa!"

"E agora tu não ficou nem um pouco a fim?"

"A fim? Talvez. Mas é arriscado. Ele tem uma foto. Pode botar a foto bem do lado do meu rosto, e aí fica difícil negar."

"Vocês já transaram?"

"Uma vez. Foi muito bom. Eu quase perdi o controle. Tava muito apaixonada."

"Perdeu o controle?"

"É. Seguir transando. Até o fim. E ele queria."

"E aí..."

"Aí, hoje, a gente não teria encontrado ele na loja de discos. Tu tem que entender uma coisa: o teu rosto e o teu corpo não mudam mais. As Willlis não envelhecem. Todas as outras pessoas envelhecem, inclusive as que te conhecem. É perigoso ficar numa cidade só por muito tempo, mesmo mudando o nome, como a gente faz. A Mirtha virou uma especialista em troca de identidade. Em breve tu vai ter um novo nome e novos documentos. A Giselle precisa desaparecer. E vai te acostumando: nós viajamos bastante."

Giselle estava assustada. Eu continuei:

"Tu viu: o Heitor sabia que era eu. E eu sabia que era ele. Têm coisas que a gente não consegue disfarçar."

2.7. Fé

Mirtha tem uma variante para a clássica dupla policial malvado/policial bonzinho. Ela mesma interpreta, em momentos diferentes, a dupla mãe tirânica/mãe amorosa. Enquanto eu estava na loja com a Giselle, Mirtha tentava permanecer no modo mãe amorosa na conversa com Maria, Madalena e Margot, reunidas no escritório:

"Pedi pra Irina levar a Giselle pra fazer umas compras. Assim a gente conversa sobre ela e resolve o que fazer daqui pra frente. Nós..."

Maria atalhou:

"Ótimo. Eu tenho uma coisa muito importante pra falar. Muito importante mesmo. Daqui a 19 dias, tem um show do Peter Murphy em Nova Iorque, e eu vou estar lá. Podem apostar."

"O cara do Bauhaus?", disse Madalena.

"Exatamente. O vampirão. Deve tá meio acabado, mas sempre dá um caldo." Encarou Mirtha e ameaçou. "E tu vai puxar tanto a porra da minha coleira, e eu vou resistir tanto, que eu juro que tu vai perder um braço."

Mirtha permaneceu calma e garantiu:

"Tu vai no show, mas antes vamos resolver a Giselle."

"Acho que ela tá quase", ponderou Madalena. "Já sentiu prazer com as bailarinas, e já aprendeu bastante lá na sinuca."

"Mas ainda tem alguma barreira muito forte na cabeça dela", disse Mirtha. "E eu não consigo entender direito."

"Nem nunca vai entender", disse Margot, inesperadamente. Ela quase nunca participava das discussões. Então prosseguiu:

"Ela tem uma coisa que nenhuma de nós têm. Fé."

"Fé em quê?", disse Maria, irônica. "Ela sabe que morreu e não foi pro céu, nem pro inferno. Alguém viu Deus por aí? Ou o capeta?"

"Talvez ela pense que isso aqui é uma espécie de purgatório. Que ela está sendo testada."

"Teste? Ridículo."

"Não é ridículo", insistiu Margot. "Pode ser pra ti, que nunca acreditou em Deus. Também parece uma coisa idiota pra mim, pra

Mirtha, que odeia todas as religiões, e pra Irina, que teve pais super repressores. Mas, pra Giselle, a fé era algo muito real e muito importante. Pensem um pouco. Ela tinha um namorado, tava apaixonada por ele, e se manteve virgem por anos porque acreditava que isso era a coisa certa pra fazer. Ela acreditava em pecado e continua acreditando."

"Ela te falou sobre isso?", perguntou Mirtha.

"Um pouco."

"Então... Nós temos que superar essa fé."

"Podem trazer o cara mais lindo e sensual do mundo", argumentou Margot. "Não vai funcionar. Vocês ainda acham que ela é ingênua ou romântica demais. Nada disso. Ela realmente não quer trair o noivo porque acredita que ele também nunca a trairia. Eles alimentavam a fé um do outro. Eles têm uma aliança."

"Então que transem de uma vez, caralho!", disse Maria. Margot sacudiu a cabeça.

"A Giselle tem medo de se aproximar dele. Já percebeu como a gente funciona. Vai continuar se alimentando com migalhas."

"E nós vamos ficar pra sempre nessa porra de cidade, ouvindo sertanejo universitário? Nem fodendo."

"Então vamos pegar o noivo", propôs Madalena. "Se o cara perder a virgindade e gostar da coisa, a aliança dos dois vai se quebrar. Ela vai se sentir livre pra transar. "

"Se vocês pegarem o noivo", disse Mirtha, "ela vai nos odiar pelo resto da existência. Vai nos infernizar a vida. É uma péssima ideia."

Ficamos em silêncio por algum tempo. Maria levantou-se, impaciente, e voltou a ameaçar:

"Eu vou naquele show!"

Mirtha aproximou-se das fotografias na parede. Ficou um bom tempo observando as imagens de Constant Puyo, com especial atenção para uma foto chamada *Aparição*, sua favorita, que mostra uma jovem envolta por um tecido diáfano à margem de um lago. Voltou-se outra vez para as Willis e disse:

"Então, em vez de pensar num desejo sexual mais forte que a fé, o jeito é diminuir essa fé. Toda fé tem um ponto fraco, e esse ponto fraco geralmente é bem humano."

O rosto de Maria iluminou-se.

"O bispo! Tem todo o jeito de picareta. Ele deve lucrar muito com a fé das outras pessoas, inclusive da Giselle e do noivinho idiota."

"A Giselle confia nele", lembrou Margot. "E o noivo continua trabalhando no templo."

"Não importa", contestou Mirtha. "Achei o cara bem esquisito no enterro da Giselle. Vamos saber mais sobre ele e a igreja."

"Eu vou investigar a mulher dele", disse Madalena, maliciosa.

"Com discrição, entenderam?", ordenou Mirtha. "Quero saber se é uma igreja isolada ou faz parte de uma rede, quem frequenta, como funciona o esquema financeiro, tudo."

"E saber se o bispo tem uma fé tão forte quanto a da Giselle e é tão pudico quanto o noivinho virgem", completou Maria.

"Isso."

2.8. O fantasma ladrão

A sede administrativa do Cemitério da Santa Casa não tem grandes luxos, mas é ampla e bem organizada. Dona Rosa, uma senhora magrinha de 70 anos, com a pele do rosto já muito enrugada, mas dona de olhos vivos e inteligentes, comanda tudo com a autoridade de quem conhece cada centímetro do campo santo. Trabalha oito horas por dia e não pretende retirar-se tão cedo, mesmo que, às vezes, fique um pouco cansada. A perspectiva de ficar em casa sozinha, vendo TV ou aprisionada pelas bobagens da internet, não a seduz. Enfim, cuida dos mortos para continuar circulando entre os vivos. Aceitou receber o inspetor Otávio mesmo sem hora marcada e levantou-se, ágil e simpática, para apertar a mão do inspetor quando ele entrou em sua sala.

"Eu preciso de algumas informações." Otávio mostrou sua identificação de policial.

"Descobriram alguma coisa sobre a morte do Josué?"

"A senhora deve saber que a autópsia revelou um problema no coração. Foi morte natural."

"Sei... Aquele ali levantava as lajes com uma mão só."

"Acontece. Um dia o coração falha. Vim aqui por outro motivo. Gostaria de saber a localização de um túmulo. É de um enterro recente."

"Nome do falecido?"

"É uma moça bem jovem: Giselle."

"A noivinha..."

"É."

"Eu mesma lhe mostro. Tô precisando esticar as pernas."

Passaram pela área nobre do cemitério, cheia de generais e políticos, personagens importantes na cidade, alguns até nomes de ruas e avenidas, e, à medida que avançavam, Dona Rosa fazia breves relatos sobre os jazigos mais famosos, sem conseguir arrancar qualquer reação significativa de Otávio. Ele só deu alguma atenção à estátua de Teixeirinha. Os túmulos ficaram mais singelos. Finalmente pararam em frente à tumba de Giselle.

"É essa", disse Dona Rosa.

Otávio observou o túmulo. Sobre um terreno ainda irregular, havia apenas uma laje e uma lápide simples, com o nome "Giselle Boaventura" impresso num plástico cinza claro. Nem sinal de foto. Dona Rosa percebeu que Otávio estava decepcionado.

"Esse plástico horrível é temporário. Às vezes demora um pouco pra colocar o nome com letras de metal. A gente sempre pressiona os familiares, claro. O cemitério tem um padrão."

Otávio olhou para tumbas próximas, algumas com fotos nas lápides, e disse:

"Eu conheci o noivo da falecida, o senhor Alberto. Ele vai colocar uma foto no túmulo."

"Que bom. Atualmente poucas famílias colocam fotos. É um costume que está morrendo. Pena."

Otávio percebeu que havia um escaravelho na grama quando o sol bateu na carapaça do inseto, realçando sua cor verde escura, quase negra.

"Nunca tinha visto um besouro tão brilhante", disse o inspetor.

"Esses bichinhos adoram essa parte do cemitério. Não fazem mal a ninguém. Dizem até que são bons para o meio ambiente. De vez em quando, uma professora aparece aqui e apanha alguns. Uma pesquisadora que mora na Austrália."

"Que interessante. Vou falar com o Alberto e perguntar quando ele vai colocar a foto. Obrigado pela ajuda."

"De nada. Estamos aqui pra isso. E faz tempo. Tenho 51 anos como funcionária do cemitério."

Otávio e Dona Rosa afastaram-se da tumba caminhando lado a lado.

"Curioso que o senhor tenha falado da foto", disse Dona Rosa." Eu sei de uma história antiga sobre a foto de um túmulo aqui perto. Quer que eu mostre?"

"Quero."

Menos de trinta metros separavam a (suposta) última morada de Giselle do jazigo agora apontado pela Dona Rosa. Era nitidamente muito mais antigo, com uma imponência discreta que o tempo havia corroído. Não havia foto nem identificação de quem o ocupava.

"Comecei a trabalhar aqui em 1969", contou Dona Rosa. "O antigo coveiro, que era pai do Josué, esse que morreu agora, sempre queria me assustar com essa história. Acho que tinha certas intenções pro meu lado, mas na época eu estava namorando firme um rapaz muito distinto."

Dona Rosa parou de falar. Respirou fundo, como se precisasse ajustar o rumo antes de seguir em frente. O inspetor sorriu, encorajando-a.

"Desculpe. Costume de velha. A gente começa a lembrar do passado e se entusiasma. Mas o que interessa é o seguinte: o enterro aconteceu em novembro de 1918. A falecida tinha nascido na Alemanha. A lenda diz que era uma mulher bem bonita, de uns cinquenta anos. Não tinha família aqui em Porto Alegre. Poucos dias depois do enterro, a amiga que tinha comprado o jazigo perpétuo providenciou a colocação de uma foto e da identificação com letras de metal. Na manhã seguinte, só tinha as letras. A foto desapareceu."

"Foi roubada?"

"É o que todo mundo pensou."

"Isso é comum? Ou era comum na época?"

"Acho que não. Ladrão de cemitério geralmente está atrás de metal, principalmente bronze. Ou então fica sabendo que tem alguma coisa valiosa dentro do caixão. Mas aí é mais difícil. Profanar um túmulo leva tempo. Roubar as letras é rápido e dá pra levantar um troco com elas."

"E as fotos não valem nada."

"Exatamente. Acontece que essa amiga da falecida, quando ficou sabendo que a foto tinha sumido, providenciou outra. E, no dia seguinte, a foto desapareceu de novo."

"Vai ver que a falecida não gostou da foto e saía da tumba pra retirar."

"Essa é a história. Isso aconteceu quatro vezes. Quatro! Em menos de seis meses. Na quarta, o fantasma da falecida levou também as letras de bronze. Aí acho que a amiga desistiu, e o túmulo ficou assim como o senhor está vendo."

"Como ela se chamava?"

"Esse é o detalhe mais fantástico. Depois do último roubo, não se soube mais da amiga. Era a única pessoa que tinha alguma informação sobre a defunta." Apontou para o túmulo. "Ninguém sabe o nome de quem tá ali."

"Mas o cemitério não tinha um registro?"

"Claro que tinha. Num cadernão bonito, de capa azul. A página foi arrancada. Se um dia o senhor quiser examinar, eu mostro. Dá pra ver direitinho onde ficava a folha. Não é uma história boa?"

"Muito boa."

"Se é verdadeira ou não, aí não sei dizer. A gente teria que voltar no tempo."

"Uns cem anos."

"É. Ou então perguntar pro fantasma ladrão. Dizem que ele ainda dá umas voltas por aqui."

2.9. O mal da volúpia

Margot ficou encarregada de manter Giselle bem longe do templo. Assim que as duas saíram para ir ao cinema, Mirtha distribuiu os papéis da farsa. Decidiu não contrariar Madalena, que foi escalada para a conversa com a mulher do bispo. Maria, depois de muito protestar contra o figurino ultra careta, tirou o piercing do nariz e aceitou ser a pobre doente. Eu fiquei com a personagem "mulher rica e beata" que lançaria a isca. Mirtha argumentou que não deveria mostrar-se ainda. Assim, mais tarde poderia assumir um papel distante dos nossos. Abriu a grande caixa de maquiagem e fez sua arte transformadora nos rostos de Maria e Madalena. Alberto já tinha visto as duas e era preciso distanciá-las das lindas roqueiras pós-modernas do Ocidente. Em menos de uma hora, viraram jovens conservadoras de cara inocente e saias horrorosas até o chão.

O culto estava quase lotado. No pequeno e vacilante altar, Geraldo, usando um microfone, comandava uma cerimônia de exorcismo. Havia um tecladista que tocava acordes dramáticos de acordo com as falas e ações de Geraldo. Gabriela orientava as pessoas na fila para receber o exorcismo e às vezes falava alguma coisa no ouvido delas. Alberto era o encarregado de recolher as doações. Ele caminhava pelo templo carregando uma caixa de madeira com tampa. Várias pessoas colocavam dinheiro por uma fenda em cima da caixa. Nós ficamos no fundo do templo, misturadas com os fiéis.

"A ciência não é ruim", pregava Geraldo. "Não. De jeito nenhum. A ciência também é obra de Deus, porque Deus criou os homens, e os homens criaram a ciência. A ciência nos levou até a Lua, o que é maravilhoso. Mas a ciência não explica tudo. A ciência tem os limites da humanidade que a criou. Já a fé, irmãs e irmãos em Cristo, não tem limites, porque a fé nos aproxima de Deus, que é infinito e todo poderoso. Ele está além da Lua, além do Sol, além da galáxia."

Madalena saiu do fundo do templo e entrou na fila dos que seriam exorcizados.

"Deus está além do universo material", continuou o bispo. "Por isso, quando os remédios não funcionam, quando os tratamentos científicos não curam, vocês sabem, irmãs e irmãos, que quando o desespero bate, a única solução é ter fé em Deus." Elevou o volume da voz. "Porque Deus Nosso Senhor pode tudo. Tudo! Aleluia!"

"Aleluia!", responderam todos. Eu cutuquei Maria, e ela também disse "Aleluia!", com ar azedo.

Madalena aproximou-se de Gabriela na fila do exorcismo. As duas se olharam. Gabriela ficou abalada. A beleza de Madalena é tão grande que intimida num primeiro contato. Geraldo estava ficando mais empolgado.

"Mas a tarefa de Deus não é fácil. Ele tem um inimigo, um anjo que invejou sua glória e quis ser tão poderoso quanto o criador dos céus e da terra. Esse anjo foi derrotado e caiu nas profundezas do inferno, de onde sai para habitar os corpos de homens e mulheres e ocasionar todo tipo de maldade. Esse inimigo, de Deus e dos homens, tem muitos nomes, e o seu primeiro nome é...."

O tecladista fez um som lúgubre e sombrio.

"... Satanás!"

O tecladista executou um tema de suspense. Gabriela, recuperada do choque inicial, se dirigiu a Madalena em voz baixa:

"Que mal a aflige, irmã?"

"O mal da volúpia. Satanás não me dá sossego."

Gabriela demorou um pouco, mas manteve a compostura para seguir um roteiro muitas vezes já encenado:

"Esse mal não é fácil de curar. Satanás é ladino e nos engana."

"Por isso estou aqui."

"Quando o bispo tocar a tua testa, tu vai sentir uma luz entrando no teu corpo. Essa luz vai expulsar Satanás. Às vezes ele luta. Então, muitas pessoas caem no chão e gritam de dor. E às vezes chegam a se contorcer. Não te preocupa se isso acontecer. É a prova de que o mal está saindo da tua vida. Se tu quer a cura para a tua volúpia, te entrega. Abre a porta da tua alma e te deixa penetrar. As trevas sempre são derrotadas pela divina luz."

Madalena agiu como se tivesse entendido tudo. Alberto chegou com a caixa ao fundo do templo, onde eu e Maria estávamos. Coloquei uma nota de cem reais dentro da caixa. Alberto percebeu a doação excepcional. Aproveitei a deixa:

"Eu recebi muitas graças desde que comecei a frequentar o templo. Glória a Deus."

"Glória a Deus", disse Alberto.

"Eu tinha um furúnculo horrível. Fiz todos os tratamentos. Gastei uma fortuna com médicos. E nada. Então vim aqui, e foi só ouvir o bispo falar e rezar com ele... O furúnculo se foi."

"Aleluia!"

"Aleluia!"

Apontei para Maria, que fazia um ar sorumbático.

"Mas a minha amiga aqui... O problema dela é mais grave. Ela tem câncer de pulmão. Tão linda, tão jovem, e os médicos dizem que só resta um ano de vida."

Maria levantou a cabeça e fez uma cara triste. Nota sete. Mas Alberto engoliu.

"Nós já rezamos muito", continuei. "Mas os exames mostram que o câncer continua evoluindo."

"É preciso ter fé."

"E nós temos! Ouvi dizer que o bispo já resolveu um caso parecido. Pelo amor de Jesus, eu preciso falar com ele."

"O bispo tem uma agenda bem difícil."

"Eu sei. Mas estou disposta a fazer uma doação grande. Muito grande. Daria pra reformar o templo. Ou comprar um maior. Como o bispo costuma falar: 'Uma grande obra precisa de uma grande fé.' Eu quero mostrar o tamanho da minha fé. Aleluia!"

"Aleluia! Quando a cerimônia terminar, e senhora pode me encontrar ali na porta lateral."

Alberto afastou-se com a caixa. Maria começou a tossir, de modo meio falso e exagerado, mal contendo o riso. Dei outro cutucão nela. O tecladista terminou sua música e uma mulher subiu no palco.

"Como é teu nome?", perguntou Geraldo.

"Eu me chamo Sara. Perdi tudo que tinha jogando no bicho. Meu marido me largou. Meus filhos entraram pro tráfico. Agora só tenho uma saída: vender meu corpo."

"Teu nome não é Sara. Teu nome é Lúcifer."

O tecladista começou a tocar um tema de filme de terror.

"Não!", gritou a mulher.

Geraldo colocou a mão sobre a testa da mulher.

"Em nome de Deus, eu ordeno: Lúcifer, abandona este corpo, pois ele pertence a Deus!"

A mulher caiu no chão e começou a se contorcer. Geraldo inclinou-se sobre o corpo e berrou no microfone:

"Não adianta, demônio! Ninguém resiste à força do Senhor meu Deus."

Madalena observava tudo. Foi fácil perceber que Gabriela não tirava os olhos dela.

★★★

A sensacional atuação da endemoninhada Madalena, revirando-se no chão do altar enquanto Geraldo a exorcizava, surpreendeu até o próprio bispo, que usou todo o seu poder para finalmente eliminar o mal da volúpia, inoculado por Satanás, do corpo da jovem pecadora. Quando, ao final do culto, Alberto conseguiu me introduzir no escritório, a voz do patrão estava bem rouca: tinha berrado como um condenado ao quinto dos infernos.

"E onde está a sua amiga, que tem esse triste diagnóstico?"

"Foi pra casa. Ela não estava bem. O senhor não imagina o que ela sofre. As dores..."

"E a senhora? Como vai a sua saúde?"

"Desde que o furúnculo se foi após receber a sua benção, não tenho nada do que me queixar."

"Que bom! Meu assistente disse que a senhora está pensando em doar alguma coisa para a igreja."

"Com certeza. Uma doação do tamanho da minha fé. Vou usar os recursos da minha loja de roupas para balé. Deus tem nos ajudado, e a loja vai muito bem. Aleluia!"

"Aleluia! E a sua fé é grande, pelo que o pastor me contou."

"Sim. Eu preciso apenas do número de uma conta pra fazer a transferência."

"Isso é fácil."

"Eu tenho um contador, que faz todas essas coisas pra mim. Se o senhor me der o seu número de telefone, hoje mesmo ele entra em contato."

2.10. Vitamina especial

Depois do filme, Margot e Giselle decidiram tomar um sorvete na praça de alimentação do shopping. Giselle pediu uma casquinha de pistache e milho verde. Margot, depois de mal conseguir disfarçar a surpresa com as escolhas de Giselle, pediu chocolate e creme. O filme, uma comédia romântica idiota, mas divertida, deixara Giselle bem-humorada.

"Aquela noite, ali no bar com vocês, eu até que me diverti um pouco."

"Que bom!", disse Margot.

"E bebi bastante. Ainda não entendi direito como funcionam essas coisas. O álcool... Eu evitava beber, porque o Alberto já teve problemas com álcool e drogas. Então, a gente não bebia. Mas, agora que meu corpo é astral, continuo sentindo os efeitos. É estranho."

"A gente ainda tem um lado material. Infelizmente ele reage aos estímulos físicos, ou não seria um corpo. O café ainda tira o sono. E um doce continua sendo um doce. A única diferença é que a gente só se alimenta de verdade com energia."

"Quando a gente saiu do bar, a Maria e a Madalena não foram pra casa conosco. Elas... Ficaram com aqueles homens?"

"Aposto que sim", respondeu Margot, fazendo cara de desagrado.

"E eles ainda estão vivos?"

"Espero que sim. As duas são ruins de regular o apetite, mas seguir matando gente também é ruim. Pra elas e pra nós."

"Mas elas só falam nisso, são esfomeadas demais. Tu, a Irina e a Mirtha são bem diferentes."

"Cada uma se vira de um jeito. A Irina, por exemplo, tem aquela receita especial que tu viu no meu quarto."

"O que é aquilo?"

"Tu vai ter que perguntar pra ela. É quase tão estranho quanto misturar pistache e milho verde."

"E o que tu faz quando não tem a receita especial da Irina por perto?"

Margot verificou o relógio de pulso e disse:

"A Mirtha tá me esperando. Temos que voltar."

★★★

Mirtha chamou Maria e Madalena para combinar a sequência do plano. Antes resolveu comentar o trabalho no templo:

"Vocês foram ótimas!"

"O noivinho ficou com muita pena de mim", disse Maria, "mas boa mesmo foi a Madalena. Tava com o diabo no corpo. E como se sacudia. Que demônio enfezado..."

Madalena fez um gesto de "não foi nada" e contou:

"A mulher do bispo me disse exatamente o que fazer. Sabe o que eu acho? Que algumas pessoas são pagas pra representar a possessão, mas muitas gostam de fazer... Como se fosse um show, com todo mundo assistindo e se preocupando. É um momento de glória. Quando eu terminei, ela me ajudou a levantar, me agradeceu e disse que eu tinha que aparecer mais no templo."

"Coroa assediadora", disse Maria.

"Se tu quer saber, ela tá interessada. E é uma gata."

"Nós vamos nos concentrar no bispo", advertiu Mirtha. "Só nele, entenderam? Temos o número do celular?"

"A Irina pegou", disse Madalena.

"Ótimo."

O celular de Mirtha emitiu o sinal de que recebera uma mensagem. Ela pegou o aparelho e abriu o aplicativo de e-mails:

"Alguém conhece um sujeito chamado Otávio?"

★★★

Enquanto Mirtha conversava com as irmãs, eu atendia o pedido de Margot e mostrava para Giselle minha receita especial. Coloquei leite, morangos e açúcar na jarra de liquidificador.

"Eu adoro vitamina de morango", disse Giselle, animada.

"Eu também. Infelizmente, não é só de morango", adverti.

Abri a tampa de uma das caixas de metal com furinhos para entrada de ar, coloquei a mão dentro e peguei meia dúzia de escaravelhos vivos. Mostrei-os para Giselle, que abriu a boca, apavorada. Joguei os besouros na jarra e liguei o liquidificador, que fez um barulho horrível enquanto despedaçava os besouros junto com o leite e os morangos.

"Não!", disse Giselle. "Tu não pode fazer isso."

"Se fosse uma experiência científica", expliquei, "eu teria que convencer o comitê de ética da universidade, e talvez não fosse uma coisa fácil de fazer. Mas isso aqui não tem nada de científico."

Desliguei o liquidificador e derramei o conteúdo da jarra em dois copos grandes. Peguei um deles e mostrei-o para Giselle.

"Morango é a fruta que funciona melhor pra mim, porque é um sabor que me marcou a infância. Mas nenhuma fruta consegue disfarçar o sabor dos besouros, e botar açúcar demais transforma a batida numa papa intragável. Então... Saúde!"

Respirei fundo e tomei o copo de uma só vez, sob o olhar cada vez mais assustado de Giselle.

"É revigorante. Eu estou quase acostumada. Quase."

Peguei o outro copo e o estendi na direção de Giselle, que negou com a cabeça. Então o ofereci para Margot, que tomou um gole pequeno, fez cara de nojo, colocou o copo em cima da mesa e explicou para Giselle:

"Quando eu desmaiei, naquele dia das fotos, foi essa gororoba que me trouxe de volta. Mas eu prefiro com manga."

"Eu prefiro a morte", disse Giselle.

"Tu já tá morta, Giselle", lembrei. "Essa é a maior dificuldade. Sem transar, tu precisa de uma fonte poderosa de energia, e esses bichinhos têm a força. Pena que eles são tão pequenos."

"Eu posso sentir o cheiro daqui."

"Não quer sentir o cheiro? É isso?"

Giselle fez que sim com a cabeça. Coloquei a mão dentro da lata e peguei um besouro. As patinhas sacodiam enquanto ele tentava libertar-se.

"Se tu fizer assim, não tem cheiro."

Coloquei o besouro na boca, mastiguei rapidamente e engoli. Giselle cobriu a boca com as mãos, como se estivesse contendo a vontade de vomitar.

"Por algum tempo, eu fazia assim", contei. "Tem suas vantagens, porque a quantidade de energia liberada é muito maior. O bichinho ainda tá vivo. Mas o exoesqueleto é duro demais, ficam sempre uns pedacinhos nos dentes e..."

Giselle saiu correndo da cozinha. Ouvimos o som do seu vômito. Eu gritei na direção do banheiro:

"Acho que pra ti vai ser melhor transar!"[3]

Margot pegou o copo, deu mais um golinho pequeno e foi embora. Eu tapei o nariz e terminei a vitamina.

★★★

Margot foi direto falar com Mirtha, que estava sozinha no escritório, digitando alguma coisa no celular.

"Eu quero que tu me prometa uma coisa", disse Margot.

"Depende da coisa".

"Tu me disse uma vez que eu tenho liberdade pra fazer o que eu quiser, contanto que eu não revele nossos segredos e sempre venha pra cá quando uma nova Willi chegar."

---

3 Eu já dissera isso, praticamente com as mesmas palavras, para todas as outras Willis. Mirtha até me acompanhara na dieta das vitaminas por algum tempo, mas ficava enjoada sempre. Depois que o corpete foi criado, nunca mais deu um único gole. Eu não acho o gosto tão terrível assim. Sempre penso que é mais fácil encarar um copo cheio de vitamina de besouro que um homem vazio de tudo.

"É verdade."

"Eu estou aqui. Não vou sair da cidade. Mas quero ficar sozinha por um tempo. Prometo não fazer nada de errado."

Mirtha pensou um pouco e depois disse:

"Tu tá bem fraca. Aquele desmaio foi um aviso."

"Eu sei. Por favor, me dá um tempo. Não puxa a minha coleira nos próximos dias."

"Vamos fazer um trato. Me diz pra onde tu vai. Não vou contar pra ninguém. Daqui a uma semana, vou te encontrar e ver como tu tá. Se tu estiver sofrendo e quiser ajuda, eu vou te ajudar. Mas eu prometo que, se tu não quiser, não vou interferir em nada."

"Quem decide se eu tô sofrendo? Tu? Não vai dar certo."

"Não. Eu só faço alguma coisa se tu pedir. "

"Jura?"

"Juro."

2.11. Na orla

Uma Willi precisa aprender a lidar com a atenção indesejada. No começo, eu me sentia até lisonjeada. Logo notei que meu corpo astral, novinho em folha, atraía homens e mulheres com uma intensidade bem maior que meu defunto corpo físico (que nunca foi de se jogar fora). Contudo, depois de um tempo – bastante curto, por sinal – ficou cansativo enfrentar os assédios. Apesar de ter gente que apenas observa, gente que muda o rumo da caminhada para continuar olhando e gente que tenta falar alguma coisa, logo percebe que não vai conseguir nada e vai embora, também tem gente que é um pé no saco. Se só existissem no mundo os três primeiros tipos de gente, eu ficaria bem satisfeita. Mas não. Pés no saco, mesmo sendo uma minoria, podem infernizar a vida. E quase sempre conseguem.

A Mirtha tentou me ensinar algumas estratégias de defesa. Afinal, já tinha décadas de experiência. Pra começar, quanto mais soltas e longas as roupas, melhor. Óculos grandes ajudam. Cabelo preso num coque também. No entanto, é impossível cobrir muito o corpo no verão porto-alegrense. Chamaria tanta atenção quanto andar nua na Groelândia. Outra coisa: Mirtha cresceu e foi educada no século 19, na Alemanha, enquanto eu vivi o verão do amor, em 1967, na Califórnia. Para ela, as regras do patriarcado ainda parecem "normais". Para mim, essas regras são estúpidas e deveriam ser quebradas.

No entanto, quebrar regras é coisa que chama muita atenção, e uma Willi deve ser discreta. Na prática, me visto do jeito que gosto e uso óculos escuros grandes porque são charmosos. Evito lugares com muita gente. Sempre há chatos numa multidão. No final das contas, o melhor a fazer, se o assédio começa, é virar a cara, falar o mínimo possível e fazer de conta que a pessoa não existe.

Mirtha sabia que marcar o encontro na orla do Guaíba poderia resultar em alguma chatice. Mesmo assim, para encontrar um desconhecido, escolheu um local movimentado, que permitisse uma retirada rápida e segura. Rumo ao local combinado, um mirante elevado que avança na direção das margens do Guaíba, Mirtha, de óculos escuros, cabelo preso num coque e roupas que só deixavam de fora seus tornozelos e o pescoço, caminhava sem olhar para os lados. Isso não impediu um ciclista de meia-idade, bronzeado e cheio de músculos, de travar quando cruzou com ela e fazer meia-volta. Logo pedalava ao lado de Mirtha, que seguia em frente.

"A senhora se importa se eu pedalar ao seu lado?"

"Me importo."

O ciclista desmontou e, segurando o guidom, passou a caminhar na mesma direção de Mirtha.

"E andar, posso?"

"Não."

Mirtha viu um homem encostado na placa que sinalizava a interdição do mirante e, sem virar o rosto para o ciclista, avisou:

"Com licença."

Mirtha apressou o passo na direção do mirante. O ciclista não desistiu. Otávio ficou surpreso com a dupla. Esperava uma mulher, e não um casal. Mirtha perdeu a paciência e disse para o ciclista:

"O senhor pode fazer o favor de ir embora?"

O ciclista examinou Otávio e perguntou:

"É o seu marido? Namorado?"

"Não."

"Ainda bem. A senhora merece coisa bem melhor. Eu tô sempre por aqui."

Depois de lançar um último sorriso para Mirtha, montou na bicicleta e saiu pedalando.

Mirtha encarou Otávio.

"Desculpa. Não sei de onde saiu esse idiota."

Otávio permaneceu calado. Estava muito impactado com a presença de Mirtha.

"O senhor se chama Otávio?", perguntou Mirtha. "Me mandou uma mensagem?"

"Sou. Sim, sobre a minha sobrinha que vai debutar."

"Quem sabe a gente conversa naquele banco?"

Sentaram-se. A vista era bonita, o sol pintava as nuvens com muitos tons de rosa e vermelho. Otávio teve que fazer força para parecer tranquilo, quando, na verdade, sentia coisas de que estava quase esquecido. Mirtha tomou a iniciativa:

"Eu já escrevi, mas o senhor parece que não entendeu: não trabalho com books de debutantes."

"Eu posso oferecer um pagamento especial. A minha sobrinha é como se fosse minha filha. Quando examinei as fotos que ela me mostrou, fiquei triste."

"É uma pena. Se um dia precisar de um retrato..."

Mirtha levantou-se e estendeu a mão para Otávio. Ele não moveu o braço.

"Ainda não sei o nome da senhora."

"Meu estúdio se chama Altes Bild. O senhor sabe. Tá no cartão."

"Sei. Significa 'imagem antiga' em alemão."

"Exatamente. Foi um prazer. Com licença."

Mirtha virou-se e deu um passo, mas ouviu a voz do inspetor nas suas costas:

"Eu também tenho um segredo. Mas vou contar agora."

Mirtha parou e virou-se. Otávio colocou a mão no bolso e mostrou sua identificação funcional.

"Sou da polícia. Não tenho sobrinha nenhuma. Mas o meu nome é Otávio mesmo."

"Não sabia que os policiais mentiam assim", disse Mirtha, seca e quase agressiva. "Certamente não é um procedimento ético."

"Eu estou investigando a morte de um rapaz chamado Dionísio."

"Não conheço nenhum Dionísio."

"Ele era muito amigo do Alberto, que a senhora conhece. E a senhora também conhecia uma moça chamada Giselle, noiva do Alberto, que morreu num acidente no dia do casamento dos dois."

"Eu tenho muitos clientes. Talvez esse Alberto seja um deles. Posso verificar nos meus registros, se isso ajudar em alguma coisa."

Otávio levantou-se. Os dois ficaram frente a frente.

"A senhora fez mais fotos da moça, da noiva, ou é só aquela que o Alberto me mostrou?" Mirtha percebeu que não adiantava mais negar.

"Tem mais algumas."

"Se um dia eu puder dar uma olhada..."

"Só com autorização do cliente."

"Claro. Vou providenciar."

Mirtha estendeu a mão outra vez.

"Até logo."

Otávio apertou a mão de Mirtha.

"Até."

Com as palmas das mãos em contato, os dois ficaram se encarando por um tempo ligeiramente maior que o de um aperto de mão convencional. Otávio fez menção de retirar sua mão, mas Mirtha a apertou com um pouco mais de força e a reteve junto à sua. Mirtha finalmente libertou a mão de Otávio e afastou-se. Otávio ficou observando Mirtha caminhar. Respirou fundo. O sol estava na linha do horizonte. O inspetor seguiu na direção do mirante interditado, passou por cima da cerca protetora e andou pelo monumento até chegar bem na ponta. Respirou fundo de novo. Olhou para o reflexo do sol na água. Pela primeira vez, em pelo menos um ano e meio, uma lasca afiada de felicidade verdadeira atravessou seu coração.

2.12. Alma penada

Ao perceber que, pelo menos para mim, havia uma existência após a morte, e que ela nada tinha de parecido com as diversas suposições religiosas que eu conhecera em vida – nem céu, nem inferno, nem purgatório, nem reencarnação, nem nirvana, nem encontro transcendental com um poder infinito – surgiram duas grandes questões. A primeira: o que aconteceu comigo? A segunda: por que aconteceu justamente comigo, entre bilhões de outras pessoas mortas? Mirtha estava ao meu lado desde o início, e eu a bombardeei com essas perguntas e muitas outras. Ela tinha poucas respostas. Minhas dúvidas eram também as dela. À medida que trocávamos informações sobre os eventos de nossas vidas, a questão da virgindade foi revelando sua importância. O fato de nós duas termos morrido com desejo mas sem oportunidade de conhecer o sexo não podia ser coincidência. Mais tarde, as virgindades de Maria e Madalena confirmaram essa hipótese. No entanto, pouco a pouco percebemos que, assim como na vida normal, na existência das Willis há mais perguntas que respostas.

Mirtha repartiu comigo sua ansiedade quanto ao destino de Margot. Eu não consegui ajudar muito. Levantei a possibilidade de que a anorexia da existência física de Margot tivesse relação com sua falta de apetite sexual como Willi. Só que isso não resolvia a questão principal: como ajudá-la a ser feliz? Ao prometer a Margot um momento de independência, Mirtha não sabia se estava agindo bem ou condenando uma mulher emocionalmente fragilizada a um perigoso isolamento, capaz de levá-la a uma depressão fatal. Fatal. O que é isso para uma Willi? Às vezes usamos o termo "alma penada", o que tem certa lógica. Tradições mitológicas portuguesas e galegas falam em entidades incorpóreas habitantes do mundo físico à procura de alguma coisa que não conseguiram concretizar em suas vidas. Ou penando à procura da remissão de seus pecados.[4] Manifestam-se por luzes misteriosas, vozes,

---
4 Para o antropólogo galego Gonzalez Reboredo, a crença nas almas penadas traduz as inquietações de um povo aterrorizado pelos seus próprios delírios, ao mesmo tempo que cumpre uma missão importante na lógica cristã: trata-se de um medo que mitiga outro mais insuportável: os seres humanos aliviam o medo da morte acreditando que os mortos continuam vivendo.

suspiros, vultos imprecisos. Margot, privada de sua materialidade, voltaria a ser "um vulto impreciso", o que todas as Willis eram quando saíram de suas sepulturas?

Meu espírito científico, todavia, não suporta a associação de minha atual existência às noções de culpa e pecado. Muito menos de purgatório. Porra, não devo nada a ninguém! Na física quântica, matéria e energia não são entidades independentes. Assim, penso que meu corpo astral é um corpo quântico, que existe a partir da interrelação dinâmica de matéria e energia. Preciso de energia para adquirir materialidade e preciso de matéria para dar sentido identitário (e consciente) à energia. Se meu nível de energia cai, minha materialidade desaba na mesma proporção. Se o nível de energia de Margot for a zero, o que acontecerá com sua materialidade? É muito cruel pensar assim, mas, de certo modo, a anorexia energética de Margot, se levada ao extremo, seria uma forma de investigar essa questão.

Margot alugou um pequeno apartamento sem qualquer mobília num bairro afastado do centro usando um serviço on-line. Entrou no quarto com uma bolsa a tiracolo e um colchonete enrolado, amarrado com uma corda. Estendeu o colchonete no chão e foi até a janela. O sol estava se pondo. Fechou a persiana. Na penumbra, deitou-se no colchão. O plano era simples: não fazer absolutamente nada. Passados alguns minutos, dormiu. Ao acordar, estava confusa. Pegou o celular e viu que já tinham se passado dois dias. Levantou seu braço e observou-o. Não era mais opaco, e sim translúcido. Era possível ver a parede atrás dele.

2.13. Esconde-esconde

A vida de uma Willi é um jogo de esconde-esconde que Mirtha conhece há muito mais tempo que nós. Por isso tem autoridade para explicar quais são as regras. Ou pensa que tem autoridade, como prefere Maria. As três leis resumem nossos principais dilemas comportamentais; contudo, não resolvem problemas cotidianos. Às vezes, não é questão de o que fazer, ou como fazer, e sim, quando fazer. Maria e Madalena têm muito mais pressa que Mirtha.

"Acho que no templo o efeito vai ser maior. Em cima do altar, seria delicioso", propôs Maria na reunião convocada por Mirtha.

"Não", disse Mirtha. "É um lugar público, pode chegar alguém."

"Bobagem, a gente vigia as portas."

"Enquanto a Maria cuida do bispo", perguntou Madalena, "eu posso cuidar da mulher dele?"

Mirtha irritou-se.

"Não! Vocês parecem crianças!"

Resolvi interceder, dizendo que Mirtha tinha razão.

"Foda-se!", disse Maria.

Mirtha levantou-se e foi até o sofá onde estavam esparramadas as duas irmãs. Apontou o dedo para Maria e levantou a voz:

"Ouve bem. Hoje de tarde eu falei com um policial. Ele desconfia de alguma coisa."

Maria fez um muxoxo. Eu fiquei assustada.

"Quem é esse policial?", perguntei.

"Eu não sabia que ele era da polícia", confessou Mirtha. "Foi uma armadilha. Me atraiu como se quisesse uma foto. Ele tá investigando a morte do irmão do bispo". Virou-se para Maria e Madalena com ar acusador. "O sujeito que vocês queriam usar pra resolver rapidamente a educação da Giselle. E vocês já tinham acabado com o coveiro, nem estavam precisando de mais energia."

"Vai te foder, Mirtha. E não aponta esse dedo pra mim. Tu não é minha mãe. Quem sabe do que eu preciso sou eu."

Por um instante, achei que Mirtha partiria pra cima de Maria. Entretanto, ela engoliu em seco e afastou-se um pouco antes de continuar:

"Não sou mesmo tua mãe, ainda bem. Nem tua, Madalena. Mas imagino o que a mãe de vocês aguentou."

"Um dia tu vai saber o que nós aguentamos dela", disse Madalena, bem séria.

Mirtha sentiu o golpe. Como sempre acontecia nesse tipo de discussão com as meninas. Voltou a sentar-se e falou:

"Consegui descobrir a delegacia que ele trabalha e fiz uma ligação pra lá. O caso está encerrado. Mas esse inspetor continua fazendo perguntas. Pediu pra ver as fotos que tirei da Giselle. Não sei o que ele quer."

"Como é o nome desse rato?", perguntou Madalena.

"Otávio. Tem mais uma coisa: ele não parece vulnerável. Não consegui tirar energia dele."

"Vai ver tu perdeu o jeito", disse Maria, sarcástica. "Tem que passar por um treinamento, que nem a Giselle."

"Não tô brincando", disse Mirtha. Virou-se para mim. "Ele não tem nada pra dar. E tentou tirar minha energia. Eu resisti, mas ele roubou um pouco."

"Deixa ele comigo", disse Maria. "Ficou com algum contato desse filho da puta?"

"Fica longe dele. Bem longe, entendeu? Vamos resolver o bispo. Tem que ser logo. E tem que ser a solução pra Giselle. Ela precisa sair de Porto Alegre. Todas nós temos que sumir daqui."

★★★

As duas irmãs estavam deitadas em suas camas no quarto pequeno. O ambiente diminui ainda mais com a eterna bagunça. As roupas costumam ficar atiradas em todos os cantos. Maria, usando um fone de ouvido, escutava música no celular e acompanhava o ritmo batendo com as mãos nos joelhos. Madalena usava seu aparelho para trocar mensagens com alguém. Depois de alguns minutos, sorriu, satisfeita com alguma coisa, e chamou Maria, que não ouviu. Madalena teve que gritar: "Maria!"

Ela tirou os fones.

"Consegui", anunciou Madalena. "Esses caras da Rússia invadem qualquer coisa: a criptografia desse servidor de e-mail da Mirtha, pelo que o Andrey falou, é bem foda. Deve custar uma puta grana. A Oksana, namorada do Andrey, já vai me mandar o login e a senha. Ela é uma nerdezinha hétero tão linda... Que desperdício!"

Madalena apertou mais algumas vezes a tela do celular, que emitiu um bipe anunciando a chegada de uma mensagem.

"Entrei na conta da Mirtha. Tá aqui o e-mail do cara. Vamos atrás dele?"

"Tô nessa", disse Maria. Sentou-se e começou a calçar os coturnos.

A porta abriu de repente e Mirtha entrou no quarto com o celular na mão.

"Alguém invadiu minha conta. Só pode ser a polícia. Já devem saber o nosso endereço. Acho melhor a gente sair daqui. Peguem as coisas de vocês."

"Tem certeza?", perguntou Madalena.

"Tenho. Recebi uma mensagem automática do servidor sobre uma possível violação. Logo depois alguém se logou como se fosse eu. Eu disse que esse sujeito era estranho."

Maria faz cara de tédio.

"Calma", disse Madalena. "O rato não sabe porra nenhuma. Fui eu."

Mirtha olhou para ela, desconcertada. Maria ficou de pé e explicou:

"Eu pedi pra mana achar o rato, e ela usou um hacker na Rússia. Nós temos que acabar logo com ele. Eu mesma vou fazer o serviço."

Sem hesitar, Mirtha deu as costas para Maria e saiu. Entrou em seu quarto e trancou a porta com a chave. Foi até o armário-altar, abriu os dois sistemas de portas e pegou a guia.

"Ela ficou muito puta", disse Madalena.

"E daí?", disse Maria. "Cansei de fazer tudo que ela manda e..."

Maria gritou e levou as duas mãos na direção da coleira.

"Aquela filha da puta!"

Madalena tentou aliviar a pressão sobre o pescoço da irmã, mas foi inútil. Correu até a porta do quarto de Mirtha e gritou:

"Mirtha, solta ela!"

Eu estava na cozinha. Ouvi a confusão e corri na direção das vozes. No quarto das irmãs, Maria mal conseguiu falar, pois a coleira estava tracionando para cima seu pescoço, como se estivesse numa forca.

"O que aconteceu?", perguntei.

Maria apontou na direção do quarto de Mirtha. Corri para lá. Madalena estava batendo na porta. Eu gritei:

"Ela tá sufocando, Mirtha!"

"Ótimo", disse Mirtha atrás da porta. "Garanto que não vai morrer."

"Solta ela", pediu Madalena.

"Vai passar a noite assim, pra ver se aprende a me respeitar."

"Chega, Mirtha!"

"O que vocês acham que vai acontecer se a gente for presa? Nos botam na solitária, não vamos sugar a energia de ninguém."

"Por isso ela quer acabar logo com esse rato", argumentou Madalena.

"Nunca tive nada com polícia. Nada! Vocês não vão arruinar minha vida."

"Nós sabemos como a polícia funciona, Mirtha", disse Madalena. "Eu e a mana estamos aqui por causa dela."

Mirtha ficou em silêncio por um tempo. Depois disse numa voz baixa que mal conseguimos ouvir atrás da porta:

"Madalena, mantém tua irmã longe desse assunto." Fez uma pequena pausa. "Promete."

"Tá bem, prometo."

"Agora vão embora. Me deixem em paz."

Voltamos ao quarto das irmãs. Maria estava sentada na cama, ofegante, mas já livre do sufocamento.

2.14. Aposentadoria

Assim que entrou na sala do Xavier, Otávio sentiu que estava ferrado. Sabia o motivo. Mesmo assim, tentou ser simpático.

"Que que manda, chefe?"

"Pega todas tuas coisas e cai fora", disse Xavier, seco e agressivo. "Licença médica de trinta dias, a partir de hoje. Mas tu não volta, Otávio. Vai te aposentar por invalidez."

Otávio, desde o encontro com Mirtha, estava se sentindo melhor. No dia anterior, talvez tivesse agradecido a licença e a aposentadoria. Mas não agora.

"Hoje de manhã prendemos o assassino daquele engenheiro. O cara já tá no Presídio Central. Caso resolvido."

"Tô cagando. Uma mulher ligou pra cá. Disse que tu continua perguntando coisas sobre o caso do irmão do bispo. Quem é ela?"

Otávio permaneceu quieto. Xavier levantou-se. Apontou o dedo para Otávio, quase tocando no seu nariz.

"Te levo em casa a puta mais gostosa e gente fina da cidade, ela faz um serviço sensacional, te ressuscita, e aí eu penso, o Otávio deve tá feliz, deve tá querendo beijar meus pés, e agora eu descubro que tu não tá nem aí pra nada! Continua me desobedecendo. Seu merda! Quem é essa mulher? É a esposa do bispo?"

"Não."

"Então quem é?"

"É uma questão pessoal."

"Não vai me dizer?"

"Não."

"Invalidez porra nenhuma. Vou te ferrar, Otávio. Tu vai responder processo por má conduta, por corrupção, ou coisa pior. Sai da minha frente, seu brocha de merda!"

Otávio deu meia volta, saiu da delegacia e pegou um ônibus pro Centro. Depois um outro, bem lotado, pro bairro Azenha. O celular tocou. Ele atendeu. Era Xavier. Ouviu por alguns instantes os xingamentos do delegado, que insistia em saber a identidade da mulher que tinha telefonado. Finalmente respondeu:

"Não é da tua conta, Xavier. Vai tomar no cu!"

Otávio desligou o celular e fechou os olhos. Viu, no fundo de sua mente, como numa tela de cinema, o rosto de Mirtha.

Desceu na parada da lomba do cemitério e caminhou rápido até enxergar ao longe o túmulo de Giselle. Um funcionário do cemitério estava trabalhando junto à lápide. O inspector conseguiu identificar mais três pessoas nas proximidades: Dona Rosa, Alberto e Gabriela. Sem ser visto, esperou que o funcionário se retirasse. Os demais ficaram examinando a lápide por algum tempo e conversando em voz baixa. Finalmente, todos foram embora. Otávio ainda esperou alguns minutos e depois aproximou-se do túmulo.

A foto de Giselle, que tanto o impressionara, agora com uma base de porcelana, estava cimentada sobre a lápide. Otávio observou-a por um bom tempo. Depois pegou uma câmera digital e fotografou-a.

Dona Rosa, com uma maquiagem caprichada, surgiu às suas costas sem ser vista.

"Não ficou linda?"

Otávio levou um susto. Era difícil ser surpreendido dessa forma. Ou Dona Rosa sabia mexer-se sem fazer barulho algum, ou a as sensações causadas pela foto tinham embotado seus ainda eficientes sentidos policiais.

"Ficou. Eu conheci a fotógrafa. Obrigado por me avisar sobre a foto."

"Como é o nome da fotógrafa?"

"Não sei. Só falei com ela uma vez. Mas tenho o e-mail."

"Vamos lá na minha casinha pra tomar um café?"

Otávio não conseguiu disfarçar a surpresa pelo convite. Dona Rosa percebeu.

"Desculpe. O senhor deve estar achando que eu sou uma velha louca. A 'minha casinha' é a administração do cemitério. Garanto que o café é bom."

★★★

Dona Rosa alcançou uma xícara pequena para Otávio, que deu um gole.

"Muito bom."

"Eu tive um tio que trabalhava na polícia."

"Aqui em Porto Alegre?"

"É. Irmão da minha mãe. Eu não gostava muito dele. Era um sujeito seco, não se abria com ninguém. Trabalhava no Palácio da Polícia, lá pelos anos 70. Um período bem complicado."

"Nessa época eu ainda tava na faculdade de Direito."

"Eu acho que em todo lugar tem gente boa e gente ruim. Na polícia não é diferente."

"A senhora tem razão. Tem gente ruim aqui no cemitério?"

"Debaixo da terra, com certeza deve ter um monte. Mas em cima... vou confessar: eu não gostava muito do Josué, o nosso coveiro, o que morreu. Ele tinha um ar meio ladino. Espero que o próximo seja do bem. Estou fazendo as entrevistas de seleção."

"Muitos candidatos?"

"Muitos! E eu aviso que o serviço vai ser bem difícil. Fazer translado de corpos não é pra qualquer um. Mas todos dizem que precisam muito trabalhar. Com vivos, com mortos, com o que for."

"É a crise... "

"É a crise."

Otávio terminou o café e encarou Dona Rosa.

"Posso fazer uma pergunta de caráter pessoal? Talvez soe meio estranha."

"Claro."

"A senhora debutou quando fez 15 anos?"

Dona Rosa ficou um pouco corada.

"Isso faz muito tempo. Mas, sim, mamãe fez questão."

"E a senhora sua mãe, com certeza, também debutou. Era o costume."

"Eu ainda tenho as fotos da festa dela: são lindas. E muito românticas. O vestido era maravilhoso, com uma cauda imensa."

"Isso deve ter sido quase início do século."

"Bem no fim da década de 30." Dona Rosa fez uma pausa. "O senhor está tentando descobrir a minha idade?"

"De jeito nenhum."

"Eu posso dizer, não tem problema."

"Não, não. É que eu estou interessado em retratos antigos, das décadas de 10 e 20."

"Não sou tão velha assim."

"Talvez eu tenha um retrato da minha vó, Luiza Francisca."

"Se a senhora quisesse achar fotos antigas, principalmente retratos feitos em estúdio, onde a senhora iria procurar?"

Dona Rosa pensou um pouco.

"Eu daria um telefonema para minha amiga Marcelina, que trabalhou no museu de Porto Alegre e conhece as coleções de lá. O que, exatamente, o senhor está procurando?"

2.15. Como se eu fosse Martin Scorcese

Assisti ao documentário sobre Woodstock em 1971, em Porto Alegre, numa das primeiras viagens que fiz para visitar Mirtha.[5] Estava em São Francisco, em 1969, quando o festival aconteceu, mas não consegui chegar lá. Acho que muita gente da costa oeste não conseguiu. Era uma viagem de quatro mil e setecentos quilômetros. Eu e meus amigos de Berkeley desistimos bem antes da metade do caminho, em Salt Lake City, quando o motorista do caminhão que nos dava carona tentou me beijar à força, achando que eu estava tão chapada que não conseguiria resistir. Mas eu já era uma Willi, estava bem consciente e todos os meus amigos estavam apaixonados por mim em algum grau. O caminhoneiro apanhou um pouco, a polícia chegou e, antes que a coisa ficasse séria, demos meia volta.

A Mirtha não quis ir ao cinema comigo. Definitivamente, o rock não faz parte de seus gostos musicais. Havia uma espessa nuvem de fumaça no Cinema Coral. Eu fiquei chapada assim que o filme começou, não só pela maconha do ambiente. Quando a tela se dividiu, e eu percebi que poderia ver duas (ou até mais) imagens ao mesmo tempo, percebi que os caras tinham se puxado na montagem pra fazer uma coisa diferente. E conseguiram. Mais tarde fiquei sabendo que Martin Scorcese tinha participado da edição. Ele já era foda naquela época. O que interessa tudo isso? É que agora vou contar a história do nosso plano para desmascarar o bispo Geraldo, que não saiu exatamente como a gente esperava. As ações aconteceram em vários lugares ao mesmo tempo. Eu escrevi primeiro a parte das irmãs com o filho da puta e depois o que aconteceu comigo, a Margot, a Giselle e a Mirtha. Li e achei uma merda. Troquei a ordem. Continuava uma merda. Aí que veio a ideia de montar diferente, como no filme sobre Woodstock. Talvez continue sendo uma merda, mas pelo menos tentei alguma coisa diferente.

★★★

---
5 Woodstock - 3 Dias de Paz, Amor e Música, longa-metragem de Michael Wadleigh, lançado em 1970 nos Estados Unidos, ganhou o Oscar de Melhor documentário. Martin Scorcese, então com 28 anos, fez parte da equipe de edição.

Geraldo reservou um quarto num hotel de luxo. Hospedou-se com um nome falso, o que era corriqueiro. Levou apenas uma pequena maleta. Assim que entrou no quarto, colocou a maleta sobre a cama de casal e foi observar a paisagem da janela. Como o quarto estava num andar bem alto, conseguia ver boa parte do bairro Moinhos de Vento. Pegou o celular e digitou "Quarto 1914" no aplicativo de mensagens. Pouco depois, apareceu a resposta: "Chegamos em 15 minutos." Abriu a sacola e pegou um revólver 38, cano curto. Escondeu o revólver na prateleira mais alta do guarda-roupa. Encheu a banheira com água quente e colocou sais de banho. Tirou a roupa cantarolando a *Ode à Alegria* da *Nona Sinfonia* de Beethoven.

O plano era manter Giselle em casa, tranquila, longe de qualquer preocupação, até que as irmãs fizessem o serviço. Eu e Mirtha estávamos ansiosas. Pedimos a Madalena que nos mantivesse informadas de cada passo, e ela estava cumprindo o combinado. Estávamos no escritório. De repente, Mirtha ficou pálida e disse que Margot estava mal. Perguntei como ela sabia. Mirtha respondeu que simplesmente sabia. Era como se alguma coisa estivesse faltando em seu coração. Pegou o celular e chamou um carro.

★★★

Madalena e Maria estavam vestidas com elegância, mas sem exagero. Maquiagem suave. Nada que as caracterizasse como prostitutas. Madalena usava óculos de grau com lentes escuras e botas de couro com solas bem altas e grossas.

Não podíamos deixar Giselle sozinha em casa. Dissemos que era preciso localizar Margot. Ela embarcou no carro conosco. O motorista do aplicativo tentou puxar conversa, mas Mirtha disse que ele devia dirigir rápido e não incomodar.

Maria levava uma bolsa quadrada a tiracolo. Chegaram na frente do quarto 1914 e bateram na porta. Antes que ela fosse aberta, Maria pegou duas máscaras na bolsa e estendeu uma delas para Madalena.

Geraldo abriu a porta vestindo um roupão branco. Olhou para as duas lindas garotas mascaradas e fez um sinal para elas entrarem. Já no quarto:
"Boa tarde, senhoritas."
"Boa tarde", disse Madalena.
"Chegaram os seus presentes."
Ela deu dois beijinhos no rosto de Geraldo, enquanto Maria caminhava até uma mesinha com um abajur e colocava sua bolsa sobre o tampo de mármore. A bolsa estava voltada para a cama. Maria tirou seu casaco e sorriu, sedutora. Geraldo devolveu o sorriso, meio desconfiado. Caminhou na direção de Maria.
"Agora entendi o recado sobre surpresas e fantasias", disse.
"Posso examinar a tua bolsa?"
"Por quê?"
"Não nasci ontem."
"Eu também não. Nasci bem antes do que tu pensa. Pode mexer à vontade."

Logo estávamos na frente de um edifício meio decadente no bairro Partenon. Saímos do carro. Mirtha usou uma chave para entrar. Não havia elevador. Começamos a subir a escada.

***

Entramos no apartamento usando outra chave. As janelas estavam fechadas na sala, mas um pouco de luz penetrava pelas frestas das venezianas. Fomos para o quarto, igualmente na penumbra. O corpo nu e translúcido de Margot repousava em posição fetal sobre um colchonete. Mirtha agachou-se e a abraçou. Na verdade, o que eu vi foi o corpo de Mirtha fundindo-se com o corpo de Margot. Giselle também viu, abafou um grito e sentou-se no chão. Mirtha olhou para mim, pedindo socorro. Na pressa, ao sairmos de casa, a única coisa que lembrei foi de pegar uma lata com escaravelhos. Não sabia se eles poderiam ajudar. Abri a lata, peguei alguns e coloquei-os sobre o corpo diáfano. Estranhamente, eles não afundaram na pele. Percorriam as pernas, o torso e os braços de Margot.

Geraldo pegou a bolsa, abriu o fecho e vasculhou o seu interior. Achou um batom, uma carteira, duas cordas finas e algumas chaves. Examinou com calma cada detalhe da bolsa, incluindo seu fundo. Pegou o batom e examinou-o bem de perto. Recolocou a bolsa sobre a mesa.
"Desculpe. Podia ter uma câmera."
"Tu gosta?", perguntou Madalena. "Podemos providenciar."
"Não. Mas adorei as máscaras e as cordas. Por favor, me passem os celulares."
As irmãs entregaram seus aparelhos. Geraldo abriu a sua maleta e os colocou lá dentro.
"Agora sim, podemos começar a festa!"

Pareciam aranhas d'água, que conseguem andar sobre uma superfície líquida.[1] Às vezes as antenas dos escaravelhos se encontravam, e era como se estivessem conversando.

★★★

Geraldo abriu a porta do frigobar e examinou seu interior.
"Querem beber alguma coisa? Champanhe? Uísque?"
"Eu quero uísque, obrigado", disse Madalena.
"Pra mim também", disse Maria, nada amistosa.
Geraldo tirou duas garrafinhas de uísque do frigobar, abriu as tampas e colocou gelo em três copos. Falou para Maria.

Pouco a pouco, quase imperceptivelmente, o corpo de Margot foi adquirindo mais consistência. Giselle continuava sentada no chão, assustada. Os escaravelhos concentraram-se no rosto de Margot e, um a um, entraram em sua boca, sem que ela tivesse qualquer reação. Giselle abafou outro grito. Meu celular emitiu um bipe. Apertei um botão, e o

"Não fica assim, gatinha. Tu tá chateada porque eu mexi na tua bolsa... O que eu posso fazer pra me recuperar?"
"O banheiro é bom?"
"Muito bom. A banheira é uma delícia."
"Posso olhar?"
"Claro. Vem aqui."
Foram para o banheiro. Geraldo fechou a porta. Madalena imediatamente tirou uma das botas e pegou a microcâmera que estava colada num dos grandes saltos. Foi até a mesa com abajur e colocou a câmera dentro da bolsa, com a lente para fora e direcionada para a cama. Disfarçou a lente colocando sua blusa sobre a mesa, com a manga em cima da bolsa, e apertou um botão na câmera.

visor passou a mostrar a imagem da câmera escondida por Madalena. Fiz um sinal para Mirtha, mas mantive o visor longe dos olhos de Giselle.

★★★

Madalena, sentada na cama, tomava o uísque. Geraldo aproximou-se dela com seu copo na mão, já quase vazio.
"Tua irmã tá tomando um banho. É tua irmã mesmo?"
"É."
"E vocês sempre trabalham juntas?"
"Às vezes."
"Eu nunca pensei que, nessa bosta de cidade, eu ia encontrar o paraíso na terra."

Por alguns minutos, pensei que seria impossível seguir o plano com Margot naquela situação. No entanto, depois que o último escaravelho entrou em sua boca, ela entreabriu os olhos. Parecia surpresa.
"Oi, querida", disse Mirtha.
"Como tá te sentindo?"
"Um pouco cansada."
"Descansa mais um pouco. Depois vamos pra casa."

Geraldo abriu sua maleta e pegou um pequeno alto-falante bluetooth. Colocou-o sobre a cama. Fechou outra vez a maleta. A *Ode à Alegria* invadiu o quarto.
"A música é divina."
"Eu também gosto. Pode aumentar."

★★★

Geraldo subiu o volume da música. Maria saiu do banheiro só de roupão. Geraldo deitou-se na cama ao lado de Madalena e fez um sinal para que Maria deitasse também. Ela tomou um largo gole de uísque, terminando a dose. Geraldo usou sua voz de pastor:
"Deus disse: 'Não é bom que o homem esteja só; farei para ele alguém que o auxilie'".
Maria deitou-se. Madalena tirou os óculos. Geraldo falou para ela:
"Acho que eu já te vi antes."
"Nos teus sonhos?"
"É. Deve ser."
Madalena e Maria beijaram o pescoço de Geraldo, que recitou:
"Enquanto o homem dormia, Deus tirou-lhe uma das costelas, e da costela fez uma mulher e a levou até ele.

Ergui meu celular na direção de Mirtha, deixando claro que a ação no hotel estava chegando ao seu momento decisivo. Margot conseguiu sentar-se no colchonete. Falou para Giselle:
"Não é como eu pensava. A Mirtha tem razão: o corpo é a primeira companhia. Ninguém consegue ficar tão só."
Giselle aproximou-se e abraçou Margot.
Mirtha decidiu seguir o plano e disse:
"Giselle, a abstinência sexual é para muito pouca gente. A grande maioria das pessoas que prega a castidade e afirma que sexo é pecado não acredita nisso. O mundo está cheio de pessoas hipócritas, inclusive nas igrejas."
Giselle enxugou os olhos e respondeu:

Disse então o homem: 'Esta, sim, é osso dos meus ossos, e carne da minha carne! Ela será chamada mulher, porque do homem foi tirada. E eles se tornarão uma só carne.'"

"O mundo também está cheio de pessoas com fé verdadeira, que procuram Deus e mantêm a pureza de seus corpos."
"Nós vamos te mostrar uma coisa. Tu não vai gostar de ver, mas é importante."
Eu aumentei o volume do meu celular e mostrei a tela para Giselle.

★★★

Geraldo abraçou as irmãs e falou:
"Deus disse: uma só carne. E eu obedeço. Venham, meninas, para a glória de Deus."
"Aleluia!", disse Maria.
"Louvado seja", completou Madalena.
As irmãs foram pra cima de Geraldo.

Giselle observava a tela sem mexer um único músculo. Mesmo com a *Ode à Alegria* no fundo, era possível ouvir os diálogos e os gemidos.

★★★

É óbvio o que estava acontecendo. Não escrevo pornografia. Imaginem como quiserem.

"Chega. Não quero ver mais.", murmurou Giselle. Contudo, continuou assistindo.

★★★

O baile estava cada vez mais animado.

Margot falou com toda calma: "Eu quero dançar. Eu quero comer. Eu quero beber. E eu quero foder."

Giselle deu um tapa no celular e correu para fora do apartamento. Pensei em ir atrás dela, mas Mirtha sinalizou que era melhor não interferir.

★★★

Geraldo teve seu primeiro orgasmo.

Giselle foi até a esquina e pegou um táxi.

★★★

Geraldo estava deitado, com os olhos fechados, respirando pausadamente. Maria aproximou a boca do seu ouvido.
"Mais?"
"Mais."
"Tem certeza?"
"Sim. Quero mais."
Maria e Madalena trocaram um sorriso de cumplicidade. O baile seguiu, sempre ao som da *Ode à Alegria*.

Giselle comprou uma passagem para a cidade mais distante que viu na lista de destinos do guichê da rodoviária.

★★★

A *Ode à Alegria* chegou ao clímax. Depois, silêncio.

Giselle, sentada à janela, sem ninguém ao seu lado, ficou atenta aos movimentos do ônibus enquanto saía da rodoviária. Quando ele entrou na autoestrada, fechou a cortina e tentou tirar da mente as imagens e os sons do quarto de hotel.

Capítulo 3
Meu nome é Greta

*"O amor é uma velha história.
E, no entanto, sempre nova."*
Heinrich Heine

3.1. Essa coisa que não se chama amor

Giselle dormiu boa parte da viagem. Quando o ônibus fez uma parada em São Luiz Gonzaga, uma mulher com uns 30 anos sentou-se ao seu lado. Os breves e involuntários contatos entre os ombros serviram para acrescentar um pouco de energia ao corpo cansado da Willi. Nos últimos quilômetros, os contatos não foram tão involuntários assim. Havia uma atração de parte a parte. Corpo a corpo. Organismo com organismo. Uma antecipação dessa coisa que não se chama amor. Apenas sexo.

O sol já nascera há algum tempo quando o ônibus entrou em São Borja depois de doze horas de estrada. Na plataforma da rodoviária, um casal de idosos e um cachorro observaram Giselle descer logo atrás de sua companheira de banco, que colocou uma mochila no ombro e seguiu em frente sem lançar um olhar de adeus. Giselle estava desorientada. Suas roupas modernas e ousadas emprestadas por Madalena, mais o rímel que borrara na longa viagem, contrastavam com o ambiente interiorano. O casal de idosos observou Giselle como se fosse um alienígena.

Decidiu ir para o banheiro, muito simples, mas razoavelmente limpo. Lá retirou completamente a maquiagem e procurou desmontar a *persona* criada por Madalena. Contudo, percebeu que não iria conseguir uma mudança significativa com as roupas que estava usando. Caminhou até a praça mais próxima e sentou-se num banco, aproveitando a agradável sensação proporcionada pelo sol matinal. Percebeu que uma senhora abria as portas de uma loja de roupas usadas, o Brique da Florinda. Levantou-se e caminhou até ali. A senhora a acompanhou para dentro do prédio. A moda são-borjense de segunda mão revelou-se perfeita para Giselle.

Meia-hora depois, orientada por Florinda, simpática e solícita, encontrou uma pensão a poucas quadras de distância. O quarto era pequeno, mas com um cheiro bom que lembrava sua infância. Abriu a sacola de plástico com as roupas do brique: um vestido floreado, três saias abaixo do joelho e duas blusas bem caretas com botões na frente. Colocou tudo sobre a cama. Tirou suas roupas e experimentou as recém-compradas. Ficou satisfeita com uma determinada combinação de saia e blusa, mas sua coleira destoava do resto. Pensou em retirá-la, mas sabia que não era uma boa ideia. Conseguiu disfarçá-la ao levantar a gola e fechar o último botão. Ainda bem que o clima estava agradável.

Prendeu o cabelo, voltou às ruas e caminhou a esmo, sem despertar atenção, até encontrar uma igreja. Antes de ser fisgada pelo bispo Geraldo, era uma fiel seguidora do Papa, de modo que não se sentiu intimidada pelo ambiente católico e pelo leve odor de incenso. Um homem jovem, que usava bombacha e tinha uma faca prateada na cintura, entrava naquele exato momento num antiquado confessionário de madeira. Giselle sentiu-se abençoada. Durante a espera, tentou rezar para uma imagem de Nossa Senhora. Não conseguiu. O jovem saiu do confessionário e, ao ver Giselle, estacou e examinou-a de alto a baixo. Parecia disposto a entrar em contato, dizer alguma coisa, mas então fez o sinal de cruz e afastou-se.

Giselle cruzou a cortina roxa e ajoelhou-se. Viu a silhueta do rosto do padre no outro lado da grade trançada de madeira.

"Padre, perdoai-me, porque pequei. Não lembro quanto tempo faz que não me confesso. Quero pagar pelas minhas faltas e recomeçar."

"Que bom. Deus sempre permite recomeçar. Que faltas são essas?"

Giselle hesitou. O padre tentou ajudar:

"Pode falar, minha filha. Todo pecado recebe o perdão de Deus se houver verdadeiro arrependimento."

"Eu sei", e seguiu sem dizer nada.

"Não precisa entrar em detalhes. Reconheço que às vezes é bem difícil. Só precisamos dos fatos principais."

Giselle continuou calada.

"A senhora é casada ou solteira?"

"Solteira. Perdi meu noivo num acidente de carro."

"Meus sentimentos."

Giselle respirou fundo, longamente, e seguiu:

"Esse acidente... Acho que perdi minha fé. Não consigo mais rezar como antes."

"Isso é normal, o destino às vezes é doloroso. Já vi casos semelhantes em períodos de luto. Deus sabe esperar. A melhor maneira de reencontrar a fé é através de gestos concretos. Rezar faz bem, mas é um ato solitário. Vamos fazer o seguinte: procura uma forma de ajudar teus semelhantes. A tua ternura – que eu posso sentir que existe, e é bem grande – vai te levar de volta à tua fé. E então vais poder fazer tua confissão e receber o perdão de Deus."

Giselle não esperava uma sugestão tão evasiva. Sentiu-se enganada. Com o bispo tudo era mais simples e direto: pecado, penitência e perdão. E que história era aquela de "posso sentir a tua ternura"? Ao mesmo tempo, a fala do padre fazia sentido. Ele não poderia perdoá-la se não ouvisse seus pecados. O padre insistiu:

"Pensa nisso. Deus vai te guiar e te fortalecer. E amanhã, quem sabe, podes voltar com mais confiança. Eu estarei aqui. Sempre."

"Tá bem. Entendi. Muito obrigada." Hesitou antes de dizer: "Deus seja louvado."

Giselle levantou-se. Vagarosamente, abandonou o confessionário e saiu da nave da igreja. Parou em frente ao mural de pequenos anúncios do átrio, que ficava logo depois da porta principal. O padre, um homem jovem vestido informalmente, logo parou ao lado de Giselle.

"Achou alguma coisa?"

Giselle ficou nervosa. Não sabia o que responder. O padre continuou:

"Eu conheço um rapaz muito correto, muito bem-educado, que quer alguém para cuidar de sua avó, uma senhora idosa, quando ele não está em casa. A Dona Lourdes anda um pouco esquecida e precisa de ajuda para caminhar. Seria uma boa ação, e ele pode oferecer um pequeno salário."

"Parece ótimo."

"Vou falar com o Joaquim. Como é o seu nome?"

Não responder *Giselle* era algo que eu já tinha ensinado a ela que era o melhor a fazer. Contudo, até hoje ela não sabe por que disse, sob o olhar amigável do padre:

"Meu nome é Greta."

3.2. Matar Deus

No início da noite, enquanto o ônibus partia levando Giselle, estávamos reunidas em casa, na expectativa de que ela voltaria nas próximas horas. Maria e Madalena achavam que, depois de ver a cena no hotel, Giselle ficaria curada de sua beatice, e comeria o primeiro desconhecido que encontrasse. Quase eufóricas com o plano que acreditavam ter funcionado, convenceram Margot a conhecer melhor a noite porto-alegrense. Eu e Mirtha não estávamos tão otimistas. Mirtha se arrependia de não ter seguido Giselle quando ela fugiu do apartamento. Eu tive que dissuadi-la de puxar a coleira. Disse que era melhor esperar um pouco, dar tempo para a garota absorver as experiências, tanto de ver o corpo astral de Margot readquirindo materialidade, como a surpresa de assistir ao seu mentor espiritual traindo a esposa enquanto recitava versículos bíblicos.

As três festeiras só voltaram à seis da manhã, rindo e fazendo barulho pela casa. Encontrei-as na cozinha. Madalena levantou o braço direito de Margot, como ela se tivesse vencido uma luta, e fez voz de locutora de box:

"E a nova campeã absoluta de agarros, beijos, chupões e demais atividades obscenas nos bares da Cidade Baixa é... Margot!"

Eu nunca tinha visto o rosto de Margot tão corado e feliz quanto naquele momento. Ela disse:

"Dedico minha vitória às minhas maravilhosas treinadoras." Baixou as mãos e deu um beijo carinhoso nas duas irmãs.

"Cadê a enjoada?", perguntou Maria.

"Não sabemos", respondi.

"Ela não voltou?", insistiu Madalena.

"Não. A Mirtha acha que ela pode ter fugido."

"What a fuck!", xingou Maria. "Isso não existe. A Mirtha tem que puxar a coleira dela."

"Não sei se é a melhor solução", contestei.

"Escuta aqui. Ela sempre usa a porra da guia pra nos trazer de volta. E puxa forte pra caralho!"

Mirtha entrou na cozinha. Maria não perdeu tempo:

"Traz essa idiota de volta. Agora!"

"A Irina não acha uma boa ideia", disse Mirtha.

"Nós fizemos tudo certo", disse Madalena. "Mostramos pra ela quem é o tal do bispo."

"E nós ainda poupamos o filho da puta", completou Maria. "Exatamente como tu disse que era pra fazer. Eu vou embora daqui. E vai ser hoje."

"A fé dela está abalada, podem ter certeza", comentei, tentando colocar um tom otimista na voz.

"As pessoas têm fé em Deus, e não nos bispos", lembrou Margot, acabando com qualquer traço de otimismo na cozinha. "E não dá pra matar Deus transando com ele."

"Infelizmente", completou Maria. "Muito infelizmente. Essa era uma trepada que eu queria dar."

3.3. Divina contabilidade

A reunião foi marcada por Gabriela para as nove. Geraldo, quando acordou, tentou transferir para mais tarde, porque sua missão evangelizadora na Vila dos Papeleiros tinha se estendido até a uma da manhã. "Acho que salvei a vida de um craqueiro", anunciou, enquanto tirava a roupa. Gabriela, que durante a madrugada sentiu os resquícios de álcool na respiração pesada do marido, manteve o horário, alegando que já havia convocado Alberto, e ele a ajudava na contabilidade do templo inserindo as doações de pequenos valores. Os três sentaram-se em volta da mesa da sala. Gabriela abriu seu notebook, que logo exibiu na tela uma planilha de cálculos. Ao lado do computador, uma garrafa térmica com café e três xícaras vazias. Geraldo, aborrecido e com cara de sono, encheu uma xícara até a borda, tomou um gole e perguntou:

"Qual é a questão tão urgente?"

O tom de voz de Gabriela foi bem inamistoso:

"Resumindo ao máximo: paramos de crescer. Isso não é bom. E as despesas seguem aumentando. Mês que vem sobe o aluguel."

"O templo tá sempre lotado", contrapôs Geraldo.

"Mas as pessoas estão doando menos", disse Alberto. "A crise chegou pra todo mundo"

"Até os demônios estão menos ativos", completou Gabriela. "Os descarregos on-line caíram quase trinta por cento."

Geraldo, exausto, fechou os olhos. Gabriela exclamou:

"Geraldo, acorda!"

"Não tô dormindo", disse.

"Toma mais um café. Pelo amor de Deus, são assuntos importantes."

Geraldo encarou a esposa com raiva.

"Tu já descobriu o nome daquela doadora que tem uma amiga com câncer? Ela prometeu financiar um templo novo."

"Eu? Por que tu não pegou o contato dela quando vocês tavam frente a frente?"

"Fiquei com o e-mail. Ela parou de responder."

"Ou tu tava dormindo quando ela te ligou." Gabriela virou-se para Alberto. "Ele agora faz uma sesta depois do almoço. Parece um velho."

"Tô cansado porque eu trabalho por dois, por três!", disse Geraldo. Apontou para o notebook. "É fácil ficar vomitando números. Queria te ver ali no altar, conquistando fiéis e fazendo dinheiro."

Gabriela fechou o notebook.

"Se é tão fácil, tu mesmo pode fazer. Vou te mandar o arquivo. Te vira."

Gabriela saiu da sala batendo forte a porta atrás de si. Alberto ficou acabrunhado. Juntou coragem pra pedir:

"Ainda não consegui resolver o apartamento. Tenho que falar com a mãe da Giselle. Posso ficar mais alguns dias aqui?"

"Pode."

"Quem sabe no fim do mês eu me mudo. Tu não tem alguma outra pista dessa mulher que prometeu a doação?"

Gerado tomou mais um gole de café antes de falar.

"Tenho. Mas a pista tem que ficar só entre nós, entendeu?"

"Não muito."

"Nós, homens, porra! A Gabriela não pode saber."

"Tudo bem."

"Aquela mulher me deu um presente. Ela tem alguns negócios meio... escusos. E eu tive que aceitar pra não fazer uma desfeita. Tudo em nome de Deus, tudo em nome do que a gente pode fazer pelas pessoas humildes se tivermos um templo maior. Compreendeu?"

Alberto não entendeu, mas assentiu.

3.4. Um sítio em São Borja

Giselle (ou Greta, como passarei a chamá-la neste capítulo) estava empregada em menos de cinco minutos após chegar ao sítio – na verdade, uma pequena fazenda que produzia arroz e onde se criavam algumas cabeças de gado para corte. O padre a apresentou a Joaquim e Dona Lourdes como "uma moça de Porto Alegre recém-chegada a São Borja à procura de um trabalho que a ajude a superar o momento de luto pelo recente falecimento de seu noivo." Greta pouco acrescentou à descrição. Dona Lourdes, com 80 anos e cabelos pintados de acaju, e seu neto Joaquim, com 25 e uma barba elegante, urbana, nada campeira, não fizeram perguntas. Ambos estavam fascinados pela figura de Greta, tão jovem, tão bela e tão candidamente vestida. Combinaram que Greta começaria ainda naquela tarde, liberando Joaquim para resolver um problema com o fornecedor da ração para o gado.

No começo da noite, após o jantar, Greta ajudou Lourdes a vestir uma camisola comprida. Depois ajeitou os cabelos da velha senhora num coque. Sobre a penteadeira havia uma imagem de Santa Sara Kali, padroeira dos ciganos. Examinando-se no espelho, Lourdes aprovou o trabalho da nova acompanhante.

"Greta... Acho bonito esse nome. Tu sabe de onde ele vem?"

"Não. Minha mãe dizia que gostava do som."

"Também gosto. Mas Greta vem do latim Margarida. A forma foi mudando de país pra país. Acho que Greta é um nome muito comum na Suécia."

"Que interessante."

"E Margarida, além de ser uma flor, também pode significar pérola, para os gregos, ou criatura da luz, para os persas."

"Nossa! Como a senhora sabe tudo isso?"

"Não sabia nada até te conhecer. Aí eu coloquei na Wikipédia. Sou velha, mas não sou boba. Gosto de saber a origem das coisas. Meus avós eram ciganos. Andaram muito por esse mundo antes de se aprochegarem aqui em São Borja."

"Que legal. Não tá na hora da senhora ir pra cama?"

"Não tô com sono. A velhice é um massacre, Greta. Antigamente eu me deitava com um bom livro, lia por meia-hora e então o sono vinha. Agora, as letras se embaralham, meu pescoço e minhas costas começam a doer."

"Onde dói? Aqui?"

Greta colocou as duas mãos no pescoço de Lourdes.

"Isso. Que mãos macias!"

Greta começou uma massagem bem suave.

"Que maravilha. Não para, querida."

Assim que Greta tocou no corpo de Lourdes, começou a absorver sua energia. Lourdes passou a respirar lentamente e relaxou na cadeira, com os olhos fechados. O prazer de Greta foi delicado e ao mesmo tempo intenso. Semelhante ao que sentiu quando abraçou o cão Joker. A cabeça de Lourdes, de repente, pendeu para a frente, assustando Greta, que interrompeu a massagem, deu a volta na cadeira, observou o rosto da velha senhora e exclamou:

"Dona Lourdes!"

Ela ergueu a cabeça.

"Eu dormi?"

"Acho que sim."

"É que tava tão bom... Vou querer essa massagem todas as noites. Posso te pagar um extra."

"Não precisa. Tá incluída no meu serviço."

"Agora posso ir pra cama."

★★★

Lourdes dormiu quase instantaneamente. Conforme o combinado, um táxi que costumeiramente atendia aos moradores do sítio seria chamado para levá-la. Greta tinha que passar pela varanda para ir embora, encontrou Joaquim sentado numa velha cadeira de balanço com um livro de capa amarela na mão.

"A Dona Lourdes tá dormindo", disse Greta. "Ela se queixou de dores no pescoço. Fiz uma massagem. Talvez seja bom consultar um médico."

Joaquim fechou o livro e colocou-o sobre uma mesa baixa.

"A vó é bem esperta. Ela fala de dores pra ganhar massagem grátis."

"Ela disse que eu tenho as mãos macias."

"E tem mesmo?"

Greta ficou sem jeito. Não sabia o que responder. Joaquim também titubeou.

"Desculpa. Não pensa mal de mim."

Giselle só assentiu com a cabeça. Apontou para o livro.

"O senhor gosta de ler?"

"Senhor? Quer que eu me sinta tão velho quanto a minha vó?"

Greta permaneceu quieta. Joaquim falou:

"São duas opções, Greta: tu ou Joaquim. Eu não vou conseguir te chamar de senhorita."

"Tá bem, Joaquim."

Joaquim apontou para o livro.

"Meu pai comprou a coleção completa do Érico Veríssimo. Ele era de Cruz Alta, como o Érico. Leu todo *O Tempo e o Vento* e me contava alguns trechos quando eu era guri. Agora chegou a minha vez. Tu gosta do Érico?"

"Nunca li. Me disseram que é ótimo."

"E é mesmo. Agora tô lendo *Incidente em Antares*. É bem divertido, embora seja uma história de mortos-vivos."

Greta ficou tão impactada ao ouvir a descrição da trama que não conseguiu continuar a conversa. Joaquim percebeu a perturbação da moça.

"Vou chamar o teu táxi."

Joaquim acompanhou a movimentação dela para entrar no carro, que logo a levou para longe do sítio pela estrada de chão batido. O rapaz tentou voltar à leitura. Não conseguiu. Na página aberta, em vez de letras, só conseguia ver o rosto de Greta.

3.5. Certa noite no Bom Fim: a história de Maria e Madalena

A banda punk *Dead Kennedys* é de São Francisco, minha cidade do coração. Li sobre eles na imprensa alternativa e fiquei chocada: no dia 22 de novembro de 78, aniversário de 15 anos do assassinato de John F. Kennedy, marcaram um espetáculo numa casa noturna em que tocaram praticamente todas as bandas punks da região da baía de São Francisco. Aquela vizinhança também era o quartel-general do movimento beat. Eu simpatizava com a ambiente, mas achei que tanto o nome da banda, quanto a data do show, eram afrontas pesadas demais.

Houve meia dúzia de protestos, mas o show aconteceu do mesmo jeito. Eu estava no último ano do meu doutorado em Berkeley.

Quando ouvi as músicas deles no rádio, não gostei da barulheira excessiva; as letras, porém, eram boas: radicais e claramente antifascistas. A figura do vocalista Jello Biafra também era bacana. Enfim, aqueles punks tinham algo a dizer, e o que eles diziam não era assim tão diferente do que era dito pelos hippies de Haight-Ashbury. O sistema continuava sendo o inimigo. A forma de combatê-lo é que estava mudando.

Em 1979, me mudei para o Egito, levando todos os meus discos clássicos de rock. Mudei o nome para Carla Wertmüller, me concentrei no estudo dos escaravelhos sagrados e praticamente esqueci os *Dead Kennedys* e seus congêneres americanos e ingleses. Nem sabia que existiam *Ramones*, *Sex Pistols* e *Clash*. No Cairo, bem antes da internet, não havia qualquer possibilidade de acompanhar o que estava acontecendo com o rock do primeiro mundo. Em compensação, havia ópio em abundância e, depois de encontrar as pessoas certas, passei a comprar haxixe de excelente qualidade. *The Doors* e *Grateful Dead* harmonizam bem com ópio e haxixe. Pra que procurar novidades?

Assim, quando voltei para Porto Alegre, em 1985, depois de um longo tempo longe de Mirtha e da cidade, foi uma baita surpresa saber que as trágicas mortes de Maria e Madalena tiveram como cenário um conflito entre punks e skinheads no bairro Bom Fim. As irmãs não falaram muito sobre o que tinha acontecido. Talvez estivessem naquele estado descrito por Walter Benjamin em seu famoso texto *O Narrador*, sobre a dificuldade dos soldados que lutaram na Primeira Guerra Mundial para contar o que viveram nas trincheiras. Em 2017, quando me encontrei com elas novamente para a educação de Margot, não descobri muito mais. Foram poucos dias de convivência.

Só fiquei sabendo dos detalhes já em 2019, na conversa que vou contar a seguir. Margot ainda estava excitada com as experiências eróticas da noite em que acompanhara Maria e Madalena no périplo pela Cidade Baixa. Cheia de energia, embora não tivesse transado com ninguém, entrou no quarto das irmãs para tirar algumas dúvidas com as grandes especialistas em sexo casual. Eu já estava no quarto, meio a contragosto, ouvindo Maria pedir que eu convencesse Mirtha a trazer

Giselle de volta na marra. Gostei quando Margot interrompeu a arenga de Maria, sentou-se na cama de Madalena e propôs:

"Vamos sair outra vez?"

"Depende", disse Maria. "Se tu pagar as cervejas, eu topo."

Madalena perguntou:

"Sabe aquela hora que tu abraçou uma ruiva com um brinco imenso, meio tribal?"

Margot sentiu o golpe e demorou para falar. Estava constrangida.

"Eu? Uma ruiva? Quer dizer... Uma mulher?"

"Já esqueceu?", disse Maria. "Não nega. Eu também vi."

"Eu fiquei com inveja", confessou Madalena. "Não pela ruiva. Pela emoção que tu tava sentindo. Foi a primeira vez que tu pegou uma guria?"

Margot olhou para mim como se pedisse socorro. Eu tentei ajudar:

"Vocês não tavam todas meio bêbadas? A Margot pode ter esquecido mesmo."

"Aham...", disse Maria, fazendo cara de incrédula. Madalena deu uma risada.

"Eu nunca transei com mulher", disse Margot.

"Eu tô falando de desejo", disse Madalena. "Pode resultar em sexo, mas às vezes demora. Ou nem vem."

"Como tu tá poética, maninha", disse Maria. "O que aconteceu? Antes tu era da turma do 'ou fode ou sai de cima'."

Margot tomou coragem e disse, num impulso:

"Vocês parecem que sabem tudo, que são bem resolvidas, mas morreram tão virgens quanto eu."

As irmãs acusaram o golpe. Com certeza tinham bons motivos para não falar do passado. Tentei distensionar o ambiente:

"Elas eram muito jovens, Margot."

Maria, contudo, não aceitou meu acordo de paz.

"Morri virgem, sim, mas antes já tinha aprontado todas."

Margot não recuou:

"Tu já tinha mais de 18. Por que esperou tanto tempo, já que aprontava todas?"

Eu estendi a mão para Margot e disse:

"Deixa pra lá. Vamos dar uma volta?"

"Não!", exclamou Maria, irritada. "Se ela quer ouvir, vai ouvir."

"Não precisa", disse Margot.

"Precisa sim." Maria virou-se para mim. "E tu pode ficar e ouvir junto, mas sem fofocar com a Mirtha depois."

"Tá bem", garanti.

"Mana, tudo bem se eu contar?"

"Tudo bem."

"Se vocês querem ouvir a história toda, a primeira coisa que devem querer saber é como foi a porcaria da nossa infância, e o que nossos pais faziam antes da gente nascer e tal, e essa merda toda meio David Copperfield, mas eu não tô a fim de entrar nessa." Maria fez uma pausa. "Não sacaram?"

"Sacar o quê?", perguntei.

"É a porra do começo do *Apanhador no campo de centeio*! Eu li com quinze anos e achei OK. Perto das merdas que mandavam ler no colégio – tipo José de Alencar, aquele bosta escravagista –, era uma obra-prima. Fui na biblioteca e peguei o tal Copperfield pra tentar compreender o que o Salinger tava falando, e vi que o Dickens era o Alencar das crianças gringas. Que merda. *O Apanhador*, mesmo sendo um livro meio velho e com umas partes chatas, me mostrou que valia a pena dar uma olhada no que o meu pai, um hippie filho da puta que nunca deu bola pra nós, guardava naquele quarto que tava sempre fedendo a maconha."

"Ele dava bola pra nós", intercedeu Madalena, "mas do jeito dele. A mãe também. Não vou deixar tu transformar a história num monte de acusações."

"Qual era o jeito deles? Tomar todas no almoço? Cheirar pó com os amigos mulambentos depois do jantar? Esquecer que a gente tava no quarto enquanto eles faziam um swing na sala com os nossos vizinhos comunistas do 402? Se pelo menos fossem hippies de verdade faria sentido. Paz e amor e tal. Mas não. Só tinha paz lá em casa quando eles tavam dormindo, e amor eu só ouvia nos discos dos *Eagles*, aquela bosta tão cheia de açúcar que o cara pega diabetes pelo ouvido."

"Eles gostavam de nós. Nunca nos bateram. Nunca nos falaram de pecado, ou de Deus, ou de religião. Nos levaram pra viajar pra Europa. Nos botaram num colégio decente..."

"Porra, pode parar! O colégio foi por conta do vô Vicente. O pai só tinha que nos levar e nos buscar, e parou de fazer isso quando a gente aprendeu a pegar ônibus. A viagem era pra eles. Nos levaram porque não tinham onde nos largar depois que o vô ficou doente. E tu não deve nem lembrar de porra nenhuma, que era pequena demais. Nós queríamos subir na Torre Eiffel, e a mãe disse que era coisa de burguês. Nos levaram pra passear de noite no Pigalle, achando tudo bem normal, a gente apavorada no meio daquela putaria de merda, chorando, pedindo pra ir pra casa."

"Não lembro."

"Tu apagou da tua mente, maninha. Ainda bem."

"A gente tinha liberdade."

"Liberdade! Claro, a gente tinha liberdade. Eu preferia ter um pouco de atenção e carinho."

"É fácil botar a culpa no pai e na mãe, dizer que eles não nos cuidavam direito, mas tu foi escolher uns amigos que eram mais loucos que eles."

"Meus amigos tinham consciência política, tinham algum senso de solidariedade, queriam fazer arte e melhorar as coisas."

"Arte? Não era isso que aqueles merdas de piercing e cabelo espetado faziam."

"Aqueles merdas me ensinaram a ser eu mesma."

"Te ensinaram a tomar vinho vagabundo de garrafa pet na Oswaldo Aranha. Te ensinaram a cheirar cola até cair. Quando tu me levou naquele show, fiquei apavorada. Era um bando de maluco gritando, pulando e se batendo."

"Desordem, Madalena. Desordem! Mas consciente. Desordem pra abalar o sistema."

"Tá bem. Tu tava abalando o sistema. Mas foi toda certinha mostrar o último boletim pro pai, dizer que ia fazer vestibular pra Letras e pedir uma grana pra comprar o baixo. Isso eu lembro bem."

"É verdade", Maria riu, "até tirei o piercing! E o velho filho da puta queria me dar dicas de marcas de instrumentos e amplis. Fender isso, Gibson aquilo, Marshal do caralho… Quando viu que eu tinha comprado um Tonante e um Giannini queria o dinheiro de volta. Otário. Mil vezes otário. Gastei tudo que sobrou em birita e cola de sapateiro."

"Não! Tu deu uma boa parte pro Pereba, que tava devendo grana pro trafi de pó do bar João. E a porra da família dele era rica pra caralho."

"Dei uma merreca. Maninha, eu não me arrependo de nada. Quer dizer, me arrependo de ter esperado tanto pra trepar. Se eu gostasse de meninas, como tu, talvez fosse mais fácil. Mas eu sempre fui hetera, tinha tesão pelo Marc Bolan e pelo Iggy Pop. Aí a concorrência fica maior."

"Não era mais fácil pra mim porra nenhuma. O Pereba ficava me tirando pra corinho dele. Machista filho da puta."

"Fazia muito tempo que eu não ouvia essa palavra: corinho."

"A Joana gostava de mim. De verdade. Eu só tinha medo que ela enfiasse os dedos fundo demais. Doía. Eu mandava parar. E tu também não ajudava muito, com aquele papo furado de escolha consciente, de corpo político…"

"Eu não queria dar pra qualquer um."

"Mas queria dar pro Pereba… Muito coerente."

"Ele gostava de mim e tinha bom gosto pra música. Me mostrou um monte de bandas que eu não conhecia."

"Certo. Hoje tu ia dar pro Spotify."

"Quer saber? Eu ainda tava em dúvida até a hora do show. Aí ele tocou e cantou demais naquela noite, e eu gritei pra ele: é hoje!"

"Eu ouvi, Maria. Todo mundo ouviu e entendeu o que tava acontecendo. Fiquei morrendo de vergonha."

"Se tu tinha vergonha de mim, por que tava lá? Ainda tive que falsificar tua identidade pra te botar pra dentro."

"Eu fui pela Joana, tu sabe muito bem."

"Mas não precisava ficar se agarrando com ela daquele jeito, bem na frente dos carecas."

"Eu não vi careca nenhum."

"Eles tavam no fundo do bar."

Madalena, pela primeira vez em toda conversa, ficou irritada:

"Nem vem, Maria! Tu tinha direito de fazer qualquer coisa, e eu tinha que me comportar? Que tipo de anarquia é essa? Vai te fuder!"

"Maninha, a questão não é essa."

Madalena gritou:

"É sim! Tu não vai me transformar em culpada!"

Eu resolvi interceder:

"Meninas, calma." Olhei para Maria e disse. "Qual é o problema da Madalena e da namorada se agarrarem num show de rock?"

"Vou te dizer qual é o problema: era num bar de Porto Alegre, e não em São Francisco. Duas minas se beijando aqui, na década de 80, era uma puta provocação pros fascistas."

"Então o problema é dos fascistas! E não meu, nem da Joana!", exclamou Madalena.

"A Joana era mais experiente. Devia saber que os carecas tavam lá", insistiu Maria.

Madalena levantou-se e apontou o dedo para a irmã:

"Nossos velhos eram culpados! A Joana era culpada! Eu era culpada! E tu e o teu namorado eram perfeitos! É isso? Quem começou a treta? O pai? A mãe? Eu? A Joana? Não! Tu sabe bem quem tem culpa!"

Maria ficou encarando a irmã por alguns segundos. Pensei que elas poderiam partir pra briga e disse:

"Acho que por hoje chega. Outro dia, com mais calma, vocês continuam. Não é, Margot?"

"Claro", confirmou Margot.

"Nem fudendo", disse Madalena. "Vamos até o fim." Abaixou o dedo. "Mas conta o que aconteceu, em vez de ficar julgando as pessoas."

Maria pareceu hesitar antes de seguir em frente. Mas foi:

"Tá bom. Desculpa. Senta."

Madalena obedeceu. Maria agora falava em voz baixa:

"Quando o show terminou, eu tentei encontrar a Madalena, mas não vi ela em lugar nenhum. Nem a Joana. Achei que já tinham ido embora. Eu o Pereba saímos juntos do bar, num grupo grande, tinha mais o resto da banda e umas minas conosco. Todo mundo na paz. Combinamos de ir pra casa do baterista, que ficava ali perto, na Tomaz Flores. Começamos a andar pela Oswaldo. Os filhos da puta estavam nos esperando escondidos na esquina da Cauduro. Eram uns vinte, com soqueiras e uns pedaços de pau. O Biltre, um careca imenso, com uma suástica tatuada no ombro, gritou:

"Cadê as lésbicas?"

O Pereba deu um passo à frente e respondeu:

"Devem tá na tua casa, comendo tua mãe, já que teu pai tá dando o cu na praça."

O Biltre correu na direção do Pereba, com toda a tropa atrás. Foi muito rápido. Já chegaram dando porrada. Mas ia ser só mais uma treta, uns ossos e dentes quebrados e tal, se aqueles dois porcos[1] não tivessem atravessado a avenida correndo com as armas na mão."

"Ou se vocês tivessem fugido, em vez de xingar os caras", comentou Madalena.

"Tu não viu nada disso. Não te mete. A briga ia sair de qualquer maneira. O Pereba levou uma porrada na testa e tinha tanto sangue no rosto que nem via em quem estava batendo. Correu na direção errada, e eu corri atrás dele, direto pra cima dos porcos. Um deles se assustou e atirou. Errou no Pereba e acertou em mim. Bem aqui." Apontou para o peito. "Fim da minha história. Agora tu pode continuar."

Margot estava tão apavorada que escondeu o rosto com as mãos. Eu encarei a Madalena e disse:

"Querida, tu pode contar outro dia."

"Não. Melhor agora. É rápido. Eu e a Joana tínhamos ido ao banheiro e estávamos saindo do bar quando ouvimos muitos gritos e um tiro. Corri até a Oswaldo e vi um corpo caído na calçada com um porco ao lado, segurando uma arma. Uns punks estavam correndo de volta pro bar, e uns carecas corriam atrás. Dois deles me viram. Um deles, acho, era esse Biltre. Eu e a Joana saímos correndo pela João

---

1 "Porco" era o policial militar. No caso do Rio Grande do Sul, pertencente à Brigada Militar.

Telles, com eles atrás da gente. Na frente do Israelita, tropecei e caí. Joana tentou me levantar, e bem nessa hora os carecas chegaram. Um deles segurava um canivete na mão. Ele estendeu o braço com o canivete bem na hora que a Joana me puxava. A lâmina cortou a veia femoral, bem aqui." Madalena levanta a perna e aponta para a parte superior da coxa. "Sangrei muito. Rios de sangue. Quando o socorro chegou, já tava morta. É isso."

Ficamos todas em silêncio. Maria fez um carinho no rosto de Madalena. Depois as duas se abraçaram. Margot tentava disfarçar, mas chorava tanto que molhou a blusa. Eu segurei minhas lágrimas, apesar de sentir um nó na garganta.

"Vivemos sempre muito próximas, fomos enterradas lado a lado, retornamos juntas", disse Maria. "Não sei tu, maninha, mas eu achava que não existia vida depois da morte. Foi uma surpresa."

"Pra mim também", confirmou Madalena. "Mas, sei lá, a gente era tão jovem. Não foi tão assustador. O que eu mais gostei foi examinar meu corpo e não ver sinal da lâmina do canivete. Mas detestei os besouros desde o primeiro dia. São uns bichos estúpidos. Comem merda."

"Não fazem mal pra ninguém", protestei. O clima já não era tão pesado.

"No começo, eu curti o lance das coleiras", disse Maria. "Até já tinha usado. Aquela com um monte de tachinhas, que o Pereba me deu. Usar só o véu e a coleira ficou bacana. Imaginei uma banda só de mulheres com esses figurinos. Ia arrebentar."

"E as feministas iam te matar."

Margot, que dera um jeito de enxugar a lágrimas, perguntou:

"E como foi a primeira vez de vocês?"

"A minha foi uma merda. A Mirtha e a Irina nos levaram pra Florianópolis, diziam que era mais seguro. Que cidade cu. O cara morreu e pronto. A Mirtha e a Irina sumiram com o corpo. A segunda foi bem melhor, mas não vou contar."

"Eu demorei um pouco mais", disse Madalena. "Em Florianópolis não rolou nada. Daí fomos para Itajaí. Lá comecei um curso particular de inglês. A professora era uma garota muito doce e muito sozinha. Pensei na Joana e fui em frente. Só percebi que ela tinha morrido na manhã seguinte. A Mirtha e a Irina resolveram. Na verdade, elas tinham planejado todo o lance."

"Mais ou menos", contestou Irina. "Tu sabe muito bem que não forçamos a menina a entregar tudo que tinha. Ela quis. Tu também."

"É verdade", confirmou Madalena.

"Deixa que eu termino", atalhou Maria. "Não podíamos ficar em Porto Alegre, por razões óbvias. Devíamos estar embaixo da terra. A Mirtha disse que podia nos emprestar uma grana. Eu disse que queria ir pra Nova Iorque, ela disse que era muito caro. Aí ameacei mandar tudo à merda e desfilar na Oswaldo Aranha só de véu e coleira. Disse que eu ia montar uma banda chamada *Zombie Girls*. Ela acreditou, ficou branca", Maria riu, "e no dia seguinte comprou as passagens. E ainda arranquei mais uma grana pra bancar nossos primeiros tempos por lá. Não precisávamos comer, mas tínhamos que dormir em algum lugar. Esse foi o grande lance de levar uma bala no coração: finalmente conheci o CBGB."

"Lugar bacana", disse Madalena. "Pena que tava sempre cheio de drogados e traficantes."

"Lugar maravilhoso", emendou Maria, "cheio de pessoas talentosas e criativas, que forneciam ondas vitais incrivelmente fortes. Virou quase a minha casa. Montei uma banda pós-punk com dois imbecis de New Jersey. Dois imbecis que tinham dinheiro, mas não tinham talento. Explorei os caras até eles me darem um pé na bunda."

"Aguentei dois meses com essa maluca e caí fora", disse Madalena. "Fui pra Paris assim que juntei dinheiro pra passagem. Lá fiz uma seleção pra modelo e passei. Disseram que era meio parecida com a Linda Evangelista, que na época tava começando a desfilar. Quem me dera. Mas tô nessa até hoje, sempre trocando de agência, de país, de cabelo, de tudo."

"Tu já rodou o mundo e fica reclamando… Eu fico mais em Nova Iorque, que é tão grande e tem tanta gente que é só mudar um pouco a maquiagem que ninguém enche o saco. Ano passado disse que era filha de mim mesma para um cara num bar que me conheceu no final dos anos 80. Ele acreditou e queria transar com a filha, já que tinha comido a mãe. Ficou querendo, o babaca. Mas também viajo bastante. Rock'n'roll é estrada. Sabe como Salinger termina o *Apanhador*? Nunca conte as coisas pros outros. Se tu conta, começa a ficar com saudades de todo mundo. Eu não tenho saudades de ninguém, talvez um pouco do Pereba, mas o resto é até melhor esquecer. Ponto final."

3.6. Amores e paixões

Penso que uma Willi não deve amar. Melhor apaixonar-se, viver essa paixão por algum tempo e depois sumir. Por três motivos. O primeiro é uma questão de tempo: nenhuma relação afetiva a longo prazo pode acontecer se um dos lados envelhece e o outro não. A segunda é uma questão de economia energética: a paixão sexual proporciona uma transferência rápida, intensa e proveitosa de energia. Uma Willi não recarrega suas baterias observando amorosamente um companheiro (ou uma companheira) que dorme ao lado na cama. A terceira é uma questão de segurança: transar várias vezes com a mesma pessoa aumenta a possibilidade de que essa pessoa (amada) morra, pois a energia vai definhando enquanto o desejo aumenta.

Maria e Madalena não ligam muito para esse terceiro motivo. Transam muito, matam bastante e se divertem sem culpa alguma. De qualquer maneira, acredito que nem as irmãs têm imunidade contra o amor. Um dia depois de ouvir os relatos de suas mortes, não resisti e perguntei às duas se estavam amando naquela noite fatídica na Oswaldo Aranha. Maria ficou surpresa e pensou antes de responder:

"Acho que sim. O Pereba era lindo, puta que pariu, e escrevia boas letras. Sabe o que ele é agora? Contador. Caralho! Que profissão bem careta e escrota. Nunca pensei. Espero não cruzar com ele nunca mais."

Madalena não hesitou:

"Eu tava muito apaixonada pela Joana. Amando mesmo. Ela me ensinou um monte de coisas e me tratava como adulta."

"Tu tem saudade?", perguntei.

"Tenho. Ela casou com uma francesa e mora em Montecarlo. Trabalha com turismo."

"Tem vontade de ver ela outra vez?"

"Eu tinha. Mas outro dia vi uma foto dela no Insta. É melhor ficar com a lembrança daquele rosto de 20 anos, em vez de ver o de 55. Sabe que essa esposa do bispo é meio parecida com a Joana quando jovem?"

"A Gabriela não deve ser muito legal", lembrei. "Trabalha numa igreja que é um trambique, casada com aquele idiota."

"Tu sabe que às vezes as mulheres não têm muitas escolhas. Julgar pelo marido é uma puta sacanagem."

Essa frase inesperada, vinda de uma mulher com aparência tão jovem, me fez refletir antes de dizer:

"Tu tem toda razão."

★★★

Criei um perfil falso e abri o Facebook. Não foi fácil, pois não tinha certeza do sobrenome. Primeiro pesquisei por Heitor Schmidt, depois por Heitor Schmitt. Nada. Finalmente achei o meu Heitor entre os Schmitz. Queria responder honestamente à pergunta que eu fizera às irmãs. Abri a seção de fotos e furunguei até encontrar o Heitor com vinte e poucos anos, em Berkeley. Tive que admitir: um dia, algumas décadas atrás, eu o amara.

3.7. Imagens roubadas

Otávio recebeu a mensagem de Dona Rosa e foi direto pro cemitério. Ela o esperava no túmulo de Giselle.

"Eu só liguei porque o senhor pediu pra avisar se eu visse alguma coisa estranha", disse Dona Rosa, apontando para o local onde antes estava a foto de Giselle.

"Fez muito bem", disse Otávio. "Ontem ainda estava ali?"

"Estava. Foi nessa noite. Os larápios estão se aproveitando que estamos com falta de pessoal. A gente devia ter um sistema de câmeras de segurança. Mas é caro, porque o terreno é grande."

"Os familiares já sabem do furto?"

"Já liguei pro noivo. Coitadinho, ainda tem que aguentar uma coisa dessas... Era uma foto tão linda! O senhor conseguiu entrar em contato com a fotógrafa?"

"Ela não responde minhas mensagens. A senhora sabe se ela fez fotos pra outros túmulos?"

"Acho que não. Quase sempre são fotos antigas, de álbuns da família. Mas sabe o que eu pensei outro dia? Que é muito estranho que todas as fotos roubadas são de mulheres. Nenhuma de homens. Estranho, né?"

"A senhora pode me mostrar esses outros túmulos?"

"Claro. Mas, se o senhor quiser mais detalhes das falecidas, vai ter que esperar um pouquinho. Alguns registros são antigos, e até os mais novos às vezes são difíceis de achar. Amanhã ou depois, tenho tudo organizado. Outra coisa: minha amiga foi no arquivo municipal e disse que até agora não achou o que o senhor quer. Mas ela não desiste. Também vai no Museu de Comunicação."

"Maravilha. A senhora é um anjo."

Dona Rosa ficou faceira com o elogio.

★★★

Naquela mesma manhã, Mirtha me entregou a foto que roubara do túmulo.

"Sabe quantas vezes eu roubei minha própria foto?", disse ela. "Quatro vezes. Quatro!"

"Será que faz mesmo tanta diferença? No passado, tudo bem. Mas agora, com as redes sociais, todo mundo tem dezenas de fotos disponíveis."

"A Giselle não tinha", argumentou Mirtha. "E ela ainda tá em Porto Alegre. Depois que ela se for, é diferente. Ou não." Mirtha pegou a foto de volta. "Tu acha que eu devo puxar a coleira dela?"

"Não sei."

"Ela vai se sentir sozinha e voltar. Só espero que não faça alguma bobagem antes. Aquele policial me mandou várias mensagens. Quer falar comigo. Não tô gostando. Eu não respondi. Não sei se ele tem recursos pra verificar o endereço físico do meu computador."

"A polícia tem, Mirtha."

"Ele não tá mais na polícia. Na última mensagem, escreveu que foi aposentado. Eu verifiquei. É verdade."

"Mas então... Por que continua investigando?"

"Diz que é um assunto pessoal."

★★★

Alberto detestou a missão que recebera de Geraldo, mas tinha que cumpri-la, como todas as outras. A conversa com o gerente do hotel foi decepcionante. Logo que perguntou sobre a possibilidade de ver as imagens das câmeras de segurança, ele fechou a cara.

"Nós protegemos a privacidade dos nossos hóspedes."

"Essas pessoas não eram hóspedes", argumentou Alberto. "Eram visitantes. Eu sei o dia e o horário em que elas entraram no hotel."

"Não importa. Para acessar qualquer registro é preciso ter uma autorização."

"E quem autoriza?"

O gerente irritou-se.

"O senhor não tá entendendo. Só podemos dar acesso às imagens se há algum problema grave. Ou se a polícia solicita."

"OK. Entendi. Desculpa a insistência. Quanto tempo as imagens ficam guardadas?"

"No mínimo três meses."

Alberto deu as costas para o gerente, saiu do hotel e começou a procurar um nome na lista de contatos do seu smartphone.

3.8. O quarto do teu pai

Greta adaptou-se facilmente à rotina de trabalho em São Borja. Acordava cedo, era levada pelo táxi do Seu Candinho e, pouco depois das oito da manhã, já estava cuidando de Lourdes. Almoçavam todos juntos, Joaquim fazia questão de estar sempre presente nas refeições com a avó. No fim da tarde, Greta voltava à pensão. Às vezes ficava mais algumas horas no sítio, à noite, e ganhava um dinheirinho extra. As sessões de massagens eram cada vez mais longas e frequentes, por exigência de Lourdes, o que garantia uma razoável provisão de energia a Greta. A única preocupação da massagista novata era a possibilidade de esgotar o estoque da patroa. A velha senhora, contudo, preferiria desmaiar a perder o contato daquelas mãos extraordinariamente jovens e macias.

Quando Lourdes descobriu que Greta estava hospedada na pensão da Matilda, teve a ideia de trazê-la mais para perto. Não sei dizer se era por bondade ou pelo desejo provocado pelo toque de uma Willi.

"A Matilda é mão de vaca, economiza até pra lavar a roupa de cama. Vamos arrumar o quarto que era do meu filho, o pai do Joaquim. A partir de hoje, tu vai dormir aqui."

"Não precisa, Lourdes. Eu tô bem."

"Temos dois quartos vazios, fechados há anos. Se tu morar aqui, eu posso liberar o Joaquim por mais dias. Aí ele sai dessa cidade pequena, que não tem atrativos pros jovens. E tu pode ganhar um aumento."

"Não precisa."

"Tá bom. Isso a gente discute depois. Por enquanto, vamos só tratar da mudança."

Foi impossível impedir Lourdes de dar cabo do plano. Assim que Joaquim chegou, o fez levar Greta até a pensão. Pouco falaram durante o trajeto. Na pensão, Greta foi direto para o quarto, no segundo andar. Levou menos de dez minutos para recolher seus pertences: objetos de higiene, as roupas do brechó e um pequeno caderno (ainda virgem de anotações). Desceu com duas sacolas de plástico nas mãos, enquanto Joaquim conversava com Matilda e explicava as mudanças.

"Tem certeza que pegou tudo?", perguntou Joaquim, apontando para as sacolas no banco de trás, depois que voltaram para o carro.

"Tenho. Sou uma garota bem econômica."

"Posso te fazer uma pergunta, Greta?"

"Pode."

"O que tu veio fazer aqui nesse buraco de cidade?"

"Eu só queria sair de Porto Alegre."

"Por quê?"

Greta hesitou e desviou os olhos.

"Tudo bem. Depois a gente conversa", disse Joaquim. Ligou o carro e arrancou. Só quando já se avistava o portão do sítio, Greta quebrou o silêncio:

"Talvez conversar sobre a minha vida não seja uma boa ideia."

"Por quê?"

"Não gosto de mentir. E talvez eu não consiga contar tudo que tu quer saber."

"Eu quero saber bem pouco."

Joaquim, lentamente, de modo a ter certeza que seu gesto seria aceito, colocou sua mão direita sobre a mão esquerda de Greta. Ele sentiu uma primeira onda de energia sendo sugada. Greta afastou a mão de Joaquim com alguma rispidez.

"Desculpe. Melhor não."

★★★

Lourdes estava esperando na sala quando entraram na casa. Ela avisou:

"Só consegui fazer uma limpeza muito mequetrefe no quarto. Mas abri bem as janelas pra sair o cheiro de mofo e garanto que tu vai ficar mais confortável que na Matilda."

"Obrigado", disse Greta.

"Leva as coisas dela, Joaquim. Mas voltem logo. Tá na hora da minha massagem."

Joaquim colocou as sacolas em cima da cama, levantou o nariz e respirou fundo, como se quisesse sentir melhor o aroma do ambiente.

"O cheiro de mofo não saiu."

"Nem tô sentindo."

"Amanhã a gente dá um jeito, troca a roupa de cama e..."

Greta segurou com força o braço de Joaquim, interrompendo sua fala.

"Eu tenho... Um noivo. A nossa situação atual é complicada. Não sei o que vai acontecer, mas não quero ser infiel. Nós prometemos nos casar."

Joaquim deu um passo para trás, libertando-se de Greta, e falou, em tom ríspido:

"Entendi. Tá tudo bem."

E saiu do quarto.

3.9. Mulher-Gato

Geraldo teve problemas. Gabriela teve problemas. Problemas diferentes, mas de certo modo complementares. Antes de fundar sua Igreja da Fé Redentora, Geraldo, um menino de classe média baixa que crescera no bairro Sarandi, tentara a sorte, com menos de 20 anos, como "gerente de investimentos populares" numa pequena empresa que abrira com a namorada Jéssica e um amigo de infância, Olinto. Nenhum deles tinha qualquer formação em Economia, mas Olinto convencera o casal Jéssica e Geraldo: o importante era encontrar os clientes certos e induzi-los a abrir a mão. Depois, graças a um tio que morava em São Paulo e sabia tudo sobre as oscilações da Ibovespa, o dinheiro (o dos clientes e as comissões de gerenciamento) se multiplicaria. Durante um ano, foi mais ou menos assim. Geraldo tinha um bom poder de convencimento e logo ficou conhecido, no Sarandi e adjacências, como "um rapaz de muito futuro".

O problema é que, enquanto persuadia as pessoas a investirem seus parcos recursos, Olinto e Jéssica se apaixonavam e faziam um plano para retirar Geraldo da sociedade. De uma hora para a outra, Geraldo ficou sem namorada e sem empresa. Olinto propôs um acordo amigável, em que Geraldo receberia nove mil e quinhentos reais. Geraldo recusou e decidiu entrar na Justiça. Conseguiu um advogado em começo de carreira. Dois anos depois, recebeu oito mil. Foi consolado por outro amigo de infância, Jesualdo Barão, líder do tráfico de pó no Sarandi. Primeiro Geraldo foi um consumidor voraz; depois, para pagar o que devia a Jesualdo, ficou responsável pela contabilidade do esquema; depois, é claro, acabou preso. Ficou seis meses no Central, onde conheceu o bispo Gigante Cássio, um sujeito de quase dois metros de altura e queixo pronunciado, que estava encarcerado por estelionato e formação de quadrilha. Ficaram amigos. Gigante Cássio contou tudo que sabia sobre o que chamava de "negócio divino". Ao sair da penitenciária, Geraldo tinha duas certezas: nunca mais confiaria numa mulher e abriria a sua igreja.

Gabriela vivia no bairro Partenon. Filha única, órfã de pai desde pequena, era sustentada com imensas dificuldades pela mãe, Dona Ondina, faxineira, lavadeira e o que mais pintasse. A pequena casa tinha três cômodos e um telhado de brasilit cheio de furos. Apesar de tudo, Gabriela completou o ensino básico e pegou gosto pela leitura na biblioteca do colégio. Ler, infelizmente, não ajudava a pagar pela comida. Mesmo antes de chegar à adolescência, a beleza de Gabriela era evidente. Duas ou três vezes, Dona Ondina recusou ofertas de aliciadores de prostitutas, que prometeram dinheiro na mão e um telhado novo. Aos 16 anos, Gabriela começou a ajudar nos serviços da mãe, fazendo faxinas em casas burguesas, onde foi constantemente assediada. Perdeu a virgindade com um daqueles filhinhos de papai, que a levou a um motel lindíssimo, pagou um xis-búrguer depois do sexo e disse que era melhor Gabriela não fazer mais faxina na sua casa.

Dona Ondina tossia bastante. Foi no posto de saúde: tuberculose. Desnutrida e doente, não conseguia mais trabalhar. Gabriela ampliou seus esforços. Saía de casa às seis da manhã, de modo a encaixar duas faxinas no mesmo dia. Numa manhã de dezembro, a caminho da parada de ônibus, topou com um sujeito que enfrentava imensas dificuldades para retirar sozinho um banco de madeira da caçamba de uma caminhonete Pampa tão enferrujada que parecia prestes a se desmanchar. Num impulso, sem dizer coisa alguma, correu e ajudou o rapaz a colocar o banco na calçada. Geraldo encarou-a, desconfiado, e resmungou um "obrigado". Conversaram rapidamente em frente ao prédio que, alguns meses depois, seria a Igreja da Fé Redentora.

A partir daquele dia, sempre de manhãzinha, Gabriela e Geraldo conversavam por alguns minutos. Ele demorou a contar seus planos, mas ela estava tão curiosa com a reforma, insistiu tanto, que Geraldo abriu o bico. Nos finais de semana ou quando não havia faxina marcada, Gabriela tornava-se ajudante de obras. Ao lado do futuro bispo, botou abaixo paredes internas, lixou e pintou a fachada, e chegou a dar ideias sobre o funcionamento dos cultos, a partir da leitura de obras sobre messianismo evangélico[2]. Gabriela descobriu que havia duas estratégias recorrentes para conseguir fiéis e fazer dinheiro: atuar dentro das cadeias, ou acolher drogados. Geraldo queria ficar longe de presidiários, mas a segunda opção parecia bem atraente. Novos planos foram traçados, enquanto o prédio, pouco a pouco, adquiria uma aparência respeitável.

Tudo isso sem trepadas. Nem beijos. Sequer carinhos. Geraldo não tinha mais vida sexual. A traição de Jéssica acabara com sua libido. A maré começou a se inverter num final de tarde de domingo. Estavam suados, cansados, mas felizes, depois de colocar a porta que separava o modesto escritório do grande salão de cultos. Gabriela tomou a iniciativa segurando a mão de Geraldo e colocando-a sobre seu coração, que batia forte. Com a mão sobre o seio quente e acolhedor, Geraldo ressuscitou. Transaram no chão em meio à caliça. Foi intenso. Tomaram banho juntos debaixo de um cano nos fundos do prédio. Água forte, límpida, que jorrava em fluxo poderoso, um discurso líquido unívoco como a palavra de Deus, e não um amontoado de palavras ao vento, espalhadas por um chuveiro qualquer. Casaram-se secretamente, apenas no civil, no mesmo dia em que a Igreja foi inaugurada. No primeiro culto, Dona Ondina e algumas amigas ocuparam

---

2 Como ensina Ronald Wright, em *Uma breve história do progresso*, "o cristianismo em geral é uma fé altruísta, mas essa sua derivação é ativamente hostil ao bem público: um tipo de darwinismo social defendido por pessoas que odeiam Darwin."

os bancos da frente. O irmão de Geraldo, Dionísio, então com 13 anos, ficou bem atrás, detestando estar ali. Geraldo não se importou com o público modesto. Seguindo fielmente as dicas originadas das experiências empíricas do bispo Gigante Cássio, lapidadas pelos conselhos mais intelectuais de Gabriela, prometeu uma vida mais feliz, com mais prosperidade, livre do Demônio, se as palavras de Jesus fossem seguidas e a frequência à Igreja fosse constante.

★★★

Nove anos depois, enquanto nós esperávamos pelo retorno de Giselle, Gabriela estava deitada na cama, de camisola estampada com ursinhos, lendo o romance *Balada para as meninas perdidas*, de Vange Leonel. Geraldo entrou no quarto ainda vestido como bispo, mas já sem a gravata, com dois cálices grandes de vinho nas mãos.

"Sexta-feira, graças a Deus."

Entregou uma taça para Gabriela, que ficou surpresa.

"É dos bons. Dos muito bons", garantiu Geraldo.

"Obrigado."

"E tem mais."

Abriu uma gaveta e retirou dois pacotes pequenos, embalados para presente. Deu os pacotes para Gabriela. Tomou um gole grande do vinho enquanto Gabriela abria o primeiro pacote. Era um *body*, rendado, preto e sensual. Gabriela o examinou, cada vez mais surpresa.

"Gostou? Abre o outro."

Gabriela abriu o segundo pacote. Era uma máscara, não muito diferente das que Maria e Madalena usavam quando foram transar com Geraldo no hotel. Gabriela examinou a máscara sem entender bem as intenções de Geraldo.

"Pra que isso?"

Geraldo colocou um joelho sobre a cama e aproximou-se de Gabriela.

"Pra minha mulher, que já é linda com essa camisola de ursinhos, ficar mais linda ainda. Vou te contar uma fantasia que eu tinha quando era adolescente e via os filmes do Batman: eu queria transar com a Mulher-Gato."

"Nós saímos da adolescência faz tempo."

Geraldo beijou o pescoço de Gabriela, que não reagiu.

"Nem tanto tempo assim."

Gabriela resolveu colaborar: ao que tudo indicava, não havia outro caminho.

"Tudo bem, eu vou me fantasiar, mas vou te pedir uma coisa que também vai contribuir pra saúde da nossa vida sexual."

"Qual é a tua fantasia, Mulher-Gato?"

"Não tenho fantasias. Eu só quero que o Alberto saia da nossa casa. Daqui a pouco ele chega e vai ficar bem ali." Apontou para a parede sem janelas do quarto. "Ele pode nos ouvir."

Geraldo irritou-se

"Ouvir o quê? Os vídeos idiotas que tu fica assistindo no celular antes de dormir?"

Gabriela levantou-se da cama com os presentes na mão.

"Não vamos brigar. É sexta-feira. Espera um pouco."

Gabriela saiu do quarto e voltou pouco depois, já vestindo o *body*, uma meia sete-oitavos preta e a máscara sobre o rosto. Geraldo, deitado na cama, só com a calça, aplaudiu, cuidando para não fazer muito barulho. Gabriela deu uma volta para mostrar todo o corpo. Quando completou o movimento, perguntou:

"E agora?"

"Agora o quê?"

"O que a Mulher-Gato faz?"

Geraldo levantou-se.

"Agora o Batman vai mostrar pra Mulher-Gato quem manda em Gothan City."

Abraçou Gabriela por trás e apalpou seu corpo com certa agressividade. Gabriela sentiu repulsa, mas disfarçou. Geraldo beijou-a na nuca e depois mordeu, com força suficiente para deixar uma marca. Gabriela deu um passo à frente e livrou-se do marido.

"O que foi?", disse ele.

"Nada. Só vai com calma."

"Calma?"

"É. Tu tava me machucando."

"Eu não tava te machucando porra nenhuma."

"O corpo é meu. Eu é que sei se tava doendo ou não."

Geraldo vestiu sua camisa e pegou as outras roupas ao lado da cama.

"O corpo é teu. Todo teu. Pode ficar com ele. Inteirinho pra ti. Não quero mais teu corpo. E não quero mais ver essa tua cara."

Gabriela tirou a máscara.

"Mas vai ver. Não sou gata, não sou cadela. Eu sou uma mulher."

"Eu sei. Tu era a minha mulher. Uma mulher maravilhosa. Me acompanhava, tinha ambição, gostava de trepar, de inventar novidades. Agora tu é uma velha cheia de celulite, de regras e dores. Tira a roupa e vai te olhar no espelho! Eu me esforcei. Deus sabe que me esforcei: fui na loja, gastei uma grana, trouxe o vinho, imaginei uma noite maravilhosa com a minha mulher, uma Mulher-Gata. Mas agora não tem fantasia que resolva. Só tem a Gabriela na minha frente."

Geraldo saiu do quarto. Gabriela pegou seu cálice de vinho e tomou tudo de uma só vez.

3.10. Sem explicação

Gostaria muito de saber por que marquei um encontro com Heitor. Se queria sexo, dando uma folga para a vitamina de besouros, seria muito mais fácil (e mais seguro) procurar um jovem bem saudável, cheio de energia. Já fizera isso algumas vezes. Heitor tinha uns 70 anos e estava com cabelos brancos. Se pretendia apenas matar a saudade de um amor do passado, teria sido melhor fazer uma chamada em vídeo, ver seu rosto, ouvir sua voz, dar as explicações que eu tinha inventado e, ao final do papo, esquecê-lo de vez. Me recuso a acreditar que me aproximei dele por prever que ele seria útil para um objetivo futuro.

As Willis não têm poderes adivinhatórios. Enfim: acho que foi no impulso mesmo, sem porquês.

Ele sugeriu um bar-café na rua Fernandes Vieira. Estava numa mesa ao fundo e acenou para mim. Havia uma cerveja à sua frente. Sentei-me e, com um gesto, pedi um copo à atendente. Heitor balançou a cabeça e proclamou:

"Agora eu tenho certeza: é um milagre."

"Não é. Eu marquei contigo justamente pra explicar aquele mal-entendido na loja."

"E tem explicação?"

Claro que eu tinha. Era só adicionar alguns detalhes de hereditariedade à última narrativa de minha vida criada por Mirtha e já estrategicamente espalhada pelas redes. Achava, naquele momento, que esses pequenos acréscimos seriam rapidamente esquecidos por Heitor e nem valeria a pena informá-los a Mirtha. Meu copo chegou, e eu tomei um gole antes de começar.

"A minha avó, que se chamava Ísis, tinha uma irmã gêmea, a Irina. Elas eram idênticas. Foi a Irina, minha tia-avó, que o senhor conheceu, em 68 ou 69, em Berkeley. Minha mãe me mostrou uma foto das duas juntas, e eu sou mesmo bem parecida com a tia. Bem mais parecida que a minha mãe, por exemplo. Eu estou com a mesma idade da tia Irina quando vocês se conheceram. Meu nome é Iolanda Cavani, nasci em Caxias do Sul, mas moro há algum tempo em Camberra, na Austrália. Estou visitando uma amiga aqui em Porto Alegre"

"Eu sou biólogo, entendo um pouco de genética, e continuo achando que é um milagre."

"O senhor é um cientista ou um crente?"

Heitor respirou fundo.

"Desculpe. A sua tia está viva?"

"Não. Morreu ainda jovem, quando estava trabalhando numa universidade da Bélgica."

"Pena."

Heitor ficou olhando para mim por um bom tempo, sem falar nada. Enquanto isso, eu bebia cerveja.

"Meu nome é Heitor. Prazer."

Ele estendeu sua mão. Eu imaginava que esse momento chegaria e me preparei para ele. O contato teria que ser breve, de preferência brevíssimo; porém, sem demonstrar asco ou medo. Não é difícil quando a mão estendida pouco significa do ponto de vista afetivo. A de Heitor significava. Mas me saí bem. Apertamos as mãos por dois segundos inteiros. Heitor recolheu seu braço lentamente e ficou olhando para o copo de cerveja, como se eu não estivesse mais ali.

"Obrigado por vir me encontrar", finalmente disse. "Eu não consigo dormir de noite. Sou viúvo, aposentado, meus filhos estão espalhados pelo mundo. Às vezes me sinto bem sozinho. E essa lembrança da Irina voltou com uma força terrível desde que te vi na loja de discos. Para mim, vocês são a mesma pessoa. O que eu posso fazer?"

"Tem uma coisa que o senhor pode fazer."

"O quê?"

"Pedir mais uma cerveja."

Heitor obedeceu.

★★★

Éramos os últimos clientes. Nossa mesa abrigava uma garrafa de cerveja vazia (a sétima da noite), copos, pratos e outros sinais de uma conversa regada a álcool e comidas de boteco. O garçom, com cara de sono, levou a garrafa e Heitor tentou fazer sinal de que queria mais uma. Eu detive seu gesto e disse para o garçom:

"A conta, por favor."

"Já?", disse Heitor.

"É o jeito. Ou vamos ficar presos aqui. O cara já ameaçou baixar a grade duas vezes."

"E tu não ia querer ficar presa aqui com um velho."

"Foi bom, Heitor. Eu gostei de ouvir as histórias da minha tia."

"Espero que eu não tenha sido..." Demorou para encontrar a palavra: "Íntimo demais. Mas, com a Irina, os detalhes é que faziam a diferença."

"Eu entendo. Tu veio de carro?"

"Vim."

"Mas obviamente não tem condições de dirigir. Vou pedir um Uber e te deixo em casa."

"Boa ideia."

★★★

Ajudei Heitor a sair do carro. Ele, meio trôpego, apontou para uma casa próxima.

"Eu moro ali. Obrigado pela noite ótima."

Abaixou-se para falar com o motorista. Enrolou um pouco a língua enquanto dizia:

"Leva essa moça em casa com toda a segurança, hem?"

Deu um tchauzinho com a mão. Abanei de volta, de uma forma quase infantil.

"Tchau, minha querida", disse ele.

A seguir, deu um passo na minha direção, pegou minha mão e, num gesto mais carinhoso que sensual, a beijou. Senti a energia fluir numa onda violenta. Heitor cambaleou. Tive que segurá-lo para evitar um tombo, mas deixei de encostar nele o mais rápido possível. Ele logo se aprumou da melhor maneira que pôde e disse:

"Não é fácil ser velho. Eu vou te explicar uma coisa: Peter Pan é um completo idiota porque parou de envelhecer cedo demais. Uma criança eterna é um monstro. Mas imagina deter a entropia do organismo com vinte e poucos anos, a idade que eu e Irina tínhamos quando nos conhecemos. E ter milhares de noites pela frente, apaixonados, com toda a energia do mundo." Fez uma pausa. "A gente só teve uma."

Me deu as costas e andou devagar na direção da casa. Fiquei observando cada passo, temendo que ele caísse. Abriu a porta, entrou e desapareceu. Eu disse para o motorista:

"Pode encerrar a corrida. Boa noite."

O carro partiu.

★★★

Era um sobrado antigo, mas bem conservado. Não poderia hesitar mais que alguns minutos, pois com certeza Heitor estava prestes a desabar e dormir. Apertei a campainha. Ele demorou. Quando a porta abriu, Heitor segurava um copo com água. Não consegui quantificar todas as suas emoções, coisa que geralmente faço com certa facilidade. Havia surpresa, contentamento e – aí estava a minha dúvida – alguma dose de medo. Não exatamente de mim. Talvez do desconhecido. Ele não me convidou a entrar imediatamente, por isso pensei que o temor fosse bem grande. Contudo, de repente, ele deu um passo para trás e disse:

"Entra, Iolanda."

A sala era ampla e mobiliada com bom gosto. Ele passou por mim e subiu a escada. Eu o segui. Entramos num quarto com cama de casal. Eu tirei minha roupa e deixei que me olhasse à vontade. Deitei-me na cama. Ele tirou sua roupa e deitou-se também. Não parecia mais bêbado. Transamos com suavidade. Depois que teve um orgasmo, ele disse, baixinho:

"Obrigado."

Toquei suas pálpebras com as pontas dos meus dedos e fiz com que se abaixassem. Pensei que ele dormiria logo, mas pediu:

"Fica mais um pouco, por favor."

Esse um pouco com certeza seria fatal. Fiz um carinho no seu rosto e disse:

"Não posso."

Levantei-me, me vesti e olhei para aquele senhor de cabelos brancos que um dia eu amara. Dormia em posição fetal. Pele flácida, algumas manchas escuras nos braços e nas pernas, um início de calvície no cocuruto que ele disfarçava quando desperto, mas ficava explícito naquele ângulo. Saí bem silenciosamente.

3.11. Como se eu fosse Nelson Rodrigues[3]

Quando Greta acordou, no dia seguinte, Joaquim já tinha saído. Não voltou para o almoço. Greta imaginou que queria evitá-la. Só apareceu na hora do jantar e mal respondeu às perguntas da avó sobre suas atividades. Enquanto a massagem habitual acontecia, ele deu boa noite e disse que iria ler um pouco em seu quarto. Antes das dez, Greta também tinha se recolhido. Roupas de cama novas. Um odor de lavanda no ar. Não estava muito quente, mas Greta achou os lençóis tão macios e convidativos que tirou toda a roupa para dormir. Abriu seu caderninho, pegou uma caneta e tentou escrever alguma coisa. Nada. Qualquer palavra parecia artificial e inútil. Rezou dois pais-nossos e apagou a luz.

Às três da manhã, acordou terrivelmente excitada. Com certeza tivera um sonho sensual, mas não conseguia lembrar detalhe algum. Levantou-se, colocou uma camisola larga de algodão emprestada por Lourdes e saiu do quarto com a intenção de ir até a cozinha tomar um copo d'água. Era o que diria se encontrasse alguém no caminho. Tomou a água e, como se não estivesse mais no comando de suas pernas, levitou qual Nosferatu até a porta do quarto de Joaquim. Espalmou a mão na madeira e fechou os olhos. Greta sabia que uma Willi não consegue absorver energia à distância. Se pudéssemos, nossa vida seria bem mais fácil. A fome erótica de Greta, no entanto, era muito grande, e ela fantasiou essa capacidade. Uma criança brincando de ultrapassar os limites.

Por alguns minutos, nada aconteceu. Greta estava prestes a voltar quando, num pequeno movimento do tronco, como se fosse um adeus, apoiou o ombro direito na porta. A mudança do equilíbrio sob

---

[3] "Asfalto selvagem: Engraçadinha, seus amores e seus pecados" (originalmente publicado como folhetim em 1959) foi o primeiro livro de Nelson Rodrigues que li. Escondida de meus pais, é claro, que com certeza o considerariam pornográfico. E parecia mesmo: na capa havia o desenho de uma mulher deitada só de calcinha. E a calcinha estava parcialmente desamarrada! Peguei emprestado de uma colega de escola, que o tratava como um segredo de Estado. Para mim, foi uma bela aula sobre erotismo e hipocrisia. Ficaria maravilhada se algum leitor deste relatório percebesse uma relação, mesmo que tênue, dos parágrafos que se seguem com a obra rodrigueana. Pensando bem, que imensa pretensão...

seus pés (agora a perna direita sustentava mais o peso de seu corpo), provocou um estalo no velho madeirame do piso. Um ruído breve. Suficiente, porém, para dar início a uma série de sons vindos do lado oposto da porta. O estrado da cama rangendo, um frufru de tecidos sendo movimentados e uma sucessão de passos cada vez mais altos eram evidência inequívoca de que Joaquim andava na direção da porta.

Greta recolocou a mão sobre a madeira. Mais uma vez, mentiu para si mesma que pretendia impedir a abertura da porta. Sabia que agora poucos centímetros de madeira a separavam da mão de Joaquim. O transporte de energia começou: era uma onda poderosa, que percorreu seu braço e inundou o corpo inteiro. Só sentira algo semelhante na primeira vez que Alberto segurou e beijou seu seio. Viu, na penumbra, as fotos familiares que decoravam as paredes do corredor. Então grudou todo seu peito na porta, como se quisesse penetrá-la. Experimentou a força de uma segunda onda selvagem de energia, ainda mais poderosa que a primeira. Começou a levar a mão direita ao púbis e ouviu, vindo do quarto, um gemido. Dessa vez era alto, impudico, quase obsceno. Aquilo a assustou. Imaginou Dona Lourdes saindo do quarto, que ficava a poucos metros, e vendo-a naquela situação. Num supetão, afastou-se. Trancou-se no próprio quarto e sentou-se no chão, sentindo um calor tão insuportável que retirou a camisola. Respirou fundo. Pronto! Achou-se corajosa. Tinha resistido. Merecia dormir o sono dos justos.

Ouviu, contudo, rangidos no piso do corredor. Cada vez mais fortes. Cada vez mais próximos. Levantou-se. Viu o trinco da porta abaixar-se. Se não tivesse usado a chave, Joaquim estaria com ela. Grudou o corpo na porta, sem saber se estava negando-se ou oferecendo-se.

"Abre", sussurrou Joaquim.

"Não."

"Por favor".

"Não posso."

O trinco abaixou-se outra vez. Greta olhou para a chave. Bastaria um pequeno giro. Tocou na chave. Imaginou o rosto de Joaquim no outro lado da porta, desejando-a. Não devia ter imaginado, pois ele logo transmutou-se no rosto de Alberto na última vez que se beijaram, no dia anterior ao casamento. O desejo de seu noivo também era imenso, mas legítimo, abençoado, iluminado como o céu límpido de uma manhã de primavera. Não podia trocá-lo pela escuridão daquela madrugada, que falsamente prometia ocultar seus atos. Deus estava vendo. Sempre estava vendo.

"Me desculpa", murmurou.

Deu um passo para trás, pulou na cama a cobriu-se inteiramente com o lençol. Não dormiu mais. Plena de energia, rezou para a Virgem Maria até que viu as primeiras luzes da aurora através do tecido fino do lençol.

3.12. Quatro túmulos e nenhum casamento

Conforme prometido a Otávio, Dona Rosa recolhera informações sobre os túmulos que tiveram suas fotos roubadas. Anotara tudo, com caligrafia caprichada, num pequeno bloco que agora segurava aberto em uma das mãos. Com a outra, apontou para o primeiro jazigo da turnê funerária, que planejara em detalhes para impressionar o policial tão simpático, e informou:

"Margot dos Santos. Natural do município de Canoas. Bailarina. O enterro foi dia 20 de dezembro de 2018. Eu lembro bem porque o jazigo é de uma senhora conhecida aqui de Porto Alegre que pagou todas as despesas. A família da falecida não tinha recursos."

"Qual era a relação dessa senhora com a falecida?", perguntou o inspetor.

"Isso não consta nos registros."

"E o nome dessa senhora?"

"Adriana alguma coisa, agora não lembro. Mas é fácil de descobrir."

Na próxima parada, em outra alameda, menos de vinte metros distante, Dona Rosa anunciou:

"Irina Chaves. Era natural de Porto Alegre. Enterro dia 25 de junho de 1967. Formada pela Universidade Federal em Biologia.

Morreu nos Estados Unidos. A família fez o translado do corpo pra cá. Eu comecei a trabalhar aqui dois anos depois."

"Tem o endereço de alguém da família?"

"Pai e mãe com certeza já morreram, e acho que ela não teve filhos. Posso tentar descobrir se há algum irmão ou sobrinho ainda vivo. Mas não garanto."

Nova caminhada. Agora o túmulo era um pouco mais longe, uns cinquenta metros.

"Aqui são duas irmãs: Maria e Madalena. O sobrenome é Capitelo. Pobrezinhas, morreram num tumulto horrível no Bom Fim, em 1985. Uma tinha dezenove, e a outra tinha dezessete. Na época, todos os jornais publicaram. O senhor deve se lembrar."

"Não lembro. Mas vai ser fácil achar nos arquivos."

"Pelo que vi, todas morreram bem jovens", observou Otávio.

"Sim", confirmou Dona Rosa. "Essa parte é bem triste. Mas o destino é assim, não é? Ninguém tem garantia de vida longa."

Finalmente, pararam em frente a um túmulo que Otávio já conhecia: o mais antigo e misterioso.

"A lenda desse túmulo, eu já contei", disse Dona Rosa. "O senhor deve lembrar: o enterro aconteceu há mais de cem anos, a foto foi roubada quatro vezes e a página com o registro desapareceu. Mas o jazigo é perpétuo. A ossada vai ficar aqui pra sempre."

"Pelo que lembro, a falecida tinha mais de cinquenta anos."

"É isso que eu ouvi."

"Então não se enquadra no perfil dos outros túmulos, a não ser pela foto roubada."

"É verdade. O senhor quer ir no túmulo da Giselle? A foto ainda não foi colocada de novo."

"Não. Esse eu já conheço bem."

"Certo." Baixou a cabeça antes de prosseguir. "Vou confessar uma coisa... Estou meio envergonhada."

"Pode falar, Dona Rosa."

"Se o senhor andar por aí, vai achar muitos outros túmulos sem fotos. De homens e de mulheres. E as falecidas têm idades variadas.

Acho que... Na verdade, as que nós vimos estão perto uma da outra por coincidência. Fiz o senhor perder tempo."

"Não. De jeito nenhum."

"Eu fico assim... Contente de ter com quem conversar. Esse meu serviço é meio solitário."

"Eu entendo."

Dona Rosa, mais animada, anunciou:

"Em compensação, consegui uma coisa que o senhor me pediu."

Sacou três fotos amareladas no bolso e entregou-as para Otávio.

"Minha amiga pegou emprestado no Museu. Tenho que devolver amanhã de tarde. Esses são os únicos retratos que ela achou das décadas de 10 e 20. São bonitos, o senhor não acha?"

Otávio examinou as fotos, todas de mulheres. Na primeira e na segunda, as poses são tradicionais, de frente. Na terceira foto, contudo, a jovem mulher está de lado, olhando para a câmera, com o rosto um pouco levantado.

"Posso levar? Devolvo amanhã de manhã. Eu posso pedir mais uma coisa pra sua amiga?"

"Claro. Mas só se o senhor for tomar um café lá na minha casinha."

"Com certeza, Dona Rosa, com certeza."

3.13. Dois ex

A aproximação entre o ex-noivo Alberto e o ex-policial Otávio foi rápida e evoluiu até virar quase uma amizade. Eles eram diferentes em tudo, mas havia algo em comum: atravessavam um momento difícil e tentavam viver um dia depois do outro, na esperança de encontrar tempos melhores. Sem que soubessem, ambos tinham experimentado o poder das Willis, mesmo que por pouco tempo. Otávio conversara com Mirtha, enquanto Alberto experimentara a sedução de Madalena. Não passaram ilesos por essas experiências.

O inspetor não estranhou quando Alberto pediu sua ajuda. Tinha certeza que aquele rapaz, cedo ou tarde, teria problemas com seu patrão picareta. Encontraram-se na recepção do hotel. Otávio mostrou sua credencial para o gerente, que os levou para a sala do sistema de segurança, cheia de monitores de vídeo. Pediram para ver a gravação da câmera do hall de entrada, e Alberto indicou o dia e a hora informados por Geraldo.

Os três homens observaram a tela. Por um tempo, nada aconteceu. Então Maria e Madalena entram em quadro, ambas usando grandes óculos escuros.

"Devem ser elas", disse Alberto.

As irmãs levaram apenas três segundos para cruzar a tela e sair de quadro.

"Com esses óculos, vai ser difícil identificar", disse Otávio. "Mas com certeza são bonitas."

"E isso é crime?", disse o gerente, mal-humorado.

"Vamos ver as câmeras do elevador", solicitou Otávio.

"Elas subiram pela escada. Dá pra ver pelo ângulo que elas saíram do hall."

Foi bem mais difícil localizar o momento em que elas saíram do hotel. Após uma busca enfadonha, viram Maria e Madalena fazendo o caminho inverso da chegada, mas agora de costas para a câmera. Nada aproveitável.

"Vamos dar uma olhada no registro de entradas e saídas", disse o inspetor.

"Se elas subiram direto, não tem registro", explicou o gerente.

"Isso não é ilegal? Elas não tinham que dar o nome e mostrar a identidade?"

"Vou repetir a minha pergunta: aconteceu algum crime? O que o senhor está investigando, exatamente?"

"Prostituição."

"Que eu saiba, isso não é crime."

"Aí depende. Se for uma rede organizada, é rufianismo. Quem facilita, ou se aproveita da prostituição, ou fica com parte dos lucros, pode pegar de um a quatro anos de cana."

"Isso é uma ameaça?"

"Eu só respondi a tua pergunta."

O celular do gerente emitiu um sinal. Ele observou a tela por alguns segundos e depois encarou Otávio.

"O senhor não é mais policial! Pedi pra verificarem na delegacia."

"Eu sou policial há mais de vinte anos."

"Mas foi aposentado."

"Um pequeno detalhe."

"Saiam daqui. Eu chamo isso de fraude e falsidade ideológica. Vocês vão se dar muito mal."

★★★

"Não te preocupa com esse idiota. Eu falo com o delegado e ajeito tudo", garantiu Otávio, assim que saíram do hotel, escoltados por dois seguranças.

"Não tô entendendo. O senhor não tá mais na polícia?"

"É uma situação passageira."

"Eu não devia ter pedido esse favor. Nem te expliquei direito quem são aquelas duas."

"Então tu sabe quem elas são?"

"Não. Eu preciso saber quem mandou elas virem."

"Tem mais de vinte agências de putas bacanas em Porto Alegre. Não vai ser fácil. E elas trocam de nome sem parar. É a putaria de sempre. Era tu que tava esperando por elas no quarto?"

"Claro que não! Era um conhecido meu."

"Esse conhecido tem alguma queixa? Ele foi lesado?"

"Não. Ele só queria... Fazer contato com elas. É importante."

"Tudo bem. Cada um com seus problemas. A gente fez o que pôde."

"E eu agradeço."

"Um dia desses também vou te pedir um favor."

"Claro."

"Quer tomar uma cerveja?"

"Não. Tenho trabalho amanhã cedo."

"Acho que tu trabalha demais e te diverte muito pouco."

3.14. Manhãs seguintes

O café da manhã no sítio costumava ser farto. Giselle normalmente não comia muito, enquanto Joaquim consumia uma quantidade absurda de pães, cucas, queijo colonial e doces feitos em casa. Naquele dia, Dona Lourdes e Giselle cansaram de esperar por Joaquim e começaram a refeição sozinhas. Giselle colocou café e leite em duas xícaras. Pegou uma fatia de pão e perguntou:

"A senhora quer chimia de uva?"

Lourdes tirou a fatia da mão de Giselle.

"Sou velha, mas não sou inválida. Me passa a de morango."

Giselle obedeceu. Lourdes perguntou:

"Dormiu bem?"

"Dormi."

"É estranho. O Joaquim sempre é o primeiro a acordar nessa casa. Vocês ficaram conversando até tarde?"

"Não. Eu fui dormir antes das dez."

"Tô preocupada. Por favor, vai lá e bate na porta do quarto. Ele pode estar doente."

Giselle hesitou por alguns segundos.

"Vai, menina."

Giselle levantou-se e saiu da sala. Lourdes parou de comer e espichou o ouvido. Nada conseguiu escutar. Giselle voltou.

"Tá tudo certo. Ele já vem."

Joaquim logo apareceu, com cara de sono, e sentou-se na mesa.

"Podia ter lavado o rosto", observou Lourdes.

"Desculpa, vó."

Joaquim olhou para Giselle, que se concentrava em comer, com o rosto voltado para a mesa.

"Ficou lendo de madrugada?", disse Lourdes. "Eu já te disse que faz mal pra vista."

"É."

"Tu tá pálido."

"Impressão tua, vó."

Lourdes duvidou do neto, mas apenas o observou fazer um sanduíche enorme de queijo e chimia.

★★★

Quando eu transo, o que é relativamente raro, na manhã seguinte me sinto como se tivesse comido uma dúzia de escaravelhos (dos grandões). Mesmo com energia pra dar e vender, tento agir normalmente. Mirtha, no entanto, me conhece bem demais. Entrei no escritório com um copo de vitamina de morango na mão (pra ajudar a disfarçar) e sentei-me ao lado dela. Mirtha examinava uma de suas câmeras antigas. Assim que me viu, disse:

"O que houve?"

"Nada. Por quê?"

"Teu rosto. Tá mais corado. Teus olhos tão mais vivos. Até o teu cabelo tá mais brilhante."

"Impressão tua, Mirtha."

Mirtha pegou meu copo e tomou um gole da vitamina. Depois tocou em meu braço, como se pudesse medir alguma coisa em minha carne.

"Tu transou com alguém!"

"Não!"

"Essa vitamina não tem besouros. Com quem foi? E tu conseguiu parar?"

"Não enche, Mirtha!"

"Não é um bom momento pra matar alguém."

"Eu sei. É por isso que eu vim falar contigo. A morte da Margot é muito recente e agora ela tá circulando sem parar por aí. Tu tem que trazer a Giselle de volta."

"É. Tô pensando nisso. E tem o policial. Nós temos que sair da cidade. Nem que eu leve a Giselle comigo."

"Puxa ela, Mirtha. Hoje."

Mirtha assentiu.

"Tu vai ter que me ajudar com esse cara."

★★★

Geraldo levou Alberto para tomar café da manhã no Minimercado Santo Expedito. Assim podiam conversar "de homem para homem", enquanto Gabriela tomava banho.

"Nada. Não tem registro nenhum", disse Alberto. "E elas tavam de óculos escuros quando entraram no hotel. Não vi os rostos."

"Primeiro de óculos, depois de máscara. São putas secretas!"

"É."

"Caralho! Temos que achar a doadora. Ela tava decidida. Algum parente deve ter se atravessado. Algum sanguessuga filho da puta que não quer deixar ela abrir a mão. Lembra do filho daquela velha do quarto distrito que ia nos doar um puta terreno? Deve ser a mesma coisa."

"Eu tenho uma sugestão."

"Ótimo."

"Sabe quem me ajudou a ver os vídeos do hotel? Aquele inspetor Otávio. O gerente não queria mostrar, mas ele deu um jeito."

"Esse filho da puta foi afastado, nem tá mais na polícia."

"Pois é. Mas ele me ajudou. Ele é bom e deve tá precisando de grana."

3.15. O diabo saiu, mas quer voltar

Talvez Maria e Madalena se assemelhassem mais quando eram jovens de verdade, lá na década de 1980. Agora, depois de viverem como Willis por mais de 30 anos, é evidente que cada uma seguiu um caminho e forjou sua própria maneira de ver o mundo e as pessoas. Maria opera em alta tensão. É inflexível, inconfiável, às vezes insuportável. Seu confronto quase diário com Mirtha, para seguir nos adjetivos terminados em "vel", é inevitável. Madalena funciona em outra voltagem. Mais suave, mais agradável, mais disposta a colaborar com nosso clã, contanto que ninguém se meta com Maria. Porém,

Madalena não é frágil, tampouco submissa. Tem seus próprios objetivos, nem sempre revelados. Como é menos previsível que a irmã, de certo modo é mais perigosa. A relação com Gabriela foi um bom exemplo de sua independência.

Na primeira vez que fomos à Igreja da Fé Redentora, escolhemos a hora do culto, e foi impossível para ela aproximar-se da esposa do bispo. Um dia depois, porém, deu mais sorte. Ao entrar no templo, viu Gabriela sozinha, perto do altar, limpando a área em que normalmente as pessoas caíam no chão nos rituais de exorcismo. Madalena sentou-se no último banco, uniu as mãos e fingiu rezar. Gabriela, assim que a viu, caminhou em sua direção, fazendo os saltos das sandálias ressoarem no prédio de paredes nuas e demasiado reflexivas. Madalena tirou os óculos e perguntou:

"Lembra de mim?"

"O diabo da luxúria."

"O diabo saiu do meu corpo, mas quer voltar."

"Isso acontece às vezes."

"Tem alguma coisa que eu possa fazer?"

"Vamos conversar. Mas não aqui."

Sentaram-se no banco de uma praça próxima, protegidas pela sombra de uma figueira. Talvez Gabriela fosse seduzida mesmo que Madalena não fosse uma Willi. Só demoraria um pouco mais.

"Eu não quero atrapalhar teu trabalho", disse Madalena. "Mas tava há tempo querendo te ver de novo."

"Não tem problema. A gente tá ali pra ajudar as pessoas. Pelo menos eu tento."

"É que... Eu sinto que posso confiar em ti." Fez uma pequena pausa. "E não sou de confiar."

Gabriela segurou a mão de Madalena. Imediatamente sentiu sua energia sendo absorvida. Depois da surpresa inicial, só restou o gozo. Madalena soltou-se, num gesto delicado, mas decidido.

"Que foi?", disse Gabriela, desapontada. "Ficou com medo de mim?"

"Não. Mas tu devia ter de mim. Ou não tem medo do diabo?"

"Acho que o diabo não tem nada a ver com isso. Tu devia procurar um psicólogo."

"Pensei que era para eu entregar tudo nas mãos de Deus."

"Nem sempre Deus é o melhor caminho." Fez uma pausa. "Tô um pouco cansada Dele."

"Por quê?"

"Ali no templo, não sei mais o que é de verdade e o que a gente inventa."

Madalena colocou suavemente sua mão no ombro de Gabriela. Assim podia controlar, pelo menos parcialmente, o fluxo de energia. Não deu muito certo, pois ele voltou com grande potência. Gabriela não conseguiu evitar uma tomada de ar profunda, seguida de um suspiro nada discreto. Madalena retirou a mão e disse, em tom de brincadeira:

"Geralmente quem não separa o real da fantasia é que precisa tratar da cabeça. Quem sabe vamos juntas?"

"Sabe o que é real?", disse Gabriela. "Real mesmo? O que eu sinto quanto a gente se toca."

Dessa vez, uniram as mãos com firmeza, e o contato permaneceu por mais de três minutos. Se não estivessem num banco de praça, teriam se beijado. Finalmente, temendo não se conter, Madalena se soltou e disse:

"Não sei se isso é certo. Tu é casada."

"Eu casei com o Geraldo porque não tinha alternativa", disse Gabriela. "Até gostava dele no começo. Pensei que estava apaixonada. E ele resolveu muitas coisas para mim e para a minha mãe. Agora é uma tortura."

"A gente não pode ficar aqui. Vamos sair."

"Pra onde?"

★★★

Era a primeira vez de Gabriela com uma mulher. No motel, Madalena comandou as ações com naturalidade e levantou-se da cama quando achou que estava na medida. Gabriela protestou debilmente, cansada demais para lutar. Cobriu-se com o lençol e disse:
"Tu é uma menina. Mas sabe tanto..."
Madalena já se vestia.
"Não sou tão menina assim."
"Teu corpo é de mulher, mas teu rosto é de menina. É incrível como tu me passa muita paz. Tudo que parecia importante não parece mais. Se eu morresse agora, morria feliz."
"Tu não precisa morrer."
"Tu me entendeu. Me entendeu desde que a gente se viu naquele altar."
"Que exagero."
"Não. De jeito nenhum. Sabe o que acontece? Cada vez que eu vou pra cama com o Geraldo eu tenho que preparar uma fantasia. Pra mim, não pra ele. E tá cada vez mais difícil. Contigo, não tem fantasia. Não tem nada me disfarçando. Só tem o meu corpo. Só eu. Só tu. Só nós."
Gabriela retirou o lençol que a cobria e ficou encarando Madalena, que por um segundo considerou voltar para a cama e continuar a transa. Seria ruim. Seria colocar em perigo algo que, bem diferente de suas relações com modelos maluquinhas espalhadas pelo mundo, poderia, quem sabe, trazer algo além de gozo e energia.
"Eu tenho que ir. Descansa um pouco. Vou deixar tudo pago."
E saiu bem rápido. Em cinco minutos, Gabriela estava ressonando.

3.16. Desarquivando

Se o inspetor Otávio fosse um policial comum, provavelmente suas investigações se encerrariam com a ordem direta de seu superior, o delegado Xavier, ou com as dificuldades de tentar entender uma história que misturava mortes aparentemente naturais com personagens escorregadios. Mas havia as fotos. A de Giselle, que tanto o impressionara, as que tinham sido roubadas nos túmulos próximos e a que Rosa resgatara com sua amiga, que tinha certas semelhanças com a de Giselle. Otávio não procurava mais um suposto criminoso. Procurava uma ligação entre imagens e suas emoções. Procurava saber mais, o que é um instinto básico dos seres humanos, especialmente os cientistas, como eu, e os policiais, como ele. Por isso seguiu em frente, rumo a fatos passados que explicassem o presente. Ele tinha pistas tênues, mas sua intuição era forte.

Quanto mais antigo é um arquivo, mais difícil é desenterrá-lo. Para localizar as matérias da Zero Hora sobre o tumulto que levou às mortes de Maria e Madalena em 1985, Otávio não teve muito trabalho. Sabia o que estava procurando e conhecia um repórter do jornal, que lhe devia alguns favores e facilitou a pesquisa, passando por cima das burocracias. Tomou algumas notas e conferiu as imagens da confusão. Havia duas pequenas fotos das meninas. Já no arquivo da Caldas Júnior, foi bem diferente. Primeiro pediram dinheiro. Otávio apresentou-se como policial e, apesar dos olhares inamistosos, conseguiu entrar. Solicitou acesso às edições de 1918 e 1919 para um funcionário com um bigodinho que lembrava Hitler.

"O que o senhor está procurando? Se disser a data, eu tento localizar o exemplar."

"Não sei a data exata", disse Otávio.

"Aí fica difícil."

"Eu preciso de alguém que me ajude a procurar uma coisa específica nesses jornais."

"Eu não posso fazer isso."

"Mas talvez algum amigo teu possa. Ou um estagiário. Ou talvez tu mesmo num horário de folga, no final de semana." Otávio baixou o volume de sua voz. "Eu pago mil reais se a busca der certo. E garanto quinhentos se não aparecer nada. Pago agora."

"O que o senhor tá procurando?"

"O nome de uma fotógrafa, uma mulher que fazia retratos. Ela provavelmente anunciava os seus serviços no Correio do Povo. Era bem comum naquela época."

O candidato a Hitler sorriu. Otávio pegou um envelope do bolso e o passou para o funcionário, que logo desapareceu com ele. Otávio disse:

"Meu celular tá anotado no envelope."

"Pode deixar. Dou notícias em breve."

Otávio resolveu dar uma caminhada até a orla do Guaíba. O médico recomendara exercícios na última consulta. Todos os seus médicos, nos últimos vinte anos, recomendaram exercícios. Nenhum foi obedecido. Agora, contudo – Otávio não sabia exatamente por que – a ideia não parecia tão absurda. Caminhou pela rua da Praia, passou pela frente do QG, coisa que geralmente evitava, e seguiu em frente. O celular vibrou quando passava pela estrutura desativada do Aeromóvel, um antigo sonho de modernidade que virou uma imensa escultura a celebrar um retumbante fracasso tecnológico. Porto Alegre é mesmo demais. Otávio pegou o celular. Ali estava uma mensagem que fez seu coração vibrar, o que era estranhamente agradável.

Foi para casa, tomou banho e fez a barba. Achou uma água de colônia esquecida no fundo de uma gaveta do banheiro e passou o líquido no rosto. Calculou que a colônia tinha uns dez anos, mas esse tipo de coisa não tem data de validade. Já com uma camisa razoavelmente bem passada, examinou-se no espelho. Não gostou do que viu. Colocou outra, mais amassada, com uma estampa de losangos. Melhor. Experimentou diferentes tipos de penteados. Ficou ridículo com todos deles. Voltou ao que sempre usou, repartido do mesmo jeito, de lado. Colocou seu único blazer sobre a camisa, mas desistiu. Não combinavam. Nada combinava. Examinou os dentes. Escovou-os com afinco. Finalmente, sorriu para o espelho. Um sorriso ridículo de um homem ridículo. Decidiu mandar tudo à merda e ficar em casa. Pedir uma pizza e meia dúzia de latões de cerveja. Respirou fundo. Saiu do banheiro, pegou o celular para fazer o pedido. Então viu o registro da última mensagem.

"Puta que pariu! Caralho! Porra!"

E saiu de casa.

★★★

A combinação era a seguinte: Mirtha faria contato sozinha, e eu permaneceria a uma distância segura, acompanhando tudo. Usávamos grandes óculos escuros e nos aproximamos cuidadosamente do local. Mirtha nos deteve a uns 50 metros do mirante. Ficamos protegidas por uma placa de publicidade. Ela apontou para um senhor obeso, de pé, na entrada do mirante.

"Lá está ele."

"Que tipo de camisa é aquela?", perguntei.

"Não sei."

"Ele não parece um policial comum."

"É. Não parece nem um ser humano comum."

Mirtha caminhou rápido na direção de Otávio. Os dois acenaram com a cabeça, num comprimento rápido e formal.

"Que bom que o senhor aceitou o meu convite", disse Mirtha.

"Queria há tempos falar de novo com a senhora."

"Achei mais algumas fotos da Giselle. Quando o senhor quiser ver, estão à disposição."

"A foto que estava no túmulo foi roubada."

"Sério? Ninguém mais respeita nada nesse mundo sem Deus."

"Parece que muitas fotos são roubadas naquele cemitério."

Ficaram por algum tempo só se observando, meio constrangidos.

"E a sua sobrinha de quinze anos, como vai?", perguntou Mirtha.

Otávio encarou Mirtha com seriedade.

"Não pretendo mais mentir. Não tenho sobrinha, de idade nenhuma. Posso perguntar uma coisa?"

"Claro."

"O seu nome. Não aparece nas mensagens."

"O meu nome é Gerutha."

"Como?"

"Gerutha. É um nome meio viking. Se quiser, pode me chamar de Gertrudes, que é mais fácil e dá no mesmo."

"Eu gosto de Gerutha. A senhora aceitaria tomar uma cerveja?"

Foram até o bar flutuante, que ficava a uns 50 metros e estava quase vazio. Eu me sentei numa mesa distante, logo na entrada, mas que tinha um bom ângulo de visão para a mesa deles, bem no fundo. O inspetor pediu cerveja e dois copos.

"Eu não sou mais policial", começou Otávio. "Fui afastado. Ou aposentado. Não sei direito."

"O senhor é jovem pra se aposentar."

"Não. Aconteceu no momento exato."

"É ruim ficar sem trabalhar."

"Mas é pior trabalhar com gente insuportável. E ainda ver a morte quase todos os dias."

"Imagino. Eu tenho a sorte de trabalhar numa coisa que gosto."

"Eu percebi. Pra fazer fotos tão lindas, tem que gostar do ofício."

"Quando quiser ver as outras fotos da Giselle, é só me escrever. Perdão por não ter trazido."

"Tá bem. Eu preciso dizer uma coisa. Talvez seja meio inconveniente. Só que preciso."

Otávio tomou um longo gole, secando o copo.

"Aquela foto da menina mexeu comigo. Mexeu muito. Me fez repensar um monte de coisa. Não sei por quê. Em todo caso, desde que eu vi a senhora, a foto não é nada. Vou parecer ridículo, eu sou ridículo, mas já passei muita coisa na vida, já vi tanta tristeza, tanto desespero, tanta injustiça, que agora vou ter coragem de dizer o que eu quero. Desculpe. Tô falando pra mim mesmo. Depois de ouvir, a senhora pode sair quando quiser."

Mirtha esperou, ansiosa, já sabendo o que aquele homem tentava revelar.

"Eu..."

Otávio tentou continuar, chegou a abrir a boca, mas não conseguiu articular coisa alguma. Mirtha esperou por alguns segundos.

"Não precisa falar. Eu já entendi."

Mirtha estendeu o braço e segurou com força a mão direita de Otávio, dando início a uma peculiar dinâmica de trocas de energia vital. Começou como sempre, unidirecional, com Mirtha absorvendo tudo que Otávio tinha para dar, que não era muito. Contudo, de repente, a seta mudou de sentido, e Otávio, sofregamente, pegou de volta o que tinha entregado e buscou, no corpo astral de Mirtha, a vontade de potência que tinha praticamente esquecido nos últimos meses. Mirtha fechou os olhos e experimentou, ela também, sentimentos que relegara há anos a um canto escuro de sua consciência. Poderia abandonar-se, entregar-se, em vez de controlar e possuir. Então teve medo. Por que abrir seu flanco para aquele homem? Por que deixar um possível inimigo, uma ameaça, ficar mais forte? A ideia era apenas sondar, descobrir o que ele queria, tomar a frente da situação. E agora eles estavam ligados com uma intimidade inédita. Mirtha entreabriu a boca e usou todo seu poder de sedução para dizer a Otávio, sem usar uma única palavra, que agora retomaria o comando. Apertou mais a mão do inspetor, fez suas unhas penetrarem levemente na carne de Otávio. Ele não resistiu. Uma onda enorme de prazer atravessou o corpo de Otávio quando ele decidiu doar sua vida inteira, tudo que acumulara de dor e prazer ao longo da existência, cada arquivo morto de emoções, cada gaveta enferrujada com memórias cheias de traças das mulheres que amara, desde a primeira frustração com Verinha até as putas tão tristes de que ficara amigo nos tempos do bar Majestade, em Sapucaia do Sul. Fez isso sem qualquer restrição e sem medo do que poderia acontecer depois. Seria um belo final. Por que não? Mirtha percebeu o que estava acontecendo e tentou retirar a mão. Otávio, contudo, a segurou com a energia que ainda lhe restava.

Nesse momento, Mirtha virou-se para mim. Corri na direção da mesa. Otávio, com os olhos fechados, estava prestes a desmaiar, mas sua mão permanecia crispada, como a garra de uma grande ave de rapina que, em pleno voo, jamais abandonaria a presa que vai alimentar sua prole faminta. Tive que usar toda a minha força, combinada com a de Mirtha, para separá-los. O inspetor inclinou o corpo para frente, como se fosse desabar. Segurei-o pelo peito e consegui levar suas costas de volta para o encosto da cadeira. Ele abriu os olhos devagar. Ficou surpreso com minha presença, mas logo direcionou sua atenção apenas para Mirtha.

"Obrigado."

Fiz com que Mirtha levantasse imediatamente e caminhamos juntas para a saída do bar, onde ficava o caixa. Atirei uma nota de cinquenta reais para a funcionária e disse:

"Aquele senhor talvez precise de ajuda."

Saímos. Ouvimos um barulho forte. Consegui ver que Otávio desabara sobre a mesa, derrubando os copos. Mirtha fez menção voltar. Segurei com força seu braço e disse:

"O que está feito, está feito."

E levei-a para longe.

3.17. Atrás do Cristo

Margot havia saído, com um ar sapeca, deixando Maria sozinha na casa. Madalena ainda demoraria a voltar. Maria colocou fones de ouvido e, escutando *Car song*, sua canção preferida do álbum da banda *Elastica*, fez um passeio por todos os aposentos da casa. Passou no quarto de Giselle e Margot, depois no quarto de Irina, a seguir no escritório, na cozinha e na sala. Estava mesmo sozinha. Finalmente, parou na frente da porta do quarto de Mirtha e verificou se estava fechada. Estava. Voltou para seu quarto e pegou, embaixo da cama, um martelo e uma chave de fenda grande e fina. Saiu para a rua, contornou a casa e foi até uma das janelas do quarto de Mirtha. Como já constatara alguns dias atrás, a madeira da esquadria da veneziana era tão velha que estava macia. Colocou a chave de fenda sob a moldura inferior e, usando o martelo sem fazer muita força, abriu caminho até a tranca. Conseguiu movê-la quase sem ferir a madeira. Fez o mesmo na parte de cima. Como a esquadria do vidro estava aberta, foi fácil pular para dentro.

A cama, linda, provavelmente da década de 1920, tinha a cabeceira ornada por um capitonê de veludo lilás. Maria deitou-se rapidamente só para testar o colchão. Depois caminhou até o armário-altar e parou na frente dele. Há muito que aquela porra a intrigava. Experimentou a porta. Trancada. Pegou a chave de fenda. Foi mais difícil que forçar a janela. Percebeu que dessa vez poderia deixar algum rastro.

"Foda-se", pensou.

Enfiou a chave de fenda entre as portas, perto da fechadura antiga, e mexeu para os lados. A madeira cedeu um pouco, mas não o suficiente. Temeu que Mirtha a encontrasse ali. Como o estrago na janela estava feito e já imaginara uma desculpa – "Eu saí de casa, um ladrão deve ter entrado" – forçou um pouco mais. A porta finalmente abriu, sem qualquer dano grave na madeira, pois a lingueta era curta. Maria decepcionou-se com as imagens dos santos. Segurou o Cristo. Não simpatizava com ele. Recolocou-o no lugar sem muita delicadeza e o choque com o fundo do armário produziu um ruído estranho. Bateu na madeira com o nó do dedo indicador. Um som oco. Desconfiada, tateou até encontrar o sistema que permitia o deslocamento das prateleiras com os santos. Abriu-as, mas não enxergou no escuro. Ligou a lanterna do celular e iluminou o compartimento secreto, onde viu a coleção de coleiras e a guia de Mirtha. Vitoriosa, pegou a guia e a examinou atentamente.

3.18. Tem um lugarzinho pra mim no teu mundo?

Desde a noite em que Joaquim implorara para entrar em seu quarto, Greta não conseguia mais agir naturalmente em seus afazeres no sítio. Sabia que estava fraquejando. E sofria com isso. Sentia atração por dois homens. Eles eram muito diferentes, o que aumentava sua vergonha. Alberto era sensível, falava devagar, media as palavras. Joaquim era forte, direto, quase bruto. Sentia o desejo de Joaquim. Era tão verdadeiro quanto o de Alberto. E, agora ela tinha certeza, mais selvagem, mais carnal. Alberto era um homem docemente apaixonado, que a esperou por anos a fio, contendo sua fome de sexo. Joaquim era um homem atormentado por uma paixão avassaladora: se pudesse, se ela permitisse, a devoraria num instante.

Ele viajara para Livramento com o suposto objetivo de avaliar gado para uma compra futura. Quando retornou, depois de três dias, à tardinha, Joaquim aproveitou o primeiro momento a sós com ela e passou-lhe uma folha de papel dobrada em quatro. Disse:

"Lê quando puder. Por favor, não mostra pra vó."

À noite, após a massagem em Lourdes, Greta foi para seu quarto e leu o bilhete, escrito a mão com uma caligrafia que o excesso de zelo deixara quase infantil. Era assim:

"Querida Greta. Desculpa esse peão meio grosso que te assustou naquela noite. A última coisa que quero fazer na vida é te prejudicar. Desde que te vi pela primeira vez, eu te amo. Amo sem parar. Desde quando acordo até a hora de dormir. Não tenho descanso, porque sonho contigo a noite inteira. Te amo quando estou dirigindo, quando estou falando com outras pessoas, quando como, quando bebo, quando faço contas, quando trato as doenças dos bois, quando conserto um arado, quando limpo minhas botas depois de andar no barro. Tua imagem não sai da minha cabeça. Sei que tu tens um noivo. Mas noivo não é marido. Duvido que ele te ame tanto quanto eu. Por isso, peço: se tu sentes alguma coisa por mim, mesmo que seja um pouquinho só, me diz. Se não sentir nada, diz também. O que não consigo mais é sentir teu perfume, ouvir tua voz e fingir que o meu mundo continua igual. Pra mim, o mundo mudou. Levou uma chifrada tão grande que virou de ponta cabeça. Me diz, Greta, se tem um lugarzinho pra mim no teu mundo, que eu não sei como é, mas imagino que seja lindo. Do homem que mais te ama, em qualquer mundo que exista por aí, perdido nas coxilhas, encarapitado nas serras ou pertinho do mar. Joaquim."

★★★

O dia seguinte amanheceu com um temporal chegando. Nuvens escuras vinham das bandas da Argentina. Greta foi até a varanda e sentiu a eletricidade no ar. O vento sacudia os campos e formava torvelinhos de poeira na estrada de chão. No café, Joaquim contou para Lourdes que o lote de vacas oferecido pelo fazendeiro de Livramento era caro demais para eles. Faria uma oferta por duas delas, mas dificilmente o negócio sairia. Lourdes queixou-se de dor de cabeça. Não gostava de tempestades. Tomou um analgésico e voltou para a cama, levada por Joaquim. Greta aproveitou para retornar ao quarto, pegar suas coisas e chamar o táxi. Calculou o tempo que ele levaria para chegar ao sítio vindo do centro de São Borja. Só então abandonou o quarto. Foi inútil. Joaquim, que estava de campana no corredor, a surpreendeu saindo com as sacolas na mão.

"Tu leu?"

"Li."

"E então."

"O que tu sente é muito bonito."

"Tu não vai responder? Vai fugir?"

"Vou te escrever. Prometo."

"Já entendi. Tu não sente nada por mim."

"Sinto muito afeto. De verdade."

"Afeto. Tá bem. Já ouvi coisa pior."

"Desculpa, Joaquim. Não podemos falar aqui."

"O que nos impede? A vó tá dormindo."

O táxi buzinou. Greta contornou Joaquim e caminhou até a porta principal. Ele a seguiu.

"Nem vai se despedir da Lourdes?"

"Faz isso por mim, por favor. Diz que a minha família me chamou com urgência pra Porto Alegre."

"Tu vai voltar?"

"Não."

"Eu vou atrás de ti."

"Tu não vai me achar, Joaquim."

"Duvido. Porto Alegre não é tão grande assim. E tem poucas Gretas por lá."

"Quem disse que eu vou pra Porto Alegre?"

"Tu acaba de dizer."

"Tchau, Joaquim."

Giselle entrou no táxi e bateu a porta. "Vamos!", disse ao motorista, que obedeceu. Olhou para trás. Joaquim caminhava rápido na direção da varanda. Observou o carro por uns instantes, e voltou para dentro de casa.

Abriu a janela e acordou Lourdes.

"Vó, presta atenção. Vou ter que viajar. Talvez fique fora por alguns dias."

"De novo? Que bom que eu tenho a Greta pra cuidar de mim."

"A Greta acabou de receber um chamado da família. Teve que ir embora. Não sabe quando volta. Vou contratar a Daniela pra passar a noite contigo. E amanhã vem a dona Ziza."

"Eu detesto a dona Ziza. Ela tem mau hálito."

"É só dessa vez. Eu te ligo amanhã e dou outro jeito."

"Pra onde tu vai?"

Joaquim beijou a avó e afastou-se.

"Joaquim!"

"Não te preocupa."

O temporal desabou assim que Joaquim entrou no seu carro. Deu a partida e logo foi engolido pela chuva torrencial.

"Mate-me novamente ou aceite-me como sou, porque eu não mudarei."
Marquês de Sade

4.1. Um gaúcho apaixonado

Joaquim não sabia ao certo o destino de Greta. Ela teria que pegar um ônibus na rodoviária, pois Seu Candinho não trabalhava fora do município. Por isso, nem tentou alcançar o táxi. Não queria assustá-la com uma cena de perseguição, passando-se por um homem desequilibrado ou obsessivo. Apaixonado, sim. Talvez apaixonado além do que seria normal. Não sabia que, afinal das contas, o objeto de sua paixão também não era uma mulher normal.

Estacionou o carro numa rua próxima à rodoviária e verificou pela internet os horários dos ônibus que iam de São Borja para a capital. O primeiro saía às 13h30 e não eram nem 10h. Uma dúvida, contudo, o assustava: e se ela fosse para outra cidade da região, escolhida aleatoriamente? E se ela planejasse ir para a Argentina, cuja fronteira era tão próxima? A perderia, quem sabe, para sempre. Colocou o chapéu de andar pelo campo na cabeça, com sua aba bem larga, estreitou o barbicacho e correu até o setor de venda de passagens, enfrentando a chuva e o vento forte. Não viu Greta por ali. Tentando não mostrar o rosto, examinou as plataformas dos ônibus. Quase desertas. Greta provavelmente estava fazendo hora numa lancheria.

Não tinha alternativa além de esperar. Encontrou um banco no final das plataformas, grudado numa parede, de modo que sua retaguarda ficava protegida. Com o chapéu abaulado para a frente, julgou que podia observar sem ser observado. E ali ficou. À medida que o tempo passava, uma parte de sua consciência o acusava de estar numa posição ridícula. Mal conhecia a moça. Convivera com ela por menos de um mês e praticamente só tinham conversado banalidades. Por que, então, estava ali, feito um peãozinho de calças curtas à espreita de sua presa alada, com um bodoque na mão? E ele mesmo respondia: porque, como bem dizia o canto preferido de Joaquim, mulher tem asa na ponta do coração[1]. Greta era um pássaro especial. Não podia deixá-la voar para longe

Às 13h15, o ônibus estacionou na plataforma. Uma dúzia de pessoas o aguardavam. Malas e sacolas foram colocadas no bagageiro. Nada de Greta. Temeu ter perdido sua amada para sempre. Então Greta surgiu, com as roupas molhadas, caminhando rápido e olhando para os lados, apreensiva, talvez temendo um gesto tresloucado de Joaquim. Entrou direto no ônibus com suas sacolas. Joaquim respirou fundo.

Correu de volta para o carro. Decidiu seguir o ônibus por toda a viagem para certificar-se de que Greta não desceria em uma das paradas, despistando-o. Seriam mais de dez horas na estrada, mas Joaquim conhecia bem o trajeto e, apesar de mal ter dormido na noite anterior, estava mais alerta que nunca. A paixão tomara conta de seu organismo e não permitiria um só momento de sonolência. Depois de encontrar Greta, poderia dormir. Depois de abraçar e beijar Greta, poderia descansar. Depois de transar com ela, poderia morrer, mas isso ele ainda não sabia.

4.2. Um rato apaixonado

Otávio abriu os olhos e se percebeu deitado numa maca do Hospital de Pronto Socorro, vestindo uma bata branca. Um cateter, ligado a um equipamento de soro, estava enfiado numa veia de seu braço direito. Ainda meio tonto, ergueu-se sobre os cotovelos. Uma enfermeira aproximou-se.

"Bom dia. O senhor é capaz de dizer seu nome?"

---

[1] A canção se chama "Cevando o amargo", de Lupicínio Rodrigues, que tinha seu lado gaudério.

"Otávio."

A enfermeira conferiu alguma coisa num prontuário.

"Ótimo. O senhor chegou aqui num táxi, desacordado. O médico achou que era coma alcoólico, porque a sua camisa tinha um forte cheiro de cerveja. Mas o senhor estava subnutrido, como alguém que não come há dias. O que aconteceu?

"Não sei."

"Tá bem. Depois o médico vem aqui. Por enquanto, é melhor ficar deitado e descansar."

Otávio fingiu que obedeceria. Assim que a enfermeira saiu, pulou da maca e foi procurar sua roupa.

★★★

A solidão era amiga de Otávio há muitos anos. Uma amiga tranquila, nada exigente. Seu último amigo de carne e osso fora um escrivão da Terceira DP de Sapucaia do Sul, que o ajudara em alguns casos complicados e agora estava aposentado. Não se viam mais. Quanto às mulheres, às vezes lembrava com nostalgia das conversas com as putas nas madrugadas etílicas do bar Majestade. Eram boas companheiras no balcão. No máximo num quarto de hotel, por meia hora. Nunca em sua casa.

Alguma coisa, porém, tinha mudado nos últimos dias. Ele não era capaz de explicar a razão para si mesmo, embora soubesse exatamente o momento em que a estranha mutação emocional tinha começado: quando vira a fotografia da falecida noiva de Alberto. Aquela imagem romântica sequestrou sua mente até ser radicalmente substituída pela figura da autora da foto. O encontro com Gerutha no bar flutuante fora uma experiência ao mesmo tempo perigosa e sublime, que agora o impelia a tomar o caminho do cemitério, poucas horas depois de sair do Pronto Socorro. Dona Rosa o recebeu com café e biscoitos amanteigados. Otávio se serviu e foi logo perguntando:

"Ainda não recolocaram a fotografia que foi roubada?"

"Não", disse Dona Rosa. "Sabe o que acontece? Acho que o pobrezinho do noivo não tem mais dinheiro. Vai ter que esperar um pouco. Ele não tem uma cópia, e a fotógrafa deve ser bem careira. O noivinho me disse que ela tem cara de rica."

"Mas ele falou com a fotógrafa? Já foi no estúdio dela?"

"Isso eu não sei."

Então, ao segurar sua xícara de café para mais um gole, Dona Rosa olhou para Otávio de um jeito peculiar. Ele não encontrou uma palavra que definisse melhor aquele olhar. Seria uma palavra antiga e fora de moda. Mais antiga que Dona Rosa. Uma palavra que minha avó usava. Ele diria que aquele tinha sido um olhar "coquete". Otávio ficou sem jeito e enrubesceu. Para superar o momento constrangedor, perguntou:

"A senhora conseguiu aquele endereço?"

"Que endereço?"

"Da proprietária do túmulo da bailarina."

"Eu tinha esquecido... Pensei que o senhor não queria mais. Mas é fácil."

Dona Rosa levantou-se, abriu a gaveta de um armário de aço e consultou um fichário.

"Tá tudo nos computadores, mas eu acho mais rápido aqui."

Estendeu a ficha para Otávio e explicou:

"Era a melhor professora de balé de Porto Alegre. Agora tá aposentada, passou a escola pras filhas. Vai querer mais um biscoito?"

"Claro."

Enquanto mastigava o amanteigado, Otávio anotou o nome da professora de balé e finalmente admitiu para si mesmo que Dona Rosa estava apaixonada por ele. A partir daqui ela será apenas Rosa. O amor dispensa tratamentos formais.

4.3. Uma esposa desapaixonada

Geraldo encerrou o culto com uma peroração sobre a importância de fazer doações significativas para obter graças igualmente significativas. De nada adianta oferecer migalhas e pedir banquetes. Ele levantou os dois braços para cima e proclamou:

"Para alcançar uma graça que muda a vida, uma graça que afasta o Demônio para sempre e permite que Deus tome conta do teu destino, curando todas as doenças e trazendo prosperidade, a mão de quem oferece não pode medir, não pode fazer contas, não pode negociar. Quem quer receber tudo, deve dar tudo que tem. Deus é onisciente. Isso significa que ele sabe o que está dentro de cada bolsa, de cada carteira, de cada conta-poupança. Quer poupar no banco? Pra quê? Poupar de verdade é investir na graça divina. O retorno começa aqui na Terra e depois continua no Céu, por toda a eternidade."

Então bradou: "Aleluia!"

"Aleluia!", responderam os fiéis.

Naquele dia, Geraldo pediu que Alberto ficasse na saída do templo, com a caixa de ofertas na mão, e examinasse bem cada pessoa, uma por uma, sem exceção. Alberto não gostava muito dessa parte do trabalho, mas ainda devia muito dinheiro para Geraldo. Infelizmente, a maior parte dos fiéis não tinha recursos vultosos a oferecer.

O bispo entrou no escritório de mau-humor e encontrou Gabriela digitando alguma coisa no celular, sentada na escrivaninha. Ela logo desligou o aparelho.

"Que foi?', disse Geraldo. "Tava no Tinder?"

"Tava procurando um encanador. A infiltração atrás do altar tá cada vez pior. Mais um pouco, teu famoso sermão sobre o dilúvio vai ter efeitos especiais."

"Chama um encanador. Mas chama um bom encanador. Um baita encanador. Um encanador que te satisfaça plenamente."

Gabriela levantou-se, com o semblante muito sério.

"Do que tu tá falando?"

"De nada."

"Sabe duma coisa, Geraldo? Não tá funcionando."

"É. As doações caíram demais. Precisamos de ideias novas."

"Não tô falando do templo. Tô falando do nosso casamento."

Geraldo levou um tempo para processar a declaração de Gabriela. Então ficou furioso e levantou o dedo em riste.

"Vou fazer de conta que nem ouvi essa merda."

"Mas é bom ouvir. Cansei", disse Gabriela, desafiadora. "Tu me trata como uma empregada. Ou como uma prostituta."

"Quando eu te conheci, tu tava fazendo fila embaixo de viaduto pra pegar sopão dos moradores de rua. Tua mãe tava quase te vendendo pra um gigolô do Campo da Tuca. E agora vem me dizer que o casamento não funciona? Não fode, Gabriela!"

"Tu não vai repetir pela milésima vez como tu foi bom. Como tu me salvou do inferno. Isso foi há séculos."

"Vai pra casa. Faz um almoço decente. É o que tu ainda consegue fazer de bom. O resto tá uma merda."

"Não vai ter almoço porra nenhuma. Eu quero o divórcio."

Geraldo fechou as duas mãos.

"Não existe divórcio, Gabriela. Deus nos uniu para sempre."

"O teu Deus. Não o meu. O meu Deus tem misericórdia e sabe que eu não aguento mais."

"O meu Deus é o único que existe."

"Tu é o homem mais pretensioso e mais ignorante que eu encontrei na minha vida. E eu fico, sinceramente, com muita vergonha de mim mesma, uma vergonha imensa, de não ter percebido isso antes. Eu vou pegar minhas coisas e ficar um tempo na casa da mãe."

Gabriela deu as costas para o marido e fez menção de sair pela porta lateral, mas Geraldo deu um passo à frente e agarrou seu braço.

"Me solta", disse Gabriela.

Geraldo puxou-a contra si e apertou o braço com toda força. Ela repetiu:

"Me solta, filho da puta!"

"Repete!"

Alberto entrou correndo no escritório com a caixa de oferendas na mão.

"Não te mete", disse o bispo. Para Gabriela: "Repete."

"Filho da puta!"

Geraldo deu um empurrão violento em Gabriela, que desabou no chão e bateu a cabeça no pé da escrivaninha. Alberto deixou cair a caixa, correu até Geraldo e segurou seus braços para impedi-lo de se reaproximar de Gabriela.

"Tá louco? É a tua mulher!"

"Ela perdeu a fé. E perdeu a vergonha também."

"Quem é tu pra falar de fé?"

"Que foi, fedelho, também vai me desrespeitar? Te boto pra rua agora mesmo."

"Pode botar, tu é mesmo um filho…"

Antes de Alberto completar a frase, Geraldo deu um soco violento no queixo do rapaz, que caiu no chão ao lado de Gabriela.

"Eu comecei do nada, lá de baixo, bem mais baixo do que vocês pensam, e fiz o que eu tinha que fazer pra arrumar minha vida." Encarou Alberto, que estava tonto: "Não preciso de ti. Pega tuas coisas e vai embora. Some. Tem uns cinquenta drogadinhos que nem tu pra entrar no teu lugar." Virou-se para Gabriela: "Mas tu é minha esposa, e vai continuar sendo. Eu juro por Deus, pelo Deus Pai Todo Poderoso, que se tu me abandonar, eu providencio tua ida direto pro inferno, e tua mãe vai morrer de fome. Quero o almoço a uma hora da tarde. Uma da tarde."

Geraldo saiu do escritório. Um fio de sangue corria da testa de Gabriela.

4.4. Regresso e fuga

Cansado, mas disposto a não perder a pista de Greta de jeito nenhum, Joaquim ultrapassou o ônibus alguns quilômetros antes de Porto Alegre e estacionou seu carro nas proximidades do ponto de táxi da rodoviária. Eram dez e meia da noite. Esperou que Greta tomasse um táxi e, assim que ele deixou o ponto, conseguiu segui-lo de perto. O trajeto não foi longo: logo após o túnel da Conceição, o táxi usou o final da Oswaldo Aranha para acessar a avenida João Pessoa e, praticamente em linha reta, seguir pelas avenidas da Azenha e Oscar Pereira até a zona dos cemitérios. No ponto mais alto da Oscar Pereira, o táxi entrou numa rua estreita e, pouco depois, parou. Joaquim desligou os faróis. Greta desembarcou do táxi e caminhou na direção de uma casa antiga. Teve vontade de alcançá-la, mas se conteve, pensando, mais uma vez, que não devia assustá-la. Agora sabia onde Greta estava e podia descansar. Baixou o banco o máximo possível e dormiu.

Giselle foi recebida com discreta alegria. Eu abri a porta e levei-a até o escritório. Em poucos minutos, todas estávamos reunidas em sua volta. A primeira observação foi de Madalena:

"Que roupas são essas? Tô chocada. Voltou a ser crente?"

"Desembucha de uma vez", disse Maria. "Onde tu tava?"

"Calma, meninas", disse Mirtha. E para Giselle: "O importante é que tu voltou."

"Transou com alguém?", atalhou Maria.

Giselle virou-se para mim, pedindo ajuda. Não consegui socorrê-la.

"Quase", disse ela.

"Quase não serve", disse Maria, irritada.

Giselle voltou-se para Mirtha.

"Eu fiquei todo o tempo esperando vocês aparecerem."

"Eu quase puxei tua coleira, mas sabia que tu ia voltar. A nossa vida é muito solitária."

"Pois é. Eu percebi."

Em meia-hora, Giselle resumiu o que tinha vivido como Greta nas últimas semanas. Pareceu sincera do início ao fim.

"Esse lance através da porta foi incrível", comentou Margot.

"Tu devia ter aberto a porra da porta", disse Maria.

"Eu pensei no meu noivo."

"Tu pensa demais, guria", sentenciou Maria.

Mirtha aproveitou a deixa:

"O principal, Giselle, é que agora tu vai ter que pensar bem e tomar uma decisão: se tu quer o Alberto, então nós vamos atrás dele. E vai ser agora. Faz tempo demais que a gente tá em Porto Alegre."

"Também acho", disse Maria. "Eu vou embora."

"E se eu não quiser encontrar o Alberto?", disse Giselle.

"Lembra o que aconteceu com a Margot", respondeu Mirtha. "Tu viu. É horrível."

"Quem sabe ela entra como assistente no espetáculo que eu vou fazer?", disse Margot. "Tem um monte de bailarino gato que…"

"Que espetáculo?", perguntei.

"Fiz a seleção prum balé que estreia daqui a duas semanas. Uma bailarina torceu o joelho e eles tavam desesperados."

"Tu pirou?", disse Maria. "Alguém pode lembrar de ti."

"Daqui a duas semanas nenhuma de nós vai estar na cidade", garantiu Mirtha.

"Quem disse?" Margot apontou para Giselle. "A gente depende dela. E eu quero dançar!"

★★★

O sol já iluminava os túmulos das Willis no Cemitério da Santa Casa, a menos de duzentos metros dali, quando Joaquim, com o corpo dolorido e a mente indecisa entre o sono e a vigília, percebeu um vulto feminino passando pelo carro e julgou que era Greta. Abriu a porta e seguiu-a. Já tinha sido bem paciente. Agora podia revelar-se. Apressou o passo, ajeitou o cabelo com os dedos, armou seu melhor sorriso, tocou no ombro da mulher à sua frente. A mulher virou-se. Era Madalena.

"Desculpe", disse Joaquim. "Pensei que era uma amiga minha."

"Uma amiga?"

"O nome dela é Greta, eu sei que ela tá na casa de onde tu saiu"

"Eu moro ali. Não tem nenhuma Greta naquela casa."

"Tem, sim."

"Acho que tu tá bem confuso. E um pouco nervoso."

"Eu preciso falar com ela."

"Por quê?"

"Porque… É uma questão pessoal. Mas é importante pra mim e pra ela."

"Certo. Eu tô com muita pressa e não vou poder te ajudar. Faz o seguinte: agora tá todo mundo dormindo. Espera uma meia hora, vai até lá e bate na campainha. Assim tu pode conferir por conta própria."

Madalena caminhou rápido até a esquina, ligou para Maria e conversaram por alguns minutos. Joaquim voltou para seu carro. Estava com a bexiga estourando. Viu um matinho atrás de um muro baixo. Pulou e fez xixi. Decidiu não esperar. Já eram mais de oito e meia, foda-se quem estivesse dormindo. Caminhou até a casa e bateu na campainha. Esperou. Bateu de novo, nervoso. A porta abriu. Deparou-se com Mirtha.

"Bom dia, eu gostaria de falar com a Greta", disse.

"Não tem nenhuma Greta aqui."

"Ela chegou aqui ontem à noite. Passou por essa porta. Tenho certeza. Eu não vou sair daqui enquanto não falar com a Greta."

"Quem sabe tu entra?"

★★★

Sentaram-se no mesmo banco do primeiro encontro. Gabriela estava com um lado do rosto bem roxo. Madalena ficou furiosa.

"Covarde! Canalha!"

"Eu tô bem", garantiu Gabriela. "O Alberto ficou pior, atordoado por um bom tempo. Pensei em ir pra minha mãe, mas vai ser o primeiro lugar onde ele vai me procurar. Passei a noite na casa de uma amiga."

"Por que não me ligou ontem?"

"Eu tava envergonhada. Não sabia o que fazer."

"Vamos para um hotel tratar dessa contusão."

"Não sei se é seguro. Vou ter que mostrar identidade."

"Te hospeda com outro nome. Tem que ser um hotel pequeno. Eu resolvo. Vamos."

Madalena pegou a mão de Gabriela e fez com que ela caminhasse ao seu lado.

★★★

Tivemos pouco tempo para planejar o que diríamos. Mas, pela descrição do sujeito que Madalena fizera para Maria – bonito, de barba, calçando botas e queimado de sol –, só podia ser o tal Joaquim. A conversa aconteceu no hall de entrada. Ele não foi convidado a sentar. Depois que Joaquim terminou a explicação, Mirtha garantiu que ele estava equivocado. Ele insistiu:

"Tenho certeza que era ela."

Mirtha usou a história que inventamos:

"A única possibilidade é essa: uma modelo realmente esteve aqui, pelas onze da noite, pra combinar uma sessão de fotos. Ela veio de táxi da rodoviária. Acertamos tudo, e então ela foi embora. A sessão deveria ser hoje, mas os figurinos ainda não chegaram. Talvez a gente tenha que adiar."

"Como é o nome dela?"

"O nome artístico é Kate. O nome de batismo, não sei. Tu deve ter confundido as duas na saída da rodoviária."

"Não. Eu fiquei cuidando o tempo todo."

"Pelo que tu me disse, tu dirigiu o dia todo, sem parar, atrás do ônibus. Deve estar exausto. Tem certeza que não dormiu um pouco quando tava esperando ela entrar no táxi?"

Joaquim balançou a cabeça.

"Às vezes a gente nem sabe se dormiu ou não. Vamos fazer o seguinte: vou ligar pra Kate e pedir que ela venha aqui. Aí tu tira essa dúvida."

Joaquim colocou as mãos no rosto e apertou os olhos. Quando as retirou, tentou mostrar mais segurança.

"Eu gostaria de olhar o resto da casa."

"Com que direito? Eu nem te conheço, rapaz. Me passa teu telefone. Aí te aviso quando a Kate estiver aqui."

Joaquim hesitou um pouco, mas estava no limite de suas forças.

"Tá bem", disse. "Não vou sair aqui de perto."

"Tu que sabe", disse Mirtha.

★★★

Deitadas na cama de casal de um quarto do hotel Garibaldi, Madalena passava pomada de arnica no rosto de Gabriela.

"O recepcionista te deu a chave em três minutos", disse Gabriela. "e não pediu nenhum documento. Foi fácil demais."

"Presta bem atenção: não usa teu cartão de crédito, nem teu celular. Eu vou te trazer outro aparelho. Entendeu?"

"Tu sempre consegue tudo com os homens?"

"Quase tudo. Tudo, absolutamente tudo mesmo, eu só consigo com as mulheres."

Gabriela pegou a mão de Madalena sobre seu rosto.

"Não precisa mais. Eu tô bem."

"Bem mesmo?"

"Mesmo."

"Prova."

Gabriela beijou Madalena.

★★★

Giselle, nervosa, esperava o desfecho dos acontecimentos em seu quarto. Mirtha bateu na porta, que se abriu imediatamente.

"Ele já foi", disse Mirtha. "Era o tal Joaquim, sem dúvida."

"Meu Deus!", disse Giselle. "Ele é louco. Me seguiu até aqui."

"Eu disse pra ele que estava esperando uma modelo do interior e que ele provavelmente te confundiu com essa mulher."

"E ele acreditou?"

"Não muito. Deve estar vigiando a casa. Pedi que ele voltasse mais tarde, pra ver a modelo e desfazer a confusão. Temos que dar um jeito. É perigoso pra todas nós."

"Eu posso sair da casa. Levo ele pra longe. O Joaquim gosta de mim, não vai me fazer mal."

"Ele conhece uma moça chamada Greta, que na verdade não existe, não tem identidade, não tem passado, não tem nada. Se vocês ficarem juntos, ele cedo ou tarde vai conhecer a Giselle. E a Giselle tem um passado e tem um túmulo."

Giselle caminhou até sua cama e cobriu o rosto com as mãos.

4.5. Repondo as energias

Otávio terminou de beber o copo de vitamina de mamão. Estendeu o braço e tocou de leve no queixo do rapaz, que exibia uma marca vermelha. Estavam na Lancheria do Parque, na avenida Oswaldo Aranha.

"Deve ter sido forte", disse o inspetor.

"Foi", confirmou Alberto.

"E agora? Vai morar onde?"

"Tenho a chave do apartamento. Mas não tenho como pagar o aluguel."

"Entra, te estabelece. Eles vão demorar muito pra te botar pra fora. E até lá tu vai conseguir uma grana."

"Fazendo o quê?

Um garçom deixou uma torrada grande na frente de Otávio, que aproveitou para pedir outra vitamina, apontando para o copo de liquidificador vazio sobre a mesa. Alberto seguiu lamentando-se:

"Não tenho dinheiro nem pra mandar fazer outra foto da Giselle pra colocar no túmulo."

Otávio parou de comer por um instante e encarou o amigo. Uma ideia surgira em sua mente.

"Manda uma mensagem pra fotógrafa e diz que pode fazer algum serviço pra ela em troca de uma cópia, já que a tua situação financeira tá precária. Aposto que ela aceita."

"Que serviço?"

"Qualquer um. Tipo faz-tudo. Tu não tem nada a perder. E tá sem grana. Ela vai se compadecer. Sabe de uma coisa interessante? Descobri o nome dela: Gerutha, com agá antes do a."

"Nome estranho."

"Pois é. Perguntei pra uns quinze fotógrafos se conheciam uma colega chamada Gerutha. Ninguém conhece."

Chegou a vitamina. Otávio encheu o copo, tomou quase tudo de uma vez.

"Não é bem o meu tipo de bebida, mas eu ando um pouco fraco. Manda a mensagem, meu amigo."

★★★

Assim que saiu da lancheria, pegou um táxi até a Escola de Balé Rive Gauche. Aos 70 anos, Adriana ainda era uma mulher atraente, de corpo firme e um rosto com poucas rugas. Enquanto conversavam na antessala do estúdio, muitas crianças com trajes de balé passavam por perto. Uma música de piano, vinda do estúdio de dança, se misturava às indicações da professora.

"A Margot? Claro que lembro dela", disse Adriana. "Uma das bailarinas mais talentosas que já passaram por essa escola. Podia ter ido muito longe. Fiquei tristíssima quando ela morreu."

"Por que a senhora levou o corpo pro túmulo da sua família?"

"Porque a família dela não tinha um tostão. Nunca teve. Eu banquei todos os estudos dela aqui em Porto Alegre. Ela sempre me mandava mensagens de Joinville e depois de Moscou. Mas me escondeu a anorexia." Adriana fez uma pequena pausa. Estava emocionada. "Se eu soubesse, teria feito alguma coisa."

"Anorexia... Ela morreu tentando ficar mais magra, é isso?"

"Não sei se realmente tentando, de forma consciente, ou se simplesmente não conseguia mais comer. Esses casos são complicados."

"Isso é comum na vida das bailarinas?"

"Mais ou menos. A grande maioria se recupera com algum apoio psicológico. A Margot tava sozinha, num país que ela não conhecia. Era uma tensão enorme. Tem meninas que começam a comer demais. E tem as que não comem."

"A senhora vai deixar o corpo no jazigo pra sempre?"

"Por mim, tudo bem. Mas quem sabe a família pede ela de volta um dia?"

Uma menina, com uns dez anos, saiu do estúdio correndo e deu um abraço apertado em Adriana.

"Hoje tu vai me olhar na aula?"

"Vou dar uma passadinha."

"Promete?"

"Prometo."

A menina saiu correndo. Adriana sorriu para Otávio e disse:

"Minha neta."

4.6. Separação

Maria tentara esconder a violação do quarto e do armário de Mirtha da melhor maneira possível. Na verdade, o dano maior havia sido na janela, pelo lado de fora. Era improvável que Mirtha percebesse. Cedo ou tarde, contudo, Mirtha procuraria seus objetos secretos, e o banzé se estabeleceria. Ir embora era a melhor alternativa. E agora Mirtha não poderia trazê-la de volta com a facilidade de sempre. Convocou Madalena para uma conversa no quarto. Quando ela chegou, já estava colocando suas roupas numa sacola. Foi direto ao assunto:

"Nós vamos embora agora. Pega tuas coisas."

"Pirou, Maria? Ela vai te enforcar até te trazer de volta."

"Não vai."

Maria pegou uma fronha de travesseiro e foi tirando dela todas as coleiras, a guia e o corpete que roubou do armário-altar. Mostrou todas as peças para Madalena enquanto explicava:

"Minha coleira. Tua coleira. Uma guia. As coleiras delas." Mostrou o corpete. "E esse troço aqui, que não sei pra que serve. A Mirtha, tão certinha, parece que também tem as suas fantasias."

Madalena examinou as coleiras, fascinada. Maria continuou:

"É assim que ela nos puxa. Não sei como, mas funciona. Depois a gente saca direito. Agora anda. Ela não sabe que essas coisas desapareceram. Quando souber, vai ficar puta da cara. Já comprei duas passagens pra São Paulo. De lá eu vou pra Nova Iorque, e tu vai pra onde quiser." Maria apertou os braços de Madalena e deu um grito em voz baixa:

"Livres, finalmente!"

Madalena, porém, continuou parada. Maria percebeu a hesitação da irmã e disse:

"Tu parece uma sonsa. Vamos. Quer que eu te ajude?"

Madalena, tristonha, falou:

"Eu não posso."

"O quê?"

"Eu não vou agora. Tu vai na frente, eu resolvo algumas coisas aqui e depois também vou."

"É agora, mana, é a nossa chance. Ela vai abrir a porra daquele armário e descobrir que alguém roubou tudo."

"Eu sei. Mas vou ficar."

Maria ficou tão surpresa que parou de arrumar as coisas por um instante. Madalena revelou:

"Eu tô apaixonada."

Maria largou o que tinha nas mãos e sentou-se na cama.

"Tu sabe como isso termina, maninha."

"Dessa vez vai ser diferente."

"Tu já transou com ela?"

"Já."

"Então guarda a lembrança. É o melhor. Tu sabe bem."

"Eu não vou conseguir. Vou ficar. Mas tu tem razão em ir, e tem que ser agora. Te manda."

Maria recomeçou a arrumar suas coisas e guardou os pertences de Mirtha na fronha. Estendeu a coleira de Madalena para ela.

"Quer ficar com a tua?"

"Não. Guarda pra mim."

Maria colocou a fronha na sacola.

"Quem é?"

"A Gabriela."

"Puta que pariu! Uma crente desencaminhada. Tu vai te arrepender, maninha."

"Provavelmente sim. Mas ela não é uma crente. É uma mulher sofrida, que fez algumas escolhas ruins."

Maria beijou Madalena no rosto, pegou a sacola e o estojo da guitarra, foi até a porta do quarto, deu uma espiada pro lado de fora e abanou um tchau para a irmã.

4.7. Kate, Greta, Giselle

Mirtha não pediu nossa opinião. Tinha inventado aquela tal de Kate, mesmo sabendo que Joaquim não se deixaria enganar. Ficaria rondando a casa, bisbilhotando, com a dúvida envenenando seu coração. Homens apaixonados são animais teimosos. Assim, Mirtha decidiu que a solução tinha que ser definitiva. Pretendia ao mesmo tempo completar a educação de Giselle. Era uma mulher prática. Nos reunimos no escritório para combinar as ações. Mirtha logo percebeu que Maria não tinha atendido à convocação.

"Onde ela tá?"

"Deu uma saída", respondeu Madalena. "Mas já volta."

Mirtha ficou furiosa.

"Ela sabe que é importante."

"Daqui a pouco ela chega", garantiu Madalena.

Mirtha levantou-se e caminhou até ficar perto de Giselle.

"Nós já te ajudamos bastante. Agora chegou a hora de tu nos ajudar."

"Não sei como", disse Giselle.

"Esse homem que veio aqui é perigoso pra todas nós. E com aquele policial rondando, nunca ficamos tão expostas."

"Eu posso convencer o Joaquim a voltar pro interior."

"Como?"

"Ele sabe que tenho um noivo. Posso dizer que nós tínhamos brigado, mas agora tá tudo bem. E que vamos nos casar."

"Acho que tu não entendeu uma coisa ainda, Giselle. Esse homem sentiu o poder de uma Willi. Ele te tocou. Não vai desistir."

Giselle olhou para mim. Mais uma vez pedia ajuda. Dessa vez, tive que apoiar Mirtha:

"Eles sempre querem mais. O Joaquim não vai ser diferente. A gente se muda de cidade por causa disso."

"Pensei que era pra que alguém não visse uma pessoa morta caminhando na rua."

"Também", eu disse. "Giselle, é o momento de terminar essa fase da tua nova vida."

"Como?"

Mirtha adiantou-se:

"Nós vamos seduzir esse Joaquim, todas nós, juntas, e tu vai até o fim com ele. Vai ser fácil pra ti."

"Não! Eu vou falar com ele, sozinha, e aí ele vai embora e nunca mais vai voltar."

"Eu vou dizer pra ele que eu te conhecia como Kate. Vocês conversam um pouco a sós. Talvez tu consiga seguir sozinha. Se não, nós entramos e vamos resolver essa questão, com ou sem teu consentimento." Mirtha olhou para mim, Madalena e Margot. "Todo mundo entendeu?"

Ficamos quietas, mas deixamos claro que sim. Mirtha apontou o dedo para Madalena.

"Cadê a Maria?"

"Vou passar uma mensagem, não te preocupa. Eu conto o plano pra ela."

★★★

Enquanto Mirtha se vestia (um traje antiquado, meio pomposo, mas com generoso decote no colo), retocava a maquiagem e se examinava no espelho, seu celular emitiu um aviso de chegada de e-mail. Assim que leu a mensagem, correu para meu quarto.

"O Alberto quer uma cópia da foto da Giselle", contou ela. "Em troca se ofereceu para fazer algum serviço, já que tá sem dinheiro."

"Que serviço?"

"Sei lá. Não vou responder por enquanto, mas sempre posso imaginar alguma coisa se a gente precisar."

★★★

Mirtha foi para o quarto de Giselle e Margot. Estavam experimentando os figurinos para a grande noite. Margot já vestia um conjunto de saia e blusa bem justo e sensual, que acabara de comprar. Giselle ainda estava com suas roupas de São Borja. Mirtha fez uma careta.

"Essa roupa tá boa pra espantar o cara e mandar ele embora."

"Foi assim que ele me conheceu", argumentou Giselle.

"Tá bem. Mas agora deixa eu ver o que tá por baixo."

"Por baixo do quê?"

"Da roupa. A lingerie. Essa parte é até mais importante."

"Tu tá brincando."

"Não. Tô falando bem sério. E tu tem que levar a sério também. Mostra."

Giselle demorou um pouco para obedecer, mas finalmente levou a mão até os botões da sua blusa. Depois da inspeção em Giselle, Mirtha foi ao quarto das irmãs e entrou sem bater. Madalena já estava arrumada e sensualíssima.

"Cadê a Maria?", indagou Mirtha.

"O Uber que ela tava estragou. Demorou pra conseguir outro. É hora do rush."

"Ela vai ter problemas bem sérios se não chegar logo."

"Não te preocupa."

A campainha da casa tocou. Mirtha conferiu a hora no celular.

"Ele é pontual."

Joaquim foi conduzido por Mirtha até o escritório. Lá, eu, Margot e Madalena esperávamos por ele. Ficou surpreso e levemente boquiaberto.

"Essas são as outras modelos que vão participar da sessão de fotos", explicou Mirtha. "A Kate já tá se arrumando."

Mirtha caminhou até a porta do escritório e colocou a cabeça pra fora.

"Kate!"

Pouco depois, Giselle apareceu.

"Greta!", exclamou Joaquim.

"Então é ela mesmo", disse Mirtha. Virou-se para Giselle. "Acho Greta mais bonito que Kate. Por que tu mudou?"

"Meu agente dizia que Greta era nome de velha", contou Giselle.

"Eu vou deixar vocês dois conversarem", disse Mirtha. "Nós vamos pro estúdio. Mas lembrem: as meninas têm outro compromisso às dez, e eu preciso de duas horas para as fotos."

"Pode deixar", disse Giselle.

Saímos. Joaquim deu um passo na direção de Giselle.

"Por que tu foi embora?"

"Meu noivo me ligou. Nós vamos casar daqui a duas semanas."

"Como é o nome desse noivo?"

"Isso é assunto meu, Joaquim."

"Eu tô apaixonado. Duvido que esse teu noivo goste de ti como eu."

"A decisão é minha. Tu tem que voltar pra tua casa. A tua vó precisa de ti. Vai aparecer alguém na tua vida e logo tu vai me esquecer."

"Não vou."

Joaquim deu mais um passo à frente. Giselle deu um passo para trás.

"Eu quero falar com teu noivo. Me dá o número do telefone dele. Vou explicar que nós nos amamos."

"Acabou, Joaquim. Vai embora."

Joaquim, num gesto rápido, agarrou o braço de Giselle, que gritou.

"Me larga!"

Joaquim não recuou. Fechou os olhos, sentindo a transferência de energia. Giselle reagiu:

"Não!"

Tentou empurrar Joaquim, mas este resistiu e agarrou o outro braço. Novo grito de Giselle:

"Me larga!"

Entramos no escritório, com Mirtha à frente.

"Larga ela!"

Ele ficou intimidado e soltou os braços de Giselle. Mirtha disse:

"Nessa casa, mando eu. Se quiser me enfrentar, pode vir."

Joaquim afastou-se um pouco.

"Greta, pode sair", ordenou Mirtha. "E tu, meu rapaz, senta naquele sofá. Se mexer mais um dedo da mão, vou chamar a polícia e te denunciar por assédio."

4.8. Ataque massivo

A estratégia de proporcionar a Giselle uma grande oportunidade para iniciar sua vida como uma Willi – afinal, Joaquim era um homem apaixonado provavelmente disposto a tudo, inclusive a morrer – falhara. Joaquim, contudo, não poderia sair da casa após conhecer quase todas as Willis. Se ele continuasse lutando pelo amor de Greta e tentando saber mais sobre ela, talvez chegasse à história da morte de Giselle, recente e facilmente pesquisável na internet. Mirtha levou Giselle de volta para seu quarto. A garota sentou-se na cama, ainda assustada.

"Tu fica aqui até eu te chamar", disse Mirtha. "Vai ser como a gente combinou: nós todas juntas. E amanhã viajamos. Eu vou cuidar de ti. Tá bom?"

Giselle assentiu.

★★★

Estava chovendo forte. Ouvíamos os pingos caindo no telhado e nas árvores do jardim. Nos últimos cinco minutos, tínhamos nos esforçado para distensionar o ambiente no escritório. Joaquim segurava um cálice de vinho com a mão um pouco trêmula. Margot serviu a bebida também para mim e para Madalena. Eu usei o computador de Mirtha para tocar *Teardrop*, um velho trip hop do *Massive Atack*.

"Adoro essa música", disse Margot.

Ela se levantou segurando o vinho e começou a dançar lindamente. Estendeu o braço na direção de Madalena, que aceitou o convite a passou a acompanhar os passos de Margot. Não tinha a mesma desenvoltura, mas quem liga para isso quando tem à sua frente duas mulheres belíssimas ondeando seus corpos ao som de uma canção lenta e sensual? Joaquim, como se quisesse resistir à atmosfera ao seu redor, voltou-se para mim e disse:

"Eu nunca, em toda a minha vida, tinha feito isso. Diz pra ela que eu tô arrependido."

"Vou dizer", garanti.

"Vocês devem estar pensando que eu sou um cara violento. Mas eu sou o contrário disso."

"Tu tinha namorada antes de encontrar a Greta?"

"Eu tive... Duas, três namoradas. Mas não dá pra comparar."

Margot, sempre dançando, aproximou-se de Joaquim e perguntou:

"Gostou do vinho?"

"Gostei."

"E gostou dessa música?"

"Não sei. Nunca tinha ouvido. É estranha. É bonita."

"Não quer dançar?"

Joaquim ficou calado. Madalena enlaçou a cintura de Margot por trás e puxou-a. Cochicharam alguma coisa, riram e voltaram a dançar. Joaquim tentou concentrar-se na conversa comigo.

"A Greta vai voltar?"

"Talvez. Mas primeiro temos que ter certeza que tu não vai mais fazer bobagem."

"Eu juro!"

"Uma boa maneira de mostrar que tu é da paz é dançar. Quem dança não briga."

"Não sei dançar."

"A Margot te ensina. Vem."

Levantei-me e puxei-o na direção das meninas. Fizemos um círculo meio confuso em torno dele. Aos poucos, enquanto bebia mais vinho, Joaquim foi entrando no ritmo. A linda voz de Elizabeth Fraser parecia existir apenas para acompanhar a batida hipnótica do *Massive Atack*: "Love, love is a verb / Love is a doing word / Fearless on my breath / Gentle impulsion / Shakes me, makes me lighter / Fearless on my breath / Teardrop on the fire / Fearless on my breath."[2]

Margot segurou a mão direita de Joaquim. Eu tirei o cálice da mão esquerda dele e a envolvi com a minha. Assim sentiria, mais uma vez, o prazer de entregar-se a uma Willi. Madalena adiantou-se e parou

---

[2] Amar, amar é uma ação / O amor é uma palavra pra usar / Sem medo ao inspirar / Como um suave impulso / Que me sacode, me deixa mais leve / Sem medo ao inspirar / Lágrima no fogo / Sem medo ao inspirar (Tradução minha)

na frente dele, a menos de dez centímetros. Eu e Margot largamos as mãos de Joaquim. Ele poderia sair dali. Tinha essa escolha. Livre arbítrio. Já escrevi sobre isso. Então Giselle entrou. Abrimos caminho para ela, até que ocupou o lugar em que antes estava Madalena. Mirtha também se aproximou. Pronto. Desta vez, estávamos bem perto. Poderíamos apenas testemunhar ou participar. Eles que decidissem. Joaquim inclinou-se e procurou os lábios de Giselle. As bocas tocaram-se. O corpo de Joaquim retesou. Pensei: finalmente!

Mas não era o fim de coisa alguma. Giselle deu meia-volta, empurrou Madalena e correu na direção da porta. Pegou a chave, saiu do escritório e bateu a porta. Mirtha tentou ir atrás dela, mas a porta estava trancada. Mirtha gritou para mim:

"Vai pela janela!"

Obedeci. Ainda consegui ouvir Mirtha ordenando para Margot e Madalena:

"Até o fim com ele!"

Pulei da janela para o corredor dos fundos, dei a volta na casa, correndo tudo que podia, e interceptei Giselle quando ela estava quase ultrapassando o portão. Segurei-a pelo pulso. Um pulso fininho, delicado. Eu era mais forte. Porém, ela disse:

"Por favor. Me deixa ir."

Mirtha confiava em mim, em meu discernimento, em meu bom senso, enfim, eu era sua amiga mais próxima, sua confidente. Contudo, na voz de Giselle eu ouvi mais que um pedido. Ouvi uma súplica. E larguei o pulso dela. Giselle me deu um beijo no rosto e correu. Logo desapareceu na chuva e na escuridão. Um minuto depois, Mirtha estava ao meu lado. Eu disse, me sentindo uma grande traidora:

"Ela sumiu."

Mirtha voltou para casa.

★★★

Mirtha abriu o armário-altar com rispidez, deslocou as prateleiras com os santos e desvelou o compartimento secreto. Todos os objetos tinham sumido. Só restavam os pequenos ganchos. O corpete também desaparecera. Não acreditou no que viu. Ligou a lanterna do celular e iluminou o interior do móvel. Nada. Sem fechar o armário-altar, saiu do seu quarto e foi direto para o aposento das irmãs. Madalena estava trocando de roupa. Pela expressão de Mirtha, logo presumiu o que tinha acontecido.

"Tu me enganou", acusou Mirtha. "Cadê a Maria?"

"Num avião."

"Ela deixou as coisas contigo? As minhas coisas! Onde estão as minhas coisas?"

"Ela levou tudo."

"E tu ficou. Por quê?"

"Porque quis."

"Ouve bem o que eu tô te dizendo: ela vai voltar. E logo!"

★★★

Mirtha me mostrou o armário vazio e disse:

"Tem que ser rápido."

"Não é fácil. Tu sabe. Tenho mais coleiras, mas o processo é complicado."

"Quanto tempo?"

"Um ou dois dias. Preciso dos besouros. Vou coletar amanhã bem cedo."

"Começa com as irmãs e a Giselle. Agora nós temos um trabalho pesado pela frente."

O terreno do jardim ainda estava ensopado pela chuva. Éramos quatro, mas havia apenas uma pá. Mirtha comandou o revezamento com a evidente intensão de punir Madalena: ela trabalhava pelo dobro do tempo. Já suada, Madalena terminou de cavar um buraco não muito fundo no solo. Sua roupa estava arruinada pelo barro. Jogou longe a pá e disse:

"Eu não carrego aquele idiota."

Eu e Margot trouxemos o corpo de Joaquim envolto por um lençol.

"Não sei se tá fundo o suficiente", disse Mirtha.

"Então pega a pá e completa o serviço", disse Madalena, furiosa.

Jogamos o corpo na cova. Margot pegou a pá e começou a jogar terra por cima. Madalena fez menção de ir embora, mas Mirtha a deteve segurando seu braço.

"Tem mais um serviço pra ti."

"Tá brincando…"

Mirtha pegou um pequeno molho de chaves no seu bolso e o estendeu na direção de Madalena.

"Toma um banho, pega o carro desse infeliz e estaciona bem longe daqui. Usa luvas pra dirigir e não toca em nada."

"Por que eu? A Irina também sabe dirigir."

"Eu vou, Mirtha", admiti.

"Não. Tu tem mais o que fazer."

"E se eu pegar essa porra de carro e desaparecer?"

"Talvez até seja melhor. Que vocês saiam da minha vida pra sempre. Não suporto ladras e mentirosas."

A ira de Mirtha me assustou. Madalena examinou as chaves por alguns momentos e depois estendeu a mão para pegá-las, num gesto ríspido. Saiu sem dizer nada. Margot continuou colocando terra na cova.

"Por que essa menina não fugiu junto com a irmã?", perguntou Mirtha, mais para si mesmo do que para nós.

4.9. Coleta matinal

Entrei no cemitério pelas seis e meia da manhã, pulando o muro no local de sempre. O sol mal despontava no horizonte. Tinha esperança de coletar todos os besouros necessários antes que qualquer funcionário ou visitante se aproximasse dos túmulos. Comecei no de Giselle. Agachei-me perto do jazigo, abri a bolsa, peguei a pá pequena e o vidro com tampa. Fiz pequenos buracos no gramado irregular, na lateral do túmulo. Logo achei um besouro e capturei-o. Pensei que minha tarefa seria fácil. Não foi. Os escaravelhos ainda estavam dormindo, ou tinham ido passear em outros jazigos. Eu estava tão entretida que não percebi a chegada, pelas minhas costas, de Rosa e de um rapaz de uns 30 anos, envergando um macacão azul.

"Bom dia!", disse Rosa, me assustando.

Levantei-me tentando mostrar tranquilidade e respondi:

"Bom dia."

"Veio atrás dos bichinhos?"

"Vim. Desculpe, pulei o muro, mas esse é o melhor horário pra fazer a coleta."

"Não tem problema". Rosa apontou para o rapaz. "Esse é o Odair, nosso novo funcionário. Tô mostrando tudo pra ele."

"Bom dia", disse o rapaz, que parecia tímido.

"É o primeiro dia do Odair. Por isso a gente começou bem cedo." Fez um gesto na minha direção e continuou: "Essa moça é bióloga. Volta e meia, tá coletando besouros por aqui." Para mim: "Desculpe, minha cabeça não é mais a mesma... Se não me engano, doutora, o seu nome é Paula."

"Isso mesmo".

"Obrigada."

"E boa colheita." Pensou um pouco e corrigiu-se: "Coleta. A Ciência é uma beleza. Odeio esse pessoal da Terra Plana. Querem fazer o mundo andar para trás. São uns idiotas. Fica à vontade, querida."

"Obrigado. A senhora é muito gentil."

"Posso fazer uma pergunta?"

"Claro."

"Os besouros estão em toda parte, ou eles preferem alguns túmulos em especial? A senhora sempre procura nos mesmos lugares."

"É mesmo? Coincidência", menti. "É que por aqui a terra é mais fofa."

"Ah... Claro. Aí dá menos trabalho pra cavar."

"Isso mesmo."

Rosa sorriu. Ela e o coveiro afastaram-se. Mirtha tinha pressa. Procurei mais besouros cavando perto dos túmulos das irmãs. Dessa vez tive mais sorte: encontrei cinco e coloquei-os no outro vidro. Estava caminhando de volta ao túmulo de Giselle quando Rosa ressurgiu, saindo de trás de uma pequena capela. Eu estava desconfiada que Rosa seguira me observando.

"Agora terminei", disse, com cara de cansada. "Esse sol tá ficando forte."

Enquanto eu me retirava, ainda ouvi a voz de Rosa às minhas costas:

"Um dia quero ver onde vai dar essa pesquisa. Tô bem curiosa."

Fiz de conta que não escutei e segui em frente.

★★★

Na cozinha, examinei os escaravelhos com mais calma. Chamei Mirtha e relatei a confusão no cemitério com Rosa e o coveiro novo. Mirtha sacudiu a cabeça, irritada, quando contei as perguntas da gerente sobre os locais de coleta.

"Ela desconfia de alguma coisa", disse Mirtha.

"Talvez não", ponderei. "Ela gosta de jogar conversa fora."

"A gente tende a subestimar a argúcia de pessoas idosas. Rosa é esperta."

Eu mostrei os vidros com os besouros. "Consegui cinco para as irmãs, mas só um para a Giselle. E nem cheguei perto do teu."

"Eu já disse: a prioridade é fazer as coleiras das irmãs e da Giselle."

"E o teu corpete?"

"Primeiro vamos arrumar a bagunça."

"Tá bem. Vou começar com a coleta de hoje e complemento amanhã. Ainda tenho que comprar algumas coisas."

"Me dá a lista que eu compro. A Margot vai te ajudando."

"E se ela perguntar o que eu tô fazendo?"

"Pode contar o que quiser. Menos sobre o corpete."

4.10. O Malbec

Madalena, em vez de livrar-se do carro de Joaquim, usou-o para ir até o hotel Garibaldi, onde Gabriela continuava escondida. A esposa do pastor já estava dormindo, mas, assim que a Willi bateu à porta, pulou da cama para recebê-la. Mostrou para Madalena uma garrafa de vinho que o porteiro do hotel gentilmente comprara para ela no supermercado da esquina e perguntou:

"Gosta de Malbec?"

Tomaram toda a garrafa e transaram. Como na primeira vez, Madalena interrompeu a relação ao perceber que Gabriela estava ficando fraca.

★★★

Madalena foi a primeira a acordar, perto do meio-dia. Gabriela dormia de bruços ao seu lado. Admirou o corpo da namorada. Estendeu o braço e, com a palma da mão virada para baixo, percorreu lentamente o contorno de Gabriela, sem tocá-lo, da cabeça até a cintura. Gabriela abriu os olhos, vislumbrou o gesto de Madalena e virou-se.

"Tava brincando de aviãozinho?"

"Ahã."

"E o avião não vai pousar?"

"Tu quer que ele pouse?"

"Agora não. Tô morta. Parece que corri uma maratona. Preciso de um banho, mas não sei nem se consigo caminhar até o banheiro e ficar de pé no box."

"Pra que tomar banho? Teu corpo tá com um cheiro maravilhoso."

Gabriela fez um carinho no rosto de Madalena e disse:

"O que eu sinto contigo, nunca tinha sentido na vida."

"Com ninguém, mesmo?"

"Casei com o Geraldo muito nova e nunca transei com outro homem."

"Tá falando sério?"

"Sério. E é triste ver agora, tão claramente, que ele é um imbecil. Tu me salvou do inferno. Tu é um anjo."

"Não sou anjo, nem santa."

Gabriela perguntou:

"Tu já teve muitas namoradas? E namorados?"

"Umas quinhentas e noventa e nove namoradas, por baixo. Mas assim, mais sério, só umas cinquenta. Homens? Nada que seja relevante."

"Então eu sou a cinquenta e um?"

Antes de Madalena responder, um barulho de chave girando na fechadura antecedeu a abertura da porta. Geraldo entrou no quarto. Gabriela imediatamente cobriu-se com o lençol. Geraldo tirou um revólver da cintura e Madalena movimentou-se na cama até ficar na frente de Gabriela.

"Vai embora daqui!"

Geraldo apontou a arma na direção dela.

"Eu não esqueço um corpo como o teu. Tu era uma das putas mascaradas."

Gabriela saiu de trás de Madalena.

"Geraldo, pelo amor de Deus, abaixa esse revólver."

"Deus! Tu tá invocando Deus? Tu, nessa cama, com essa vagabunda, quer que eu pense em Deus? Tá brincando. É melhor chamar o Diabo."

"Deixa ela sair, Geraldo", disse Gabriela. "A gente resolve tudo. Eu... Cometi um erro. Ainda sou tua esposa."

Geraldo deu três passos à frente, ficando mais perto da cama.

"Um erro? É assim que tu chama essa putaria? Tu acha que eu vou querer uma esposa que trepa com uma vagabunda como essa aí? Tá brincando? Vou te dizer o que nós vamos fazer agora."

Geraldo apontou uma das mãos e o cano do revólver para cima, num gesto reflexo, como se fosse começar um sermão na Igreja da Fé Redentora.

"Quando se faz justiça, o justo se alegra, mas os malfeitores se apavoram. Provérbios, capítulo vinte e um, versículo..."

Antes que completasse a citação, Madalena ficou de pé e jogou-se sobre o bispo, derrubando-o. Geraldo disparou enquanto caía. Rolaram pelo chão. Geraldo conseguiu ângulo para acertar um chute na cabeça de Madalena e se estabilizar, depois empurrou-a violentamente na direção da porta. Madalena ficou nitidamente fora de combate. Gabriela viu que havia um furo de bala numa das pernas da Willi. Estranhamente, não escorria sangue. Geraldo, já de pé, apontou a arma para o rosto de Madalena.

"Agora tu vai pro inferno, put..."

Gabriela, com o Malbec vazio na mão, aproximou-se de Geraldo por trás, sem ser vista, ergueu a garrafa e desferiu um golpe violento na nuca de Geraldo. A garrafa quebrou e o bispo desabou sem emitir som algum, ainda segurando a arma.

Madalena levantou-se e, mancando, caminhou até Gabriela. Abraçaram-se. Geraldo permanecia imóvel. Madalena agachou-se e colocou uma das mãos no pescoço do bispo.

"Ele tá morto?", perguntou Gabriela.

"Não. Vamos embora."

★★★

Sob o olhar apavorado do recepcionista, Gabriela e Madalena saíram do hotel. A Willi mancava e tinha que se apoiar em Gabriela. Caminharam o mais rápido possível até carro de Joaquim. Apesar dos protestos de Gabriela, Madalena entrou pela porta do motorista e fez o carro arrancar.

"Como tu consegue dirigir?", disse Gabriela.

"Pegou de raspão. Não é nada. Vou te levar no aeroporto."

"Aeroporto?"

"Tu vai viajar pra longe desse sujeito. O sul do Chile é bonito. Daqui a um tempo eu te encontro lá."

"Não tenho dinheiro."

"Eu te dou."

"A minha mãe depende de mim."

"A tua mãe precisa de uma filha viva. Eu resolvo as despesas dela."

Madalena estendeu o braço e fez um carinho em Gabriela, que não correspondeu.

"Logo que ele entrou", disse Gabriela, "falou alguma coisa sobre o teu corpo, e sobre putas mascaradas."

"O teu marido é louco, tu não percebeu ainda?"

Ficaram em silêncio por algum tempo.

"Como ele me achou?", conjecturou Gabriela.

"Tu ligou o celular?"

Gabriela não respondeu.

"Ligou?"

"Ontem de noite, só um instante, pra mandar uma mensagem pra mãe. Ela fica muito nervosa se eu não dou notícias."

"É óbvio que ele tinha instalado um dispositivo de busca."

Gabriela virou o rosto e olhou para a rua em movimento.

"A gente vai ficar sem se falar por um tempo, mas não te preocupa. Eu vou te seguir até o fim do mundo."

4.11. Bem que podia ser uma caipirinha

Madalena chegou de Uber na casa de Mirtha. Foi direto para o escritório, onde Mirtha tirava alguns produtos químicos de uma sacola.

"Preciso de ajuda", disse Madalena.

Mirtha nem levantou o rosto.

"O que tu fez a noite toda?"

"Levei um tiro na perna."

Mirtha espantou-se e olhou para Madalena, que já estava sentada no sofá.

"Até que não dói tanto, mas incomoda pra caminhar."

"O que aconteceu?"

"Quem sabe a gente deixa a história pra depois e tu tira esse troço nojento de dentro de mim?"

Mirtha caminhou devagar até Madalena.

"Tu não vai morrer por causa do furinho pequeno de uma bala. É a vantagem de ter um corpo que funciona com sangue coagulado.[3] Primeiro tu vai contar o que aconteceu."

★★★

Na cozinha, usando a pia como bancada de trabalho, eu ensinava Margot a usar um pilão de madeira para esmagar os escorpiões em recipientes de aço. Não é tarefa fácil. Os exoesqueletos são duros e, quando se desfazem, no fundo dos recipientes ficam centenas de pequenos segmentos para triturar. Margot não estava gostando da atividade.

"Cansei", disse ela, largando o pilão.

"Estamos apenas começando."

"Não tenho muita força nos braços."

"Faz mais devagar. Aos poucos. Aí não cansa."

Margot inclinou o recipiente para mostrar o resultado de seu trabalho.

"Tá bom assim?"

"Não. Nem perto. Tem que virar um pó fininho."

Margot suspirou e voltou a socar os besouros.

"Bem que podia ser uma caipirinha..."

"É verdade", respondi. "Quando eu faço a vitamina, dá pra usar o liquidificador, porque o consumo é imediato. No meu laboratório na Austrália tem um aparelho que tritura os besouros em segundos."

Margot limpou o suor da testa.

"Por que a gente tá fazendo isso?"

"Porque a Mirtha pediu."

Margot voltou a esmagar. Parou outra vez.

"Por que a Mirtha pediu?"

"Tu sabe como ela é. Vai me ajudar ou não?"

"Como tu descobriu todas essas coisas sobre os besouros?"

"Se eu te contar, tu promete ficar quieta, só ouvindo, e continuar esmagando?"

---

[3] Uma simplificação grosseira de Mirtha. Na verdade, nosso sangue não é coagulado. Ele é muito pastoso, quase sólido, resultado da desaceleração radical de todo metabolismo das Willis.

"Prometo."

"Eu fui pra Califórnia fazer pós-graduação em Biologia, mas antes do curso começar morri num deserto do México, de overdose."

Margot suspendeu o pilão no ar, surpresa.

"Tu prometeu, Margot!"

Margot voltou a esmagar.

"Meu pai viajou pra lá e trouxe meu corpo pra Porto Alegre. Ele deu um jeito de abafar o caso, que não saiu em jornal nenhum. A Mirtha me contou que fui enterrada no Cemitério da Santa Casa no dia 25 de junho de 1967. Até hoje não sei a data exata da minha overdose no México."

"Foi overdose de quê?"

"Um monte de coisas juntas. Eu acordei no Cemitério da Santa Casa, com a Mirtha bem na minha frente. Tinha um monte de escaravelhos circulando em nossa volta. Eu tava nua, e a Mirtha me cobriu. Mas essa parte tu conhece bem: corpo físico, corpo astral, consciência quântica etc. Mirtha me trouxe pra cá e tivemos uma longa conversa. Ela achava que os besouros tinham alguma coisa a ver com a nossa existência. E ela tava certa, o que ficou evidente quando estudei coleópteros na faculdade."

"Mas como tu conseguiu voltar pro curso nos Estados Unidos?"

"A Mirtha me ajudou em tudo. Tivemos que agir rápido. O meu passaporte continuava válido, e eu consegui uma segunda via. Ninguém sabia que eu tinha morrido nos Estados Unidos. Foi bem tenso, mas deu certo. Levei alguns besouros do meu túmulo comigo e passei a pesquisar sobre eles. Minha tese de doutorado foi sobre escaravelhos."

Examinei o recipiente de Margot. Ela tinha avançado bastante. Dei mais umas socadas e disse:

"Acho que tá bom. Agora vamos misturar com a gelatina. Mas antes pega as coisas que a Mirtha comprou."

"Eu não vou comer esse negócio!"

"Não é pra comer. Vai logo."

★★★

Mirtha retirou a bala da perna de Madalena com uma pinça. Era calibre 38. Se não fosse uma Willi, provavelmente teria morrido. Mirtha colocou um bandeide sobre o furo.

"Em alguns dias vai desaparecer. Não me pergunta como."

"E se o cara tivesse acertado na minha cabeça, e a bala atravessasse meu cérebro? Era só colocar um bandeide de cada lado?"

"Não sei. Quer fazer um teste?"

Madalena ficou em silêncio.

"Não acreditei na tua história."

"Problema teu. É a verdade."

"O sujeito tem que ser muito idiota pra disparar uma arma por acidente."

"Ele é bem idiota."

"E tu passou a noite com ele. Com um idiota armado com um 38."

Madalena levantou-se, irritada.

"Às vezes parece que tu tá numa realidade paralela, Mirtha. Tava me sentindo fraca. Peguei um idiota e pronto. Depois ele ficou brincando com a arma e ela disparou. Eu não fico te perguntando quem tu comeu, quem tu matou, quem tu tá a afim. A Maria foi embora porque detesta esse teu controle. Tu diz que te sente como uma mãe, mas tu é uma madrasta horrorosa! Se tu não estivesse morta, eu desejaria que tu morresse!"

Margot entrou no escritório e ficou sem jeito. Não estava acostumada a discussões tão ríspidas entre as duas. Mirtha entregou a bala para Madalena e perguntou:

"Onde tu deixou o carro?"

"Na zona norte, naquela avenida cheia de fábricas abandonadas."

"Não te ilude: tua irmã vai voltar."

"O teu poder acabou. Ela volta se quiser. Duvido que queira."

Madalena saiu do escritório. Margot se pronunciou:

"A Irina pediu que eu pegasse as compras."

Mirtha entregou uma sacola de loja de ferragens. Quando Margot ia sair, percebeu que Mirtha estava chorando.

4.12. Agora temos capuccino!

Otávio hesitou antes de atender ao convite de Rosa, pois achou confuso o relato sobre uma cientista que coletava besouros nos túmulos do cemitério. Porém, quando a gerente disse que a tal doutora dava preferência aos jazigos próximos ao de Giselle, resolveu conferir. Rosa o recebeu no escritório. Foi logo contando:

"Era de manhã bem cedo. O cemitério ainda estava fechado para o público. Ela deu um jeito de entrar e começou no túmulo da noivinha. Colocou um besouro num vidro, mas aí eu e o Robson – nosso novo coveiro – chegamos. Ela pediu desculpas, parecia nervosa. Depois vi que a doutora estava colhendo mais besouros, dessa vez no túmulo das meninas."

"E o que a senhora achou estranho?"

"Os dois túmulos não têm fotos."

"Mas não existem outros em que as fotos foram roubadas? A senhora me mostrou pelo menos cinco."

"Talvez ela tenha ido nos outros antes de eu chegar."

"Talvez. Será que ela foi naquele bem antigo? O que teve o registro rasgado?"

"Pode ser que sim. Mas ali a defunta era velha. Quer dizer, cinquenta e poucos, não era tão velha assim…" Atrapalhada, Rosa não sabia como continuar.

"A senhora tem algum contato com essa doutora? Telefone, endereço, onde ela trabalha?"

"Só sei o nome: Paula."

"Paula de quê?"

"Não sei. Mas pergunto quando ela vier de novo. Hoje eu tenho uma surpresa para o senhor."

"Surpresa?"

"Uma máquina nova de café. Tá ali na área de serviço. Aprendi a fazer capuccino! O senhor aceita?"

★★★

O capuccino estava bom, mas a conversa com Rosa tomara um rumo estranho, com a gerente falando de sua vida solitária. Rosa foi interrompida por um aviso de mensagem no celular de Otávio. Xavier escrevera: "Vem pra delegacia agora. É urgente!!!" Uma excelente desculpa para Otávio sair, o que deixou Rosa cabisbaixa. Otávio elogiou o capuccino três vezes e disse que voltaria em breve para tomar outro.

Na delegacia, o ex-inspetor passou direto pelo espaço principal (não queria papo com os ex-colegas, que provavelmente tinham feito um churrasco para comemorar sua saída) e abriu a porta da sala de Xavier sem bater. Viu o delegado em sua mesa e, numa cadeira próxima, com uma grande faixa branca na cabeça, o bispo Geraldo.

"Senta ali", disse Xavier.

Otávio cruzou a sala na direção da cadeira. No trajeto, trocou um olhar hostil com Geraldo.

"Eu sei que vocês dois já se conhecem", disse Xavier, assim que Otávio sentou-se. "Também sei que tiveram algumas discussões. Mas agora a situação mudou, e espero que a gente deixe tudo que aconteceu pra trás." Virou-se para Geraldo. "Tudo bem?"

"Tudo bem. Eu não tenho mágoas do inspetor."

"E tu, Otávio, tem que aproveitar essa grande chance que apareceu na tua vida. Se tudo der certo, eu posso dar um jeito de cancelar a tua aposentadoria. Vamos voltar pra estaca zero. Sem animosidades. Eu gosto dessa palavra: animosidades. Vamos, Otávio?"

"Não sei. Estou gostando da vida de aposentado."

"Gostando, o caralho! Se tu não voltar pra ativa, logo vai bater uma depressão. Eu te conheço. Já expliquei pro bispo Geraldo que tu fez algumas investigações complementares sobre a morte do irmão dele. Investigações informais, que não deixaram registros aqui na delegacia. Então, tu é a pessoa certa pra assumir o novo caso."

"Que caso?"

"O bispo Geraldo foi agredido na cabeça. Quase morreu. Tentativa de homicídio. A suspeita é uma prostituta."

"E a minha esposa foi raptada", complementou Geraldo.

"Por quem?"

"Por essa puta."

Otávio virou-se para Geraldo sem demonstrar qualquer reação e perguntou:

"O senhor sabe o nome dela? Mesmo que seja o nome de guerra."

"Não. Mas guardo bem fisionomias. Posso fazer um retrato falado. Tenho certeza que ela também participou da morte do meu irmão. Não é uma mulher. É um demônio".

Otávio lembrou:

"Nós tínhamos retratos falados das moças que estavam com o seu irmão quando ele morreu. Mas houve um problema nos nossos arquivos, e eles foram perdidos."

Xavier não gostou da ironia.

"Não enche o saco, Otávio. Pensa pra frente, caralho! Vamos fazer outro."

"O mais importante é encontrar minha esposa", disse Geraldo.

"Qual é a evidência que o senhor tem de que foi um sequestro?", perguntou Otávio.

"Depois de me acertar a cabeça com uma garrafa de vinho, ela pegou minha arma, apontou pra minha esposa e disse que elas iam sair juntas."

"Depois de levar a garrafada, o senhor ainda conseguiu observar o que tava acontecendo?"

"Eu fingi que tava inconsciente pra não morrer. Mas podia ouvir o que ela falava."

"Entendi. E onde isso tudo aconteceu?"

"Num quarto de hotel vagabundo onde minha esposa estava presa. Eu consegui localizar o local porque a sequestradora ligou o celular da Gabriela. Foi só um minuto, mas eu tava bem atento."

Otávio fez que sim com a cabeça várias vezes, como se estivesse raciocinando sobre o que ouviu.

"Já fui na casa da minha sogra", continuou Geraldo. "Ela não sabe de nada. É uma velha paralítica e pateta."

"Certo. Bom, eu vou começar com o quarto do hotel." Virou-se para Xavier. "Já foi feita a perícia?

"Já. Mas não recebi o resultado ainda." Fez um gesto com a mão para Geraldo: "Quem sabe o senhor vai fazer o retrato falado? Eu vou combinar umas coisas com o Otávio."

"Claro", disse o bispo. E saiu. Depois que a porta fechou, Xavier levantou-se, aproximou-se de Otávio e sentou bem perto dele. Falou em voz baixa:

"Tem um detalhe importante nesse caso, Otávio."

"Eu imagino: tenho que investigar muito discretamente e te passar todas as informações antes de fazer qualquer relatório."

Xavier deu um tapinha nas costas de Otávio.

"Perfeito! Isso mesmo. Esse período de descanso te fez muito bem. Mas tô falando de outra coisa."

Xavier colocou a mão no bolso, pegou um envelope pequeno e entregou-o para Otávio.

"Abre."

Otávio obedeceu. Tirou do envelope dez notas de cem reais.

"Tudo teu. É só um sinal. O bispo me prometeu muito mais. Se a gente agir corretamente, claro."

"O que é agir corretamente?"

"Se tu sabe, não precisa perguntar", disse o delegado. "Se não sabe, continua sendo um imbecil, e vai voltar pro teu buraco de merda e não sair nunca mais."

Otávio colocou o dinheiro no bolso.

"Tem uma viatura pra me levar no hotel?"

"Tem. Mas não te acostuma, caralho!"

4.13. A gosma de besouros

Pra falar a verdade, Margot não foi uma auxiliar muito boa. Eu tinha que explicar várias vezes cada passo do procedimento pra ela. Desconfio que Mirtha queria que ela aprendesse a fazer as coleiras, que ela penetrasse nos segredos que, até então, ficavam restritos a mim e à própria Mirtha. Claramente, ela não confiava nas irmãs, e a Giselle era uma novata. Margot, pelo contrário, mesmo sendo uma Willi recente, parecia ter amadurecido muito naqueles dias.

Trabalhávamos nas coleiras de Maria e Madalena, que estavam sobre a pia da cozinha. Já tínhamos preparado o líquido viscoso e grudento que sustentaria o pó dos escaravelhos sobre elas. Era uma mistura de gelatina, albúmen e cola transparente, cuja receita definitiva dependera de inúmeros testes. A presença de elementos orgânicos (gelatina e albúmen) era essencial para manter o poder dos escaravelhos, enquanto a cola segurava tudo sobre o couro ou o tecido. Quando misturamos a gororoba com o pó dos escaravelhos, Margot fez uma cara de nojo e tocou em sua própria coleira.

"Não sabia que essas coisas estavam no meu pescoço."

Ignorei a observação e ensinei Margot a usar o pincel para espalhar a gosma de besouros. Começamos com o modelo punk de Maria. Margot não parava de fazer perguntas:

"O que esses bichos têm de especial?"

"Na mitologia egípcia, o escaravelho representa o deus Khepri, que é associado com o ciclo da vida e da morte, e do nascer e do pôr do sol. Há uma ligação evidente entre os besouros do cemitério onde nós fomos enterradas e a nossa existência como Willis. Um dia eu posso tentar te explicar, mas pra mim também é bem difícil de entender."

"OK, mas como as coleiras funcionam?"

"No começo de 1969, quando eu tava trabalhando no laboratório de Berkeley, tive a nítida sensação que Mirtha tava perto de mim. Era uma espécie de vibração no meu corpo, que ficava mais intensa quando eu ficava perto dos meus besouros. Conferi o calendário. Ela só ia chegar no dia seguinte. Uma hora depois, ela tava ao meu lado. Tinha adiantado o voo. E, na bolsa dela, bem escondidos, ela tava trazendo mais besouros. Ela me disse que também tinha sentido alguma coisa estranha quando o avião pousou."

Terminamos de untar a coleira de Maria e passamos para a de Madalena.

"Triturei os escaravelhos que a Mirtha tinha trazido até obter um pó bem concentrado. Mirtha trouxe um pouco desse pó quando voltou para Porto Alegre e colocou numa xícara de cafezinho, que guardava na estante da cozinha. Quando eu sacudia um tubo de ensaio com o resto do pó em Berkeley, ela sentia o próprio corpo tremer em sua casa na Azenha. O efeito também acontecia no sentido contrário. O resto tu pode deduzir."

Margot ficou com mais dúvidas do que antes.

"É muito complicado."

"Eu sei. Aos poucos tu vai entender."

Margot aponta para a própria coleira em seu pescoço.

"Tu quer dizer que existe uma coleira igual à minha, com essa gosma de besouros que foram tirados da terra do meu túmulo, e que a Mirtha usa pra me puxar quando ela quer?"

"Usava. A Maria roubou todas as coleiras e fugiu. Por isso eu tô fazendo essas aqui."

Margot apontou para as coleiras sobre a mesa.

"Aqui tem as coleiras da Maria e da Madalena. E as outras? E a minha?"

Já que era pra contar tudo, abri uma gaveta e mostrei uma coleira igual à que Margot estava usando.

"Tá aqui."

Margot olhou para a coleira, confusa. Eu garanti:

"Essa não tem tanta pressa. Tu é uma menina responsável."

4.14. Meu gineceu queria aquele androceu: a minha história

O resumo que fiz para Margot foi honesto, mas deixou lacunas. É o momento de explicar melhor minha trajetória e como ela se entrelaça com a de Mirtha e das demais Willis. Meu ponto de partida costuma ser a ciência, já que sou uma bióloga e estudei os escaravelhos com afinco. Porém, há momentos em que as Willis escapam ao método científico. Sempre podemos recorrer aos raciocínios da física quântica, às incertezas das partículas elementares, mas tenho que admitir: para mim, alguns textos de ocultismo do século 18 fazem mais sentido que certos livros de física do século 21. Quem sabe, um dia, eu mesma vou entrar, com meu corpo astral, num acelerador de partículas para vencer minhas desconfianças. Será que eu teria uma chance de compreender tudo? E sairia caminhando depois? Mas vou contar a minha história desde o começo.

Em 1963, com 20 anos, comecei meu curso de Ciências Biológicas na Universidade Federal do Rio Grande do Sul, em Porto Alegre. Meu pai queria que eu fizesse Direito, onde teria o privilégio de ser sua aluna e permanecer sob sua eterna vigilância. Nunca! Esse foi, com certeza, meu primeiro ato de rebeldia vitorioso. Ele achava que, depois do primeiro semestre na Biologia, eu estaria tão entediada que ouviria a voz da razão, ou seja, a dele. Mas eu gostei. Gostei muito. A maioria dos meus colegas detestava estudar taxonomia, decorar nomes de gêneros, famílias e espécies. Eu achava adorável aquela enorme diversidade de maneiras de viver e de se reproduzir. O desembargador Chaves não podia imaginar que sua filha ficava horas e horas pesquisando as infinitas formas com que o sexo produz vida. Estou exagerando, é claro, não são infinitas, mas garanto que são mesmo muitas. Só os insetos enchem um compêndio bem grosso.

Na faculdade não me interessava por besouros. Minha paixão eram as abelhas e as flores, que me permitiam unir animais e vegetais numa orgia sexual espantosa e infindável. Depois de conhecer todas as espécies de abelhas do Rio Grande do Sul, e praticamente todas as flores que elas fecundavam, queria viajar e ver como o bacanal acontecia pelo resto do Brasil e do mundo. Meu pai não gostou da ideia. Minha mãe tentou ajudar, mas o patriarcado era forte lá em casa. Tão forte e tão repressor que, embora eu estivesse cercada por cópulas e fecundações, minha própria vida sexual era inexistente. O desembargador Chaves controlava cada passo que eu dava. Proteger a virgindade da filha única era sua obrigação moral e sua lei.

Percebi que, enquanto ficasse em Porto Alegre, continuaria sob o jugo paterno. No final do último semestre, já comecei a planejar um curso de pós-graduação. Havia boas opções em São Paulo ou no Rio de Janeiro, mas eu sonhava mais alto. Queria ir para os Estados Unidos, um destino bem mais distante do desembargador e bem mais produtivo para minha carreira. Meu inglês era razoável e fiz aplicações para várias universidades. Alguns dos meus professores enviaram cartas de recomendação. Um deles, que parecia sexualmente interessado em mim, disse que tinha uma ótima ponte em Yale. Poderia me encaminhar. Se eu chupasse o pau dele, minhas chances aumentariam bastante. Ele não disse isso, mas agiu como uma abelha carregada de pólen que se aproxima de um gineceu: parece estar trabalhando, mas está de sacanagem.

Sem chance! Não perderia minha virgindade com um professor feio e casado. Depois de tanto esperar, queria coisa melhor. Esperei e esperei. E esperei mais um pouco. Já era maio de 1967, tinha me formado há meio ano, e nada. Então o desembargador Chaves abriu a porta do meu quarto e disse que tinha chegado uma carta dos Estados Unidos para mim. O envelope estava na sua mão, ainda fechado. Ele queria saber o que era, eu disse que era um assunto particular. Ele me mostrou a identificação do remetente: Universidade de Berkeley, em São Francisco, e ameaçou: "Não vais a lugar algum." Tentei arrancar o papel da mão estendida, mas ele recuou e saiu do quarto. Nunca mais vi o envelope. Alguns dias depois, minha mãe contou que a carta tinha sido queimada naquele mesmo dia, no fogão a lenha, sem ser lida. O desembargador Chaves não queria ser acusado do crime de violação de correspondência.

Na manhã seguinte, liguei para Berkeley e disse que havia recebido um aviso do correio brasileiro sobre o extravio de uma carta enviada pela universidade, provavelmente vinda do programa de pósgraduação em Biologia. Depois da ligação ser repassada algumas vezes, uma voz feminina muito simpática perguntou se eu me chamava Irina Chaves. Eu confirmei. A voz disse que eu estava pré-aprovada para uma bolsa de doutorado e perguntou se eu tinha condições de comparecer para uma entrevista dali a quinze dias. Eu disse que sim, com certeza. Ela respondeu "excellent!" e desligou.

Fiz tudo em segredo, do passaporte à passagem, que foi paga com um dinheiro que eu economizara dando aulas particulares, mais as generosas contribuições de minhas duas melhores amigas, ambas de famílias ricas. Não avisei nem minha mãe. Até o momento de embarcar no voo da Panam no Rio, estava apavorada com a possibilidade do pai descobrir a fuga e me impedir. Dessa vez, no entanto, eu sabia que estava diante da maior chance da minha vida. Fiz todos os movimentos com o maior cuidado, e a vigilância do desembargador Chaves falhou.

Cheguei na Califórnia em pleno Verão do Amor, com uma mala pequena e quinhentos dólares, dez dias antes da data marcada para a entrevista. Sabia que meu pai tentaria me rastrear, então evitei registros em hotéis. Mas ninguém precisava de hotel nas ruas de Haight-Ashbury. O movimento hippie me envolveu como uma jiboia enrolando-se num novilho. Aquilo era vida! Uma mexicana de mil flores nos cabelos e um baseado eterno na boca me disse que era fundamental irmos ao Festival de Monterey, que não era longe de São Francisco. Ela já tinha arranjado carona numa kombi. Por que não?

Durante o show de Jimi Hendrix, um americano cabeludo lindo, amigo da mexicana, começou a dançar comigo. Era Jack. Eu pensei: minha espera acabou. Meu gineceu queria aquele androceu. Ele nem disse "hello". Me mandou abrir a boca e fechar os olhos. Senti algumas gotas caindo em minha língua. A partir daí, é tudo muito confuso. Provavelmente era uma amostra do LSD trazido por Timothy Leary para o festival. Viajei muito. Perdi totalmente a consciência do que estava acontecendo. Eu seguia o fluxo e pensava que em breve Jack seria meu primeiro homem. A mexicana percebeu o que estava acontecendo e decidiu que o ato teria que acontecer num lugar sagrado no deserto de Sonora, depois da fronteira do México, onde ela também perdera a virgindade.

Sei, é tudo muito inverossímil e muito louco, mas aconteceu. Tenho uma pálida lembrança de ter protestado quanto à viagem, pois havia a entrevista marcada em Berkeley. Acho que a mexicana me garantiu que estaríamos de volta a tempo. Jack, além de LSD, tinha maconha sem sementes e um pó que devia ser heroína. Pra completar, fazia chás de plantas muito bonitas. Chegamos, não sei como, a uma casa pequena numa vila do deserto. Havia apenas uma cama para os três. Era uma noite de lua cheia, perfeita para mais uma viagem de ácido, temperada por um chá especialmente amargo, que bebi com volúpia, mal deixando sobrar para Jack e a mexicana. No começo, eu curti. Tiramos todas as roupas e nos beijamos. Aí senti um enjoo, um mal-estar que começou no estômago e depois subiu pelo corpo até a cabeça. A viagem astral, que era bonita e luminosa, se transformou num emaranhado de sensações escuras. A lua ficou marrom, depois desapareceu. Meu cérebro fritava. Não aguentei. Devo ter morrido logo. Jack e a mexicana provavelmente fugiram, apavorados.

O passaporte, que ficou em minha bolsa, ao lado de meu corpo, permitiu que o desembargador Chaves finalmente me achasse. Ele viajou ao México e providenciou o translado do corpo para Porto Alegre. Mirtha me contou a data do meu enterro, ninguém sabe a data exata que eu morri.

No dia seguinte, ao entardecer, com o cemitério já fechado, voltei à vida (embora não seja a mesma vida) e vi Mirtha bem à minha frente. Havia dezenas de escaravelhos circulando em nossa volta. Eu estava nua, mas não sentia frio, apesar do vento minuano que varria o cemitério. Mirtha, em ato reflexo, tentou me cobrir com seu casaco, mas ele atravessou meu corpo e caiu no chão. Mirtha me levou para sua casa e testamos o uso do véu. Ali, naquela noite, começou nossa amizade.

Contei para ela minha triste história erótico-acadêmica. Mirtha percebeu que eu teria que agir rápido se quisesse retomar meu sonho de estudar nos Estados Unidos. Liguei para Berkeley e consegui remarcar a entrevista. Mirtha ajudou a dar a necessária materialidade ao meu corpo. Já disse que os Estados Unidos ainda não sabiam de minha morte recente, então fiz a entrevista em São Francisco e ganhei a bolsa. Durante o curso, Mirtha me visitou algumas vezes. Eu serei eternamente agradecida por tudo que ela fez por mim. Morei e trabalhei na Califórnia por mais de dez anos, me escondi de minha família e de meus amigos. Depois me mudei para o Cairo, já com outro nome.

4.15. Ela sabia tudo sobre a vida. Tudo!

Otávio, usando luvas cirúrgicas, percorreu cuidadosamente o quarto de hotel e fez algumas fotos. O funcionário da recepção permaneceu perto da porta. Ainda estava muito abalado com toda a confusão e temia ser despedido.

"Então o senhor não fez registro nenhum? De nenhuma das duas?", perguntou Otávio.

"Não."

Otávio notou os dois cálices vazios na mesinha de cabeceira.

"E quanto tu ganhou pra não pedir as identidades?"

"Nada. Juro pela minha mãe. Nada mesmo."

Otávio examinava os cacos da garrafa de Malbec quebrada, espalhados pelo carpete fino e desbotado.

"Eu não sei o que aconteceu. Pedi os documentos quando elas se hospedaram, mas uma das moças disse que não era preciso. Eu disse que era o regulamento, que eu podia me encrencar. Ela insistiu e..."

O recepcionista estava constrangido.

"E aí ela segurou a tua mão", completou Otávio.

"Sim. Segurou."

Otávio apanhou uma folha de papel dobrada no bolso da calça. Desdobrou-a e mostrou para o funcionário.

"Ela era parecida com uma dessas duas?"

No papel, estava impressa uma página de jornal com a notícia do conflito no Bom Fim em 1984 e duas pequenas fotos de Maria e Madalena.

"Essas meninas?", disse o recepcionista. "As que estavam aqui eram mulheres. A que apertou minha mão era muito jovem, mas não criança como essas aí."

"Esquece as roupas. Te concentra nos rostos. Pensa na mulher que segurou tua mão."

O funcionário examinou as fotos por mais algum tempo e sacudiu a cabeça, negando.

"Os traços do rosto são parecidos com essa aqui." Apontou para a foto de Madalena. "Mas essa da foto é uma guria ingênua. A mulher que segurou minha mão... Ela era poderosa. Ela sabia tudo sobre a vida. Tudo!"

4.16. Por que ela sabia tudo sobre a vida?

Essa afirmação do recepcionista sobre Madalena é típica de jovens machos heteros no primeiro encontro com uma Willi. Eles se sentem tão fortemente atingidos, em especial se há algum contato físico, que, talvez de modo subconsciente, percebem que não se trata apenas de uma atração despertada pelas linhas do rosto ou pelas proporções do corpo. Eles percebem que há mais alguma coisa. No caso, ele disse que Madalena "sabia tudo sobre a vida", o que não combinava com a idade da mulher à sua frente. Também disse que Madalena era "poderosa". E ele estava certo.

Durante toda minha vida astral tentei compreender a origem desse poder. Minha hipótese inicial foi de que ele vinha dos besouros. Acreditava (e ainda acredito) que um casal de *Scarabaeus sacer* trazido do Egito por Mirtha gerou uma grande descendência e é responsável pelos fatos sobrenaturais que acontecem no cemitério em que nós fomos enterradas, ainda virgens, e renascemos como Willis. Meu doutorado, oficialmente um estudo sobre a família *Scarabaeidae*, na verdade foi uma investigação ampla a partir dessa hipótese. O primeiro capítulo da tese é uma breve descrição de como eles aparecem na mitologia egípcia.

No segundo capítulo da tese, falo dos hábitos estranhos de muitos escaravelhos, também conhecidos como rola-bostas. Eles gostam de se alimentar de matéria orgânica em decomposição, o que pode incluir as fezes de outros animais. Fazem uma bola com esse material, que vão arrastando, às vezes por um longo caminho, até que decidem enterrá-la num local que consideram seguro. Então colocam seus ovos já fecundados dentro da bola. Quando as larvas nascem, alimentam-se desse material orgânico. O que não escrevi na época, mas descobri depois, no cemitério, é que um dos locais mais seguros, pelo menos para os descendentes dos escaravelhos egípcios trazidos por Mirtha, são os túmulos humanos. Nossos túmulos. Também expliquei como os escaravelhos são benéficos para a agricultura. O resto da tese é uma chatice e não vale a pena falar sobre ela.

Hoje, o que posso afirmar, com certeza, é que os besouros que vivem no nosso cemitério são levemente radioativos, inclusive depois de mortos. Eles emitem ínfimas quantidades de partículas gama, que têm alto poder de penetração. Talvez os escaravelhos egípcios colocados no túmulo de Mirtha tenham encontrado na terra algum elemento como tório ou polônio, e o tenham absorvido. É uma possibilidade. A outra é que eles foram contaminados pela radiação do granito de alguns túmulos, que é anormalmente alta. Nunca consegui aprofundar essa pesquisa, que exigiria equipamentos usados por quem estuda física nuclear. Preciso de mais verbas, o que não é fácil.

Em 1975, quando foi publicado *O Tao da Física*, de Fritjof Capra, eu ainda estava na Califórnia. Ele fazia suas pesquisas no laboratório Lawrence Berkeley, que não ficava longe do prédio da Biologia. Infelizmente, a noção de interdisciplinaridade praticamente não existia na época. Então, só fui conhecer as ideias de Capra em 1978, quando o livro já era bem famoso e minha tese estava pronta. Tive vontade de reescrever várias partes do meu texto, porque as relações que ele fazia entre a física das partículas subatômicas e as religiões orientais, em especial o hinduísmo e o budismo, me abriram a cabeça. Porém, já decidira ir para o Egito. Imaginava que lá estaria mais perto dos escaravelhos.

Na Universidade do Cairo, concluí que era fundamental abandonar o cartesianismo e aceitar que nem sempre a ciência tem todas as respostas. Descobri que os egípcios do Império Médio falavam de "Ka", ou duplo luminoso, e estudei o Livro dos Mortos. Tentei comparar o "Ka" egípcio com o que Paracelso, um médico e alquimista suíço do século 16, chamava de corpo astral. Cheguei aos ocultistas do século 18, que afirmavam haver três aspectos num corpo humano: o corpo físico, totalmente material; o corpo astral, que é duplamente polarizado, unindo o inferior, físico, ao superior, espiritual; e o

Espírito Imortal, que já abandonou a matéria para sempre, mas é a origem de tudo que existe.

Nossos corpos, os corpos das Willis, são corpos astrais, eternamente ambíguos, vagando entre as restrições do mundo físico e as possibilidades do mundo espiritual. Somos matéria e alma desmaterializada ao mesmo tempo. Oscilamos entre a existência e o éter. Por mais maluco que isso possa parecer, há uma evidente relação entre essas ideias clássicas do ocultismo europeu, as religiões orientais e a física quântica. As partículas elementares, de que todos os corpos são constituídos, têm um duplo caráter: elas são matéria (têm posição definida e são capturadas por detectores de partículas) e são padrões de ondas (não têm matéria, nem posição, mas aparecem em detectores de ondas).

Então podemos dizer que as Willis têm uma dualidade onda-partícula. Quando morremos, nossa metade material começa a se deteriorar, mas a onda ainda está lá, ainda é uma energia vital. E, como morremos desejando transar, desejando viver, desejando completar nossa caminhada através de fecundação, nossa energia represada é muito grande. De alguma maneira, os escaravelhos entraram em contato conosco, dentro do túmulo, e aumentaram o poder dessa onda de desejo com sua radiação de partículas gama. Assim, a onda anseia ser também matéria. É a energia da onda que provoca a nossa segunda existência, mesmo depois que o corpo enterrado perece. Essa energia, contudo, precisa continuar fluindo para manter o corpo astral em atividade. Por isso as Willis dependem da absorção da energia de seres vivos.[4]

Quanto à suposta sabedoria de Madalena sobre a vida, não há mágica alguma: o seu corpo visível tem 17 anos, mas ela já tem mais de 40 de estrada.

---

4 Erwin Schrödinger escreveu em 1956, numa previsão fantasticamente apurada: "Pelo que aprendemos sobre a estrutura da matéria viva, precisamos nos preparar para encontrá-la funcionando de uma maneira que não pode ser reduzida a leis ordinárias da física." Às vezes me pergunto se o velho Erwin não encontrou uma Willi austríaca em algum momento de sua vida."

4.17. A queda

Passar uma noite no Chelsea Hotel, com sua icônica fachada de tijolos vermelhos, na rua 23 de Nova Iorque, era um velho sonho de Maria. Ela sabia que por ali circularam Bob Dylan, Virgil Thomson, Charles Bukowski, Janis Joplin, Leonard Cohen, Robert Mapplethorpe, Dylan Thomas, Allen Ginsberg e Gregory Corso. E, os mais importantes, Patti Smith e Iggy Pop. Ela tentou se hospedar no quarto 100, onde Nancy Spungen, a namorada de Sid Vicious, morreu no dia 12 de outubro de 1978. Infelizmente, o Chelsea não aceitava mais hóspedes.

Maria pegou um quarto no Savoy, a uma quadra de distância. Um hotel com muito menos charme, mas bem mais barato. Além disso, não ficava longe do bar em que a banda de Maria, *Pussys not for you*, iria tocar em breve. Cansada pela longa viagem de avião, Maria deitou-se e tentou relaxar. Não conseguiu. Estava curiosa para analisar com mais calma as tralhas que roubara do armário de Mirtha. Abriu a mala e retirou a fronha em que carregara as cinco coleiras, a guia e o corpete. Colocou tudo em cima da cama e examinou peça por peça. Pegou o corpete com as argolas e tentou entender como usá-lo, sem sucesso.

★★★

Giselle alugou um quarto modesto numa pensão do centro histórico de Porto Alegre, quase no final da Rua da Praia. Lembrava suas acomodações em São Borja, com uma diferença: havia um ruído ambiente constante, dia e noite, que a deixava meio tonta. Sentia-se fraca. Viu-se no espelho: estava pálida. Deitou-se na cama pequena com seu celular, e acessou a página de Alberto no Facebook. Não havia atualizações nos últimos meses. Nada sobre o casamento frustrado. Entrou na seção de fotos. Ali estava seu noivo, sempre sorridente. Achou um close de Alberto e ficou um bom tempo curtindo a imagem. Devagarzinho, levou sua mão direita para baixo do vestido e começou a masturbar-se.

★★★

Mirtha também estava longe de exibir sua costumeira postura enérgica. Tentava disfarçar seu abatimento com uma maquiagem pronunciada. Sentada à escrivaninha, olhava para mim, Madalena e Margot com uma expressão que pretendia ser carinhosa. Madalena não estava com a mínima vontade de reconciliar-se e demonstrava isso sacudindo o pé em ritmo de *speed metal*. Mirtha, entretanto, não a censurava. Talvez estivesse cansada demais para entrar em novo confronto. Levantou-se com dificuldade, apoiando as mãos sobre o tampo da mesa e disse:

"Até a chegada da Irina, em 1967, eu era a única Willi. Foram quase cinquenta anos de solidão, tentando descobrir o que eu era." Olhou para mim. "Tu foi uma benção. E ainda é." Virou-se para Margot e Madalena. "Eu e a Irina aprendemos muitas coisas sobre a nossa existência, e uma das mais importantes é que toda Willi precisa de ajuda, de apoio, às vezes de dinheiro, pra seguir em frente. Seguir em frente é a única coisa que a gente pode fazer."

Mirtha abandonou a escrivaninha e deu alguns passos na direção de Madalena.

"Quando tu e a Maria chegaram, meu coração se partiu. Vocês eram jovens demais para morrer. Sempre tentei ser uma espécie de mãe pra vocês, mas hoje tu me disse que eu falhei. Não é fácil ouvir isso, Madalena, porque eu amo vocês duas. Nós somos de épocas diferentes, de mundos diferentes, e eu não consegui compreender vocês."

Encarou Margot:

"E tu, minha bailarina querida, talvez eu tenha te entendido mais rápido, o que não significa que tenha sido fácil. Tu quase nos abandonou, mas ainda tá aqui. Abandonar não é uma alternativa."

Mirtha voltou até a escrivaninha, abriu uma caixa de madeira e retirou as três coleiras e a guia que eu havia confeccionado com a ajuda de Margot. Mostrou as coleiras para Madalena, que não conseguiu esconder seu espanto.

"A Maria precisa voltar. E a Giselle também. Mas eu não quero ser obrigada a arrastar a tua irmã. Se tu tem como falar com ela, explica que falta pouco pra educação da Giselle terminar, e aí todas nós vamos estar livres outra vez."

"Duvido que ela vá ouvir", disse Madalena.

"Mas tu podia pelo menos tentar. Por favor, fala com ela."

Madalena pensou por um minuto, levantou-se e saiu do escritório.

"Ninguém sabe onde a Giselle tá", disse Mirtha. "Eu não tenho alternativa."

Mirtha pendurou a coleira de Giselle num cabide antigo no fundo da sala e prendeu a guia de couro na sua argola. Preparou-se para puxá-la.

★★★

Giselle sentiu o primeiro puxão no pescoço, ainda gentil, quando estava quase chegando ao orgasmo. Tentou ignorar o desconforto e seguir em frente, mas a segunda pressão da coleira não foi nada suave. Sua nuca afundou um pouco no travesseiro. Levou as duas mãos à coleira e tentou fazer espaço para respirar, ao mesmo tempo que, em casa, Mirtha diminuía a força com que puxava a guia. Giselle inspirou profundamente e olhou para a foto de Alberto. O orgasmo estava perdido.

"Eu chamei. E ela ouviu", disse Mirtha.

★★★

Madalena falava com Maria numa ligação de vídeo.

"É mentira", berrou Maria. "As coleiras tão aqui. Quer ver?"

Maria virou o celular e enquadrou a cama do hotel.

"Ela me mostrou três coleiras. As nossas e a da Giselle. E a guia."

"Ela tá blefando. Manda ela se foder. Se tinha as coleiras, por que não usou até agora?"

"Não sei."

"E tem essa porra de corpete com argolas aqui. É um troço meio sadomasô. A Mirtha tem fetiches esquisitos e fica se fazendo de santa."

"Ela não mostrou corpete nenhum. Só as coleiras."

"Quando tu vai dar adeus pra essas chatas? Tu tá livre, maninha."

"Tô mesmo?"

"Claro que tá. Volta lá e diz que elas nunca mais vão me ver."

★★★

Madalena não entrou no escritório. Ficou embaixo do marco da porta e encarou Mirtha.
"Ela não acredita que essas coleiras sejam de verdade."
"Tá bom."
Mirtha colocou a coleira de Maria onde antes estava a de Giselle.

★★★

Maria tentava vestir o corpete de Mirtha sem tirar as próprias roupas. Depois de muito esforço, conseguira um resultado que julgou razoável. Examinou-se no espelho pequeno do banheiro e começou a manipular o sistema de correias. Pegou uma das coleiras e ia colocá-la numa das argolas. De repente, seu pescoço foi violentamente puxado para trás.

★★★

Mirtha puxava a guia com toda força. Seu corpo tremia e seu rosto estava branco, mas ela continuava tracionando. Madalena saiu do escritório. Mirtha diminuiu a tensão por alguns segundos. Depois puxou outra vez. A mão de Mirtha abriu-se, soltando a guia, que ficou balançando, presa à coleira. A decana das Willis, tonta, tentou apoiar-se no cabideiro, mas a base do móvel era muito estreita, e ele inclinou-se até desabar. Mirtha caiu junto com ele, já desacordada. A guia e a coleira de Maria ficaram entrelaçadas em seu pescoço.

"Se você está morto, como continuar a viver?"
Bernard Malamud

"É preciso morrer antes do fim da vida."
Paulo Sérgio Rosa Guedes

5.1. *Mutter. Mutter. Mutter*

Sem dinheiro nem crédito para pagar a passagem de avião, Maria mandou uma mensagem para mim. Puta sacanagem. Aquela guria sabe bem que nunca tive grandes reservas financeiras. Mas aceitei gastar uma pequena fortuna diante do estado energético de Mirtha. Se fôssemos humanas, chamaria um médico. Se fôssemos puros espíritos imateriais, não haveria qualquer preocupação. O hibridismo de nossa existência cria uma incerteza constante.

Maria desceu do táxi carregando a mesma sacola e o estojo de guitarra que usou quando partiu para NY. Foi direto para seu quarto, onde Madalena a aguardava. As irmãs abraçaram-se.

"Alguma novidade?", perguntou Maria.

"Não. A Mirtha tá na mesma."

"E a Giselle?"

"Voltou uma hora depois da Mirtha puxar. E tá cada vez mais sonsa. A Margot tá ensaiando outra vez, o que deixou a Irina possessa."

"E tu?"

"Vou levando. O furo na minha perna quase desapareceu."

"E a tua paixão?"

"Tá longe. No fim do mundo. Mas daqui a pouco vou atrás."

Maria beijou Madalena e disse:

"Eu vou falar com a chata."

★★★

Em condições normais, apenas eu tenho intimidade suficiente para entrar no quarto de Mirtha. A normalidade, porém, desaparecera da casa. Maria entrou no ambiente mais escuro que o normal devido às janelas fechadas e aproximou-se da cama onde Mirtha dormia, pálida e doentia. Eu estava sentada ao lado. Não demonstrei prazer com sua chegada.

"O que aconteceu?", perguntou Maria, igualmente inamistosa.

"Ela tá muito fraca", respondi.

"A velha gastou energia do modo errado, nos massacrando sem parar."

"Cala a boca! Tu trouxe as coisas de volta?"

"Não. Deixei em Nova Iorque. Não funcionam mais."

Levantei-me, disposta a dar uma bofetada naquela guria estúpida.

"A Madalena não te disse pra trazer?"

"Disse, mas eu tava com pressa. Só peguei o essencial."

"Sua idiota!", gritei. "Irresponsável! Menina mimada e egoísta!"

Mirtha acordou com meus berros e viu Maria. Apoiou-se nos cotovelos.

"Tu voltou", disse, em voz baixa.

"Voltei. Que remédio…"

"Eu tive sonhos com todas vocês. Mas o sonho mais incrível foi contigo. Chega mais perto."

Maria deu um passo na direção da cama. Mirtha levantou o braço e segurou a mão da pequena punk.

"Eu sonhei que tu tinha uns cinco ou seis anos e corria na minha direção com os braços abertos. Eu me agachava pra te receber e, quando tu chegava, vinha tão rápido que quase me derrubava, mas eu conseguia me equilibrar e ficar ali, te abraçando, bem forte, e sentindo o cheiro dos teus cabelos. E aí tu começava a dizer '*Mutter. Mutter. Mutter*' ".

Mirtha estava bem emocionada. Maria não sabia o que fazer. Eu disse para ela:

"'*Mutter*' é mãe em alemão."

Maria virou a cabeça pro lado, tentando esconder que também estava emocionada.

"Foi o sonho mais lindo que eu já tive na minha vida", disse Mirtha. "Nas duas vidas." Bateu com a outra mão sobre a cama.

"Senta aqui."

Maria obedeceu. As duas continuavam com as mãos entrelaçadas.

"Mirtha, desculpa se eu às vezes..."

Maria parou de falar, pois percebeu que Mirtha dormia outra vez. Virou-se para mim.

"É assim", eu disse. "Ela acorda, fala um pouco e depois dorme outra vez."

"É óbvio que tá faltando energia", diagnosticou Maria. "Tem que trazer um homem pra ela. Ou sei lá o que ela come. Por que tu tá aí parada?"

"Eu tava esperando a tua chegada pra resolver."

"Por que eu? Vocês são tão inúteis assim?"

Eu não podia revelar o modo como Mirtha se alimenta.

"Vai pro teu quarto. Eu já vou falar contigo. Fecha a porta quando sair."

Ela foi. Sacudi suavemente os ombros de Mirtha até que ela abriu os olhos.

"Presta atenção. A Maria não trouxe o corpete de volta. Ficou em Nova Iorque. Tu vai ter que te alimentar de outra maneira."

"Não. Faz outro corpete pra mim."

"O corpete é muito complicado de fazer, Mirtha. Sem um laboratório profissional, vai levar dias."

"Eu aguento."

"Vamos precisar de mais escaravelhos do cemitério. Aquela velha ficou me perseguindo na última vez. É perigoso."

Mirtha divagou, sussurrando:

"A Maria pega os besouros. No fundo, ela gosta de mim."

E dormiu outra vez.

5.2. A pastora Natália

Não foi fácil para Alberto vencer o constrangimento de falar com a mãe de Giselle sobre o apartamento. Ela era a fiadora do aluguel, graças à modesta casinha em Teresópolis, e ainda tinha oferecido aos noivos o fogão e a geladeira, ambos novos, certamente sacrificando boa parte da sua caderneta de poupança. Alberto não podia simplesmente considerá-los seus. Foi visitar a quase sogra e propôs devolver os eletrodomésticos. Ela aceitou com um sorriso triste no rosto. Sua geladeira estava mesmo em péssimo estado.

Como Alberto não tinha dinheiro nem para o frete, Otávio fizera questão de emprestar os mil reais que acabara de receber de Xavier. Assim não gastaria tudo em bebida. Depois de devolver o fogão e a geladeira novos para a mãe de Giselle, Alberto conseguiu comprar, num brique de utilidades domésticas usadas, um fogão de duas bocas e uma geladeira pequena, que mais parecia um frigobar. Com tudo instalado, convidou Otávio para conhecer sua modesta moradia. O inspetor gostou do que viu:

"Tu seguiu meu conselho", disse Otávio. "Tá bem ajeitadinho."

"Segui. Mas não sei até quando consigo ficar aqui."

"Uma vez, enrolei oito meses."

"Tudo isso? Tu deve ser bom em enrolação de imobiliárias."

"Sou doutor nesse assunto."

"Quer beber alguma coisa? Tenho água gelada."

"Obrigado. Acabo de tomar umas coisinhas. A nossa amiga fotógrafa respondeu?"

"Nada. Já mandei três mensagens."

"O problema é que ela..."

O diálogo foi interrompido pelo ruído da porta do apartamento abrindo. Otávio observou com algum espanto a chegada de uma garota de uns 25 anos, cujos traços delicados da face não combinavam com os vastos cabelos escuros, que quase chegavam à cintura, e com as roupas ultraconservadoras: uma blusa branca de mangas compridas e gola alta, que cobria parte do pescoço, uma saia cinza, folgada, de algodão, até os pés, e sapatos pretos, feios, desses que freiras usam quando vão à missa. Nenhuma maquiagem. Otávio levantou-se.

"Essa é a Natália", disse Alberto. "Ela é pastora no templo que tenho frequentado."

Natália estendeu timidamente a mão, e Otávio apertou-a.

"Desculpa. Não quero atrapalhar vocês", disse Natália. "Esqueci uma coisa."

Ela parecia constrangida. Caminhou até o quarto e voltou com uma Bíblia na mão. Falou para Alberto:

"Hoje tem missão embaixo do viaduto. Às seis."

"Estarei lá", disse Alberto.

"Certo. Até logo."

Natália saiu. Otávio encarou Alberto com um meio sorriso irônico no rosto.

"Que foi?", disse Alberto.

"Eu não disse nada."

"Mas tá rindo."

"Pronto, não tô mais."

"Não pensa bobagem. A gente só reza juntos de vez em quando."

"No quarto..."

Alberto tentou ficar sério, mas não conseguiu. Estava encabulado. Otávio bateu com a mão no ombro de Alberto e afirmou:

"Se ela tiver tanta fé quanto cabelo, vai direto pro céu e te leva de carona."

★★★

Alberto refletiu bastante antes de postar as fotos no seu Facebook, mas Natália já havia colocado no dela. Seria indelicado se não fizesse o mesmo. E Natália poderia pensar alguma bobagem. Eram imagens absolutamente inocentes: na primeira, os dois sorrindo, lado a lado, enquanto distribuíam as marmitas para os moradores em situação de rua; na segunda, em frente ao templo, um pouco suados e desarrumados, limpando a fachada, que sofria bastante com a fuligem despejada pelos milhares de carros da avenida João Pessoa. Eles não se tocavam, nem compartilhavam qualquer olhar. Em ambas, havia outros fiéis no quadro. Alberto colocou as fotos na rede, desligou o celular e foi dormir.

★★★

Sozinha no quarto, já que Margot estava ensaiando, Giselle acessou o Facebook disposta a terminar o que iniciara na pensão. Entrou no feed de Alberto e, antes de selecionar a foto que usaria para movimentar sua preguiçosa imaginação, viu o post publicado há cinco minutos. A mulher nas fotos estava identificada como "Natália Quiroga, Pastora da Nova Igreja do Sagrado Rebanho dos Apóstolos de Cristo". Ampliou um pouco as imagens. Sua cabeça foi tomada de perguntas. Quem era aquela megera horrorosa com cabelos até a cintura? Por que evitavam se olhar, quando era tão evidente que estavam juntos? Por que seu noivo estava apaixonado por aquela bruxa? Tinha que fazer alguma coisa para não perder Alberto.

5.3. Sequestro etílico

Xavier mostrou a Otávio o retrato falado de Madalena a partir da descrição de Geraldo. O desenho lembrava vagamente a Willi, mas era bem ruim.

"Parece personagem de história em quadrinhos de sacanagem.", disse Otávio.

"Queria o quê? É uma puta. É parecida com a que tu viu no vídeo do hotel?"

"Tão parecida quanto umas vinte que já prendi."

Xavier jogou o papel sobre a mesa, irritado.

"Nunca vi retrato falado ajudar em porra nenhuma. Mas leva essa bosta e mostra pro guri de merda aquele. Talvez ele possa ajudar com algum detalhe."

"Tu sabe que as putas são todas quase iguais."

Xavier estava mexendo no celular.

"Discordo. Tem as fora da curva. Hoje é noite da Agnes. Vai dizer que ela não é sensacional?"

"Sensacional."

Xavier falou sem olhar para Otávio:

"O bispo quer novidades. Descobriu alguma coisa na cena do crime?"

"Descobri, mas acho que ele não vai gostar."

Xavier parou de digitar e encarou Otávio.

"Por quê?"

"Além do vinho, que era de boa qualidade, pelo menos comparado com os que tenho lá em casa, tinha dois cálices na mesinha de cabeceira. Os dois manchados de batom. De cores diferentes."

"E daí?"

"Daí que eu nunca vi sequestrador oferecer vinho pro sequestrado. O porteiro me disse que elas chegaram juntas e pareciam amigas. Ninguém tava ameaçando ninguém."

"Porra, Otávio! O cara levou uma garrafada na cabeça. Tentativa de homicídio."

"Talvez. Mas sequestro? Nem que a vaca tussa. Meu palpite é que ele flagrou a esposa com uma amante, tentou se meter e acabou levando a pior."

Xavier não ficou nem um pouco satisfeito.

"Não bota nada disso no teu relatório. Melhor: não faz relatório nenhum. Só fala comigo."

"Tu que manda, chefe."

5.4. Convite

Mesmo avisado por mim da visita, Heitor ficou abalado assim que abriu a porta. Estávamos à sua frente, bem-vestidas e maquiadas com capricho. Eu levara Margot para impedir qualquer tentativa de abordagem por parte dele.

"Irina!", exclamou ele.

"Eu sou a Iolanda, lembra? Irina era minha tia-avó."

"Claro. Me desculpa. Entrem."

Sentamos juntas num sofá. Heitor usou a poltrona mais próxima. Eu apontei para Margot e expliquei:

"Essa é minha amiga Circe."

"Prazer. Querem beber alguma coisa? Eu tava provando um uísque muito bom que..."

"Obrigada!", cortei. "Vim aqui pra te fazer um convite."

"Que bom! Eu queria muito te ver de novo."

"Ontem fiquei sabendo que a minha prima Dolores, que é filha da Irina e mora no Rio de Janeiro, vem pra Porto Alegre me visitar. Ela tá um pouco debilitada, tem uma doença séria, mas quer falar comigo, botar a conversa em dia."

"Filha da Irina! Quantos anos tem?"

Margot se meteu na conversa:

"Essa pergunta é meio indiscreta…"

"Que bobagem, Circe…" Sorri para Heitor. "Deve ter entre 55 e 60. Eu pensei que tu gostaria de conhecer a Dolores, já que a Irina foi tão importante pra ti."

"Onde? Quando? Agora? É só pegar o casaco."

"Não. Amanhã de noite, lá na minha casa. Depois te passo o endereço e o horário."

"Ótimo. Vocês não querem mesmo beber? Só pra me acompanhar. Eu sou um velho solitário."

"Eu vou aceitar uma dose", disse Margot, jogando um certo charme para o velho. "Uma dose bem pequeninha."

"É claro, Circe! Em trinta segundos! Fiquem à vontade."

Heitor saiu da sala, rumo à cozinha. Não gostei do ar sedutor de Margot.

"Te comporta! Nós já vamos embora."

"Eu percebi a química de vocês. Já rolou?"

"Não interessa. Fica quieta."

Heitor voltou com um copo cheio de gelo e uma grande dose de uísque. Entregou-o para Margot, que logo tomou um gole.

"Isso é uma dose pequeninha?"

"Pra mim é. Posso perguntar qual é tua profissão, ou isso também é uma questão indiscreta?"

"Sou bailarina."

"Eu adoro balé."

"Que bom. Vou fazer um espetáculo em breve." Tomou mais um gole do uísque. "Onde é o banheiro?"

"Ali tem um lavabo."

Assim que ficou a sós comigo, Heitor ajoelhou-se à minha frente. "Dorme aqui, por favor."

"Não."

"Eu tenho que fazer muita força pra não levantar e te beijar agora mesmo."

"Um pouco de autocontrole sempre é bom. Amanhã a gente conversa mais, tá bem?"

5.5. Mãos dadas

Giselle, com os cabelos presos embaixo de um boné, usando óculos escuros e parcialmente encoberta pelo muro do viaduto Imperatriz Leopoldina, observava um prédio cinza de cinco andares na avenida João Pessoa, a menos de trinta metros de onde estava. Uma placa meio improvisada na fachada anunciava que ali era a sede da Nova Igreja do Sagrado Rebanho dos Apóstolos de Cristo. Ela esperou pacientemente o final do culto. Umas vinte pessoas saíram do prédio. Entre elas, seu noivo e a tal pastora. Começaram a andar na direção da faixa de segurança, e Giselle acompanhou-os a uma distância segura. Quando atravessaram a avenida, Giselle desejou que um carro ultrapassasse o sinal vermelho e atropelasse a megera. Infelizmente, isso não aconteceu. O casal entrou na Redenção, e Giselle seguiu na cola deles. Quando chegaram nas proximidades do embarcadouro dos pedalinhos, Natália estendeu a mão, que logo foi alcançada pela de Alberto. Seguiram felizes, bordejando o lago. Giselle queimou por dentro e encerrou a perseguição amaldiçoando-se por não ter transado com Joaquim, que agora repousava sob a terra, a alguns metros da janela de seu quarto.

★★★

Mirtha continuava sem forças, mas um pouco mais corada. A contragosto, tomara uma vitamina de besouros. Eu estava ao lado dela quando ouvimos batidas fortes na porta. Sem esperar resposta, Giselle entrou, ainda com as roupas da campana.

"Entrou num grupo de funk, querida?", perguntei.

Giselle tirou o boné.

"Não." Virou-se para Mirtha. "Eu quero falar contigo."

"Tudo bem."

"Vou sair", anunciei.

"Fica", pediu Giselle. "Talvez tu possa ajudar." Tomou fôlego e falou: "Eu vi o Alberto com outra mulher."

"É natural que isso aconteça", ponderou Mirtha. "Um dia o luto acaba, e as pessoas vão em frente."

"Ela se aproveitar do Alberto, que é ingênuo demais. Preciso fazer alguma coisa. Quase me joguei em cima dela quando deram as mãos."

"Seria uma péssima atitude. Meu conselho é: vai com calma. Te apresenta aos poucos. Não assusta teu noivo."

Giselle ficou desconcertada.

"Ele ainda é meu noivo?"

"Claro que sim. O problema é que ele não sabe."

5.6. O baú de Marcelina

"Espero que o senhor não se importe", disse Rosa. "A Marcelina ficou empolgada, ligou para algumas amigas e reuniu tudo na casa dela. Ela já tem certa idade, e ficou difícil levar toda a tralha lá pro meu escritório no cemitério."

"Não tem problema", garantiu Otávio.

Estavam num carro de aplicativo, que tentava vencer o trânsito da rua Hilário Ribeiro, com seus bares e restaurantes chiques, para chegar nas vias residenciais, de edifícios luxuosos e eventuais mansões sobreviventes da selvagem especulação imobiliária do bairro Moinhos de Vento. Rosa envergava um vestido bem mais elegante do que o normal e usava um pequeno colar de pérolas no pescoço.

"Acho linda essa parte da cidade", disse Rosa. "Principalmente as casas antigas."

"É pra quem tem muito dinheiro", ponderou Otávio. "Essa sua amiga deve ser cheia da grana."

"Com certeza." Desviou o olhar para a janela antes de continuar. "Nunca passei necessidade, mas lá em casa não tinha dinheiro sobrando. Meu pai e minha mãe se sacrificaram pra me colocar num colégio particular, o Bom Conselho. Lá eu fiquei amiga da Marcelina, apesar de ela estar mais de três anos na minha frente, e aprendi o que é riqueza."

Rosa encarou Otávio.

"Mas não adianta. Tínhamos destinos bem diferentes. Ela foi pra faculdade de História, e eu, depois que papai morreu, arranjei uma vaga de auxiliar de escritório no cemitério. Não tinha nem vinte anos. A Marcelina se casou com um cara bem idiota, mas de uma família tão rica quanto a dela. Quando ficou viúva, com menos de 50, foi trabalhar no Museu de Porto Alegre só pra passar o tempo. Ela gosta de antiguidades. Enfim, a casa é cheia de coisas bonitas. Eu sempre fico com medo de derrubar alguma coisa."

Rosa apontou para o colar de pérolas.

"Presente da Marcelina. Só uso em ocasiões especiais".

E, recatadamente, voltou a olhar pela janela.

★★★

No hall de entrada da grande casa amarela, foram recebidos por uma copeira, que vestia um uniforme preto impecável. A casa era quase um museu. Guiados através de aposentos cheios de móveis antigos, muito bem conservados, e mesas lotadas de bibelôs e obras de arte, chegaram numa sala nos fundos, de cujas janelas era possível ver o jardim, onde alamandas, hibiscos e uma grande *bougainville* pareciam competir para ver quem tinha as cores mais brilhantes.

Numa *bergére* alta de veludo verde, em pose de rainha, Marcelina, com seus 73 anos, estava muito à vontade com um vestido formal amarelo, combinando com as alamandas, e brincos de brilhantes. Numa mesa de centro, um aparelho completo de chá de porcelana inglesa. Mais três senhoras, todas com mais de 80, estavam em outras poltronas, também muito bem-vestidas e usando joias. As quatro examinaram Otávio e Rosa com simpatia. Rosa logo adiantou-se. As quatro senhoras levantaram-se, as duas mais velhas com alguma dificuldade.

"Fiquem sentadas, pelo amor de Deus!", protestou Rosa.

As senhoras não obedeceram.

"Não somos inválidas", informou Marcelina.

"Eu não disse isso."

Rosa beijou primeiro Marcelina. Depois as outras. Então apontou para Otávio, que havia parado na entrada da sala, percebendo que seus trajes destoavam do resto do ambiente.

"Então esse é o teu detetive, Rosa?", disse Marcelina, estufando o peito para preencher ao máximo o decote de seu vestido amarelo.

"Prazer", disse o inspetor, acabrunhado e ainda imóvel.

Marcelina caminhou até ele e estendeu a mão. Otávio, sob a atenção vigilante de Rosa, num impulso vindo sei lá de onde, inclinou-se pomposamente e beijou de leve a mão de Marcelina. As três velhas aplaudiram.

"Já vou te apresentar minhas amigas", disse Marcelina. "O senhor vai ter que aguentar muitas perguntas, porque as pessoas de idade são naturalmente curiosas e não têm muitas oportunidades de conhecer um detetive de verdade."

"Estou ao inteiro dispor das senhoras."

"Em compensação, nós reunimos algumas coisinhas para ajudar a sua investigação."

Marcelina fez um sinal e a copeira entrou, carregando várias caixas de papelão. Colocou-as sobre uma mesinha vazia, na lateral da sala, e saiu.

"Essas são as preciosidades das minhas amigas aqui", explicou Marcelina.

A copeira voltou, desta vez empurrando um grande baú antigo, com a ajuda de um carrinho.

"E aí dentro estão as minhas. Espero que o senhor aprecie coisas antigas, mas de muito valor."

"Que maravilha, Marcelina", comentou Rosa, um pouco enciumada.

Marcelina apontou para as outras senhoras.

"Todas nós reviramos nossos baús. E os baús sempre guardam surpresas interessantes."

Centenas de fotografias antigas, de diferentes temas, tamanhos e formatos, algumas do começo do século, passaram pelas mãos de Otávio. O inspetor as examinava rapidamente e ia colocando as imagens em dois grupos diferentes sobre uma mesa baixa. À sua volta, as cinco senhoras tomavam chá e acompanhavam atentamente a labuta. Marcelina, que se colocara bem perto de Otávio, observava as imagens por cima do seu ombro.

"A Rosa me disse que o senhor gosta muito de café. Daqui a pouco o senhor vai tomar o melhor café da sua vida."

Otávio interrompeu sua ação.

"Obrigado. Não precisa."

"Precisa, sim."

Otávio voltou a trabalhar. De repente, parou a seleção e ficou com um retrato de uma jovem senhora nas mãos. Observou-o por muito tempo. Também estudou com cuidado as cinco fotos seguintes. Marcelina percebeu seu interesse.

"Essas são do acervo da Elvira."

Marcelina virou-se para a senhora mais idosa e falou bem alto, para vencer a quase surdez da amiga nonagenária:

"Ele gostou das fotos do italiano."

"Minha mãe dizia que ele era o melhor", lembrou Elvira, que ouvia pouco, e por isso falava muito alto. "Ele tinha um jeito diferente de preparar as poses."

Otávio virou a quinta foto e examinou seu verso.

★★★

Marcelina praticamente obrigou Rosa e Otávio a aceitarem sua oferta: o motorista estava mesmo de saída para fazer compras e poderia deixá-los em suas respectivas residências. O Mercedes era preto, um modelo antiquado e muito chique. O banco traseiro ficava separado do banco do motorista por uma cortina de veludo lilás. Talvez tenha sido a sensação de intimidade proporcionada pela cortina que levou Rosa a fazer o que fez.

"Otávio, olha pra mim", disse ela. "Eu tenho que te perguntar uma coisa muito importante."

Otávio temeu o pior. Rosa disparou:

"Esse café que a Marcelina te serviu foi mesmo o melhor que tu já tomou na vida?"

Otávio, aliviado, não titubeou:

"Não. O melhor café que eu já tomei na vida foi preparado por ti, lá na casinha do cemitério."

Rosa inclinou-se rapidamente para o lado e beijou Otávio na boca. Foi um beijo curto, mas consistente. Otávio não reagiu.

"Não te preocupa", disse Rosa, melancólica. "Eu só queria isso. Obrigada."

E virou o rosto para a sua janela. O Mercedes passava pela frente do jardim da Hidráulica do Moinhos de Vento.

"Meus pais me contaram que namoravam nesses bancos", disse Rosa, sem virar-se para Otávio.

O celular dele sinalizou a chegada de uma mensagem. O inspetor leu e disse:

"Um amigo precisa de ajuda. Quer que eu vá falar com ele agora."

"Vai logo. Deve ser ótimo ter um amigo como tu."

Otávio deu ao motorista o novo endereço. Ficaram em silêncio o resto da viagem.

5.7. A gente vive pra se quebrar mesmo

"Obrigado por vir tão rápido", disse Alberto, ao mesmo tempo que servia cerveja para Otávio. Ocupavam a mesa mais ao fundo do Minimercado Santo Expedito.

"Consegui uma carona direto pra cá", disse o inspetor. "Qual é o problema?"

"Não consigo falar com a Gabriela. Ela sempre me responde quando mando mensagem. Também telefonei, e ela não atendeu. Tenho medo do que o Geraldo possa aprontar."

Otávio esvaziou o copo, encheu-o outra vez e disse:

"Pode ficar tranquilo. Ela tá bem longe do marido falcatrua."

"Como tu sabe?"

"Eu sei e pronto. Deixa assim."

"Onde ela tá?"

Naquela altura, Otávio já sabia que Gabriela tomara um voo para Buenos Aires. Dali podia ter seguido para outro destino. Essa informação, contudo, não compartilhou.

"Ela tá fora do Brasil. Mais não vou dizer."

Para espanto de Otávio, Alberto serviu-se de cerveja e tomou um gole grande.

"Que merda", disse o rapaz. "Ela sempre foi uma mãe pra mim."

"Tá brincando? Ela é jovem demais pra ser tua mãe."

"Ela me ouve, me compreende. Com quem mais eu posso falar? Não tenho pai, nem mãe. O Dionísio era meu único amigo."

"Tô aqui. Fala comigo. Pode abrir teu coração."

"Sério?"

"Sério."

"Eu tô apaixonado pela Natália."

"Que bom."

"Mais ou menos. Me sinto culpado."

"Por quê?"

"Faz pouco tempo que a Giselle morreu."

"Morreu. Que Deus a tenha. Não tá mais aqui. Segue em frente."

Alberto continuava tomando cerveja em ritmo acelerado. Meio bêbado, confessou:

"Estamos namorando lá no meu apartamento. Estabelecemos regras, mas tá cada vez mais difícil cumprir."

"Regras?"

"É. O que pode e o que não pode." Fez uma pausa. "Mais não vou dizer."

"Tá bem. Cedo ou tarde, vocês vão chutar as regras, e aí o problema tá resolvido."

"Isso não vai acontecer. Ela também é virgem."

"Ela é virgem, ou te disse que é virgem? São coisas diferentes."

Alberto levantou a voz:

"Ela não mente! Ela tem a mesma fé que eu."

"Tá bem, desculpa. Então o que tu tá pensando em fazer?"

"Pedir ela em casamento."

"Acho um pouco precipitado."

"Esse é o problema. Também acho."

"Vou te dizer a verdade: achei a roupa dela exagerada. E aqueles sapatos... Quando a esmola é demais, o santo desconfia."

"Não entendi."

"Deixa assim. Vamos beber e pronto. No fundo ela deve ser boa pessoa."

Alberto irritou-se ainda mais.

"Tu não confia em ninguém? Nunca confiou? Tua vida deve ser muito difícil."

"Lá atrás, quando eu era um garoto como tu, confiei numa pessoa. Numa mulher. Confiei muito. Demais. E arrebentei minha vida por causa disso. Aprendi a lição."

Alberto ficou emocionado com a fala de Otávio. Fez um sinal pro dono do minimercado trazer mais uma cerveja. Otávio estendeu a mão e segurou o ombro de Alberto.

"Mas se tu tá apaixonado, se tu só pensa nela, vai em frente. Casa. A gente vive pra se quebrar mesmo."

A nova cerveja chegou. Otávio mudou de assunto:

"A fotógrafa não deu as caras?"

"Não."

"Manda mais uma mensagem. A última, prometo. Diz que tu vai te casar e gostaria que ela fizesse as fotos da cerimônia. Talvez a Gerutha fique sensibilizada. Mulheres gostam de casamentos."

"Tá bem. Mas eu ainda nem sei se vai ter casamento e, se tiver, não tenho grana nenhuma pra pagar. E ela sabe disso."

"Se a Gerutha aceitar, fica tudo por minha conta. E ainda contribuo pra lua de mel em Gramado."

Alberto riu alto e perguntou:

"Por que tu tá tão obcecado por essa mulher? É paixão?"

"Acho que é uma doença. Espero que tenha cura."

Beberam até o minimercado fechar.

5.8. Mudança de planos

Os vampiros clássicos do cinema, aqueles interpretados por Bela Lugosi e Christopher Lee nos filmes velhos, têm uma ética bem simples: como precisam de sangue, mordem os humanos que encontram pelo caminho. Suas vítimas morrem? Sim. Que se fodam! É a lei da selva, que rege há milênios a relação entre leões e zebras, entre peixes grandes e pequenos, entre águias e coelhos, entre predadores e presas. As Willis não funcionam assim. Não há uma ética natural para nós. A Mirtha diz que as nossas Três Leis são uma tentativa razoavelmente bem-sucedida de enfrentar, com simplicidade hermenêutica, os mesmos dilemas morais que encontramos em nossas existências anteriores. Ao contrário de Bela Lugosi e Christopher Lee, não dizemos "Que se fodam!" para nossas presas. Perguntamos: "Vamos foder juntos?". E depois: "Vamos foder até o fim?". E precisa ficar claro (o que é algo bastante relativo) que o "fim" não é o fim da foda, e sim o fim da vida da pessoa com quem fodemos. Os vampiros clássicos, se conhecessem as Willis, certamente debochariam muito de nós.

Quando Mirtha teve a ideia de fazer o corpete, disse que seria um instrumento para compreender melhor como funciona o fluxo de energia vital. As coleiras já existiam e funcionavam bem para controlar as irmãs, tanto que, mesmo a contragosto, elas voltaram a Porto Alegre para a educação de Margot. "Vamos ver se dá pra puxar energia dos corpos astrais, além de arrastar os corpos físicos", dizia Mirtha. Para mim, funcionou como uma hipótese a ser testada, um desafio teórico-científico. Passei a trabalhar com afinco em meu laboratório em Camberra, sempre confiando na emergência da dualidade onda-partícula que os escaravelhos pareciam catalisar. Triturava besouros locais e os misturava com espécimes descendentes dos trazidos do Egito por Mirtha, presentes nos túmulos de todas as Willis. Usava meu próprio corpo como possível "receptor" da energia, envolvendo-o com tiras de couro embebidas com a solução gosmenta de pó de escaravelhos. Durante meses, não houve qualquer resultado. Porém, numa sexta-feira, final do expediente, fiquei sozinha no laboratório e radicalizei.

No pequeno banheiro, tirei toda a roupa e envolvi meu corpo em várias tiras de couro recém lambuzadas com o pó de escaravelhos dos túmulos das Willis, inclusive do meu. Sem ter planejado, concentrei-me na imagem de Madalena, talvez porque naquela manhã a tivesse visto num vídeo na internet, desfilando em alguma cidade do leste europeu. Como uma das tiras estava apertando meu peito, logo abaixo dos seios, tentei afrouxá-la um pouco, puxando-a com o dedo para cima. Imediatamente senti uma pontada de prazer. Energia vital chegando, sem dúvida. Puxei a tira com mais força, e o fluxo aumentou, assim como o meu enlevo. Passei a tensionar as demais tiras, com diferentes resultados, talvez devido às diferentes proporções de escaravelhos que usara em cada pedaço de couro. Aquela correia perto dos seios era a mais poderosa. Consultei minhas anotações e certifiquei-me de que ali ficara maior a concentração de escaravelhos dos túmulos das irmãs.

Não vou relatar em detalhes os próximos passos da minha pesquisa aplicada. Basta dizer que, em poucas semanas, compreendi que o fluxo de energia aumentava à medida que mais correias eram afixadas ao meu corpo, em especial na região que ia do pescoço ao púbis. Compartilhei a descoberta com Mirtha. Ela ficou entusiasmada e logo me enviou algumas fotos de corpetes feitos com tiras de couro, sugerindo que poderíamos criar uma estrutura completa para vestir. Eu disse que não tinha habilidade para isso. Em três dias, ela estava na Austrália, com energia e dinheiro suficientes para produzir o que imaginara. Usei as correias que já tinha e confeccionei mais algumas, praticamente acabando com meu estoque de escaravelhos "egípcios". Compramos argolas de prata e contratamos uma costureira especializada em couro para nos ajudar na montagem do artefato. Quando ela percebeu que eu e Mirtha usávamos gargantilhas, sugeriu que o corpete fosse afivelado a elas. Concordamos. Ela achou tudo normal, pois trabalhava com vários clientes sadomasoquistas, incluindo uma dominatrix. Reclamou apenas do cheiro das tiras de couro. Mentimos que era devido a uma cola poderosa trazida da Amazônia.

Finalmente, fizemos um teste em meu apartamento. Mirtha vestiu o corpete e, na última hora, ainda deu um jeito de pendurar as coleiras das irmãs nas argolas que sustentavam as correias mais próximas dos seios. Eu disse que ela deveria pensar na Madalena, como eu tinha feito, e puxar o corpete para longe do corpo. Ela seguiu minhas orientações e, no instante seguinte, estava com a boca entreaberta, atingida por uma corrente de prazer. Vi que seus dedos ficavam vermelhos de tanto fazer força. Imaginei que seria mais confortável se ela tivesse algo para ajudar no movimento. A guia estava ali perto. Prendi a guia numa argola perto da cintura e levei a mão de Mirtha até ela sentir o couro em seus dedos. Ela entendeu a sugestão e passou a usar a guia para tensionar o corpete. O gozo veio rápido, em sucessivas ondas que sacudiram seu corpo. A partir daquele momento, a existência de Mirtha mudou. Não sei se para melhor. Como eu escrevi ali em cima, não há respostas fáceis para os dilemas éticos das Willis.

★★★

Mirtha voltou para o Brasil e, como logo confessou, passou a usar o corpete para se alimentar regularmente de energia vital. Dizia ser muito comedida, não queria abusar das meninas. Garantia que ainda usava os métodos tradicionais. Pouco mais tarde, entretanto, admitiu que estava cansada dos jogos de sedução. Pediu segredo. Perguntou se eu não gostaria de ter um corpete semelhante. Eu disse que estava me virando bem com minhas vitaminas e ainda não enjoara de eventuais jornadas eróticas. Mirtha pediu que eu jamais falasse do corpete para as irmãs e Margot. Prometi. Não tinha alternativa: era cúmplice de toda a armação. Por um bom tempo, preocupei-me com as possíveis consequências para as três meninas. Elas, contudo, pareciam manter seus cotidianos inalterados. Acabei desencanando.

★★★

A abstinência de energia vital de Mirtha me deixava nervosa. Queria que ela logo ficasse bem. Por outro lado, o incidente poderia mostrar a Mirtha que usar o corpete era, no final das contas, um expediente imoral. A física quântica não mudou o princípio da conservação de energia, que nunca é criada ou destruída. Ela pode se transmutar de um tipo para outro, ou mudar de local, mas a quantidade total permanece a mesma no universo.[1] Se Mirtha recebia energia, ela estava saindo de algum outro lugar. E talvez fazendo falta. Essa verdade, banal para qualquer cientista, me fez pensar várias vezes antes de partir para a confecção de um novo corpete. As dificuldades que eu relatara a Mirtha eram reais: não tínhamos escaravelhos suficientes, mas havia também uma certa relutância de minha parte. Por isso convidei o Heitor para a visita, atraindo-o com um monte de mentiras. Tinha esperança de que Mirtha, como um animal selvagem por muito tempo alimentado na segurança de um zoológico com a carne de bichos mortos, tivesse seu instinto predador despertado por uma presa viva, atirada dentro da jaula.

★★★

Ajudei Mirtha a vestir-se e fazer a maquiagem. Escolhi no seu armário um vestido preto, com algumas lantejoulas prateadas na gola e na barra inferior.

---

[1] Tales de Mileto e Aristóteles, na Grécia antiga, já tratavam do tema. Mas foi Galileu Galilei, no começo do século 17, quem fez os primeiros experimentos científicos sobre conservação e demais propriedades físicas da energia.

"Gosto desse", comentei. "É chique."

"Não", disse Mirtha. "Sair da cama e andar por aí, tudo bem. Mas não vou numa festa."

"Bota, Mirtha. É importante pra mim. O Heitor é um amigo especial. Ele merece."

"Faz séculos que não uso. Vamos ver como fica."

Ela começou a colocar o vestido e seu celular notificou uma mensagem. Mirtha ficou surpresa.

"O Alberto avisa que vai se casar. A noiva se chama Natália. Ele quer que eu faça as fotos da cerimônia."

Fiquei ainda mais surpresa que ela.

"Chama a Giselle", pediu Mirtha.

A garota nem começara a se arrumar para a noite e protestou quando eu a arrastei até o quarto de Mirtha, que logo a alertou:

"Sabe aquele plano que a gente fez, de uma aproximação lenta, gradual e segura ao teu noivo? Ele vai ter que mudar."

E mostrou a tela do celular para Giselle.

5.9. Uma pizza horrorosa e um visitante pior ainda

Final da tarde. Otávio comia uma pizza horrorosa na pia da cozinha. As batidas na porta anunciaram Geraldo, que entrou sem pedir licença. Estava de terno e gravata, mas a camisa amarrotada, o cabelo engordurado e o corrimento no nariz, que coçava sem parar com as mãos, mostraram para Otávio, um policial com mais de trezentos mil quilômetros rodados, que o bispo andava cheirando pó há um bom tempo.

"O Xavier te avisou que eu vinha?", perguntou Geraldo.

"Não."

"Parece que vocês têm um problema de comunicação. Posso me sentar?", perguntou já sentando-se e dando uma olhada panorâmica pelo ambiente.

"Quer pizza? Tá ótima", ofereceu Otávio. "É de um pizzaiolo muito religioso aqui do bairro."

"Não. Quero notícias da minha mulher e da sequestradora. Tô pagando pra isso."

Otávio foi até a cozinha e voltou com uma fatia de pizza, que mordeu com raiva. Geraldo passou a mão no nariz mais uma vez.

"E aí? O que tem pra me contar?"

"A tua esposa pegou um voo pra Buenos Aires. Depois, não sei."

"Ela não tinha dinheiro pra passagem. Minha esposa não tem cartão de crédito."

"Talvez a sequestradora tenha pago pra ela."

"Tu tá brincando comigo?"

"Não. Se ela não tinha dinheiro, alguém deve ter pago."

"Aquela puta deve ter drogado a minha esposa e embarcou no mesmo avião. Agora ficou fácil. É só verificar a identidade de quem comprou a passagem."

"É verdade. Mas isso demora um pouco, por causa da burocracia."

Otávio voltou para a cozinha e desta vez trouxe uma cerveja. Tomou um gole e disse:

"Mas, afinal, essa mulher que tava com a tua esposa no hotel ganha a vida como puta, ou como sequestradora?"

Geraldo levantou-se.

"Tu tá de gozação, seu gordo filho da puta?"

"Acho que a tua esposa fugiu com essa mulher. Não teve sequestro nenhum. E acho que cheirar pó não cura dor de corno."

Geraldo deu um soco na barriga de Otávio, seguido por um joelhaço no queixo. Otávio desabou. Geraldo começou a dar violentos pontapés no inspetor, que só conseguiu curvar-se o máximo possível e proteger a cabeça com as mãos. Geraldo bateu até cansar. Suado, passou a mão pelo nariz, de onde escorria um ranho com resquícios de cocaína. Deu um último pontapé, cuspiu no corpo imóvel e foi embora.

5.10. Meio certo, meio errado

Margot tinha a chave da escola, pois ficara de passar numa costureira e levar alguns figurinos, de manhã bem cedo. Uma academia de dança sem dança e sem bailarinas é um lugar estranho, ainda mais à noite. Não há música, não há movimento. Havia apenas uma recepção e um vestiário, ambas peças pequenas, e o estúdio, este sim de bom tamanho, com um espelho ocupando inteiramente uma das paredes. Madalena e Margot posicionaram duas cadeiras frente a frente, a uns três metros uma da outra, e disseram para Giselle sentar-se numa delas, ainda com uma longa capa cobrindo o figurino cuidadosamente selecionado. Margot dava os últimos retoques no cabelo de Giselle quando a campainha tocou.

"Fica aqui, bem quieta", disse Madalena. "Nós trazemos ele. E lembra: o Alberto te ama, mas vai ficar assustado. De qualquer maneira, aposto que não vai fugir. Deixa que ele te toque, e depois deixa rolar. Não te reprime. Tá bem?"

"Tá bem."

"Tá nervosa?"

"Tô."

"Então toma isso aqui."

Madalena abriu a bolsa e pegou uma garrafinha metálica, que estendeu para Giselle.

"É absinto. Coisa fina. Alto teor alcoólico. Vai te relaxar."

"Não, obrigada. Não estou acostumada."

"Melhor ainda. O efeito vai ser rápido."

Giselle não pegou a garrafinha. Margot advertiu:

"Se tu desistir, ele vai se casar com aquela mulher horrorosa."

Madalena estendeu novamente a garrafinha. Desta vez, Giselle a segurou e tomou um gole grande. Fez uma careta antes de tomar mais um.

"Guenta aí", disse Madalena. "Vai bebendo. Eu já volto."

★★★

Margot abriu a porta. Seu rosto estava na penumbra, mas com certeza não era o que Alberto esperava.

"Dona Gerutha?"

"Ela não pôde vir e me mandou pra acertar tudo contigo. Sou assistente da Gerutha. Há alguns detalhes sobre as fotos que a gente tem que discutir. Entra, por favor."

Quando Alberto entrou, viu que havia outra garota na recepção. Alberto não a reconheceu. Madalena estava com o cabelo preso e roupas sóbrias, bem diferentes das que usara na noite em que Dionísio morreu.

"Senta, por favor", disse Margot a Alberto.

Havia algumas cadeiras simples junto à parede. Margot e Alberto sentaram-se, seguidos por Madalena. Agora havia mais luz no rosto da Willi.

"Boa noite", disse ela. "Também faço parte da equipe da Gerutha."

"Prazer", disse Alberto. Passou os olhos pela decoração da sala. Havia quadros de dançarinos e dançarinas nas paredes.

"Esse é o estúdio fotográfico da Dona Gerutha?", perguntou para Margot.

"Não. Já vou te explicar tudo."

Madalena intrometeu-se:

"Tu não tá me reconhecendo?" Abriu levemente os lábios, inclinou a cabeça para o lado e, pela primeira vez, deixou transparecer sua personalidade. "Eu estava lá, naquela noite, com o teu amigo Dionísio."

Alberto finalmente se deu conta. Voltou à sua memória o momento em que quase beijara aquela garota.

"Não sei o que tu pensa que aconteceu naquela noite", disse Madalena, "mas o que interessa agora é que tu lembre de mais alguém que estava lá. Era alguém que tu conhecia muito bem. Ela tava na janela. Lembra?"

Alberto sussurrou:

"Giselle?"

"Isso mesmo. A tua noiva. Tu saiu correndo atrás dela, não foi?"

"Corri. Mas ela desapareceu"

"Errado. A Giselle ainda estava lá."

"Foi uma alucinação. Ela está morta."

"Errado. Quer dizer. A primeira parte tá errada. A segunda tá meio certa, meio errada. Aquela mesma Giselle tá te esperando ali."

Madalena fez um gesto com a cabeça na direção do estúdio.

"Não precisa ficar com medo. Ela não é um fantasma, nem alma de outro mundo. Ela é bem real, tem o mesmo corpo que tu conhece, e ainda te ama. Pode chamar de milagre, tudo bem, cada um dá o nome que quiser."

"Tu tá brincando com uma coisa muito séria."

"Não precisa acreditar em mim. Vai até lá e vê se é brincadeira."

Alberto ficou imóvel. Margot levantou-se e disse:

"Eu te acompanho."

Alguma coisa no tom de voz de Margot, ou no sorriso compreensivo, ou na maneira extremamente graciosa como se movimentava num terreno que conhecia bem, venceu a apreensão de Alberto. Bem devagar, seguiu Margot para o estúdio.

5.11. Heitor chega ao campo de batalha

Ao abrir a porta, surpreendi-me. Heitor estava com novo corte de cabelo, usava roupas elegantes e segurava dois buquês de flores na mão. Confesso: já naquele momento, balancei um pouco. Ele ainda era bem charmoso.

"Boa noite. Acho que tô um pouco adiantado."

"Não faz mal. Entra."

Dei dois beijos bem pudicos em seu rosto. Heitor estendeu um dos buquês para mim.

"Esse é pra ti."

Peguei o buquê. Heitor ergueu as flores que ainda segurava.

"E esse é pra tua prima."

Fiz um gesto indicando o caminho e ele me seguiu. Caminhamos até a sala, onde Mirtha estava sentada, com seu vestido negro de decote generoso e um colar belíssimo no pescoço. Uma garrafa de vinho tinto e alguns cálices repousavam num aparador antigo, a um passo de distância. Ela levantou-se.

"Essa é a Dolores", falei.

"Prazer, Heitor."

Mirtha estendeu a mão e Heitor apertou-a. As duas mãos ficaram juntas bem mais tempo que o normal. Sim — puta merda! — fiquei com ciúmes. Finalmente, Mirtha soltou Heitor, que, confuso, primeiro olhou para mim e depois para Mirtha.

"Então, a senhora é filha da Irina!"

"Mamãe, um dia, ficou bêbada e falou bastante sobre o senhor", disse Mirtha.

"E o que ela disse?"

"O senhor não quer sentar-se primeiro? Aceita um vinho?"

Enquanto Heitor se acomodava, Mirtha rapidamente virou-se para mim e, de um jeito que eu conhecia bem, prescrutou meus sentimentos. Assustada, eu pedi licença e saí da sala.

★★★

Na cozinha, esperei uns vinte minutos. Não conseguia ouvir o que falavam. Heitor estava ali para saciar a fome de Mirtha. Se tudo desse certo, eu não seria mais necessária para coisa alguma e poderia voltar para meu quarto. Não consegui. Silenciosamente, aproximei-me da porta da sala até conseguir ouvir o que os dois conversavam. Heitor já enrolava um pouco a língua. Deviam estar bebendo em ritmo acelerado.

"Essa casa é linda. Parece que nós estamos no final do século dezenove."

"Minha prima tem muito bom gosto."

"E o seu vestido combina admiravelmente com tudo."

"É que eu também sou do século dezenove."

Os dois riram.

"A Iolanda me informou que o senhor se aposentou há pouco", disse Mirtha.

"É verdade."

Voltei para a cozinha com a impressão de que Mirtha não estava fazendo o que devia. Pouco depois, Maria apareceu e pegou uma cerveja na geladeira, vestida como uma punk recém-saída de um show dos Sex Pistols: meias rasgadas, minissaia minúscula, brincos imensos de caveira nas orelhas.

"E aí, tudo certo?"

"Não. Eles só conversam amenidades."

"E tu queria o quê? O velho tá ligado em ti."

"Bobagem. É um homem. Ele quer qualquer coisa."

"Tu já foi mais romântica."

"Tu vai ter que ajudar."

"Pirou?"

"Vamos ter que dar um empurrãozinho nele e na Mirtha."

"Vocês duas agarram o velho e pronto. Metade pra cada uma e não se fala mais nisso."

"Maria, eu te juro: se tu não ajudar, essa tua coleira vai ser apertada três vezes por dia. No café, no almoço e na janta. Com força!"

Maria terminou a cerveja e deu um pequeno arroto. Percebeu que minha ameaça era

verdadeira. Eu ordenei:

"Te arruma e vai pra sala."

5.12. Não tem Deus nenhum

O estúdio de dança tinha janelas apenas nas paredes laterais. De dia, deixavam passar bastante luz solar. À noite, apenas os parcos esforços dos postes de iluminação pública e os reflexos fugidios dos faróis dos carros. Quando Margot e Alberto entraram, reinava a penumbra, pois as lâmpadas estavam apagadas. Giselle ainda estava sentada com a capa sobre os ombros. Alberto parou logo que passou da porta e perguntou para Margot:

"Ela é um fantasma?"

Giselle adiantou-se e respondeu, com a voz levemente trêmula:

"Não, Alberto. Eu sou a tua Giselle."

"Não", disse Alberto.

Margot ultrapassou-o e, chegando perto de Giselle, pegou sua mão e fez com que se levantasse. Depois disse para Alberto:

"Ela é tua noiva."

O farol de um carro iluminou, por menos de um segundo, o rosto de Giselle. Ela disse:

"Eu te amo. Pode chegar perto."

Alberto permanecia imóvel. Disse, muito baixinho:

"Giselle morreu."

Ela deu alguns passos na direção de Alberto. Margot aproximou-se do interruptor de luz.

"Eu estou aqui", disse Giselle. "Bem viva."

Margot acionou o interruptor ao mesmo tempo que Giselle deixou cair a capa dos ombros, revelando o vestido preto e decotado. Alberto deu um passo para trás e inalou profundamente. Giselle, embriagada pelo absinto, passou os dedos sobre os lábios, num gesto involuntário e sensual. O efeito sobre Alberto foi exatamente o contrário do que as Willis esperavam.

"Tu não é a Giselle! Tu é um demônio."

"Não! Sou tua noiva."

"Que Deus Nosso Senhor Jesus Cristo me proteja!"

"Deus não tem nada a ver com isso!", disse Giselle. "Não tem Deus, Alberto! Não tem Deus nenhum!"

"Demônio!", gritou Alberto. E, antes que Margot barrasse seu caminho, virou-se e correu para fora do estúdio.

5.13. Onde estão as fadas?

Maria voltou, e eu a levei até a sala. Mantinha seu figurino punk, e agora estava maquiada e com o cabelo espetado para cima. Usava uma meia arrastão furada num dos calcanhares dos pés descalços. Pensei em protestar, mas desisti. Mirtha e Heitor permaneciam sentados, tomando vinho. Mirtha surpreendeu-se quando entramos e apontou para Maria:

"Essa é minha amiga…" E hesitou. Maria disse:

"Eu sou a Siouxsie."

"Como aquela cantora punk?", perguntou Heitor.

"Exatamente."

"*Siouxsie and the banshees*. Onde estão as fadas?"

"Ou os demônios?"

"Aí depende da tradução. Eu sou um velho hippie da Califórnia, mas ainda peguei o movimento punk dos anos 80 e fui a alguns shows."

"Sério? Então tu vai reconhecer minhas tatuagens."

Maria aproximou-se de Heitor e tomou um longo gole de vinho do cálice dele. Heitor olhou para Mirtha e depois para mim, como se dissesse "Quem é essa louca?". Eu tentei responder com um sorriso tranquilizador. Maria abaixou-se um pouco, virou-se e apontou para sua tatuagem logo abaixo do ombro direito.

"E aí? O que é?"

"Barbada. O logo dos *Ramones*."

Maria mostrou o outro ombro.

"E esse?"

"Eu conheci o Jello Biafra, sabia? Ele era meio chato. Falava demais nos shows."

Maria levantou a blusa para exibir a tatuagem na barriga.

"E esse, quem é?"

"Iggy Pop."

Maria riu e sentou-se no chão, aos pés de Heitor.

"Tu sabe muito."

Heitor podia vislumbrar boa parte dos seios de Maria sob a blusa meio rasgada. Ele olhou para Mirtha e disse:

"A tua amiga... Acho que ela tá um pouco bêbada."

"Não!", protestou Maria, tomando mais vinho. "*Tu* tá um pouco bêbado. Eu ainda tô totalmente de cara. Mas por pouco tempo."

Heitor fez menção de levantar-se.

"Preciso ir ao banheiro."

"Tu ainda não viu as duas melhores", disse Maria, enquanto detinha o movimento de Heitor erguendo a perna e colocando o pé sobre o colo dele. Apontou para sua coxa e rasgando a meia arrastão, revelou a ilustração das bananas, de Warhol, para a capa do disco do *Velvet Underground*.

"O que é isso?"

"Não sei."

"Sabe, sim."

Heitor virou-se para mim, outra vez pedindo socorro.

"Se tu não disser, vai ser pior", ameaçou Maria.

"São as bananas do Warhol."

"Muito bem. Só falta a última."

Maria sentou-se no chão, sobre os calcanhares, de costas para Heitor.

"Pra ver a última, tu vai ter que levantar minha blusa."

"Um pouco de mistério sempre é bom. Vou tentar adivinhar."

"Então eu levanto."

Maria tirou a camiseta puxando-a por cima dos ombros. Em suas costas, Jimi Hendrix tocava guitarra com a língua.

"Hendrix no festival de Monterey", disse Heitor. "Mas ele não é punk coisa nenhuma."

Maria girou e ficou de frente para ele.

"E quem disse que um velho hippie não pode ser bom pra caralho? Eu não tenho preconceitos."

Novamente Heitor procurou a mim e a Mirtha pedindo socorro.

Eu não tinha a menor ideia sobre qual seria o próximo passo da fada punk seminua e não sabia como reagir. Maria, surpreendentemente, afastou-se de Heitor, foi até o lado de Mirtha e disse:

"O teu passado é passado. Passou. Mas aqui, hoje, tu tem a chance de viver de verdade outra vez."

Jogou a camiseta sobre o ombro e deu um beijo no rosto de Mirtha. A seguir, pegou-a pela mão e fez com que se levantasse. Mirtha ainda estava bem fraca. Sem a ajuda de Maria talvez não conseguisse ficar de pé.

"Vem aqui", ordenou Maria para Heitor.

Eu evitei qualquer contato visual. Ele ergueu-se e caminhou até ficar na frente de Mirtha. Maria pegou sua mão e levou-a até a mão da primeira Willi. Assim que houve o contato, Heitor estremeceu um pouco. Maria sussurrou alguma coisa em seu ouvido e saiu da sala. Pouco a pouco, Heitor inclinou-se e acabou beijando Mirtha. Eu pensei: pronto, agora está feito, posso sair daqui. Mas não saí.

O beijo foi suave, pois os lábios se tocavam levemente, mas foi longo. Mirtha não o incentivava, mas também não recuava. Era uma questão de tempo. Abraços mais apertados, beijos mais apaixonados, carícias mais ousadas, e o ritual de acasalamento biológico dos homo sapiens se daria, através de uma de suas milhões de variantes culturais. Virei-me e caminhei em direção à porta. Então ouvi:

"Irina!"

Parei. Deveria dizer "Meu nome é Iolanda" e seguir adiante. Mas não disse. Fiquei ali parada, de costas, sem reação. Ouvi outra vez a voz de Heitor:

"Eu te amo, Irina."

E, de repente, ele estava à minha frente. E beijou-me. E abraçou-me. E acariciou-me. E eu correspondi a tudo isso apaixonadamente. E o velho ritual de acasalamento da nossa espécie aconteceu com a mesma intensidade de certa noite quente e abafada em Berkeley, muitos e muitos e muitos anos atrás.

5.14. Um precisa do outro

Otávio continuava caído no chão, no mesmo lugar em que desabara depois de ser agredido por Geraldo. Apesar da ferida nos lábios, um joelho esfolado e alguma dormência no braço esquerdo, não tinha ferimentos graves e estava consciente. O excesso de peso, contudo, conjugado com certa preguiça existencial, provocara seu imobilismo pelas duas últimas horas. Talvez passasse a noite ali mesmo, não fossem as batidas fortes na porta.

"Tá aberta", disse Otávio.

Alberto entrou e, vendo Otávio deitado, foi acudi-lo.

"Chamo uma ambulância?"

"Não. Só me ajuda a sentar ali".

Alberto auxiliou o amigo a erguer-se e sentar-se numa poltrona.

"O que aconteceu?"

"Um acidente de trabalho."

"Tu tá todo quebrado."

"Já tive pior. Me traz uma cerveja."

Alberto foi até a cozinha e voltou com duas latinhas. Otávio não conseguiu conter um gemido ao estender o braço. Alberto se alarmou.

"Vou chamar um táxi e te levar no pronto-socorro."

"Primeiro me conta por que tu veio aqui."

Alberto tomou um gole de cerveja.

"Acho que tô enlouquecendo. Recebi uma mensagem da fotógrafa, marcando uma reunião num lugar estranho."

Otávio retesou suas costas. De repente, não parecia estar tão mal.

"Mas ela não apareceu", continuou Alberto. "Mandou duas assistentes. Uma delas estava na casa do Dionísio na noite que ele morreu."

"Tem certeza?"

"Tenho. Ela mesma disse que a gente já se conhecia."

"E a outra?"

"Não sei quem é. As duas estavam ali para tentar me enganar."

"Como?"

"Me levaram até uma mulher e disseram que ela era a Giselle."

"A tua Giselle?"

"Ela disse que sim. Que era a minha noiva. O rosto era o mesmo. O corpo também."

"E aí?"

"Aí, pelo modo como ela estava vestida, pelas coisas que ela falou, percebi que não era a Giselle. Era um demônio. E então eu fugi."

Otávio secou sua latinha de cerveja, fez alguns movimentos com o braço, como se o testasse, e disse:

"O que elas ganhariam te mostrando uma Giselle que não era a Giselle?"

A pergunta de Otávio deixou Alberto mudo. Otávio insistiu:

"Essa Giselle que era um demônio era parecida com tua noiva?"

"Fisicamente sim. Mas não tinha nada a ver com a personalidade dela."

"Por quê?"

"O jeito... E ela disse que Deus não existe."

"Se fosse um demônio, jamais diria uma coisa dessas. Pensa bem: no fundo, um sempre precisa do outro. Pra acreditar no inferno, o sujeito tem que acreditar no céu." O inspetor tocou com a mão o lábio ferido. "Foi o teu ex-patrão que me bateu. Ele acha que tem mais uma dama misteriosa andando por aí. Temos que descobrir qual é a relação dessa Giselle, sendo falsa ou verdadeira, com a Gerutha e essas outras mulheres."

"Como?"

"Passando a acreditar no que eu não acredito. Pelo menos um pouquinho. Não vai ser fácil. Pega mais uma cerveja pra mim."

Alberto obedeceu.

5.15. Romântica demais

Entrei no quarto de Mirtha e encontrei-a ainda vestida, deitada de costas na cama, dormindo com as mãos entrelaçadas sobre o púbis. Parecia morta. Toquei seu rosto.

"Mirtha, acorda."

Mirtha não reagiu. Sacudi seu ombro. Gritei:

"Acorda, Mirtha. Acorda!"

Maria apareceu na porta. Logo atrás dela, estavam Madalena, Margot e Giselle. Madalena disse:

"Que foi?"

"Ela não se mexe. Não respira."

"Daqui a pouco fica bem. A gente não morre, lembra?"

"Eu nunca vi ela assim."

As quatro Willis entraram no quarto.

Margot sentou-se na cama e disse:

"Mirtha! Volta!"

Margot lembrou:

"Daquela vez, ela disse que eu podia decidir. E eu quase abri mão de tudo. Me sentia sozinha demais. Mas ela tava lá, pedindo pra eu voltar, dizendo que valia a pena. Se não fosse ela…"

Madalena segurou a mão de Mirtha.

"Nós estamos aqui. Nós todas te amamos, Mirtha."

Eu me virei para Maria.

"Ela não acredita."

Maria saiu do quarto rapidamente.

"Onde tu vai?", gritei. Tive vontade de seguir aquela menina insuportável e encher ela de porrada. Maria logo voltou, segurando seu estojo de guitarra. Colocou o estojo no chão e o abriu. Embaixo da guitarra, estavam as coleiras, a guia e o corpete. Jogou tudo em cima da cama, ao lado de Mirtha.

"Era isso que tu queria?"

Peguei rapidamente o corpete e ordenei:

"Me ajudem."

Tiramos o vestido de Mirtha e, de forma atabalhoada, vestimos nela o corpete. Usando as argolas e as correias de couro, fiz a complicada ligação entre o corpete, as coleiras das duas irmãs e a guia. Quando tudo estava conectado, peguei a mão de Mirtha, fiz com que ela segurasse a ponta da guia e puxei seu braço com força. As costas de Mirtha se arquearam, como se tivesse levado um choque elétrico. Seu corpo todo contraiu-se. Abriu a boca e respirou. Maria e Madalena procuraram apoio com as mãos. Pareciam tontas e prestes a cair. Continuei puxando a guia. Mirtha, já semiconsciente, parecia triste e cansada. Soltei sua mão. Ela procurou o rosto de Maria e disse, bem devagar:

"Obrigada, querida."

Ela agradeceu essa idiota?, pensei. Maria não parecia surpresa.

"Eu não entendo, Mirtha. O cara tava ali, à tua disposição."

Mirtha respirou fundo duas vezes antes de explicar:

"É difícil. Eu não tô mais acostumada. E ele tava apaixonado pela Irina."

"Tu é romântica demais", disse Maria.

"Não sei o que é ser romântica. Mas sei que não se rouba o amor de uma pessoa. Ainda mais de uma filha. Todas vocês são como minhas filhas". Então olhou para mim: "E então? Onde está teu amado?"

Não respondi. Mirtha virou-se para Giselle.

"E tu, querida? Como foi com teu noivo?"

Giselle ficou calada.

"Caralho, Mirtha", disse Maria. "Tu ficou roubando nossa energia esse tempo todo. Das tuas filhas! Que mãe é essa?"

"Uma mãe péssima. Eu sei. Vocês têm que entender uma coisa: pra mim, é uma droga. Uma droga muito difícil de largar."

"O que tu entende de droga?", resmungou Maria.

"Mas eu quero mudar."

"*Rehab for a Willi...*", disse Madalena, irônica. "Esse reality ia fazer sucesso."

Maria, furiosa:

"Por isso que eu e a mana sempre transamos mais que todas vocês." Apontou para Mirtha. "Porque ela fica nos sugando." Para Mirtha. "Tu entende que tu é uma vampira de energia filha da puta?"

"Entendo."

"Tá legal", disse Madalena, "o velho tava ligado na Irina, então tu não quis traçar o cara, mas tem milhões de homens que estão a fim de ti, Mirtha. Pensa bem. Não tem pelo menos um cara no mundo, um!, que tu pense: esse cara vale a pena?"

"Não sei."
"Então descobre", disse Madalena.
"Vou tentar", prometeu Mirtha.

5.16. A vida é sonho

"A senhora é religiosa?", perguntou Otávio. Estavam em frente ao túmulo de Giselle. Uma bandagem protegia o ferimento nos lábios do inspetor.

"Católica, apostólica, romana", disse Rosa.

"Então acredita no céu."

"E no inferno. Tenho um ex-namorado que tá lá."

Otávio sorriu.

"Ontem o Alberto me disse que a moça enterrada aqui conversou com ele. A senhora acha possível?"

"Nunca vi morto voltar. E tô aqui faz tempo..., mas ele pode ter sonhado com ela e acredita que é real. Isso eu já vi algumas vezes."

"A vida é sonho. Calderón de la Barca."

"Quê?"

"É uma peça espanhola bem antiga. Rosa, se alguém quisesse examinar os restos mortais da falecida, o que teria que fazer?"

"Uma exumação? É preciso ter um motivo."

"O rapaz tá enlouquecido. Pensa que a noiva tá viva. Que enterraram outra pessoa. Quer ver o corpo da Giselle pra recuperar a sanidade mental."

"Que bobagem! E noivo não tem autoridade. Nem é parente. São duas opções: ordem judicial ou autorização do proprietário do jazigo."

"Que é o Alberto?"

"Não. Lembro bem da papelada. Está no nome de um amigo dele. Geraldo alguma coisa. Um senhor bem-vestido, mas que não me deixou boa impressão."

"Por quê?"

"Sei lá. Tenho um sexto sentido pra picaretas. Ele sabia muito sobre preços de túmulos em Porto Alegre. Perguntei se ele trabalhava numa funerária, e ele ficou brabo. Disse que era bispo. Se é mesmo bispo, o mundo tá perdido."

"Esse Geraldo teria que assinar pra abrir o túmulo?"

"Sim."

Otávio ficou desapontado, mas logo teve uma ideia.

"A senhora ainda tem aquele capuccino delicioso? O melhor do mundo?"

"Claro que tenho. Vamos lá na minha casinha."

Depois do café, Otávio levou a conversa na direção do túmulo de Margot, que ficava a poucos metros do de Giselle. Rosa não teve dificuldade para achar a ficha da falecida e fornecer o endereço de seus pais.

★★★

Otávio deixou o Trensurb na Estação Mathias Velho e caminhou por meia-hora até chegar na casa dos pais de Margot. Foi recebido com ar desconfiado pelo casal. Ele, precocemente aposentado devido a problemas de saúde; ela, professora da rede estadual de ensino. A casa era bem simples, de madeira, com móveis antigos e meio quebrados. Otávio apresentou-se como um amigo da gerente do Cemitério de Santa Casa, o que não era mentira. Explicou que Dona Rosa lhe contara a história do túmulo onde estava Margot, propriedade de sua antiga professora de balé. Perguntou para a mãe de Margot se não era um inconveniente residir longe da última morada de sua filha. O pai, que não estava gostando da conversa, atalhou:

"A gente vai sempre no dia de Finados. Até já encontramos a Dona Adriana por lá. Nunca teve problema."

"E eu troco as flores de três em três meses" complementou a mãe. "Foi a professora Adriana que te mandou falar conosco? Ela tá precisando desocupar?"

"Não. De jeito nenhum. Pode ficar tudo como está. Eu só pensei que seria mais cômodo pra vocês ter a filha mais perto, não precisar ir até Porto Alegre."

"Não temos dinheiro pra comprar um túmulo", disse o pai, numa mistura de raiva e vergonha.

"Aí que entra essa nova modalidade de apoio funerário, de uma ONG recém-criada. Serve exatamente para casos assim. Estou aqui para ver se interessa."

"Mas precisaria um bom dinheiro pra comprar um túmulo aqui e trazer o corpo. É um empréstimo?"

"É uma doação."

"De quem?"

"Dessa ONG dedicada a ajudar famílias que têm dificuldade com despesas de enterro. A Dona Rosa, lá do cemitério, me falou do caso da filha de vocês, e eu fiquei emocionado."

Pai e mãe continuavam desconfiados. Otávio tentou uma última cartada:

"O túmulo tá sem a foto da Margot há bastante tempo. Se ele ficasse aqui, vocês poderiam cuidar desse tipo de coisa."

"Isso é verdade", disse a mãe.

"Eu notei que a foto não tava mais lá", disse o pai.

"Aqui em Canoas, o túmulo vai ter foto, vai ter flores, vai ter tudo. E será um jazigo perpétuo", prometeu Otávio.

Mãe e pai sorriram pela primeira vez.

5.17. A lanterna mágica

Recuperada de sua crise energética, Mirtha estava disposta a também retomar sua liderança sobre as Willis. Garantiu para Maria e Madalena que não iria mais usar o corpete e enterrou, com a minha ajuda, o corpo de Heitor numa cova próxima à de Joaquim. Quando terminamos, tarde da noite, constatou:

"Por mais que a polícia seja incompetente, o risco é enorme. Os parentes vão exigir que os desaparecimentos sejam investigados. Temos que sair logo daqui. E não sei se vamos poder voltar."

Eu concordei e ofereci-me para levar Giselle para a Austrália, ficando responsável pelo final de sua educação. Mirtha agradeceu, mas disse que o dever era dela.

"A Giselle ainda está apaixonada. E ele também, se reconhecer a *sua* Giselle, e não a vampira que a Madalena criou. Seria lindo se eles consumassem o casamento. Esperaram tanto tempo…"

Eu estava suja, suada e cansada, mas tive que rir.

"Maria tem razão: tu é muito romântica."

"Vamos falar com a menina."

★★★

Mirtha bateu na porta e colocou a cabeça pra dentro do quarto de Giselle e Margot.

"Posso entrar?"

E fomos entrando. Giselle estava deitada na cama, deprimida, virada para a parede. Margot lia um gibi de Neil Gaiman. Mirtha sentou-se na cama de Giselle e fez um carinho em seus cabelos.

"A Madalena me contou o que aconteceu. Tenta compreender. O rapaz ficou assustado."

Giselle virou-se.

"Não. Muito pior. Me chamou de demônio. E ele tem razão."

"De jeito nenhum. Eu tenho uma ideia."

"Pra quê?"

"Pra fazer uma aproximação mais suave."

"Não. Ele vai se casar com uma mulher de verdade. E não com um demônio. É melhor pra ele."

"Duvido. Ele te ama. Tu pode pelo menos me ouvir?"

★★★

Mirtha reuniu todas nós no estúdio, em volta da sua velha lanterna mágica, um aparelho popular no século 19, antecessor do cinema, que, a partir de lâminas transparentes, projeta numa tela (no caso, a parede branca do estúdio) desenhos de "fantasmagorias". A lanterna mágica de Mirtha é uma adaptação mais moderna do conceito, pois funciona como um projetor de slides, mas mantém um certo ar de antiguidade, porque a caixa é feita de madeira. Eu já a conhecia, mas, para as outras Willis, era uma novidade.

"Quando eu tinha uns dez anos, papai me levou para um espetáculo itinerante que tinha chegado em Dorsten, a cidadezinha no interior da Alemanha onde a minha família morava", começou Mirtha. "O cinema ainda não tinha sido inventado, e a fotografia não era popular, porque custava muito caro. Foi incrível. A lanterna mágica era capaz de mostrar cenas muito realistas, pelo menos para mim."

À medida que falava, Mirtha foi exibindo algumas imagens na tela.

"As fantasmagorias mostravam um mundo de espíritos, habitado por mulheres jovens e bonitas, algumas no paraíso celestial, outras no purgatório ou no inferno. Naquela idade, eu acreditava em Deus e em tudo que o papai dizia sobre a vida eterna. Havia regras de comportamento para alguém ir pro céu, e ele pensava em usar aquele espetáculo para reforçar minha fé."

"E conseguiu?", perguntou Margot.

"De certa forma, sim. No entanto, fiquei muito assustada. Vendo que eu não conseguia dormir naquela noite, mamãe disse que aquilo era um truque, e que eu tinha visto desenhos feitos por homens. Não eram almas de verdade, que papai descrevia como más por terem cometido muitos pecados. Mas ela pediu que eu nunca contasse para papai a nossa conversa."

"Tua mãe era bacana?", perguntou Madalena.

"Era. Mas naquela época as mulheres não podiam nunca contestar seus maridos, e ela tinha que acompanhar papai em tudo."

"Que saco!", comentou Maria.

"É bem assustador", disse Giselle, observando uma figura da lanterna mágica que representava uma jovem sendo cozida num caldeirão por um demônio pequeno e nojento.

Mirtha desligou o aparelho.

"As imagens não precisam ser assim. Tem coisas bem mais bonitas pra gente ver."

5.18. Informações muito valiosas

Os métodos do inspetor Otávio sempre foram imorais, sobre isso não há dúvida: uma ampla coleção de mentiras, manipulação de pessoas e estratagemas sórdidos para obter o que queria. Bem mais tarde, quando falei com Mirtha a respeito, ela disse que um homem como ele, que havia perdido tudo e, de repente, recuperara a vontade de viver, precisava ser compreendido antes de ser julgado. No meio sórdido em que vivia, cercado de gente nefasta e policiais corruptos, acredito que ele criou um código de conduta adequado ao seu ambiente, e tentava segui-lo sempre que possível, preservando as pessoas "do bem" de efeitos demasiado perversos. Para Otávio, Xavier com certeza não era da turma "do bem", e por isso, quando chegou na delegacia, já tinha planejado todo seu embuste. O chefe ficou surpreso ao ver as marcas da agressão de Geraldo no rosto do inspetor.

"Que merda, Otávio. Foi forte pra caralho. O que tu disse pra ele?"

"O que eu acreditava ser a verdade. Mas isso não interessa agora. O importante é que hoje de manhã eu recebi alguns informes lá de Buenos Aires."

"Sobre a mulher dele?"

"Sobre as duas mulheres. Talvez seja mesmo um sequestro."

"E onde elas estão? O bispo precisa saber logo."

"Meu informante diz que tem a pista e vai descobrir, mas tá pedindo uma grana pra abrir o bico. Uma grana muito alta, porque ele vai ter que molhar a mão de um monte de gente. O pessoal da alfândega e uns caras de polícia federal. Custa caro."

"Quanto?"

"Certamente muito mais que um homem religioso, que não acumula bens materiais, poderia pagar."

"Vai à merda, Otávio. Dá o valor, que eu ligo pra ele."

5.19. Dois sonhos

Willis sonham. Eu sonho. Como cientista, nunca liguei para o universo onírico. Nem Freud, nem Jung, em minhas esparsas leituras sobre o tema, me convenceram da importância de interpretar essas imagens do inconsciente (sim, na relevância do inconsciente eu acredito; e muito). Porém, os sonhos que tive na noite em que Mirtha mostrou as fantasmagorias da lanterna mágica foram especiais. Não só pelas suas tramas longas e complexas, mas também pelo fato de eu não ser o personagem principal.

Eu estava ao lado de Alberto. Caminhávamos por um campo. Passamos por vários lugares bonitos, mas sempre tristes e melancólicos. Ao entrar num mato mais fechado, tivemos certa dificuldade para abrir caminho pela vegetação. Chegamos a uma clareira, onde vimos uma cachoeira. O amigo de Alberto, Dionísio, lindo e nu, estava nas margens do lago profundo na base da queda d'água.

Ouvimos um barulho e percebemos que havia alguma coisa nas copas das árvores: agora Dionísio estava sentado num galho baixo. Surpresos, retornamos nossa atenção ao lago e vimos Dionísio na mesma posição em que estava antes. Constatamos que havia vários outros Dionísios em volta, todos nus, alguns em cima de árvores, outros meio escondidos pela vegetação, outros nadando no lago. Todos pareciam amistosos.

Do meio do lago, uma figura emergiu lentamente. Era Giselle, com seu corpo coberto por um longo véu. Todos os Dionísios começaram a se movimentar na direção dela. Um a um, entraram, mergulharam e desapareceram. Giselle caminhou sobre as águas na direção de Alberto e estendeu-lhe a mão. Alberto deixou que Giselle o conduzisse para o lago. Entraram na água devagar e mergulharam.

Agora eu estava no fundo do lago. Vi os dois belos corpos nus, nadando de mãos dadas na água límpida. Então vários Dionísios surgiram e dominaram o cenário. Era tudo muito bonito, pois a luz do sol, filtrada pelas copas das árvores, pintava a água com tons dourados. Centenas de Dionísios cercaram Alberto e Giselle, fazendo círculos em torno do casal. Então um dos raios do sol bateu diretamente nos meus olhos, me obrigando a fechá-los. Quando os abri, estava acordada.

★★★

Fui até a cozinha e, como me sentia fraca, fiz uma vitamina de besouros pequena. Voltei pra cama e sonhei outra vez.

Eu caminhava lentamente ao lado de Giselle pelo corredor central de um grande templo vazio. Ela vestia uma túnica negra que cobria totalmente seu corpo. Eu parei um pouco antes de chegarmos ao altar. Giselle prosseguiu, ajoelhou-se, abaixou a cabeça, fez o sinal da cruz e olhou para cima. Havia três cruzes, que sustentavam três homens amarrados, com suas cinturas envolvidas por panos brancos manchados de sangue: Alberto na cruz central, Joaquim à sua direita e Heitor à sua esquerda. Os três estavam vivos, mas sofrendo.

Para meu espanto, Giselle começou a subir uma escada encostada na cruz da esquerda. Chegou na altura do rosto de Heitor, que ergueu a cabeça e sorriu pra ela. Depois, olhou para baixo, direto pra mim. Apesar da dor, parecia tranquilo. Não era um olhar acusador. Era até carinhoso. Giselle passou um pano em sua testa. Ele sorriu mais uma vez e sua cabeça pendeu. Estava morto.

Giselle subiu a escada da cruz direita e a ação praticamente se repetiu, com uma exceção: Joaquim só olhou para Giselle. Apaixonadamente. Assim que Giselle usou seu pano, a cabeça de Joaquim também pendeu. Morto.

Quando subiu na escada da cruz central, Giselle ultrapassou lentamente o corpo de Alberto: primeiro os pés, a seguir suas pernas, depois o abdômen, a cintura, o tronco e finalmente o rosto. Depois de observá-lo por alguns instantes, deu-lhe um beijo na boca. Começou como um gesto casto, de despedida, mas Alberto, de repente, correspondeu ao beijo, que se transformou num ato apaixonado. Alberto libertou seus braços da cruz e abraçou Giselle. A escada desapareceu. Vi os dois flutuando, abraçados, num beijo interminável.

Acordei, emocionada, e anotei os detalhes dos sonhos, coisa que nunca fizera na vida. Por isso eles estão aqui.

5.20. Exumação

Eram nove da manhã. Dona Rosa, Otávio, a professora Adriana, os pais de Margot e o novo coveiro, este com uma picareta na mão, cercavam o túmulo de Margot. Dona Rosa perguntou aos pais de Margot:
"Podemos começar?"
Eles assentiram com a cabeça. O coveiro colocou a ponta achatada da picareta sob a laje do túmulo e começou a forçá-la para cima.

★★★

Margot preparava-se para ir a um ensaio de balé. Quando tocou a mão na maçaneta da porta de saída, sua fisionomia mudou drasticamente, numa mistura de surpresa e dor. Ela se curvou, como se fosse vomitar, e gritou:
"Mirtha! Mirtha!"
Mirtha, que tomava café na cozinha comigo, correu na direção dela. Eu fui atrás.
"Para, Mirtha! Não puxa mais a coleira!"
"Eu não tô fazendo nada."
"Tem alguém mexendo em mim."
"No pescoço?"
"Não. Em todo o corpo."
Margot teve um novo um espasmo de dor. Giselle, Maria e Madalena, atraídas pela confusão, foram ver o que estava acontecendo.
"O que foi?", disse Maria.
"É horrível", disse Margot. "É uma tortura."
"Cuidem dela", disse Mirtha, já abrindo a porta. "Ninguém sai dessa casa." E correu para fora.

★★★

A laje já repousava ao lado do túmulo. O coveiro trabalhava com uma pá para retirar a terra sobre o caixão. Mirtha surgiu correndo, deteve-se a alguns metros do círculo de observadores da exumação e gritou:
"Parem!"

Todos voltaram-se para ela.

"Por favor, parem. E quem tá no túmulo, por favor, tem que sair."

"Não vejo o porquê", disse Dona Rosa. "Estamos fazendo tudo conforme o regulamento."

"Eu explico.", disse Mirtha. E encarou Otávio. "Posso falar com o senhor? É muito importante."

"Pode", disse Otávio.

O inspetor caminhou até Mirtha. Ela o segurou pelo braço, com força, e levou-o para mais longe do túmulo. Então falou, em voz baixa:

"Isso não pode acontecer."

"Por quê?"

"Porque alguém tá sofrendo muito."

"Quem?"

"Não sei se adianta eu contar. O senhor não iria acreditar."

"Eu tô querendo muito acreditar em alguma coisa."

"Então dá um jeito de suspender. Eu juro que é melhor pra todos. Depois eu explico."

Mirtha continuava apertando com força o braço de Otávio, que ordenou:

"Solta meu braço."

Mirtha obedeceu.

"Quero toda explicação ainda hoje", exigiu o inspetor.

"Sim. Hoje."

"Assim que eu resolver tudo por aqui."

"Combinado. Eu sei onde o senhor mora. Vou até lá."

Otávio deu as costas para Mirtha e caminhou na direção do túmulo.

★★★

Continuávamos em volta de Margot, assustadas. Após a saída de Mirtha, ela ainda gemeu e se contorceu por alguns minutos. Até que ficou mais tranquila, sentada numa cadeira do hall, apesar de estar pálida e seu semblante demonstrar muito medo. Mirtha entrou na casa e disse:

"Não vai mais acontecer."

"Tem certeza?", perguntou Margot.

"Eu vou lutar muito pra que não aconteça mais. Prometo. Eles estavam mexendo no teu túmulo. Mas agora tudo voltou ao normal."

"Por que estavam mexendo?"

"Porque os teus pais queriam levar o corpo pra outro cemitério, em Canoas."

"Com que dinheiro? A Adriana quer me tirar de lá?"

"Não. Tá tudo resolvido."

"O que acontece se mexem nos nossos corpos?", perguntou Giselle.

"Isso nunca tinha acontecido", disse Mirtha. E, virando-se para mim:

"O que pode acontecer?"

"O problema provavelmente não é mexer nos corpos", respondi. "Talvez o perigo seja revolver a terra em volta, que tá cheia de besouros." Minha resposta não pareceu satisfazer ninguém, nem a mim mesma, mas até então eu nunca tinha pensado sobre esse assunto.

★★★

Apenas eu fiquei sabendo, e sem muitos detalhes, da negociação que Mirtha estabelecera com Otávio para suspender a exumação. Mirtha pediu que eu me concentrasse no plano que arquitetara para vencer a resistência de Alberto. Ao lado da lanterna mágica, que exibia uma imagem de Giselle vestida de noiva, explicou cada passo da sua esttégia para mim. No final, disse:

"Lembra: deixa a porta aberta e segue o roteiro. A Giselle já sabe como vai ser. Não apressa nada e, quando ela entrar, vai embora. Os dois que se decidam sozinhos."

"Tu devia fazer isso. Não eu."

"Já te expliquei: eu prometi fazer a visita hoje à noite. Lembra: o Alberto tem que tomar a iniciativa. Ele precisa sentir que poderia desistir e ir embora."

Mirtha apontou para duas Bíblias, que repousavam sobre a mesa em que estava a lanterna mágica.

"E não esquece aquilo ali. Como a gente combinou."

Mirtha pegou seu celular e escreveu uma mensagem. Depois disse:

"Vou sair. Assim que o Alberto confirmar, te passo o horário."

5.21. Anchorage

Xavier fez a advertência soar como uma ameaça:

"Ele chegou. Faz como eu te disse: esquece a briga. Bola pra frente. Ou tu tá fodido. Entendeu?"

"Entendi", disse Otávio. "Bola pra frente."

Geraldo entrou na sala do delegado e cumprimentou Xavier com a cabeça. Foi direto para uma cadeira e sentou-se. Não demonstrava qualquer arrependimento.

"O inspetor tem novidades", anunciou Xavier

"Já ouvi essa conversa", lembrou Geraldo. "Quero fatos."

"Vamos lá, Otávio", disse Xavier.

"O que eu vou contar é sigiloso", disse Otávio. "Foi obtido através de meios pouco usuais. Ninguém vai confirmar. Ninguém vai apresentar documentos. Mas são fatos." Virou-se para Geraldo.

"O senhor tinha razão: a sua esposa está acompanhada de uma mulher bem jovem. É possível que sua esposa esteja drogada. As duas desembarcaram no aeroporto de Buenos Aires e, no dia seguinte, pegaram um voo pra Nova Iorque. De lá, foram pra cidade onde estão agora. Fizeram reserva num hotel por duas semanas."

"Que cidade é essa?", perguntou o bispo.

"Anchorage."

"O quê?", disse Xavier. "Que porra de cidade é essa?"

"Fica no Alasca. Tem um aeroporto grande e um porto movimentado."

"Alasca? Não tem sentido", disse Geraldo.

"Tem. Elas foram para um lugar distante e improvável."

Otávio seguiu olhando fixamente para Geraldo.

"Elas nem desconfiam que foram descobertas. Se o senhor agir rápido, vai encontrar as duas no tal hotel."

"Tu não pode ir sozinho, Geraldo", ponderou Xavier. "É perigoso."

"Eu vou de qualquer jeito", disse o bispo.

"Se o senhor usar violência, pode ser preso", disse Xavier.

"Então tu vai comigo."

"Eu? Não é tão simples."

"Eu pago tudo. A gente resolve a questão e tá de volta em três ou quatro dias."

"Eu posso monitorar a situação das duas", garantiu Otávio. "Consegui um contato no hotel."

"Se tu for comigo, teu Natal vai ser bem mais gordo."

Xavier pensou um pouco e logo assentiu com a cabeça.

"Preciso da grana pro meu informante agora", anunciou Otávio.

★★★

O pai de Margot abriu o envelope de papel e verificou o que tinha dentro. Depois fechou o envelope e o estendeu na direção de Otávio, que estava sentado numa poltrona bem à sua frente.

"Não posso aceitar."

Otávio não fez qualquer menção de pegar o envelope.

"Pode, sim. Na verdade, o dinheiro já é seu. A ONG não tem como pegar de volta. Em vez de quinze mil, tem quatorze. A diferença vai ser usada pra uma nova foto e pra manutenção no túmulo em Porto Alegre."

"Não entendi o que aconteceu", disse a mãe de Margot.

"Foram questões inesperadas que surgiram. Entraves legais e burocráticos. Mas a doação está feita. Vocês podem fazer uma pequena reforma na casa. A Margot gostaria de ver vocês morando melhor."

"Ela sempre nos ajudou quando pôde", lembrou a mãe. "E parece que quer continuar ajudando."

"Isso mesmo", disse Otávio.

O casal trocou um rápido olhar. A mãe estava vencida. Finalmente o pai de Margot recuou o braço e colocou o envelope sobre uma mesa.

"O senhor quer um recibo?"

"Não precisa."

"Obrigado", disse a mãe de Margot. "Foi Deus quem lhe mandou."

5.22. A tentação de Baco

Era uma refeição simples: massa com molho de tomate e duas coxas de frango ensopado. Pra tomar, água. Antes de começarem a comer, Natália fez uma longa oração de agradecimento. Alberto, morrendo de fome, atacou seu prato quando o "Amém" ainda ressoava no apartamento.

"A massa tá ótima."

"Obrigada, Alberto."

"Sabe o que ficaria ótimo com essa massa?"

"O que, querido?"

"Um vinho. Comprei hoje de tarde. Não é um vinho muito sofisticado, mas é bom. Que tal?"

"Bom? Tem certeza?" Alberto adivinhou o que vinha pela frente. "Bom é conservar nosso corpo livre do álcool. Bom é evitar tentações. E o teu passado mostra isso. Ou tu achava bom ser um viciado?"

"Tem razão", disse Alberto.

"Amanhã tu devolve esse vinho e troca por uma coisa realmente boa."

"Pode deixar."

O celular de Alberto emitiu um aviso de mensagem. Ele conferiu no visor, encarou Natália e disse:

"Vou ter que sair. É um problema com um amigo, um cara legal. Ele tá precisando de ajuda."

"É bom ajudar quem precisa." Pensou um pouco e empostou a voz para citar: "'O amigo ama em todos os momentos; é um irmão na adversidade.' Provérbios, 17, 17."

"Amém", disse Alberto.

Deu mais uma garfada na massa, engoliu sua coxa de galinha quase inteira, beijou Natália na testa e saiu.

5.23. O início da noite

Otávio fez a faxina mais caprichada de sua vida. O imóvel continuava modesto, os móveis seguiam mambembes, mas tudo – do piso ao teto – estava limpo. As aranhas estranharam o inaudito furor do policial contra suas teias ancestrais. As baratas embaixo da pia da cozinha foram exterminadas impiedosamente. A cama recebeu lençóis novos, enquanto os velhos foram direto pro lixo. O inspetor tomou um banho poderoso e vestiu sua camisa mais elegante. A campainha tocou. Otávio sentiu sua espinha arrepiar-se. Abriu a porta para Mirtha.

★★★

Assim que recebi a mensagem de Mirtha confirmando que Alberto estava a caminho, repassei todo o plano com Giselle. Ela só deveria aparecer quando eu a chamasse. As outras Willis, embora tivessem ajudado a arrumar as coisas no estúdio, foram educadamente orientadas a permanecerem em seus quartos. Conferi se a lanterna mágica estava funcionando. A campainha tocou. Abri a porta para Alberto. Um calafrio percorreu minha espinha.

★★★

Otávio serviu o vinho. Adquirira duas garrafas, às pressas, no armazém da esquina. Era o mais caro. Talvez fosse aceitável. Os dois copos eram simples e bem diferentes, em nada lembrando os cálices de cristal que Mirtha estava acostumada a usar em casa. Mirtha, vestida com discreta elegância, ergueu seu copo e disse, simpática:

"Saúde."

"Saúde", respondeu Otávio.

Os dois beberam. Otávio a observava atentamente. Temia que fizesse uma careta. Mas não. Ela colocou o copo sobre a mesa e disse:

"Vou cumprir minha promessa. E depois o senhor tem que cumprir a sua."

"Combinado."

★★★

Levei Alberto direto para o estúdio e liguei a lanterna mágica. Na parede branca, surgiu uma foto da escultura *Beata Ludovica Albertoni*, de Bernini[2]. Alberto pareceu impactado. Expliquei:

"A Gerutha pediu que eu te mostrasse isso."

"Eu e a Giselle vimos uma reprodução quase igual na internet. É linda. E a gente combinou que, quando a gente pudesse, iria pra Roma pra ver ela de perto."

"Eu sei."

Alberto ficou surpreso.

"Como?"

Troquei a imagem. A lanterna mágica passou a mostrar um detalhe do rosto de Ludovica.

"A Giselle contou pra Gerutha quando veio fazer o retrato. Ela posou bem aqui onde nós estamos."

Mudei outra vez a imagem. *O Êxtase de Santa Teresa*[3], também de Bernini, substituiu a beata. Um anjo aponta uma seta direto no coração da santa.

★★★

"É tudo que eu sei", disse Mirtha, quando terminou de enfileirar mentiras.

Ela bebeu um pouco mais de vinho.

---

[2] A obra de Gian Lorenzo Bernini (1598-1680) está na igreja de San Francesco a Ripa, na região do Trastevere, em Roma. Representa uma mulher extremamente religiosa num momento de êxtase, causado por sua morte, que vai levá-la ao encontro de Deus. Apesar de ser considerado um monumento funerário, tem evidente apelo erótico, devido à sua boca entreaberta e à forma como segura o seio.

[3] Um texto da própria Teresa de Ávila (1515-1582), freira carmelita, foi a inspiração de Bernini para esta obra: "Eu vi em sua mão uma longa lança de ouro e, na ponta, o que parecia ser uma pequena chama. Ele parecia para mim estar lançando-a por vezes no meu coração e perfurando minhas entranhas; quando ele a puxava de volta, parecia levá-las junto também, deixando-me em chamas com o grande amor de Deus. A dor era tão grande que me fazia gemer; e, apesar de ser tão avassaladora a doçura desta dor excessiva, não conseguia desejar que ela acabasse. A alma está satisfeita agora, com nada menos que Deus. A dor não é corporal, mas espiritual; embora o corpo tenha sua parte nela. É uma carícia de amor tão doce que agora acontece entre a alma e Deus, eu oro a Deus por Sua bondade para fazê-lo experimentar naqueles que podem pensar que estou mentindo."

"É uma história interessante", ponderou Otávio. "Qualquer escavação próxima ao túmulo da bailarina destruiria o trabalho acadêmico de sua amiga Iolanda, que é bióloga. Ela viu o que estávamos fazendo e teve uma crise nervosa."

"Exatamente."

"Essa sua amiga foi vista coletando besouros perto de dois outros túmulos. E todos eles tiveram suas fotos roubadas."

"É mesmo? Isso é curioso. Iolanda estuda esses bichos há anos. Já fez coletas em muitos outros locais no cemitério. Pelo visto, não faltam larápios por lá."

"E a senhora sabe alguma coisa sobre uma folha que desapareceu dos registros do cemitério, com as informações sobre um túmulo ocupado em 1918, e que também teve a foto roubada?"

"Não."

"Será que a falecida tinha um admirador secreto muito ciumento? A foto foi roubada quatro vezes."

"Como eu vou saber alguma coisa sobre um túmulo do começo do século?"

"Tem coincidências demais nisso tudo. Se eu acreditar na senhora, as duas irmãs que morreram no Bom Fim, Maria e Madalena, não tem nada a ver com as duas garotas que seduziram Dionísio, o amigo de Alberto, nem com as que transaram com o bispo, o patrão de Alberto. Elas são só muito parecidas e gostam de usar roupas pretas."

"O preto nunca sai de moda."

"A mulher do bispo fugiu com uma mulher que usava uma coleira. A senhora e a sua amiga Iolanda também usam coleiras."

"Eu não chamaria de coleiras. São gargantilhas. Eu acho bonito. O senhor não acha?"

"Acho. Tudo na sua história é bonito e razoável. Ninguém é culpado. As mortes do coveiro e do Dionísio foram naturais."

"Morrer é natural. Não morrer que é estranho."

"Alberto, ontem à noite, encontrou-se com duas mulheres. As duas usavam gargantilhas. A primeira, o Alberto já conhecia: estava na casa do Dionísio. A outra era Giselle, noiva de Alberto, que nunca usou uma gargantilha enquanto estava viva. Mas agora usa, depois de morta."

"O rapaz provavelmente teve uma alucinação."

Otávio serviu mais vinho para ambos. Tomou um gole grande.

"Mentir é uma arte. Uma arte necessária. Hoje, por exemplo, passei o dia inteiro mentindo. Mas toda arte tem seus limites. E os artistas acabam conhecendo os truques dos outros artistas."

Mirtha ficou nervosa. Sentiu que Otávio tinha uma carta na manga.

★★★

O Êxtase de Santa Teresa permanecia no fundo das pupilas de Alberto, gerando fortes sinapses em seu sistema nervoso. Perguntei:

"Vocês também viram essa imagem?"

"Sim. É do mesmo escultor. Mas... Essa nos deixou confusos."

"Teresa considerava-se uma noiva de Deus. Está em êxtase porque, morrendo, consuma sua união, seu casamento, com o poder divino."

"Essa é a explicação que a gente leu na internet."

"E tu acredita nisso?"

"Acredito."

Troquei a imagem por um detalhe do rosto de Santa Teresa e falei:

"Então tu pode acreditar também que, ontem à noite, tu viu tua noiva, a Giselle."

"Não era a Giselle."

"Era, sim. Ela está aqui e quer te ver. A questão é: tu também quer? Eu vou sair. A porta fica aberta. Se quiser, pode ir embora."

Abandonei o estúdio. Alberto permaneceu olhando para o rosto de Santa Teresa.

5.24. A noite se move

A garrafa de vinho estava vazia.

"Tá ficando tarde", observou Mirtha. "Eu tenho que ir. Desculpe se não ajudei muito."

"Tudo bem. Só falta dizer uma coisa. Mas é importante."

"Pode falar."

"Quando a senhora pegou minha mão, aquela tarde, no bar, eu percebi que tinha chegado a minha hora, e isso era maravilhoso. Eu queria ir, mas a senhora não deixou."

"Não estou entendendo. Ir pra onde?"

Otávio levantou-se, foi até uma estante, abriu uma caixa, pegou duas folhas de papel e duas fotos de tamanho médio, já amarelecidas. De pé, perto de Mirtha, colocou a primeira folha sobre a mesa, com uma impressão colorida da fotografia digital que Otávio tirou do retrato do túmulo de Giselle. Ela está com uma blusa antiga e a gola levantada sobre o pescoço.

"Giselle, fotografada pela senhora. Não sei exatamente quando. A senhora diz que foi um pouco antes da data marcada para o casamento, mas o Alberto não sabe nada a respeito e diz que Giselle não faria segredo pra ele. Além disso, a pose não combina com ela, que não tinha qualquer vaidade." Fez uma pequena pausa. "Ficar posando muito tempo assim deve dar uma baita dor no pescoço. Mas que ficou linda, ficou. Pelo menos é o que achei desde que a vi pela primeira vez."

O inspetor deitou uma foto antiga em preto e branco na mesa e continuou:

"Essa foi a Dona Rosa, do cemitério, que me emprestou. Repara como a pose é bem parecida. Tem a data no verso: outubro de 1919. Fiquei intrigado. Tentei descobrir mais alguma coisa sobre a foto, não consegui, mas ela tinha alguma coisa especial. Só depois descobri o quê."

Otávio colocou a segunda folha sobre a mesa, com a impressão de outra foto em preto e branco. A jovem retratada é diferente das anteriores, mas posando de modo quase igual.

"Resgatei essa cópia nos arquivos da Caldas Júnior. É de um jornal de 1920. Não sei o nome da moça, mas a fotógrafa chamava-se Bertha Rainer, teve um estúdio de retratos em Porto Alegre. Na época era bem raro uma mulher ter essa profissão."

Otávio colocou a segunda foto em preto e branco, muito amarelecida, sobre a mesa. É de uma mulher já madura. Não tem muito contraste, e por isso não é tão fácil reconhecer a modelo. Mas é uma bela foto. A pose se repete. A blusa é a mesma da foto de Giselle, mas com a gola abaixada.

"Obtive essa foto com uma senhora idosa, chamada Elvira, cuja mãe conhecia o fotógrafo. Chamava-se Vitorio Storato. Era italiano. O nome dele tá escrito aqui embaixo."

Otávio apontou para a assinatura, meio desmaiada, mas legível.

"Além dessa, há várias outras, da mesma mulher. A blusa é sempre a mesma. A senhora reconhece a retratada?"

Mirtha não respondeu. Otávio apanhou a foto e a colocou-a bem ao lado do rosto de Mirtha.

"Eu reconheci. Essa foto em particular tem uma coisa interessante escrita no verso."

Otávio virou a foto. Numa letra cursiva e bem caprichada está escrito: "Mirtha".

"É um lindo nome. O teu verdadeiro nome. É mais bonito que Bertha e Gerutha. Aposto que o fotógrafo estava apaixonado pela senhora."

Mirtha segurou a foto e examinou-a.

"Sou eu? Tem certeza?"

"Tenho."

"Poderia ser minha avó."

"Não é. Quer ver as outras fotos? Tem uma pintinha na base do pescoço que podemos comparar juntos."

"Se essa foto é tão antiga, como ainda estou viva?"

"Essa é uma questão interessante. Gostaria muito de saber."

Otávio sentou-se, estendeu a mão por cima da mesa e colocou-a sobre a mão de Mirtha. Otávio permaneceu encarando Mirtha, que não se moveu. A transmissão de energia iniciou.

★★★

Alberto observava a projeção da imagem do rosto de Santa Teresa quando ouviu uma voz bem conhecida às suas costas.

"Alberto."

Ele se virou. Com um figurino de noiva estilizado, branco, muito fino e leve, quase um tule, envolvendo seu corpo, Giselle estava de pé, na entrada do estúdio. Um véu cobria seu rosto. Por mais de um minuto, ficaram parados, separados por alguns metros, na penumbra provocada pela lâmpada da lanterna mágica. Então Giselle aproximou-se bem devagar, levantou o véu e apontou para as duas Bíblias em cima da mesa.

"No nosso casamento", disse ela, "a gente tinha escolhido duas passagens da Bíblia pra ler. Lembra da tua?"

Desta vez, Alberto não viu um demônio. Aquela aparição era a Giselle. Ou um anjo disfarçado de Giselle. Não estava assustado. Pelo contrário: estava fascinado. Respondeu em voz baixa, quase um sussurro:

"Lembro: 'Como pode o jovem manter pura a sua conduta? Fugindo dos desejos malignos da juventude e seguindo a fé, o amor e a paz, ao lado daqueles que têm o coração puro.' Eu li esse mesmo trecho no dia em que te conheci, no grupo de estudos da Bíblia."

"O meu trecho era assim: 'O casamento deve ser honrado por todos; o leito conjugal, conservado puro; pois Deus julgará os imorais e os adúlteros.' Fez uma pequena pausa e continuou: Hoje eu escolhi um outro trecho da Bíblia. Vamos ler?"

"Agora?"

"Se tu não quer, não precisa. Eu não sou mais tua noiva."

"Tu vai ser sempre minha noiva."

Giselle e Alberto ergueram as bíblias e as abriram nas páginas marcadas.

★★★

Mirtha conduziu Otávio para o quarto. Beijou-o com suavidade. Sentiu, sem qualquer sombra de dúvida, medo ou hesitação, que Otávio desejava caminhar com ela até o fim. Apagou a lâmpada do teto, deixando que apenas a luz vinda da porta iluminasse a cama. Deitaram-se, ainda vestidos.

★★★

Giselle começou:

"O meu amado pôs a mão por uma abertura da tranca; meu coração começou a palpitar por causa dele. Levantei-me para abrir-lhe a porta; minhas mãos destilavam um suave perfume na maçaneta. Porque era ele, meu amado, que estava chegando. E só para ele eu abro a minha porta."

Alberto a seguiu:

"Fizeste o meu coração disparar, minha noiva, com um simples olhar. Mas qual é a diferença entre o teu amado e outro qualquer?"

"O meu amado tem a pele bronzeada; ele se destaca entre dez mil. Sua cabeça é do ouro mais puro; seus cabelos ondulam ao vento como ramos de palmeira. Seus olhos são como pombas junto aos regatos de água. Suas faces são como um jardim de especiarias."

"Seus lábios são como lírios perfumados. Seu tronco é como marfim polido. Suas pernas são colunas de mármore. Ele é elegante como os cedros. Sua boca é a própria doçura. Esse é o meu amado, esse é o meu querido."

Alberto levantou os olhos da Bíblia. Devagar, aproximou a mão do corpo de Giselle, hesitante. Seus dedos encontraram o tecido fino, que pareceu desmanchar-se com o toque. Sentiu o calor do corpo de Giselle. Agora tinha certeza: ali estava sua noiva.

5.25. Uma pequena ajuda de Salomão

A formação religiosa de Mirtha, em sua infância e juventude na Alemanha, incluíra, é claro, a leitura da Bíblia. Aos 14 anos, ela topara, meio ao acaso, com o Cântico dos Cânticos, atribuído ao rei Salomão. Ao perguntar para a mãe o significado de algumas passagens, ouvira que era tudo uma alegoria. O homem era Cristo, e a mulher, sua noiva, a Igreja Cristã. A tradição judaica já havia criado essa farsa muito tempo antes, com uma pequena alteração: o homem era Javé, e a mulher, o povo de Israel. Me engana que eu gosto.

A ideia de usar os versos para o encontro dos noivos lhe viera naturalmente, ao pensar o quanto as religiões judaico-cristãs investiram (e investem) contra o sexo, com aquela brilhante exceção: a obra de um rei conhecido pela sabedoria e pela capacidade de administrar 700 esposas e 300 concubinas. Ela não podia ter certeza de que o plano daria certo, mas pelo menos contribuiria para ampliar a capacidade hermenêutica do jovem casal para essa passagem da Bíblia. Giselle ficou bastante entusiasmada quando Mirtha lhe mostrou os versos (que, naturalmente, eram solenemente ignorados pelo bispo Geraldo em suas pregações). E pensou que Alberto também poderia se entusiasmar, a ponto de esquecer Natália. O entusiasmo, no final das contas, foi mútuo:

"Como um lírio entre os espinhos é a minha amada entre as jovens", disse Alberto.

"Como uma macieira entre as árvores da floresta é o meu amado entre os jovens", respondeu Giselle. "Tenho prazer em deitar-me à sua sombra; o seu fruto é doce ao meu paladar."

E assim, entre metáforas botânicas, beijaram-se. O vestido de Giselle praticamente evaporou-se (conforme tinha sido planejado por Madalena). Era a vez de Alberto:

"Ó amor, com suas delícias! Como são lindos os teus pés. As curvas das tuas coxas foram moldadas pelas mãos de um divino artífice. Teu umbigo é uma taça redonda onde nunca falta o vinho de boa cepa. Teus seios são como dois filhotes de corça. Teu pescoço é como uma torre de marfim. Tua cabeça se eleva como um monte sagrado. Teus cabelos soltos são como o mar, e eu sou prisioneiro das suas ondas."

Num canto do estúdio, como num milagre (armado por Maria) surgiu uma cama. Para lá Giselle arrastou Alberto, quase dançando (conforme ensaiara com Margot). Ele ainda teve tempo para ler:

"Teus seios são como frutos. Eu subirei à palmeira e me apossarei deles. Sejam os teus seios como os cachos da videira, o aroma da tua respiração como maçãs, e a tua boca como o melhor vinho…"

Então deitaram-se, livres das Bíblias e da repressão judaico-cristã.

★★★

O amor entre Mirtha e Otávio não teve metáforas. O inspetor simplesmente entregou-se a Mirtha, que conduziu tudo com calma e sabedoria. Num intervalo, conversaram bastante. Mirtha contou alguma coisa sobre as Willis, mas quem mais falou foi Otávio. Parecia orgulhoso de sua investigação. Abriram a segunda garrafa de vinho. Mirtha lembrou que, no Cântico dos Cânticos, havia uma passagem de que gostava bastante: "O vinho flui suavemente e escorre sobre meus lábios. Eu te pertenço, e tu me desejas. Acorda, vento norte! Desperta, vento sul! Soprem em meu jardim, para que a sua fragrância se espalhe ao redor." Um pé de vento realmente atingiu a casa de Otávio e fez as janelas baterem, mas os amantes nem perceberam.

★★★

Se tivessem continuado a ler a Bíblia, Giselle e Alberto teriam falado de pomares cheios de frutos, videiras, mandrágoras, chuvas que vêm e passam, pombos que arrulham e de uma certa pomba "que está nas fendas da rocha, nos esconderijos, nas encostas dos montes". Depois Salomão pede: "Mostra teu rosto, me deixa ouvir a tua voz; pois a tua voz é suave, e o teu rosto é lindo." Nada disso foi lido, mas tudo foi intensamente vivido.

★★★

A noite de Mirtha e Otávio foi longa. Salomão poderia dizer que "nem muitas águas conseguem apagar o verdadeiro amor; os rios não conseguem levá-lo na correnteza." Mas era o inspetor Otávio quem estava ali. Ele disse:

"Porra! Pensei que nunca mais ia foder assim."

"Que bom", disse Mirtha. Fez menção de levantar-se. "Tá na hora de eu voltar pra casa."

"Não. A senhora está presa. A lista de contravenções é imensa."

"Vai me algemar?"

"É uma ideia..., mas perdi as algemas faz tempo. Posso te amarrar com as cordas do varal, se elas ainda estiverem por lá."

★★★

Giselle e Alberto também fizeram alguns intervalos. No último deles, deitado de bruços, exausto e feliz, Alberto viu sua Bíblia no chão. Com algum esforço, pois os músculos quase não respondiam mais à sua mente, apanhou o livro e localizou a página em que a leitura fora interrompida. Vislumbrou o corpo de sua noiva e leu:

"Quando eu era menino, falava como menino, pensava como menino e raciocinava como menino. Quando me tornei homem, abandonei as coisas de menino. Aprendi que o amor é paciente, o amor é bondoso. Não inveja, não se vangloria, não se orgulha. Não maltrata, não procura seus interesses, não guarda rancor"

Giselle o beijou e leu:

"O amor despreza a injustiça e se alegra com a verdade. Tudo sofre, tudo crê, tudo espera, tudo suporta. As profecias desaparecerão, o conhecimento passará."

Giselle acariciou o rosto de seu noivo e disse:

"Pois em parte conhecemos e em parte profetizamos."

"Mas o amor nunca perece", completou Alberto.

Alberto fechou os olhos. Giselle perguntou:

"E agora, meu amado?"

Alberto abraçou-a e disse:

"Mais!"

★★★

Lado a lado na cama estreita, Mirtha e Otávio observavam o teto do quarto. A pintura estava desgastada. Num dos cantos, havia um buraco no reboco, que sofria há anos com uma infiltração jamais combatida. O lustre era sujo. Em volta dele, alguns insetos voavam. Pela janela aberta, entrou no quarto mais um inseto, bem maior que os outros, e, após um voo curto e pesado, pousou sobre a cama, junto aos pés de Mirtha. Era um escaravelho sagrado. Mirtha perguntou:

"E agora?"

Otávio abraçou-a e disse:

"Mais!"

CONSIDERAÇÕES FINAIS

Na véspera do meu voo de volta para a Austrália, visitei Mirtha em seu novo refúgio, um pequeno sítio alugado em Viamão. Ela decidira sair da casa em Porto Alegre, que agora abrigava três cadáveres no jardim dos fundos, mas ainda não sabia para onde ir em definitivo. As outras Willis estavam espalhadas pelo mundo. Madalena fora para a Patagônia e, em sua última mensagem, contara que ela e Gabriela tinham alugado um carro para percorrer a *Ruta del fim del Mundo* de ponta a ponta. Estavam felizes e apaixonadas. Ri muito quando Mirtha contou que o destino para o qual o inspetor Otávio enviara a dupla de pessoas nefastas – delegado Xavier e bispo Geraldo – era uma piada: ficaram, geograficamente, no lado oposto do mundo em relação às mulheres que pretendiam perseguir.

Maria voltou a Nova York, mas logo brigou com as meninas da banda *Pussys not for you* e viajou para Berlim, onde liderou a ocupação de um prédio com a intenção de criar um *squat* e acabou presa por alguns dias. Margot tentou voltar à sua rotina de professora de balé no Rio de Janeiro, mas logo desistiu. Havia abraçado seu poder. Descobriu que a companhia Pina Bausch estava fazendo seleção de novos integrantes e voou para Paris, acompanhada de Giselle, agora uma Willi decidida a estudar francês e ser atriz.

Mirtha providenciou para que Otávio, encontrado morto com um sorriso nos lábios, fosse enterrado no cemitério da Santa Casa de Misericórdia, onde seu modesto túmulo é diariamente visitado por Rosa, que renova as flores no canteirinho e às vezes chora discretamente.

★★★

Mirtha me convidou pra almoçar, botar a conversa em dia. Perguntei, quando já estávamos na sobremesa (uma ambrosia divina, comprada de uma vizinha que usava ovos das suas galinhas caipiras), como andava seu regime de absorção de energia, agora que, supostamente, não usava mais o corpete. Ela disse que a vida social na zona rural de Viamão era bem movimentada. Quando parecia disposta a dar mais alguns detalhes, levou a mão ao peito, apreensiva.

"Aconteceu alguma coisa", disse.

"Que tipo de coisa?", perguntei.

"Uma coisa Willi."

Usamos os celulares para pesquisar as últimas notícias. Por meia-hora, nada achamos. De repente, Mirtha me mostrou a sua tela. Uma mulher caíra do terraço de um edifício na avenida João Pessoa. A polícia não sabia ainda se era um acidente, um suicídio ou um homicídio. Mas a mulher já estava identificada. Chamava-se Natália Quiroga e era pastora da Nova Igreja do Sagrado Rebanho dos Apóstolos de Cristo, em cuja calçada se estatelara. Segundo as testemunhas, ela gostava de subir no terraço para rezar o terço. Uma amiga acrescentou que Natália iria casar-se proximamente, mas seu noivo estava desaparecido há mais de uma semana.

"Já comprou tua passagem?", perguntou Mirtha.

"Já", respondi. "É pra amanhã".

"Melhor remarcar", disse Mirtha.

E voltamos para a ambrosia.

AGRADECIMENTOS
(meus, e não da Irina)

Este romance derivou do roteiro de um longa-metragem nunca produzido, depois adaptado para uma série de TV de cinco episódios que também continua apenas no papel. Escrevi o longa sozinho, entre 2016 e 2017, sem maiores ajudas ou opiniões. Contudo, Luís Mário Fontoura deu seus pitacos após o roteiro estar concluído. A série foi desenvolvida a partir de 2019 dentro do Núcleo Criativo da Prana Filmes, que reunia vários roteiristas. Assim, opiniões não faltaram. Começo agradecendo ao meu velho parceiro Nelson Nadotti, um dos consultores externos do Núcleo. Participaram do processo coletivo, que envolvia a discussão de sete diferentes projetos, Iuli Gerbase, Bruno Carvalho, Liliana Sulzbach, Cláudia Tajes, Theo Tajes e Ismael Caneppele. Pouco depois, Júlia Cazarré, Giulia Góes e Alberto Goldim colaboraram, também como consultores, na estruturação final das escaletas dos cinco episódios. A série tem um teaser, que me ajudou a pensar na história de forma audiovisual. Por isso, agradeço a Bruno Polidoro (fotógrafo), Bernando Zortea (diretor de arte), Alexander Desmouceaux (editor), Anelisa Teles (figurinista) e Baby Marques (maquiadora). Carlos Ferreira fez alguns desenhos das Willis e Ron Selistre desenhou a capa do folheto de comercialização. Julia Dantas e Caroline Joanello, da Baubo (baubo.com.br), fizeram a preparação dos originais e contribuíram decisivamente para a forma final do texto. Obrigado a todas e todos. Literatura, pelo menos no caso deste livro, não foi uma aventura solitária.

Carlos Gerbase

REFERÊNCIAS BIBLIOGRÁFICAS

ASIMOV, Isaac. *Eu, robô*. Rio de Janeiro: Expressão e Cultura, 1969
BAKER, Joanne. *50 ideias de física quântica que você precisa conhecer*. São Paulo: Planeta, 2021
BLANC, Claudio. *O grande livro da mitologia egípcia*. São Paulo: Camelot, 2021
BOUCHARD, Patrice. *The book of beetles*. East Sussex: Ivy Press, 2014
BUDGE, E. A. Wallis. *O livro dos mortos do antigo Egito*. São Paulo: Madras, 2022
CAPRA, Fritjof. *O tao da física: uma análise dos paralelos entre física moderna e o misticismo oriental*. São Paulo: Cultrix, 2013
GOSWANI. Amit. *A física da alma: a explicação científica para a reencarnação, a imortalidade e as experiências de quase morte*. São Paulo: Goya, 2015
HAGEN, Rose-Marie & HAGEN, Rainer. *Egipto: pessoas, deuses, faraós*. Colônia: Taschen, 2003
HARDY, Thomas. *Judas, o Obscuro*. São Paulo: Abril, 1971
HEINE, Heirich. *Noites Florentinas*. Porto Alegre: Mercado Aberto, 1998
IONS, Veronica. *Egyptian Mythology*. New York: The Hamlyn Publishing Goup: 1975
MALAMUD, Bernard. *Retratos de Fidelman*. São Paulo: Companhia das Letras, 1987
PAPUS. *O Ocultismo; precedido de Estudo e Retrato de Papus, por Anatole France*. Lisboa: Edições 70; s.d
TJABBES, Pieter & MARINI Paolo. *Egito Antigo: do cotidiano à eternidade* (catálogo da exposição). São Paulo: Art Unlimited, 2020
WRIGHT, Ronald. *Uma breve história do progresso*. Rio de Janeiro: Record, 2007
ZOAHR, Danah. *O ser quântico: uma visão revolucionária da natureza humana e da consciência baseada na nova física*. São Paulo: Best Seller, s.d.

Capa: Marco Cena
Produção editorial: Maitê Cena e Bruna Dali
Revisão: Baubo - Cacá Joanello e Julia Dantas
Produção gráfica: André Luis Alt

Dados Internacionais de Catalogação na Publicação (CIP)

G361w   Gerbase, Carlos
            As Willis : sexo, morte e escaravelhos. / Carlos Gerbase. - Porto Alegre: BesouroBox, 2024.
            336 p. ; 16 x 23 cm

         ISBN: 978-85-5527-144-1

            1. Literatura brasileira. 2. Memórias. 3. Tese – doutorado. I. Título.

CDU 821.134.3(81)-9

Bibliotecária responsável Kátia Rosi Possobon CRB10/1782

Copyright © Carlos Gerbase, 2024.

Todos os direitos desta edição reservados a
Edições BesouroBox Ltda.
Rua Brito Peixoto, 224 - CEP: 91030-400
Passo D'Areia - Porto Alegre - RS
Fone: (51) 3337.5620
www.besourobox.com.br

Impresso no Brasil
Agosto de 2024.